Thea
Beckman

Kreuzzug ins Ungewisse

Ueberreuter

CIP-Kurztitelaufnahme der Deutschen Bibliothek

Beckman, Thea
Kreuzzug ins Ungewisse. – Wien, Heidelberg: Ueberreuter, 1978.
Einheitssacht.: Kruistocht in spijkerbroek ‹dt.›
ISBN 3-8000-2177-3

J 1078/1

Aus dem Holländischen von Helmut Goeb
Titel der Originalausgabe »Kruistocht in Spijkerbroek«, erschienen im Verlag Lemniscaat, Rotterdam

Umschlag von Erich Hölle

Papier und Gesamtherstellung: Salzer - Ueberreuter, Wien
Printed in Austria

1. Der große Sprung

»Und das«, sagte Dr. Simiak, »ist die Zeitmaschine.«
Rolf Wega starrte beeindruckt auf den gewaltigen Apparat, der die gesamte Rückwand des Laboratoriums einnahm. Auf dem Boden lagen dicke, gut isolierte Kabelstränge. Eine riesige Schalttafel mit einer Unzahl von Lämpchen, Knöpfen und Hebeln war mit rätselhaften Zahlen und Zeichen beschriftet. Beim Anblick dieser Maschine, mit der man in die Vergangenheit versetzt werden konnte, kam er sich plötzlich klein vor.
Rolfs Vater, Dr. Wega, war mit den beiden Erfindern der Zeitmaschine befreundet, und Rolf hatte ihm monatelang in den Ohren gelegen, einmal einen Blick in das geheimnisvolle Labor werfen zu dürfen. Nun war es endlich soweit. Daß die Zeitmaschine solch ein gewaltiger Apparat sein würde, hatte Rolf allerdings nicht erwartet.
»Was ist denn das?« fragte er und zeigte auf das Mittelstück der Maschine. Es sah aus wie eine Telefonzelle, hatte dick isolierte Wände und eine mannshohe, durchsichtige Tür. Sie war jedoch nicht aus gewöhnlichem Glas, sondern aus Kunststoff, der, wie Dr. Simiak behauptete, unzerstörbar war.
»Da hinein kommen die Käfige mit den Versuchstieren oder andere Gegenstände, die weggeblitzt werden sollen«, erklärte Dr. Ferguson, der Assistent von Dr. Simiak.
»Und kommen sie darin auch wieder zurück?«
»Wenn wir Glück haben.«
»Was soll das heißen: wenn wir Glück haben?«
Dr. Simiak lächelte. »Wenn wir ein Tier in einem Käfig wegblitzen«, erläuterte er, »müssen wir mindestens drei Stunden warten, bis wir es zurückholen können. Die Zeitmaschine verbraucht nämlich sehr viel Energie, sie wird heiß und muß erst wieder abkühlen. Während dieser ganzen Zeit steht der Käfig mit dem Tier an einer bestimmten Stelle in der Vergangenheit. Das muß auch so sein, denn auf diesen bestimmten Punkt sind die Koordinaten der Maschine eingestellt. Macht sich inzwischen jemand an dem Käfig zu schaffen und trägt ihn fort, oder ist er zufällig auf einem schrägen Hang gelandet und abgerutscht, so sind wir das Versuchstier los. Dann finden wir beim Zurückholen höchstens ein bißchen Erde oder Sand.«
»Warum experimentieren Sie denn nur mit Tieren?« fragte Rolf. »Die können doch nicht berichten, was sie in der Vergangenheit erlebt haben.«
»Die ganze Erfindung ist noch im Versuchsstadium«, erwiderte

Dr. Simiak. »Ehe wir daran denken können, Menschen in die Vergangenheit zu schicken, müssen wir erst sicher sein, daß kein Risiko damit verbunden ist. Vorläufig ist die Sache noch eine Art Einbahnstraße. Wir können nicht einmal sehen, wo die Tiere landen. Wenn daher jemand an die falsche Stelle gerät, zum Beispiel in einen Sumpf oder in einen See, kann er uns kein Zeichen geben und ist rettungslos verloren.«

»Eigentlich sind Menschen auch zu schwer«, fügte Dr. Ferguson hinzu.

»Wieso zu schwer?«

»Der Apparat hat eine Höchstleistung von etwa sechzig Kilo«, sagte Dr. Simiak.

»Und das Schlimmste ist«, fiel Dr. Ferguson ein, »daß die Zeitmaschine nach jedem Versuch mit schweren Tieren, wie Affen, viele Wochen lang nicht mehr arbeiten kann. Das Zurückholen kostet derart viel Energie, daß alle Sicherungen schmelzen und die ganze Apparatur durcheinandergerät. Die Reparatur kann unter Umständen zwei Monate dauern.«

»Du lieber Himmel! Ist die Maschine denn jetzt in Ordnung?«

»Ja. Nach Neujahr hoffen wir, Versuche mit Affen anstellen zu können, die darauf trainiert sind, Gegenstände aus der Umgebung in ihren Käfig zu ziehen.«

Rolf nickte. Er betrachtete die Zelle und versuchte sich vorzustellen, wie einem wohl zumute sein mochte, wenn man dort hineingesteckt und in die Vergangenheit versetzt wurde. Plötzlich hörte er sich sagen:

»Ich hätte keine Angst.«

Die beiden Gelehrten starrten ihn an. Vor ihnen stand ein Junge, kaum fünfzehn Jahre alt, hoch aufgeschossen, Schüler mit dem Lieblingsfach Geschichte, eigentlich noch ein Kind. Und dieser Junge sagte ... Nein, das meinte er nicht im Ernst. Wahrscheinlich träumte er von irgendeinem utopischen Abenteuer.

»Ich wiege weniger als ein Affe«, sagte Rolf.

»Das stimmt, aber ...«

»Ich habe Augen im Kopf und einen Mund. Ich könnte mir alles ansehen und später berichten, was ich gesehen habe«, fuhr Rolf ruhig fort, obwohl sein Herz vor Aufregung wild pochte.

»Das ist doch Unsinn«, murmelte Dr. Ferguson.

»Viel zu riskant«, sagte Dr. Simiak, aber seine Stimme klang belegt und sein Ton war unsicher.

Je mehr die Wissenschaftler beteuerten, daß das Experiment nicht durchzuführen wäre, desto entschlossener wurde Rolf, es zu wagen.

»Ich wäre ein geradezu ideales Versuchskaninchen«, drängte er. »Ich habe genau das richtige Gewicht und Augen, denen nichts entgeht. Ich kann ja im Notfall auch eine Waffe mitnehmen. Natürlich weiß ich, daß die Sache nicht ganz ungefährlich ist, aber ich kann mich in schwierigen Lagen behaupten. Schließlich ist es ja bloß für ein paar Stunden ... Ich habe daheim ein Buch, in dem ein Turnier geschildert wird, das der Herzog von

Dampierre am 14. Juni 1212 in Montgivray in Mittelfrankreich abhielt. Könnten Sie mich nicht dort hinschicken? Das würde ich wahnsinnig gern sehen. Nach meiner Rückkehr könnte ich Ihnen haargenau erzählen, ob Ihre Zeitmaschine wirklich so sauber arbeitet, wie Sie glauben. Was können Ihnen die Versuchstiere berichten? Nichts! Sie können sie untersuchen und ihnen ein bißchen Staub aus dem Fell holen. Aber dadurch haben Sie noch längst keine Gewißheit. Ich hingegen könnte Ihnen den unumstößlichen wissenschaftlichen Beweis liefern.«
Er sah, daß die beiden Männer zögerten.
»Und ich bin nicht ängstlich«, fügte er noch rasch hinzu.
»Du scheinst dir nicht ganz im klaren darüber zu sein, daß wir nur einen einzigen Versuch machen können, dich zurückzuholen«, ließ sich jetzt Dr. Simiak vernehmen. »Falls wir auf deinen Vorschlag eingehen. Mißlingt dieser Versuch, stehst du im entscheidenden Augenblick nicht an der richtigen Stelle, dann kannst du für den Rest deines Lebens im Mittelalter umherirren.«
»Ich werde pünktlich dort sein«, versprach Rolf feierlich.
»Du stellst dir das alles viel zu einfach vor«, warf Dr. Ferguson ein, aber seine Augen funkelten begierig.
»Ich weiß, daß Sie mit dem Computer den Ort, an den Sie mich versetzen wollen, haarscharf berechnen können«, beharrte Rolf. »Ich kann doch ein Stück Kreide mitnehmen, um den Platz zu markieren, damit ich ihn ein paar Stunden später mühelos wiederfinde. Ich könnte auch ein Messer einstecken, um mich, wenn nötig, zu verteidigen. Und . . . und . . .«
»Nichts und . . . und«, unterbrach ihn Dr. Simiak, »es ist viel zu riskant. Noch nie ist ein Mensch in die Vergangenheit zurückgekehrt. Die Sache könnte total schiefgehen, und die Verantwortung dafür kann ich nicht übernehmen.«
»Aber *ein* Mensch muß der erste sein«, erwiderte Rolf, »und warum dann nicht ich?«
Er wollte jetzt nicht lange darüber nachdenken, sondern sein Vorhaben durchsetzen. Eine so einmalige Chance, einen Blick in das Mittelalter zu werfen, kam bestimmt nie wieder!
Die beiden Wissenschaftler redeten auf ihn ein, aber er hörte gar nicht zu. Er starrte die »Telefonzelle« an, das Tor zur Vergangenheit, zu Turnieren und Abenteuern. Draußen lag grau und kalt der Winter über dem Land. Hier drinnen war es warm. Rolf hielt seine dicke, mit Schafwolle gefütterte Jacke über dem Arm. Völlig in Gedanken zog er sie jetzt an.
»Lassen Sie mich gehen!« sagte er energisch.
Über der Zeitmaschine hing ein Chronometer. Rolf warf einen Blick auf das Zifferblatt. Die Zeiger standen auf Viertel vor eins. Instinktiv stellte er seine neue Armbanduhr – ein Weihnachtsgeschenk – auf diese Zeit.
»Wir können auf die Minute genau vereinbaren, wann ich an der Stelle sein muß, von der aus ich zurückgeholt werden kann«, sagte er.

Und auf einmal geschah das Wunder. Lag es daran, daß die beiden Männer seiner starrköpfigen Beharrlichkeit nicht länger gewachsen waren? Oder hatte sie die wissenschaftliche Neugier gepackt, ihren Apparat endlich einmal richtig ausprobieren zu können? Er wußte es nicht. Jedenfalls sah er zu seiner maßlosen Verblüffung, daß beide fast gleichzeitig nickten. Dr. Ferguson rannte zum Computer und begann, ihn mit Daten zu füttern.
»14. Juni 1212 hast du gesagt? Montgivray in Frankreich . . . Ich sehe auf der Karte nach, wo das genau liegt . . .«
Er murmelte vor sich hin, während er mit dem Computer beschäftigt war. Auch Dr. Simiak war plötzlich sehr emsig. Er lief hinaus und kam gleich darauf mit zwei Kreidestiften, einem schwarzen und einem hellgelben, zurück. Außerdem brachte er noch ein langes, sehr scharfes Brotmesser mit, das sich Rolf in den Gürtel steckte.
»Da wir ein Höchstmaß von Sicherheit anstreben«, sagte Dr. Simiak, »schlage ich vor, daß wir in genau vier Stunden versuchen, dich zurückzuholen.«
Jetzt war er wieder der sachliche Wissenschaftler, der ein Experiment startete. Er notierte die Zeit, die der Chronometer zeigte: fünf Minuten vor ein Uhr.
»Das Ingangsetzen der Zeitmaschine dauert ein paar Minuten. Du wirst also gegen ein Uhr weggeblitzt werden. Präg dir das genau ein, Junge. Um Punkt fünf Uhr werden wir dich zurückholen. Verstanden?«
»Ich werde zur Stelle sein.«
Rolf lief schon auf die Zelle zu.
Dr. Ferguson kam mit den Computerauswertungen zurück. Als Rolf die Tür der Zelle öffnete, packte er ihn plötzlich am Arm.
»Einen Augenblick!« rief er. »Willst du das wirklich tun? Du weißt, daß wir nur einmal versuchen können, dich zurückzuholen.«
»Ich weiß es«, sagte Rolf und betrat die Zelle.
Dr. Simiak war ihm nachgelaufen, um die Tür zu schließen. Ehe er es tat, sagte er:
»Achte darauf, daß dich möglichst niemand sieht, Rolf. Mit deinen Kleidern fällst du dort zu sehr auf.«
Rolf nickte.
Dr. Ferguson saß schon vor der Schalttafel und hantierte an Knöpfen und Hebeln.
Die Tür noch immer offen haltend, sagte Dr. Simiak heiser: »Also gut. Setz die Füße genau auf die viereckige Platte. Ja, so. Nicht die Wände berühren! Augen schließen und nicht bewegen. Werde nicht ungeduldig, es dauert bestimmt drei Minuten, bevor wir genügend Energie aufgebaut haben, um . . . Und berühre vor allem nichts, Junge, ich . . .«
Rolf kniff die Augen zu. Er hörte noch, wie die Tür geschlossen wurde, dann drang kein Geräusch mehr zu ihm.

Unbeweglich wie ein Denkmal stand er dort. Zählen, dachte er. Einfach dreimal bis sechzig zählen. Ruhig . . .
Er zählte, langsam und konzentriert.
»Einunddreißig, zweiunddreißig . . .«
War es das zweite oder das dritte Mal, daß er bis sechzig zählte? Was machten die beiden Männer nur? Fünfundvierzig, sechsundvierzig . . .
Hinter seinen geschlossenen Augenlidern tanzten Kreise. Achtundfünfzig, neunund . . . Die Welt ging unter. Rolf spürte einen heftigen Schlag, der seinen ganzen Körper schmerzhaft durchzuckte und ihn benommen machte. Geräusche umtobten ihn, nahmen langsam ab und wurden erkennbar.
Der Wind rauschte in den Baumkronen. Vögel sangen. Noch immer wagte er nicht, sich zu bewegen oder die Augen zu öffnen. Dann fühlte er die Wärme der Sonne. Die Benommenheit wich. Er blickte auf . . .
Er war da!
Aber wo?

2. Gestrandet

Rolf Wega stand in einem Hohlweg. Zu beiden Seiten sah er hohe Böschungen, mit Bäumen, Sträuchern, Gras und Blumen bewachsen. Links von ihm führte der Weg hinab und verschwand hinter einer Biegung. Auf der rechten Seite ging es hinauf, ebenfalls zu einer Biegung, so daß Rolf von seiner Umgebung nur wenig erkennen konnte. Er sah zu Boden und entdeckte, daß er auf einem flachen Stein stand. Das traf sich gut!
Langsam wagte er wieder zu denken. Er konnte es noch kaum glauben, daß das Experiment gelungen war. Eines stand jedenfalls fest: Er befand sich nicht mehr an demselben Ort wie vorher. Ob er sich auch in einem anderen Zeitalter befand, das mußte er erst herausfinden. Er warf einen Blick auf seine Armbanduhr. Sie zeigte auf zwei Minuten nach eins. Das schien also zu stimmen. Er sah auf den Stein nieder. Einen besseren Standort für eine Markierung mit Kreide konnte es nicht geben. Er griff in seine Jackentasche und holte die Fettkreide heraus. Sorgfältig zog er erst mit der gelben, dann mit der schwarzen Kreide einen Kreis um seine Füße. Darauf steckte er beide zufrieden ein und stieg von dem Stein herab. Jetzt muß ich genau aufpassen, wohin ich gehe, dachte er, damit ich rechtzeitig zu dem Stein zurückfinde. Die große Birke gegenüber ist ein gutes Erkennungszeichen.
Es war recht warm, und er begann in seiner gefütterten Jacke zu schwitzen. Er wagte jedoch nicht, die Jacke auszuziehen, obwohl er darunter noch einen dicken grauen Pullover trug. Außerdem hatte er

Jeans, dicke Socken und feste Winterschuhe an. Zu dumm, hier war natürlich Sommer. Die Sonne brannte ihm auf den Kopf, unter seinen Füßen wirbelte der Staub. Ich bin wohl in einer Art Hügelland, dachte er. Mal sehen, wohin der Weg führt.
Er ging ein Stückchen den Weg hinab. Als er die Biegung erreichte, sah er ein weites Tal und in der Ferne eine Stadt.
»Das muß Montgivray sein«, sagte er laut. »Es hat also tatsächlich geklappt!«
Obwohl die Stadt im Hitzedunst fast verschwand, konnte er erkennen, daß es keine moderne Stadt war. Er unterschied die vagen Konturen von Stadtwällen und Türmen. Tief unter ihm fuhr eine Art Planwagen in Richtung Stadttor. Auf den Feldern sah er Menschen bei der Arbeit.
Ich bin im Mittelalter, ich stehe mitten im Frankreich des 13. Jahrhunderts, sagte er sich, obwohl er es noch nicht so recht glauben konnte. Als er den Weg weiter hinuntergehen wollte, drang gedämpfter Lärm an sein Ohr: Getrappel von Pferdehufen, Rufe, Getümmel. Erschrocken schaute er sich um, aber der Weg über ihm entzog sich seinem Blick.
Der Lärm schwoll an, Waffen klirrten. Waren vielleicht zwei feindlich gesinnte Ritter einander begegnet?
Das muß ich sehen, sagte sich Rolf. Ich muß bloß darauf achten, daß sie mich nicht entdecken.
Er rannte zurück, jeden Augenblick bereit, sich in den Sträuchern zu verbergen. An dem markierten Stein vorbei erreichte er die obere Kurve des Weges. Dort blieb er starr vor Staunen stehen. Das Bild vor ihm war so eindrucksvoll, daß er sogar vergaß, sich zu verstecken.
Es war tatsächlich ein Kampf im Gang. Zwei Männer zu Pferd hatten einen dritten Mann, der anscheinend auf einem Esel gesessen hatte, überfallen. Der Esel stand neben dem Gebüsch und schrie, sein Herr schwang brüllend einen mächtigen Knüppel. Die beiden Kerle zu Pferd trugen Lederwesten und Lederhelme. Ritter waren es bestimmt nicht, denn ihre armseligen Pferde trugen keine Schabracken und sahen recht verwahrlost aus. Mit offensichtlich stumpfen Schwertern schlugen sie auf den Überfallenen ein, der sich heftig zur Wehr setzte. Als Rolf den Schauplatz betrat, gelang es dem Mann mit dem Esel gerade, einem seiner Angreifer einen solchen Schlag auf den Arm zu versetzen, daß diesem das Schwert aus der Hand flog. Aber es war ein ungleicher Kampf, so tapfer der Mann sich auch zur Wehr setzte.
»Elende Strauchdiebe«, murmelte Rolf empört.
Er vergaß jede Vorsicht, als er sah, daß der Mann mit dem Esel zu unterliegen drohte. Wutentbrannt riß er das Messer aus seinem Gürtel und stürmte nach vorn. Dicht vor sich sah er einen der beiden Kerle, der seinem Pferd die Sporen gab. Rasend vor Zorn, stach Rolf blindlings zu. Ein schriller Schrei verriet ihm, daß er getroffen hatte, und anscheinend nicht schlecht. Rolf riß das Messer zurück, da sah er, wie das Schwert auf

ihn zufuhr. Er tauchte rasch weg, bekam aber doch noch einen heftigen Schlag auf die Schulter, wenn auch die stumpfe Klinge seine dicke Jacke nicht durchdringen konnte.
Rolf wollte noch einmal zustechen. In diesem Augenblick stürzte der zweite Räuber schreiend vom Pferd. Der Mann mit dem Esel hatte ihn heruntergerissen. Rolfs Gegner wendete sein Pferd und versuchte, den Jungen über den Haufen zu reiten. Rolf sprang blitzschnell zur Seite. Der Reiter, der ihn verfehlt hatte, hielt sein Tier nicht mehr an, sondern machte sich aus dem Staub, gefolgt von dem zweiten, reiterlosen Pferd. Der andere Strauchdieb lag wimmernd auf dem Boden. Noch ein heftiger Schlag, und er war ruhig.
Der wilde Kampf war vorüber.
Keuchend ließ sich Rolf in das trockene Gras neben dem Weg sinken, strich sich das Haar aus der schweißnassen Stirn und starrte entgeistert auf das blutige Messer in seiner Hand. Ich habe einen Menschen verletzt, schoß es ihm durch den Kopf. Vor ihm stand der Mann, dem er zu Hilfe gekommen war. Auch er keuchte und wischte sich den Schweiß aus dem Gesicht. Der Mann sagte etwas, aber Rolf verstand ihn nicht. Er versuchte es auch gar nicht, denn er war viel zu verstört.
Der Fremde schien wieder zu Atem zu kommen. Er lief weg, um seinen Esel einzufangen. Dann band er das Tier an einem Baum fest und ging zu dem Räuber, der noch immer regungslos auf dem Weg lag. Er trat ihm einmal kräftig in die Rippen, aber der Wegelagerer rührte sich nicht.
Rolf lief es bei diesem Anblick kalt den Rücken herunter. Der Räuber war tot. Erschlagen von dem furchterregenden Knüppel des Mannes mit dem Esel.
Als der Mann ihm winkte, erhob er sich steif. Der Fremde packte den toten Räuber am Kopf und bedeutete Rolf, er solle ihn bei den Beinen nehmen. Gemeinsam schleiften sie ihn an den Wegrand. Dann sahen sie einander an. Der Fremde lächelte. Rolf begriff, daß er keine Angst zu haben brauchte. Der Mann band seinen Esel wieder los und winkte Rolf, ihm zu folgen. Der tat das nur allzu gern, denn in dieser Welt schien es lebensgefährlich zu sein, allein herumzulaufen. Vielleicht holte der geflohene Räuber Hilfe herbei, wer konnte das wissen?
Statt die Richtung zur Stadt einzuschlagen, bog der Mann ein paar hundert Meter weiter in einen Seitenweg ein, der zu einem grasbewachsenen Platz auf einem Hügel führte. Von dort hatten sie einen weiten Ausblick über das Tal und auf die ferne Stadt. In den Bäumen und Büschen sangen die Vögel, und hoch über ihren Köpfen kreisten Habichte. Die Luft war warm, klar und von frischem Duft erfüllt. Rolf hatte plötzlich das Gefühl, in den Ferien zu sein. Der Mann mit dem Esel holte aus seiner Reisetasche Brot und kaltes Fleisch und bot Rolf davon an. Sie setzten sich ins Gras und begannen zu essen. Das Brot schmeckte dem Jungen herrlich. Aber nach dem ersten Bissen Fleisch schaute er

überrascht auf und überlegte, von welchem Tier es wohl stammen könnte. Er konnte es nicht feststellen, aber es schmeckte ... es schmeckte irgendwie wild! Ein anderes Wort fand er einfach nicht dafür.
Auch der Mann schwieg jetzt. Mit seinen kräftigen weißen Zähnen biß er in das Brot, riß Stücke von dem Fleisch ab und nahm von Zeit zu Zeit einen Schluck aus einer ledernen Feldflasche, die er Rolf jetzt ebenfalls reichte. Die Flasche schien verdünnten Wein zu enthalten. Ihr Inhalt schmeckte leicht säuerlich und prickelnd und löschte hervorragend den Durst.
Rolfs Schulter schmerzte noch, aber weniger als zuvor. Er fühlte sich jetzt so wohl, daß er es endlich wagte, seine Windjacke auszuziehen. Er sah, wie der Mann verwundert auf seine Jeans und seinen Pullover schaute. Jetzt erst kam es Rolf zu Bewußtsein, daß der andere ebenfalls noch jung war. Er hatte langes, dunkles Haar, schöne braune Augen und eine wettergebräunte Haut. Er trug einen grünen Überwurf, der mit einem Lederriemen zusammengehalten war, in dem ein kurzer Dolch steckte. Er hatte braune Stiefel an, und neben ihm im Gras lag ein seltsamer grüner Hut. Rolf fand, daß er wie ein Hippie aussah, wie ein etwas seltsam herausgeputzter Student der Amsterdamer Universität.
Sie waren mit dem Essen fertig. Der Mann mit dem Esel sah Rolf ins Gesicht, deutete dann auf sich und sagte: »Leonardo. Leonardo Fibonacci – da Pisa.«
»Pisa?« stammelte Rolf verwundert. Er glaubte, sich verhört zu haben. Aber der andere nickte bekräftigend. Rolf wußte, daß er sich jetzt auch vorstellen sollte. Und anscheinend nannte man auch den Geburtsort. Deshalb sagte er, indem er auf sich selbst zeigte:
»Rudolf Wega – aus Amsterdam.«
Es war Rolf klar, daß nun die Sprachschwierigkeiten beginnen würden. Er konnte kein Französisch, und das Französisch des Mittelalters schon gar nicht! Auch in Latein war er kein großes Licht ...
Leonardo begann nun flink draufloszureden, so daß Rolf Hören und Sehen verging. Er begriff endlich, daß es weder Altfranzösisch noch Italienisch war. Die Sprache ähnelte ein wenig dem Deutschen und Holländischen, klang aber doch ganz anders.
»Langsam«, rief er, »so kann ich nichts verstehen.«
Der andere begriff und begann die gleiche Geschichte noch einmal von neuem, jetzt langsam und eindringlich, unterstützt von vielen Gesten. Rolf lauschte angestrengt. Immer wieder kamen ihm Wörter bekannt vor ... Das ist so eine Art altertümliches Holländisch, schoß es ihm durch den Kopf. Und es ist nicht einmal so schwer zu verstehen, wenn der Mann langsam spricht.
Tatsächlich gelang es ihm, Leonardos Worten einigermaßen zu folgen. Der junge Mann war Student und hatte zwei Jahre in Paris studiert. Jetzt befand er sich auf dem Weg nach Bologna, um dort seine Studien zu

vollenden. Er war schon seit Wochen unterwegs und hatte bis jetzt wenig Schwierigkeiten gehabt, bis er, vor kaum einer Stunde, plötzlich von zwei Wegelagerern überfallen worden war, die geglaubt hatten, daß der einsame Mann eine leichte Beute sein würde. Aber sie hatten sich verrechnet. Sie hatten nicht an seinen gefährlichen Knüppel gedacht und schon gar nicht daran, daß er im entscheidenden Augenblick Hilfe erhalten würde. Das war so ziemlich alles, was Rolf der Erzählung entnehmen konnte. Der Student seinerseits erwartete nun natürlich von ihm, daß er auch etwas von sich erzählen würde. Rolf brach der Schweiß aus. Er gab sich große Mühe und versuchte, die Worte so auszusprechen, wie er das von Leonardo gehört hatte. Er erzählte, daß er auf dem Weg zu dem großen Turnier des Herzogs Jean de Dampierre in Montgivray sei.
»Dampierre? Montgivray?« fragte Leonardo verblüfft. Rolf nickte und zeigte auf die ferne Stadt, die im Dunst flimmerte.
»Dort! Montgivray!«
Leonardo schüttelte den Kopf.
»Das ist nicht Montgivray«, sagte er, »das ist Spira.«
Spira? Wo kann das liegen? dachte Rolf beunruhigt. Den Namen habe ich noch nie gehört.
Er zeigte nach Norden.
»Dort? Montgivray?«
Wieder schüttelte Leonardo den Kopf. Auch er wies jetzt nach Norden.
»Dort liegt Worms.«
Rolfs Mund blieb vor Staunen offen. Das konnte doch nicht sein! Worms war eine Stadt in Deutschland, am Rhein. Jetzt kam ihm plötzlich der Gedanke, daß der Mann mit Spira wahrscheinlich Speyer gemeint hatte, denn Rolf wußte, daß Worms nicht weit von Speyer lag. Erschrocken spähte er, die Hand über den Augen, nach der Stadt. Die war zwar in der flimmernden Hitze schlecht auszumachen, aber allmählich glaubte der Junge doch, eine alles überragende Kirche zu erkennen. Selbst die Form kam ihm irgendwie bekannt vor. Drei Jahre zuvor war er mit seinen Eltern in Speyer gewesen, auf der Durchreise in die Schweiz. Er erinnerte sich an eine betriebsame Stadt mit viel Industrie, einer prächtigen Rheinbrücke, breiten Zufahrtswegen, und vor allem erinnerte er sich an den gewaltigen Dom, der zum Teil noch aus dem 12. Jahrhundert stammte. War das diese Kirche gewesen? Waren Speyer und Spira dieselbe Stadt? Aber dann konnte er unmöglich in Frankreich sein, dann war er in Deutschland! Hinter der Stadt glaubte er jetzt etwas zu erkennen, das wie ein glänzendes Band aussah. Das mußte ein Fluß sein. Er zeigte in die Richtung.
»Ist das der Rhein?«
Leonardo nickte. O Himmel, dachte Rolf, dann bin ich ja doch an der verkehrten Stelle angekommen. Mit einem Ruck wandte er sich um.
»Welches Jahr haben wir?«

»1212.«
Das stimmte also.
»Und den wievielten?«
»?«
»Welchen Tag des Monats?«
Jetzt schien Leonardo zu begreifen.
»Johannis.«
Jetzt wußte Rolf genauso viel wie vorher, aber er wollte nicht weiterfragen. Er fürchtete, seine Unwissenheit könnte den Studenten stutzig machen.
»Johannis«, sagte Leonardo, »Zaubernacht.«
Rolf begriff das alles nicht. Er machte noch einen Versuch.
»Der wievielte Tag des Monats ist heute?«
»Der vierundzwanzigste«, sagte der Student verblüfft, weil der Junge das nicht wußte. Rolf schwieg. Er dachte nach. Ob der Computer einen Fehler gemacht hatte? Oder bestand ein Unterschied in der Zeitrechnung seines und dieses Jahrhunderts?
Plötzlich hörte er den Studenten fragen:
»Woher kommst du?«
»Aus Amsterdam.«
Leonardo hob die Schultern.
»In Holland«, erklärte Rolf.
»Aha . . . aus Holland kommst du?«
»Ja.«
»Wieso verstehst du mich dann so schwer? Oder sprichst du nur Dialekt?«
Himmel, ist das schwierig, dachte Rolf, viel schwieriger als ich dachte.
»Du kannst mir ruhig vertrauen, mein Freund«, sagte er zu Leonardo. »Ich bin Student wie du, aber ich habe mich verirrt.«
»Student? Dann sprichst du doch Latein?«
»Nicht sehr gut.«
»Was kannst du denn? Mathematik?«
»Ja«, sagte Rolf erleichtert. Er war zwar keine Leuchte in Mathematik, aber glaubte doch, es darin mit einem Menschen des Mittelalters aufnehmen zu können.
Verstohlen warf er einen Blick auf seine Uhr. Anderthalb Stunden waren schon verstrichen. Jetzt, da aus dem Turnier doch nichts werden würde, weil er an den falschen Ort geraten war, wäre es eigentlich nett, sich die Stadt dort unten aus der Nähe anzusehen.
Aber Leonardo hatte eine sandige Stelle entdeckt und zog Rolf dort hin. Mit einem dürren Ästchen zeichnete er ein paar Figuren in den Sand: ein Dreieck, ein Parallelogramm. Rolf grinste, nahm das Ästchen und zeichnete einen Kegel, ein Viereck, eine Pyramide. Dann schüttelten sie einander herzlich die Hände. Sie hatten sich gefunden.

Zum ersten Mal in seinem Leben bedauerte Rolf, daß er von Mathematik nur die Anfangsgründe kannte. Mehr zum Spaß schrieb er den pythagoreischen Lehrsatz in den Sand: $a^2 + b^2 = c^2$. Leonardo schien damit im ersten Augenblick nichts anfangen zu können. Fragend deutete er auf die Ziffern. Natürlich, er rechnet doch mit römischen Ziffern, dachte Rolf erschrocken. Schnell wischte er alles fort und begann, die römischen Ziffern von I bis X aufzuschreiben. Darunter schrieb er die arabischen Ziffern, ebenfalls bis 10.
»Das sind östliche Zeichen!« rief Leonardo.
Rolf nickte.
»Ja, die benutzen wir immer. Man kann damit viel einfacher rechnen als mit den römischen.«
Hatte der Student das verstanden? Auf alle Fälle begriff er, was Rolf meinte.
»Ich habe davon gehört, aber ich kenne sie nicht. Zeig sie mir noch einmal.«
Sie gingen zu einer Stelle mit mehr Sand, und Rolf gab dem Studenten Unterricht im kleinen Einmaleins. Leonardo schien rasch zu begreifen, aber Rolf stolperte immer wieder über die ungewohnte Sprache. Besonders die Verwendung der Null schien den Studenten zu begeistern.
Die Zeit verflog.
»Wo hast du das nur gelernt?« fragte Leonardo.
»In der Schule, in Holland.«
»Das ist ausgeschlossen!« rief Leonardo. »In Holland wohnen Barbaren, dumme Ritter und noch dümmere Geistliche, die kaum Latein können. Dort gibt es ja nicht einmal eine Universität.«
Wie sollte er das nur erklären? Rolf blickte nochmals verstohlen auf seine Uhr. Himmel, schon halb fünf! Vor lauter Rechnen, verbunden mit der Mühe, sich in der seltsamen, halb deutschen, halb holländischen Sprache verständlich zu machen, hatte er die Zeit total vergessen. Nun bestand keine Aussicht mehr, die prächtige mittelalterliche Stadt dort unten kennenzulernen. Seine vier Stunden Zeit hatte er verschwätzt und mit Rechenübungen zugebracht. Was aber konnte er Dr. Ferguson als Beweis dafür liefern, daß er tatsächlich im 13. Jahrhundert gewesen war? Auf den Hügeln bei Speyer am Rhein?
Er stand auf und klopfte den Sand von seiner Hose.
»Ich muß jetzt weiter«, sagte er lahm.
Auch Leonardo hatte sich erhoben.
»Warum denn? Wo mußt du hin? Laß uns doch zusammenbleiben«, schlug er vor.
Rolf schüttelte bekümmert den Kopf. Wenn er verlegen wurde, vergrub er die Hände in den Hosentaschen, so wie jetzt. Dabei fühlte er die beiden Kreidestifte. Er brauchte sie nicht mehr, und vielleicht konnte er Leonardo damit eine Freude machen.

»Da«, sagte er, indem er dem Studenten die beiden Kreidestifte hinhielt, »nimm sie als Abschiedsgeschenk. Man kann damit schreiben.«
Hatte Leonardo ihn verstanden? Er starrte Rolf an, schaute dann auf dessen Hand und berührte zögernd mit einem Finger die Stifte. Rolf blickte umher, hob dann einen Stein auf und zog mit der schwarzen Kreide einen Strich darauf.
»Siehst du, so wird es gemacht. Nimm sie nur. Ich schenke sie dir aus Freundschaft.«
Leonardo strahlte. Er nickte, griff nach seinem Hals und nahm die dünne Schnur ab, die er als Kette trug. Daran baumelte ein Emailmedaillon mit dem Bildnis der heiligen Jungfrau. Das drückte er Rolf in die Hand. Rolf war über den Tausch glücklich – man stelle sich vor, ein Medaillon aus dem 13. Jahrhundert, was würde Dr. Ferguson dazu sagen! –, so glücklich, daß er das Geschenk an seine Lippen drückte. Dann schüttelten sie einander die Hände.
Rolf hängte die Schnur um seinen Hals, zog seine Windjacke an, winkte noch einmal und lief dann den Hang hinauf, hinter dem der staubige Weg liegen mußte, den er gekommen war. Es war jetzt ein Viertel vor fünf, so daß er noch bequem Zeit hatte, den gekennzeichneten Stein zu erreichen, um die Rückreise ins 20. Jahrhundert anzutreten.
Aber als er die Kuppe erreichte und glaubte, jetzt müsse er unter sich den Hohlweg sehen, blieb er plötzlich erschrocken stehen. Nun erst drangen die seltsamen Laute, die er schon längere Zeit vernommen hatte, ohne sie zu beachten, voll in sein Bewußtsein: die Stimmen singender Kinder und dazwischen das Schlurfen unzähliger Füße. Verblüfft sah er auf den Weg hinab. Unter ihm zogen Hunderte, nein Tausende Kinder vorbei. Sie füllten den ganzen Weg. Und immer neue, immer mehr Kinder drängten nach. War es eine Prozession, weil heute Johannistag war? Er mußte schleunigst zu seinem Stein zurückfinden! Aber wie? Auf dem leeren Weg war er deutlich sichtbar gewesen. Jetzt war er unter Hunderten staubaufwirbelnden Füßen verschwunden. Die Kinder strömten noch immer an ihm vorbei, hügelabwärts, Richtung Speyer. Wo kamen sie nur her? War Speyer eine so große Stadt, daß sich Tausende auf den Weg dorthin machen konnten? War es ein Ausflug oder eine Prozession? Fragen über Fragen, aber keine Zeit mehr, nach einer Antwort zu suchen. Er konnte hier nicht länger stehenbleiben, sondern mußte versuchen, schleunigst seinen Stein zu finden.
Aufgeregt lief er die Böschung hinab. Ein Stückchen weiter rechts erkannte er die junge Birke, die er sich als Erkennungszeichen eingeprägt hatte. Ihr genau gegenüber lag sein Stein. Er ging darauf zu, während ihm das Herz bis zum Hals klopfte. Er war plötzlich furchtbar nervös und aufgeregt. Wenn die Kinder doch nur einen Augenblick Platz machen und ihn durchlassen würden ... Aber der Hohlweg war zu eng. Sie versuchten zwar, den großen Jungen, der sich mit Ellenbogen und Knien seinen

Weg bahnte, vorbeizulassen, aber sie wurden selbst durch andere Kinder, die hinter ihnen nachdrängten, weitergeschoben.
Hände klammerten sich an Rolfs Armen und Rücken fest. Magere Körper stießen gegen ihn. Er trat auf einen nackten Fuß und hörte einen Schmerzensschrei.
Der Stein! Wo war der Stein? Ratlos blickte er umher. Oben auf der Böschung sah er Leonardo stehen, der ebenfalls verblüfft das Schauspiel betrachtete. Der Student winkte ihm, aber Rolf hatte jetzt keine Zeit mehr, auf ihn zu achten. Er kämpfte weiter gegen den Strom, um zu der Birke zu gelangen. Er stand jetzt dicht davor.
Ein großer Junge versuchte, ihn zurückzudrängen. Ein paar Mädchen hielten seine Arme fest, um nicht selbst zu fallen. Ein anderer Junge, in graue Lumpen gehüllt, sprang plötzlich auf eine kleine Erhöhung und fuchtelte wie wild mit den Armen. Er rief etwas Unverständliches. Rolf wurde es plötzlich bewußt, daß der Junge auf seinem Stein stand. Die vorbeiströmenden Kinder sahen auf und zeigten lachend auf den Bauernjungen. Einige riefen ihm etwas Lustiges zu. Rolf wurde geschoben, gezerrt und gedrückt, er mußte sich mit ganzer Kraft gegen diese Flutwelle stemmen, um nicht fortgerissen zu werden.
»Laßt mich durch!« schrie er über die Kinderköpfe hinweg.
»He, du da! Geh da weg! Dort muß ich hin!«
Der Junge achtete nicht auf ihn, sondern machte Tanzschritte und schnitt Grimassen dazu. Er gab eine Vorstellung. Die vorüberflutenden Kinder jauchzten ihm zu, und viele hielten an. Wie eine Mauer standen sie zwischen Rolf und dem Jungen. Rolf, jetzt in Panik, schlug und trat um sich. Ein paar Kinder kreischten und wichen von dem Stein zurück. Rolf sah auf. Der Stein war leer, und an der Stelle, wo gerade noch die farbigen Kreise deutlich zu erkennen gewesen waren, sah man jetzt nur noch eine Aushöhlung. Mit einem Satz war Rolf auf dem Stein. Unbeweglich stand er da, während ihm das Herz vor Angst aus der Brust zu springen drohte. Verzweifelt begann er zu zählen: ». . . fünf, sechs, sieben . . .«, um vor allem nicht denken zu müssen. Wo war der Junge geblieben? Sollte er . . .? Nein, es war nicht wahr . . . es durfte nicht sein. Er schloß die Augen.
». . . dreiundzwanzig, vierundzwanzig . . . er ist heruntergesprungen, natürlich ist er heruntergesprungen . . . die Kinder haben geschrien, weil ich sie gestoßen habe . . . achtundvierzig, neunundvierzig . . . nein, ich bin nicht zu spät gekommen . . .«
Er wagte nicht auf seine Uhr zu schauen, er wagte nicht, sich zu rühren, und vor allem wagte er nicht, sich einzugestehen, was er mit eigenen Augen gesehen hatte: daß ein Junge aus dem 13. Jahrhundert, der auf diesem Stein gestanden hatte, plötzlich nicht mehr dort war . . .
Aber wie sehr er sich auch bemühte, tief in seinem Inneren war er überzeugt, daß der andere an seiner Stelle ins 20. Jahrhundert geholt

worden war, und daß es für ihn, Rolf Wega, zu spät war. In seinen Ohren dröhnte plötzlich die Stimme von Dr. Simiak: »Mißlingt dieser Versuch, stehst du in diesem Augenblick nicht an der richtigen Stelle, dann kannst du für den Rest deines Lebens im Mittelalter umherirren.«
Rolf holte tief Atem und zwang sich, die Augen zu öffnen. Er warf einen Blick auf seine Uhr. Schon sechs Minuten nach fünf. Er blieb stehen, noch immer hoffend, alles möge nur ein Irrtum sein. Die Minuten krochen träge dahin, es geschah nichts. Jetzt hatte er die Gewißheit: ich bin gestrandet, ich habe die Rückkehr verpaßt. Meine einzige Chance ist dahin . . .
Langsam wich der Schock. Er begann wieder klarer zu denken. Noch immer stand er auf dem Stein, in der Vertiefung, und er wußte jetzt, wodurch diese entstanden war. Dr. Ferguson hatte, um jedes Risiko zu vermeiden, die Zeitmaschine bis zum Äußersten ausgelastet. Die Apparatur war jetzt bestimmt für mehrere Monate außer Betrieb . . .
Todmüde und verzweifelt sank Rolf zu Boden. Blicklos starrte er auf die Kinder, die immer noch vorbeikamen, viel langsamer jetzt, mit Lücken in ihren Reihen. Müde, nicht mehr in der Lage, zu singen, Späße zu machen oder auch nur zu beten, schlurften sie vorüber. Die meisten, die zurückblieben, waren Mädchen oder kleinere Kinder, in Lumpen gehüllt, die mageren Gesichter schmutzig und verhärmt. Rolf sah, wie ein kleines Kind hinfiel. Ein etwas größeres Kind hob es auf und zog es mit. Dann kam auf einmal eine Junge, der kräftig ausschritt. Er war prächtig gekleidet, trug weiche Stiefel und einen Dolch in seinem silberbeschlagenen Gürtel. An jeder Hand führte er ein erschöpftes Kind, während er fröhlich mit ihnen plauderte. Darauf folgten wieder arme, zerlumpte, hinkende, heulende, abgekämpfte Kreaturen. Wo kamen nur all diese Kinder her, und wohin gingen sie? Was bedeutet diese endlose Prozession?
Jetzt strauchelte wieder ein Kind, das nicht aufgehoben wurde, sondern liegenblieb.
Plötzlich konnte Rolf den Anblick nicht mehr ertragen. Er wollte kein Kind auf dem Weg liegen sehen, unweit der Stelle, an der vor ein paar Stunden der Räuber gestorben war. Er sprang auf, bückte sich und hob das reglose Mädchen auf. Als er ihr Gesicht sah, erschrak er. Die Augen waren geschlossen und lagen tief in den Höhlen. Ihre Wangen waren eingefallen.
Lebte sie überhaupt noch?
Verzweifelt blickte er umher. Nur noch wenige Kinder zogen an ihm vorbei, mechanisch die Füße bewegend, völlig abgestumpft durch Hunger und Erschöpfung. Was sollte er nur mit dem bewußtlosen Kind in seinen Armen tun?
Plötzlich tauchte Leonardo auf, gefolgt von seinem treuen Esel.
»Sie stirbt!« rief ihm Rolf fassungslos zu.

Leonardo griff nach dem dünnen Ärmchen des Kindes und fühlte seinen Puls.
»Sie ist tot«, sagte er traurig.
Langsam ließ Rolf das tote Mädchen aus seinen Armen gleiten.
»Warum nur? Was geht hier eigentlich vor? Wo wollen alle diese Kinder hin?« Die Tränen liefen ihm über die Wangen.
Leonardo gab keine Antwort. Er trug das Kind an die Böschung und bettete es unter die Sträucher. Dann faltete er ihm die Hände, schlug das Kreuzzeichen, sprach ein Gebet und begann, Steine auf den kleinen Körper zu häufen. Rolf kniete neben ihm und half mit. Hinter ihm hörte er noch immer das Schlurfen von Kinderfüßen ...
Ob dieser Zug denn niemals endete? Wie viele mochten noch kommen, die eigentlich zu krank und zu erschöpft waren, um die Füße voreinander zu setzen?
Leonardo stand auf.
»Es wird spät. Wir gehen besser zur Stadt, obwohl ich befürchte, daß sie heute abend die Stadttore geschlossen halten.«
Rolf begann sich an die merkwürdige Sprache zu gewöhnen und sie einigermaßen zu verstehen. Aber er hatte keine Antwort auf seine Fragen bekommen.
»Wer sind diese Kinder?« beharrte er.
Leonardo schüttelte den Kopf. Auch er war sichtlich betroffen.
»Die Kinder ... ich habe davon gehört. Es ist der Kinderkreuzzug.«
»Was?«
»Sie sind auf dem Weg zum Heiligen Land, um Jerusalem von den Sarazenen zu befreien.«
Mit offenem Mund starrte ihn Rolf an.
»Diese ... diese Knirpse?«
Leonardo nickte.
»Heißt das, daß die Kinder gegen die Sarazenen kämpfen wollen?«
Bekümmert blickte Leonardo zu dem Steinhaufen, unter dem das tote Mädchen lag.
»Aber wie stellen sie sich das denn vor?« fuhr Rolf fort, der im Augenblick ganz auf seine eigene Lage vergaß. »Es gab ja welche unter ihnen, die bestimmt noch keine sechs oder sieben Jahre alt waren. Was ist das nur für ein Kreuzzug? Das kann doch nicht wahr sein ...«
Ob Leonardo ihn verstanden hatte, wußte er nicht, aber endlich bekam er eine Art von Antwort.
»Es ist ein Kinderkreuzzug. Ich habe davon sprechen hören ...«
»Ich begreife das nicht«, stammelte Rolf.
»Nein, ich auch nicht. Als ich zum erstenmal davon hörte, wollte ich es nicht glauben, aber jetzt habe ich es gesehen.«
»Nein«, sagte Rolf, »ich träume. Es muß ein böser Traum sein. Nachher werde ich wach und bin froh, daß alles nicht wahr ist. Kinderkreuzzug-

. . . das ist doch zu verrückt, um daran zu denken. Ein Kreuzzug ist doch Männersache, das machen Ritter zu Pferde, im Harnisch. So etwas tun doch Kinder nicht.«
Leonardo schwieg. Er faßte seinen Esel am Zügel und setzte sich in Bewegung. Rolf, plötzlich von Angst erfaßt, allein in dieser unbegreiflichen Welt zurückzubleiben, lief hinter ihm her. Sie holten einen kleinen Jungen ein, der mühsam auf nackten, blutenden Füßen dahinstolperte. Leonardo sagte nichts, hob den Jungen hoch und setzte ihn auf den Esel. Gleich darauf nahm er ein schluchzendes Mädchen von der Wegböschung und setzte es hinter den Jungen. Noch immer sprach er kein Wort. Auch Rolf sagte nichts. Aber in seinem Inneren brannte es, als ob sich die Tränen, die er zurückdrängte, in seiner Brust gesammelt hätten.
So gingen sie schweigend ihren Weg nach Speyer, wo die Glocken läuteten und die Tore vor dem herannahenden Kinderheer geschlossen wurden.

3. Das Unwetter

Der Marsch durch die Hitze hatte die Kinder erschöpft. Da man ihnen das Betreten der Stadt verwehrte, waren sie gezwungen, ihr Lager am Ufer des Flusses aufzuschlagen. Hier konnten sie zumindest ihren Durst löschen und vielleicht sogar ein paar Fische fangen, um ihren Hunger zu stillen. Und so wagten sich viele von ihnen in die Fluten. Die Luft war drückend schwül, der Himmel im Westen hatte sich bleigrau verfärbt.
Einige Zeit später kamen Leonardo und Rolf zu den verschlossenen Toren der Stadt.
»Sie lassen niemanden ein, nicht einmal friedliche Reisende, die nichts mit diesem verrückten Kinderkreuzzug zu tun haben«, sagte der Student enttäuscht. »Sie haben Angst, daß die Kinder in den Straßen der Stadt plündern könnten.«
Rolf wies auf die Kleinen, die auf dem Esel eingenickt waren.
»Mit den beiden als Reisegepäck glaubt uns natürlich kein Mensch, daß wir nicht dazugehören«, sagte er lachend. »Wir werden wohl heute nacht im Freien kampieren müssen.«
Leonardo starrte seinen Freund verblüfft an.
»Willst du einfach irgendwo am Weg schlafen?« fragte er ungläubig.
»Warum nicht? Die Nacht ist warm.«
Leonardo schüttelte verständnislos den Kopf.
»Du kannst doch nicht einfach am Weg schlafen! Da würden sie uns bald die Kehle aufschlitzen! Es ist mir ein Rätsel, wie du heil und gesund von Holland bis hierher gelangen konntest. Du bist sehr sorglos.«
»Was schlägst du vor?« fragte Rolf hilflos.
Leonardo wies zum Flußufer.

»Wir liefern die beiden Kleinen dort ab, und dann halte ich es für das beste, die Nacht im Lager zu verbringen. Mitten unter den Kindern sind wir einigermaßen sicher.«
»Ich will nicht bei ihnen schlafen«, sagte Rolf erschrocken. »Ich kann ihr Elend nicht mit ansehen.«
Leonardo schien nicht recht verstanden zu haben.
»Ihre große Zahl bietet uns den Schutz, den wir sonst entbehren müssen, wenn wir irgendwo am Wegrand kampieren.«
Rolf stimmte widerwillig zu und trottete neben dem Studenten zum Lager der Kinder. Er hatte Durst, aber der Trinkbeutel Leonardos war fast leer. Als sie das Ufer des Flusses erreichten, und Rolf sah, daß Hunderte Kinder von dem Wasser tranken, in dem sie herumplanschten und sich wuschen, war er entsetzt.
»Sie trinken das Wasser des Flusses!« rief er.
»Natürlich«, erwiderte der Student kurz und führte seinen Esel zum Wasser. Das Tier begann sofort gierig zu trinken. Der Student kniete hin, füllte seinen Wassersack, benetzte sein Gesicht und trank dann in langen Zügen.
Ein Bad könnte nicht schaden, dachte Rolf, der fühlte, daß ihm das Hemd am Rücken klebte. Er begann seine Kleider abzulegen, bis er in seiner kurzen Unterhose dastand. Seine Oberkleidung versteckte er in einem Gebüsch und lief dann ins Wasser. Rund um ihn badeten nackte Kinder, sie lachten und bespritzten einander. Unter dem bleifarbenen Himmel schimmerten ihre mageren weißen Körper. Rolf merkte, daß das Wasser völlig klar war. Obwohl er bis zu den Oberschenkeln im Strom stand, konnte er seine Füße sehen. Er trank einen Schluck, und siehe da, es schmeckte köstlich.
Ein verzweifelter Hilferuf ließ ihn aufschrecken. Ein Junge hatte sich zu weit hinausgewagt und war von den Fluten mitgerissen worden. Es war offensichtlich, daß er nicht schwimmen konnte und unfähig war, das Ufer zu erreichen.
Rolf zögerte nicht lange. Er stürzte sich in die Fluten, kraulte zu dem Kind und packte es bei seinem langen Haarschopf, wobei er sich gleichzeitig bemühte, den wild um sich schlagenden Händen zu entgehen. Als er wieder Grund unter den Füßen hatte, legte er das Kind am Ufer hin und schwamm sofort von neuem hinaus, denn schon wieder ertönten verzweifelte Hilferufe. Neben ihm schwamm plötzlich ein anderer Junge, der im Handumdrehen den Ertrinkenden erreichte. Rolf nickte ihm zu und drehte um, aber noch ehe er das Ufer erreicht hatte, drangen neue Rufe an sein Ohr. War denn niemand hier, der auf die Unvorsichtigen achtete?
Später konnte Rolf sich kaum noch erinnern, wie viele Kinder er an diesem Abend aus dem Wasser geholt hatte. Mindestens fünf oder sechs, und er war nicht der einzige Lebensretter gewesen.

Inzwischen war die Dämmerung hereingebrochen. Die Kinder begannen sich an den Lagerfeuern zu trocknen. Sie brieten Fische und Fleisch von einem gestohlenen Schwein. Sie zermahlten gestohlenes Korn und backten damit in der heißen Asche steinharte Fladen. Allmählich kamen sie alle zur Ruhe. Viele schliefen schon, waren vor Erschöpfung bei ihrer kargen Mahlzeit zusammengesunken. Die Fladen, die sie noch in Händen hielten, wurden ihnen von anderen entrissen. Es gab einige, die einander die besten Schlafplätze streitig machten.

Rolf fand Leonardo an einem Feuer, wo er ihre beiden Schützlinge und ein paar andere Knirpse mit Brot und Fleisch versorgte. Für Rolf und Leonardo blieb nichts übrig.

Rolf hätte noch eine Menge Fragen gehabt, aber er war einfach zu müde. Er streckte sich neben Leonardo am Feuer aus. Der Esel lag zwischen ihnen, und der Student hielt die Zügel fest mit der Faust umklammert.

»Diese Horde wäre imstande, mir mitten in der Nacht den Esel zu stehlen und ihn zu schlachten«, murmelte er als Erklärung.

In Speyer wurde jetzt die Abendglocke geläutet. Die Kinder reagierten automatisch darauf. Sie warfen Sand auf die Feuer, damit diese niedriger brannten. Bald waren alle in tiefen Schlaf gesunken. Rolf schob sich die Windjacke unter den Kopf und versuchte ebenfalls zu schlafen.

Aber seine Gedanken und die fremden Geräusche ringsum, das Springen der Fische im Fluß, das Rascheln des Grases, hielten ihn wach. Vor kaum zwölf Stunden hatte er noch im eigenen Bett gelegen. Heute morgen hatte er noch die winterliche Kälte im Gesicht gespürt. Und vor neun Stunden hatte er vor der Zeitmaschine gestanden und die beiden Wissenschaftler bestürmt.

Nun lag er auf dem harten Boden des Rheinufers, während ihm das Gras in den Nacken stach, die Schulter ihn schmerzte, seinen Magen der Hunger plagte, und Tausende Kinder um ihn herum von Jerusalem träumten . . .

Er dachte an seine Mutter. Ob sie wohl großen Kummer hatte? Bestimmt würde sie die beiden unglücklichen Gelehrten mit heftigen Vorwürfen überschütten.

Plötzlich mußte er auch an den Bauernjungen denken, der an seiner Stelle ins 20. Jahrhundert versetzt worden war, und der sich dort natürlich genauso fremd und entwurzelt fühlen mußte wie Rolf im 13. Jahrhundert. Auf alle Fälle bin ich nicht der einzige, der im falschen Zeitalter lebt, sagte er sich. Seltsamerweise tröstete ihn dieser Gedanke ein wenig. Bei seinen Versuchen, sich vorzustellen, wie der arme Bauernjunge wohl auf das 20. Jahrhundert reagieren würde, schlief er schließlich ein. In der Ferne grollte leise der Donner.

In der Mitte der Nacht brach ein verheerendes Unwetter los. Ein heftiger Donnerschlag ließ die Kinder hochfahren. Der Fluß schien in Flammen zu stehen, so grell wurde er vom Schein der Blitze erhellt. Auch Rolf war aufgewacht. Nach dem Krachen des Donners hörte er nun ein heftiges Rauschen: mit unvorstellbarer Gewalt stürzte der Regen auf sie nieder. Die glimmenden Feuerreste erloschen zischend. Kinder schrien. Ängstliche Gebete stiegen empor. Zögernde Stimmen versuchten ein Lied, das im Krachen des Donners, im Heulen des Sturmes und im Rauschen des Regens unterging. Rolf griff nach seiner Windjacke, aber ehe er sie noch angezogen hatte, war er schon gänzlich durchnäßt. Er hörte Leonardos Stimme, der versuchte, den wild gewordenen Esel zu beruhigen. Die verängstigten Kinder krochen eng zusammen und hielten einander an den Händen.

Das Unwetter schien am Fluß haltzumachen und wütete über dem Lager, als ob die Welt untergehen sollte. Ein Mädchen von vielleicht zehn Jahren drängte sich zitternd an Rolf. Sie schien nichts als ein zerlumptes Kleidchen zu besitzen. Rolf zog seine Jacke wieder aus und legte sie dem Kind um die mageren Schultern. Das Mädchen seufzte vor Wohlbehagen und schien noch dichter zu ihm hinkriechen zu wollen.

Das Unwetter suchte nicht nur das Lager der Kinder heim, sondern auch die Stadt Speyer. Der Blitz schlug in den Turm einer der kleineren Kirchen, und da Spitze und Glockenstuhl aus Holz waren, stand er rasch lichterloh in Flammen. Trotz des Regens fachte der heftige Wind das Feuer noch an. Große Stücke brennenden Holzes flogen durch die Luft und fielen auf die mit Holz oder Stroh gedeckten Dächer. Eine Katastrophe drohte. Die Bürger rannten aus ihren Häusern, jeder mit den vorgeschriebenen zwei Eimern in der Hand. Sie bildeten eine lange Kette bis an den Fluß und reichten die hölzernen Eimer von Hand zu Hand weiter. Da schlug der Blitz mitten in die Reihe ein und tötete zwei Frauen. Ein großes Klagen hob an, aber die Eimer wurden weitergereicht, denn die ganze Stadt drohte in Flammen aufzugehen.

Die Kinder, dicht um ihre verloschenen Feuer gedrängt, starrten, stumm vor Angst, auf die brennende Stadt. Auch Leonardo und Rolf starrten gebannt auf den nächtlichen Feuerzauber.

»Die ganze Stadt wird in Flammen aufgehen«, sagte Rolf, aber der Student schüttelte den Kopf.

»Nicht bei diesem Regen ... «

Tatsächlich waren viele Häuser schon so triefend naß, daß die umherfliegenden Funken zischend verloschen, wenn sie die Dächer erreichten. Unaufhörlich ergossen sich Eimer mit Wasser in das Flammenmeer der brennenden Kirche und der umliegenden Häuser. Das Wasser verdampfte zischend, und der Dampf mischte sich mit den Rauchwolken und bildete einen drohenden Vorhang über der Stadt. Das höllische Schauspiel wurde immer wieder von Blitzen erhellt oder von eilig angezündeten Fackeln, mit denen die Bürger durch die Straßen und über die Wälle hasteten. Die Kinder waren still geworden. Sie hatten ihre eigene Angst über dem grandiosen Schauspiel der brennenden Stadt vergessen. Vielleicht hatten sie auch das Gefühl, daß die Bürger für die Hartherzigkeit, die sie ihnen gegenüber bewiesen, bestraft wurden. Schweigend starrten sie in die Flammen, die über den Stadtwällen emporzüngelten, verschwanden und dann von neuem aufloderten. Durch den Tumult des Sturmes und des Donners konnten sie das Läuten der Glocken hören. Jede Kirche hatte ihren Glockenturm, und sämtliche Glocken sandten ihre Notrufe über die umliegenden Felder und Wälder.

Endlich ließ die Gewalt des Unwetters nach. Der Horizont wurde zwar noch von Zeit zu Zeit von Blitzen erhellt, aber der Regen ließ nach, und die Wolkendecke begann aufzureißen. An einigen Stellen wurden sogar schon ein paar Sterne sichtbar, und für einen Augenblick warf der bleiche Halbmond einen Lichtstrahl auf die durchnäßten Kinder. Gleich darauf verschwand er wieder hinter ziehenden Wolken, aber Rolf merkte, daß dieses kurze freundliche Augenzwinkern die Kinder beruhigt hatte. Das Mädchen in seinen Armen rührte sich und murmelte etwas vor sich hin. Es hatte keine Angst mehr. Es fühlte sich sicher, warm und beschützt. Rolf dachte einen Augenblick vage, daß er nie eine kleine Schwester gehabt hatte, und vergaß es sofort wieder. Er fragte sich, ob er nicht aufstehen und in der Stadt helfen sollte. Aber seine Beine in den triefend nassen Jeans waren schwer wie Blei. Und was gingen ihn eigentlich die Einwohner von Speyer an?

»Ich bin ganz zufrieden, daß sie uns gestern abend nicht hineingelassen haben«, hörte er Leonardo neben sich brummen.

Derselbe Gedanke war auch ihm schon gekommen. Vielleicht wäre die Herberge, in der sie in der Stadt übernachtet hätten, abgebrannt. Hier, auf dem freien Feld, waren sie sicher gewesen. Sie waren zwar bis auf die Haut durchnäßt, aber der Blitz hatte das Kinderlager verschont. Rings um ihn stiegen Gebete zum Himmel. Im schwachen Licht des heraufdämmernden Morgens sah er Leonardo das Kreuzzeichen schlagen. Tief in seinem Inneren regte sich ein unbestimmtes Gefühl, das gleiche zu tun, um seiner Dankbarkeit Ausdruck zu geben. Er war sehr erstaunt darüber, denn in seinem Elternhaus hatte niemals eine Beziehung zur Religion bestanden.

Der Tag brach an, mit einer blassen Sonne, die aber zusehends an Kraft gewann und Wärme verbreitete. Der Brand in der Stadt schien bezwungen, obwohl noch hie und da Rauchsäulen aus den schwelenden Resten aufstiegen.

Im Lager der Kinder herrschte lebhaftes Treiben. Achttausend kleine Pilger waren damit beschäftigt, ihre Kleider zu trocknen, ihr spärliches, durch den nächtlichen Sturm durcheinandergewirbeltes Eigentum zusammenzusuchen und ihre schmutzigen Gesichter mit Rheinwasser zu waschen. Das Ganze war ein Bild beinahe fröhlicher Betriebsamkeit.

»Ich habe Hunger«, sagte Rolf zu Leonardo, der seinen Esel mit einer Handvoll Gras abrieb.

»Du bist bestimmt nicht der einzige, dem es so geht«, sagte Leonardo ruhig und wies mit einer Armbewegung auf das gewaltige Lager. »Sie werden wohl alle Hunger haben.«
Rolf schwieg beschämt. Das Mädchen, das in der Nacht Schutz bei ihm gesucht hatte, sah ihn erwartungsvoll an. Sie folgte ihm wie ein Schatten. Rolf hatte seine Kleider ausgezogen und zum Trocknen in die Sonne gelegt. Auch das Mädchen streifte sein nasses Kleidchen ab. Darunter trug sie nichts als ein zerrissenes graues Hemd. Sie kratzte sich, sagte etwas zu Rolf, was dieser nicht verstand, und lief dann plötzlich in Richtung des Flusses. Das Kleid nahm sie mit.
Etwas beunruhigt bei dem Gedanken, was die Kleine wohl vorhaben mochte, folgte ihr Rolf. Wenn sie sich waschen wollte, konnte es doch leicht passieren, daß sie in eine Untiefe geriet und versank. Aber bald gewahrte er, daß seine Besorgnis völlig unbegründet war. Das Mädchen kniete an einer seichten Bucht des Flusses, zog jetzt auch sein Hemd aus, spülte seine Kleider gründlich und wagte sich nicht weiter in den Fluß, als ihm das Wasser bis zur Körpermitte reichte. Dort wusch es seine Haare und seinen Körper so gründlich, daß Rolf ganz erstaunt war. In der Schule hatte er gelernt, daß die Menschen des Mittelalters schmutzig waren, sich nicht um Hygiene scherten und infolgedessen von schrecklichen Krankheiten heimgesucht wurden.
Als das Mädchen auf das Ufer zurückgeklettert war, zog es das Hemd wieder an. Dann schaute sie lachend empor, froh, daß der Junge ihr gefolgt war. Jetzt erst sah Rolf bewußt das kleine, von triefend nassen, dunkelblonden Haaren umgebene Gesicht. Das Mädchen war wirklich nett. Er reichte ihr eine Hand, zog sie herauf und nickte ihr zu. Dann blickte er in die großen grauen Augen, die noch größer schienen, weil das Mädchen so mager war. Er sah die edle Linie der Stirn, das sanfte Rund des Kinns und fühlte eine merkwürdige Rührung in sich aufsteigen. Wer war das Kind? Wie war es in den Kinderkreuzzug geraten? Er nahm das nasse Kleidchen, wrang es aus und legte es in das Gras. Das Mädchen setzte sich ruhig neben ihn.
»Wie heißt du?« fragte er.
»Mariechen.« Ihre Stimme war zart und hell.
»Wo kommst du her?«
»Aus Köln.«
Ein Stadtkind! Aufgewachsen im Schatten hoher Mauern, während die Geräusche der Baustelle auf dem Domplatz durch die schmalen Fenster drangen. Im Jahr 1212 war man in Köln bereits eifrig mit den Vorarbeiten an dem später so berühmten Dom beschäftigt. Das hatte er aus dem Geschichtsunterricht behalten.
Rolf fragte nicht weiter. Was sie beseelte, was sie zu diesem tollkühnen Vorhaben gebracht hatte, würde er, ein nüchterner Schüler des 20. Jahrhunderts, vielleicht niemals begreifen können.

»Komm«, sagte er und stand auf. Aber sie schüttelte den Kopf und bedeutete ihm, wieder neben ihr Platz zu nehmen.
»Was willst du?«
»Deinen Namen.«
Sie hatte recht. Wenn er es für richtig hielt, ihr Fragen zu stellen, hatte sie das gleiche Recht dazu. Seufzend kniete er hin, deutete auf seine Brust und sagte:
»Rudolf Wega aus Amsterdam.«
Sie erbleichte, ihre grauen Augen spiegelten Angst und Schrecken.
»Rudolf . . .« Sie zog sich mit zitternden Lippen von ihm zurück. »Ein Edelmann . . .« flüsterte sie scheu.
Endlich begriff er. Sie hielt ihn für das Kind eines Ritters, vielleicht für einen weggelaufenen Schildknappen. Der Name Rudolf schien in ihrer Welt nur Jungen von edler Geburt gegeben zu werden. Heftig schüttelte er den Kopf.
»Mein Vater ist ein Gelehrter . . . ein Wissenschaftler.«
Hatte sie verstanden, was er damit meinte? Offenkundig doch, denn sie fragte:
»Kannst du auch lesen und schreiben?«
Er nickte.
»Wo liegt dieses Amsterdam?«
»Weit weg, in Holland.«
Von Holland hatte sie anscheinend schon gehört.
»Hat dein Vater dich gehen lassen? Oder bist du weggelaufen?«
»Mein Vater weiß nicht, wo ich bin«, erwiderte er, und das war die volle Wahrheit. Seine Antwort schien Mariechen zu befriedigen. Sie schaute ihn bewundernd an, stand auf und zog ihn an der Hand mit zum Lager. Ihr Kleid war inzwischen trocken geworden, und sie schlüpfte hinein. Auch Leonardo war mit der Versorgung seines Esels fertig.
»Gehen wir?« fragte er.
»Wohin?« fragte Rolf, während er ebenfalls seine Kleider anzog.
»Nun . . . nach Bologna, natürlich!«
Rolf wußte nicht recht, was er sagen sollte. Aber noch bevor er sich eine Antwort zurechtlegen konnte, packte ihn Mariechen am Arm und zeigte aufgeregt zur Stadt. Verblüfft rieb er sich die Augen, aber was er sah, war Wirklichkeit. Die Tore waren weit geöffnet, und aus der Stadt strömten Hunderte Menschen, die mit Körben und Bündeln bepackt waren. Sie bewegten sich in größter Eile auf das Lager zu, wo die Kinder schweigend und verwundert den seltsamen Zug erwarteten.
Rolf sah jetzt einen Jungen vortreten. Er war mit einem langen, schneeweißen Überwurf und festen Stiefeln bekleidet. Hinter ihm folgten zwei Mönche in dunklen Kutten. Sie gingen dem Bürgerzug entgegen. Sie schienen ein paar Worte mit den Anführern zu wechseln, dann machte der weißgekleidete Junge eine weitausholende Gebärde, als ob er die schwer

beladenen Menschen segnen wollte. Er trat zur Seite, nahm ein großes Brot und wandte sich an die verblüfften Kinder. Seine klare Stimme war weithin zu hören:
»Das hier ist eine Gabe Gottes. Dankt Ihm für Seine Güte.« Tausende Kinder sanken auf die Knie und sandten ein Dankgebet zum Himmel.
»Sie bringen uns etwas zu essen«, stellte Leonardo nüchtern fest.
Die Bürger zerstreuten sich im Lager und teilten mit vollen Händen ihre Gaben aus. Mariechen hielt strahlend eine noch warme Pastete in der Hand und biß herzhaft hinein. Rolf und Leonardo teilten sich ein gebratenes Huhn; Rolf kam es vor, als hätte er nie zuvor etwas so Gutes gegessen.
Warum nur waren die Bürger von Speyer, die es doch letzte Nacht ohnehin schwer genugt gehabt hatten, plötzlich so freigebig geworden? Diese menschenfreundliche Tat stand in so großem Gegensatz zu ihrem Verhalten am Abend zuvor, daß Rolf sich keinen Reim darauf machen konnte.
Leonardo wies auf den ausgebrannten Kirchturm.
»Sie haben Angst bekommen«, sagte er geringschätzig und steckte ein Stück Brot in die Satteltasche.
Der Kinder hatte sich eine ausgelassene Fröhlichkeit bemächtigt. Eine Gruppe nach der anderen verließ satt, trocken und ausgeruht das Lager, zog an den Stadtwällen vorbei und folgte der alten Heerstraße, die am Fluß entlang lief, in südlicher Richtung. Rolf schaute ihnen nach.
Und was wird aus mir? dachte er verzweifelt.
Sollte er in der Umgebung von Speyer, in der Nähe »seines« Steines bleiben? Eine andere Chance, je in sein eigenes Zeitalter zurückzukehren, gab es nicht. Aber wie sollte Dr. Simiak wissen, daß er dort wartete, bis die Zeitmaschine wieder einsatzbereit war? Das konnte mindestens zwei Monate dauern. Und er konnte ja nicht Tag und Nacht auf dem Stein hocken und warten. Er mußte doch inzwischen von etwas leben! Aber er wußte ja so wenig über dieses seltsame, grausame, unsichere Zeitalter! Natürlich konnte er versuchen, sich als Lehrjunge in der Stadt zu verdingen. Aber dann hätte er von neuem allerlei lästige Fragen beantworten müssen. Und das Ende vom Lied wäre sicher gewesen, daß man ihn als Zauberer oder Ketzer verteufelt hätte. Welche Überlebenschancen hatte er?
Die Kinder zogen singend an ihm vorüber. Das Gras raschelte unter ihren Füßen. Leonardo hatte ein Mädchen mit geschwollenem Knöchel, das kaum laufen konnte, entdeckt und auf den Rücken seines Esels gesetzt.
»Ich glaube«, sagte er nebenher, »daß ich mich vorläufig dem Kinderzug anschließe. Sie haben die gleiche Richtung wie ich. Und auf diese Weise komme ich zwar langsam, aber sehr viel sicherer voran.«
Rolf nahm kaum zur Kenntnis, daß sein Freund zu ihm sprach, denn es war ihm klargeworden, daß er einen Entschluß fassen mußte, von dem

seine Zukunft abhing. Er hatte sich in das Mittelalter versetzen lassen, in der romantischen Hoffnung, einem Turnier beiwohnen zu können. Eine Fehlberechnung hatte ihn statt dessen mitten in den Kinderkreuzzug verschlagen. Er sah das verletzte Kind auf Leonardos Esel. Er sah die zahllosen nackten Füße an sich vorbeischlurfen. Plötzlich wußte er, was er zu tun hatte. Er konnte diese Kinder nicht im Stich lassen. Er wußte mehr, er war kräftiger und geschickter als sie alle. Mariechen brauchte ihn. Unter den fanatischen Pilgern gab es sicher tausend, die sich nur mühevoll weiterschleppten. Sie waren den Entbehrungen, den Entfernungen, der Hitze und dem Hunger nicht gewachsen. Er dachte an die Kinder, die er vor dem Ertrinken gerettet hatte. Er dachte an Leonardo. Warum wohl wollte er sich dem Kinderheer anschließen? Aus Angst vor der Unsicherheit der Straßen? Blanker Unsinn! Er wußte, daß er gebraucht wurde.
»Ich komme mit«, sagte Rolf.
Nun gab es kein Zurück mehr. Mit diesen drei Worten hatte er die letzte Chance auf den Stein bei Speyer verspielt und sich für das Mittelalter entschieden. Das letzte Band mit seiner Welt war zerrissen.
»Gut so«, sagte Leonardo, »also dann auf nach Jerusalem!«

4. Der König von Jerusalem

Träge kroch das endlose Kinderheer am Rheinufer entlang, über den alten Heerweg in Richtung Basel. Leonardo, Mariechen und Rolf befanden sich bei der Nachhut. Rolf hatte den Studenten im Verdacht, daß er absichtlich zurückblieb, um Gelegenheit zu haben, da und dort eingreifen zu können, wenn es darum ging, erschöpft zusammengebrochene Kinder aufzusammeln und für ein paar Stunden auf den Rücken seines Esels zu setzen. Sie hatten das Tier vom Gepäck befreit und sich dieses selbst aufgeladen. Nicht selten kam es vor, daß der treue Esel mit drei oder vier Kindern auf dem Rücken loszog. Zwei von ihnen waren ernstlich krank. Sie sangen nicht und wollten nicht einmal von dem Brot essen, das Rolf ihnen anbot. Mit fiebrigen Augen starrten sie trüb vor sich hin. Rolf war überzeugt, daß sie, wenn man sie am Wegrand einfach ihrem Schicksal überließ, nicht einmal protestieren, sondern apathisch liegenbleiben würden, bis der Tod ihren Leiden ein Ende setzte.
Er hatte vorläufig aufgehört, Fragen zu stellen. Der Rhythmus des Zuges, das unaufhörliche Weiterziehen über den schlechten, sonnendurchglühten Weg, der monotone Singsang um ihn her, das alles rief eine gewisse Benommenheit in ihm hervor, die sogar seine Neugierde unterdrückte. Obwohl die Hitze weniger drückend als am Vortag war, schwitzte er furchtbar in seiner Winterkleidung. Seine Windjacke hatte er ausgezogen und sich auf den Rücken gebunden. Nach einer weiteren Stunde zog er

auch den Pullover aus, aber seine winterblasse Haut drohte unter der grellen Julisonne zu verbrennen, so daß ihm nichts anderes übrigblieb, als ihn wieder anzuziehen. Seine angeschlagene Schulter tat schon weniger weh, und seine Füße, die in festen Winterschuhen steckten, waren den Beschwernissen der schlechten Straße gewachsen. Aber wie die unzähligen barfüßigen Kinder über die spitzen Steine gehen konnten, war ihm ein Rätsel.

Der kilometerlange Zug war für Rolf eine anonyme Masse. Außer Mariechen kannte er kein einziges der Kinder. Wohl gewahrte er ab und zu flüchtig den prächtig gekleideten Jungen, der ihm schon am Tag zuvor aufgefallen war. Er drängte sich eifrig durch die Reihen der Kinder, und seine helle Stimme übertönte bisweilen den Gesang. Jedesmal wenn Rolf ihn sah, dachte er: so ein kleiner Wichtigtuer. Aber er vergaß ihn sofort wieder, denn er machte sich Sorgen über die beiden kranken Kinder, die stumm auf dem Eselsrücken hockten.

Plötzlich hielt der ganze gewaltige Zug. In der Ferne läuteten Kirchenglocken. Die Kinder ließen sich auf der Böschung im Gras nieder und begannen zu beten, als ob sie einen stummen Befehl erhalten hätten. Auch Mariechen betete und sogar Leonardo. Rolf beschloß, ihrem Beispiel zu folgen, da er sich nicht ausschließen wollte. Ein rascher Blick auf seine Uhr verriet ihm, daß es zwanzig nach zwölf war. Anscheinend läuteten die Glocken den Mittag und damit eine Art Pause ein.

Vor ihm kniete Mariechen, und Rolf konnte ihre Fußsohlen sehen. Die Haut war hart und rissig, eine einzige dicke Kruste von Schmutz und Blut. Wie war es nur möglich, mit diesen wunden Füßen auf dem steinigen Weg dahinzuwandern?

Aber es schien ihr wenig auszumachen. Vielleicht war sie ihr Leben lang barfuß gelaufen.

Nach dem Gebet lagerten sich die Kinder im Gras und aßen die Reste ihrer Gaben. Wer nichts mehr hatte oder schon fertig war, lehnte sich mit geschlossenen Augen zurück, um Kraft für die kommenden Stunden zu sammeln. Plötzlich sah Rolf wieder einen der beiden Mönche, die ihm am Morgen aufgefallen waren. In seiner dunklen Kutte, Sandalen an den Füßen, schritt der Mann mit unbewegter Miene an den ruhenden Kindern vorbei. Seine dunklen, stechenden Augen glitten prüfend über die Reihen. Ob er sie zählte?

Ist das vielleicht einer der Anführer? fragte sich Rolf. Wer mag diesen unsinnigen Kreuzzug organisiert haben? Heute morgen habe ich zwei Mönche mit diesem merkwürdigen, in Weiß gekleideten Jungen gesehen. Jetzt schleicht einer von ihnen die Reihe entlang und inspiziert sie, wie ein General seine Truppen. Aber wo war er gestern mittag, als das Kind tot am Weg niedersank?

Jetzt, da er saß und nicht dauernd das eintönige, einschläfernde Schlurfen der Tausenden Füße hörte, stiegen erneut die Fragen in ihm auf. Es

verlangte ihn danach, das Geheimnis dieses Kinderkreuzzuges zu ergründen. Und wer hätte ihn besser darüber aufklären können als Mariechen, die allem Anschein nach von Anfang an dabeigewesen war?
Sobald der Zug sich wieder in Bewegung setzte, nahm er sie bei der Hand und fragte:
»Wann seid ihr aus Köln fortgezogen?«
Er mußte seine Frage dreimal wiederholen, ehe sie begriff, was er meinte. Sie kicherte.
»Du sprichst so komisch«, sagte sie.
»Ich komme doch aus einem anderen Land.«
»Das ist wahr.«
Mariechens Kölner Dialekt glich dem heutigen Holländischen sogar mehr als das Mittelniederländisch, das Leonardo sprach. Aber sie sprach die Worte in einer Weise aus, die Rolf an das Quaken eines Frosches erinnerte, und daran mußte er sich erst gewöhnen.
»Wann seid ihr also aus Köln fortgezogen?«
»Zehn Tage vor Pfingsten.«
»Warum seid ihr weggegangen?«
»Nicolas hat uns die Botschaft gebracht. Er sprach auf dem Domplatz. Ach, das war herrlich! Niemand konnte ihm widerstehen.«
»Nicolas?«
Den Namen hatte er doch schon einmal gehört. Mariechen wies auf den unübersehbaren Strom der Kinder.
»Nicolas hat die Stimmen der Engel Gottes vernommen«, sagte sie schwärmerisch. »Sie haben ihm die Botschaft des Herrn überbracht.«
»Und die Engel sollen Nicolas den Auftrag gegeben haben, ein ganzes Heer von Kindern zusammenzurufen?« fragte Rolf ungläubig.
Mariechen nickte. »Es war ein Wunder«, sagte sie, »ein richtiges Wunder, und ich war dabei.«
»Als die Engel Nicolas den Auftrag gaben?«
»Nein, später, als Nicolas in Köln auf dem Platz vor der Kirche predigte.«
»Und dann?«
»Dann nahmen wir das Kreuz auf und folgten ihm. Viele Kinder aus der Stadt. Viele Kinder vom Land. Es war so schön . . .«
»Ist es denn jetzt nicht mehr schön?« fragte Rolf nüchtern.
Fragend blickte das Mädchen zu ihm auf.
»Findest du es jetzt nicht mehr schön?« wiederholte er. »Bist du jetzt enttäuscht? Tut es dir leid, daß du von zu Hause weggelaufen bist?«
Sie schien nur die letzten Worte verstanden zu haben.
»Ich hab' kein Zuhause.«
»Aber in Köln?«
»In Köln auch nicht. Ich bin ein Waisenkind.«
»Hast du denn keinen Vater, keine Familie?«
Mariechen schüttelte den Kopf.

»Und keine Mutter?«
»Die ist tot.«
Also doch eine Waise. Ein Kind, das zu niemandem gehörte.
»Was haben denn die Engel zu Nicolas gesagt?« fragte er weiter.
»Gott wollte, daß er so viele Kinder um sich versammelte, als er nur finden könnte. Sie müßten alle noch unschuldig sein. Dann würde Gott sie ins Heilige Land führen, zuerst über die Berge und dann über das Meer. Und das Meer würde zurückweichen, wenn Nicolas die Hände erheben würde. So könnten wir dann in das Heilige Land kommen, ohne zu ertrinken oder naß zu werden. Nicolas würde uns dann nach Jerusalem bringen und . . .«
»Aber dort sind die Türken!«
»Gott hat uns gesandt, Gott wird uns beschützen. Er wird die Sarazenen mit Blindheit schlagen und mit seinen Blitzen versengen. Die Erde wird sich auf seinen Befehl öffnen, um sie zu verschlingen, denn sie sind Teufel und Kinder des Teufels. Und wir werden immer im schönen weißen Jerusalem bleiben und nie mehr Hunger und Kälte leiden. Und wir werden immer glücklich sein. Wir werden am Grab unseres Herrn Jesu Christi Blumen pflanzen und die heiligen Stätten pflegen. Wir werden die Pilger empfangen und ihnen zu essen geben . . .«
Sie fuhr in ihrer Erzählung fort, aber Rolf hörte nicht mehr zu. Es war offensichtlich, daß sie Worte wiederholte, die man ihr bis zum Überdruß eingehämmert hatte. Rolf schauderte es. Was waren das nur für Kinder, denen man einen solchen Unsinn in den Kopf setzen konnte? Wer hatte Nicolas dieses wahnwitzige Unternehmen eingegeben? War er ein Betrüger oder ein Verrückter?
»Wer sind denn diese Mönche?« fragte er zornig.
»Dom Anselmus und Dom Johannes, zwei heilige Männer, die mit Nicolas nach Köln kamen. Sie sagten, daß Nicolas eine Botschaft des Herrn empfangen hätte. Sie erzählten uns, daß Nicolas, als er eines Tages im Frühling seine Schafe hütete, ein großes, glänzendes Kreuz am Himmel gesehen hätte. Aus dem Kreuz ertönten die Stimmen der Engel. Das haben sie uns erzählt, also ist es wahr.«
»Ist es wahr, weil sie es gesagt haben?« fragte Rolf eindringlich.
Mariechen sah ihn verwundert an. »Es sind geweihte Priester . . ., die können nicht lügen!«
»Nein, nein, natürlich nicht«, murmelte Rolf rasch. Aber er dachte an die stechenden Augen des Mönches, der während der Mittagsrast seine Truppen inspiziert hatte.
»Wer war das, der vorhin in der Mittagsrast durch die Reihen ging?« fragte er.
»Das war Dom Anselmus. Aber wir haben Dom Johannes lieber.«
»Sorgen die Mönche gut für euch?«
»Wie meinst du das?«

»Sorgen sie dafür, daß ihr zu essen bekommt? Sorgen sie dafür, daß die Kranken gepflegt werden, daß die Zurückbleibenden sich nicht verlaufen?«
Mariechen blinzelte.
»Wer kümmert sich um euch, will ich wissen?« drängte Rolf.
»Aber, Gott sorgt für uns!« rief Mariechen, als sie endlich begriff, was er meinte.
»Wirklich?« fragte Rolf skeptisch.
»Du bist ein dummer Junge, Rudolf von Amsterdam«, sagte Mariechen ungeduldig. »Du hast doch selbst gesehen, daß uns die Bürger von Speyer heute morgen zu essen gebracht haben. Das hat Gott ihnen aufgetragen.«
»Glaubst du denn auch, daß das Meer vor euch zurückweichen wird?«
»Natürlich. Dom Anselmus sagt, daß das Meer auch vor Moses zurückwich. Das Meer macht einem Heiligen immer Platz.«
Es wird immer verrückter, dachte Rolf. Aber ich bin ja schließlich im Mittelalter. Die Menschen kennen die Geschichte von Moses, vor dem das Rote Meer zurückwich, damit er seine Juden sicher auf die andere Seite führen konnte, während sich die Wogen wieder schlossen, als ihnen die ägyptischen Kohorten zu folgen versuchten. Sie glauben natürlich unverrückbar an diese Legende. Und wenn das wahr ist, warum sollte sich dann ein solches Wunder nicht wiederholen können? Die Kinder laufen hinter Nicolas her, um das zu sehen. Sie wollen sehen, wie sich ein ganzes Meer teilt, damit sie trockenen Fußes ins Heilige Land gelangen können. Als ob das ein Spaziergang von einer halben Stunde wäre! Sie wollen das Wunder sehen, die Hoffnung darauf hält sie aufrecht und gibt ihnen die Kraft, Tausende Kilometer zu Fuß zurückzulegen. Bin ich denn der einzige hier, der weiß, daß das niemals gehen kann?
Mariechen zog an seinem Arm.
»Bist du böse auf mich?« fragte sie, anscheinend erschrocken über seinen finsteren Gesichtsausdruck.
Beruhigend drückte er ihre mageren Schultern. »Nicht auf dich, Mariechen.«
»Auf wen denn?«
Wie sollte er ihr das erklären?
»Könntet ihr die Kreuzzüge nicht Leuten wie Gottfried von Bouillon überlassen?« fragte er grimmig.
Mariechen lachte hell auf. »Aber Gottfried von Bouillon ist doch schon lange im Himmel!«
Rolf erinnerte sich, was er im Geschichtsunterricht gelernt hatte: der erste Kreuzzug fand im Jahr 1096 statt.
»Du hast recht, Mariechen, ich habe mich in der Zeit geirrt. Ich meinte eigentlich Richard Löwenherz.«
»Der ist auch tot, zumindest habe ich so etwas gehört«, sagte Mariechen betrübt.

»Aber es gibt doch noch genug andere: Ritter ohne Furcht und Tadel, mit Harnischen, guten Pferden und Pfeil und Bogen. Die müßten doch das Heilige Land befreien, nicht arme, unbewaffnete Kinder.«
Mariechen sah vorwurfsvoll zu ihm auf.
»Du bist der Sohn eines Edelmannes, Rudolf, wie kannst du nur . . .«
»Mein Vater ist kein Edelmann, sondern Wissenschaftler«, fuhr Rolf sie ein wenig barsch an. Als er Tränen in ihren Augen sah, tat ihm seine Unbeherrschtheit leid.
»Nicht traurig sein, Mariechen, ich hab's nicht bös gemeint.«
Mariechen hob ein Kind auf, das gestürzt war und das Rolf, ganz in Gedanken versunken, übersehen hatte. Je mehr der Tag fortschritt, desto mehr Kinder blieben zurück. Rolf fragte sich, wie viele von ihnen wohl jeden Tag starben?
Was konnte er tun, um ihnen zu helfen? Er konnte sie ja schließlich nicht alle tragen. Soeben gewahrte er wieder einen flüchtigen Schimmer des geschäftigen Jungen in den schönen, glänzenden Kleidern. Er trug ein kleines Kind auf dem Rücken und rannte damit nach vorn. Mußte der Junge Kräfte haben! Leonardos Esel drohte fast unter der Last kranker und verletzter Knirpse zusammenzubrechen. Der Student selbst stützte mit jedem Arm ein Kind, das kaum noch weiterkonnte. Mariechen hielt die Kinder auf dem Rücken des Esels sorgfältig im Auge, weil sie immer wieder herabzugleiten drohten. Rolf selbst hatte vier der Kleinen in seiner Obhut. Auch rings um sich her sah er viele Kinder, die die Kleinsten trugen oder stützten. Sie waren also nicht so gleichgültig gegenüber ihren schwächeren Mitgliedern, wie er gestern, im ersten Schock, geglaubt hatte. Aber es blieben immer noch genügend übrig, die am Weg niedersanken, und um die sich niemand kümmern konnte. Der lange, heiße Tag begann seinen Zoll zu fordern. Die Nachhut, in der sie sich befanden, kam so langsam voran, daß sie die Verbindung mit der Hauptgruppe zu verlieren drohte. Der Durst quälte Rolf. Nach seiner Uhr war es fast halb fünf. Vor vierundzwanzig Stunden hatte er noch Hoffnung gehabt. Nein, daran wollte er jetzt nicht mehr denken. Er hatte seine Chance verpaßt, und ein anderer war für ihn in das 20. Jahrhundert geholt worden. Er, Rolf, lebte jetzt im Jahr 1212 und schleppte sich an einem heißen Sommernachmittag über einen steinigen Weg in Richtung Meer. Er wollte sich nicht länger in das vertiefen, was hätte sein können, sondern versuchen, sich in der Zeit, in der er jetzt lebte, zurechtzufinden.
Vielleicht kann ich bei Leonardo in Bologna bleiben, dachte er vage. In Mathematik habe ich ihm ja einiges voraus, und ich kenne das Geheimnis der arabischen Ziffern. Wenn ich mich bemühe, mich auch in Latein ein bißchen zu vervollkommnen, kann ich später an der Universität, von der er sprach, unterrichten. Oder ich kann Buchhalter werden, die werden sie ja wohl auch in diesem Jahrhundert benötigen. Ich muß eben versuchen, mit den Schwierigkeiten fertigzuwerden. Vielleicht kann ich auf meine

alten Tage meine Erlebnisse als gestrandeter Zeitgenosse für die Nachwelt festhalten.
Endlich erreichten sie ein Feld, wo sie ihr Nachtlager aufschlagen wollten. Die nicht vor Erschöpfung umfielen, schwärmten aus, um Brennholz zu suchen. Andere gingen zum Fluß hinab, um ein paar Fische zu fangen. Aber sie kehrten enttäuscht zurück. Das Ufer war zu morastig, und ein breiter Schilfgürtel hinderte sie daran, an das Wasser zu gelangen. Heute abend würde es keinen Fisch geben.
Ihren Durst konnten sie an einem schmalen Bach stillen, der sich seinen Weg durch das Feld zum Fluß suchte. Trotz der Hitze, die tagsüber geherrscht hatte, war der Lagerplatz ziemlich morastig. Vermutlich hatte das Unwetter der vergangenen Nacht auch hier gewütet. Rolf blickte um sich und fand, daß der Platz für das Lager nicht gerade glücklich gewählt war. Noch so ein Wolkenbruch, und sie würden bis zu den Knöcheln im Schlamm waten.
Leonardo folgte seinen Blicken und schien zu erraten, was in ihm vorging. »Keine Sorge, Rudolf. Heute nacht kommt kein Gewitter. Die Luft ist klar. Das bedeutet eine kühle, aber trockene Nacht.«
Rolf verstand nichts vom Wetter. In dieser Beziehung hatte er sich, wie die meisten seiner Zeitgenossen, nur auf die Vorhersage der Zeitung oder des Fernsehens verlassen. Aber er vertraute Leonardo und ging erleichtert auf die Suche nach Holz. Aber auch das war hier knapp. Die wenigen Stücke, die die Kinder fanden, waren feucht oder viel zu frisch. Einige Kinder waren sehr geschickt im Zurechtmachen und Anzünden von Lagerfeuern, als hätten sie jahrelang Erfahrung darin. Andere brachten gar nichts zuwege, nahmen zu große Äste und quälten sich stundenlang damit ab. Rolf schleppte herbei, was er finden konnte. Seinet- und Leonardos wegen war er unbesorgt. Wenn es auch eine kalte Nacht werden sollte, ihnen würde das bestimmt nichts ausmachen. Aber Mariechen in ihrem dünnen Kleid? Und die beiden kranken Kinder, die den ganzen Tag zitternd auf dem Esel gesessen hatten? Rolf glaubte, daß sie sich während des Unwetters in der letzten Nacht erkältet hatten. Wenn es nicht gelang, sie warm zu halten, würden sie eine Lungenentzündung bekommen, und dann waren sie verloren. Widerstand konnten diese ausgemergelten Körper nicht mehr leisten.
Als das Feuer brannte, holte Leonardo aus einem Reisesack die letzten Vorräte hervor: einen Beutel getrockneter Erbsen, ein paar Kräuter, ein Stück Brot. Rolf kam der Gedanke, daß sie eine Suppe davon kochen könnten, wenn sie nur einen Topf hätten. Er sagte zu Mariechen:
»Bleibe bei den Kranken und gib ihnen ab und zu etwas zu trinken. Ich will sehen, ob ich mir irgendwo einen Napf ausleihen kann.«
Prüfend lief er in dem riesigen Lager umher. Viele Kinder schliefen schon. Andere waren eifrig damit beschäftigt, Nahrung unbekannter Herkunft zu kochen. Aber Rolf sah auch zitternde, fiebernde Kinder. Wie viele

mochten sich wohl letzte Nacht, während des Gewitters, erkältet haben? Er sah verletzte Kinder, deren zerschundene Füße nicht verbunden, deren aufgeschlagene Knie voller Blut, Eiter und Fliegen waren. Er sah Kinder mit Kopfverletzungen, Geschwüren, blutigen Nasen, entzündeten Augen, geschwollenen Knöcheln. Und niemand schien etwas für sie tun zu können.

Dennoch war die Mehrzahl der Kinder gesund und fröhlich. Sie versuchten ihre Feuer in Gang zu halten und mit den letzten Resten der guten Gaben aus Speyer eine Art Mahlzeit zu bereiten. Sie neckten einander, spielten, sangen Lieder, und einige machten sogar Musik auf seltsamen Instrumenten: Flöten, Schalmeien und einem primitiven Saiteninstrument. In weiter, weiter Ferne läuteten Glocken. Nirgendwo in der Umgebung war ein Haus oder ein Dorf zu sehen.

An einem rauchenden Feuer fand Rolf schließlich vier Jungen, neben denen eine kalte eiserne Pfanne stand. Er fragte, ob er sie sich von ihnen ausleihen könnte.

»Ihr seid doch schon fertig mit dem Essen . . .«

Es schien, daß die Jungen gar nichts gegessen hatten.

»Bertho hat schon heute mittag unser letztes Brot weggegeben«, sagte einer der Jungen zögernd. Rolfs seltsame Kleidung machte sie mißtrauisch.

»Kommt, setzt euch zu uns«, schlug Rolf vor. »Wir wollen eine Suppe kochen.« Er glaubte in einem der Jungen den tapferen Schwimmer vom vorigen Abend wiederzuerkennen.

Nach einigem Getuschel standen die vier auf und folgten Rolf, der sie zu Leonardo brachte.

Mariechen holte sofort Wasser für die Suppe.

»Sieh mal, was ich da habe«, sagte Leonardo, der keinerlei Einwände dagegen erhob, daß sie nun noch vier hungrige Mäuler mehr zu stopfen hatten. In seiner Hand lagen zwei gesprenkelte Eier.

»Wo hast du sie gefunden?«

»Im Schilf. Dort gibt es eine Menge Nester, aber nur noch wenige brauchbare Eier.«

Die vier Jungen rannten dennoch sofort los, um zu sehen, ob sie auch etwas finden würden. Sie kehrten nach einer halben Stunde mit sechs Eiern und einer jungen Ente zurück.

Die Suppe wurde ein seltsamer Mischmasch, dick durch den Eierkuchen und die Erbsen, kräftig durch die Kräuter, aber alles zusammen schmeckte besser als Rolf gedacht hatte. Leonardo hatte einen Holzlöffel, mit dem Mariechen den kranken Kindern etwas Suppe einflößen konnte. Den Rest teilten sich Mariechen, Rolf, Leonardo und die Jungen, indem sie die Pfanne abwechselnd an den Mund setzten. Es war nicht viel, was jeder bekam, aber es wärmte.

»Schön«, sagte Rolf zufrieden, als sie kurz darauf gemütlich beisammen

saßen. Er hatte jetzt Zeit, sich die vier Jungen näher anzusehen. Sie nannten ihre Namen. Der größte von ihnen hieß Frank und war der Sohn eines Gerbers aus Köln. Rolf schätzte ihn auf etwa vierzehn. Es wurde nicht ganz klar, warum er sich dem Kinderzug angeschlossen hatte. Der Schwimmer hieß Peter. Er war kurz und gedrungen gebaut, hatte harte Fäuste und behauptete, daß er ungefähr zwölf Jahre alt sei. Er war an einem See östlich der Stadt Köln, auf der Domäne des Erzbischofs, aufgewachsen. Der dritte war kleiner und nannte sich Eberhard. Sein Vater war Holzfäller, und der Junge hatte in seinem Leben niemals etwas anderes gesehen als Wälder und die jagdlichen Veranstaltungen seines Herrn. So wußte er über alles, was den Wald und das Tierleben betraf, ausgezeichnet Bescheid. Der vierte, wieder ein großer, starker Junge, hieß Bertho und weigerte sich, etwas über sein früheres Leben zu erzählen.
»Ich bin jetzt Kreuzfahrer, und darauf kommt es an«, sagte er.
Rolf stellte sich in der üblichen Weise als Rudolf Wega aus Amsterdam vor. Sein Name machte auf die anderen offensichtlich großen Eindruck.
»Das ist keine günstige Stelle für ein Lager«, sagte er und wies um sich. Eberhard gab ihm sofort recht. »Wir wären besser noch ein Stück weitergezogen.« Er zeigte nach Süden. »Dort scheint das Ufer höher zu sein, und es gibt Wald.«
»Wer bestimmt den Platz für das Lager?« fragte Rolf.
»Nicolas«, sagte Frank ohne Zögern. »Er ist unser Anführer. Aber meist holt er sich Rat bei Dom Anselmus.«
»Dem Mönch?«
Die Jungen nickten eifrig.
Rolf stand auf. »Ich glaube, daß ich einmal mit diesem Nicolas reden muß«, sagte er.
Bertho schien über diese Ankündigung so erschrocken, daß er ihn mit offenem Mund anstarrte.
»Kann mich einer von euch zu ihm führen?« fuhr Rolf fort.
»Du kannst nicht einfach so . . .« wandte Bertho zögernd ein.
»Natürlich kann er«, rief Mariechen dazwischen. »Rudolf ist doch von edlem Blut.« Diese Vorstellung war ihr anscheinend nicht auszureden.
Frank erhob sich.
»Komm mit«, sagte er ruhig, »dort drüben, hinter dem Krüppelholz, steht sein Zelt.«
»Was steht dort?« Rolf war überzeugt, sich verhört zu haben.
»Sein Zelt mit dem Planwagen.«
»Das muß ich sehen!«
Nebeneinander schritten sie durch das Lager. Die meisten Kinder schliefen schon. Die Feuer qualmten und schwelten. In der Ferne läuteten wieder Glocken. Glockengebimmel hörte man fast den ganzen Tag, aber Rolf setzte mehr Vertrauen in seine Uhr, die wasserdicht, stoßfest und auf die Sekunde genau war. Nach dieser Uhr war es jetzt fast halb neun. Wie

immer nach einem sehr warmen Tag stiegen aus dem Fluß und den Feldern Nebel auf, die kühl und feucht die schlafenden Kinder einhüllten und die Aussicht beeinträchtigten.

»Ein hübsches Armband hast du da«, sagte Frank, der gesehen hatte, wie Rolf einen Blick auf seine Uhr warf.

»Ja, ein Geschenk meines Vaters.«

»Ist das Silber?«

»Rostfreier Stahl.«

»Damaszener Stahl?«

»Ja, etwas Ähnliches.«

»Ist dein Vater reich?«

»Ziemlich«, erwiderte Rolf unbehaglich. Verglichen mit den Menschen des Mittelalters war sein Vater unermeßlich reich. Im 20. Jahrhundert war er nur ein mäßig besoldeter Wissenschaftler.

»Warum bist du dann weggelaufen, wenn du es zu Hause so gut hattest?« erkundigte sich Frank.

»Nur aus Abenteuerlust.«

Frank nickte verstehend. Offenbar war das auch der Grund, warum er selbst mit dem Kinderzug aufgebrochen war.

Nach einer Weile erreichten sie einen etwas höher gelegenen Teil des Feldes. Hier war der Boden nicht so morastig. Als sie das Krüppelholz hinter sich hatten, sahen sie ein ordentliches Feuer, um das eine Anzahl Menschen versammelt war. Obwohl es schon dämmerte, erkannte Rolf hinter dem Lagerfeuer die Umrisse eines alten, runden Zeltes. Er sah auch zwei weiße Ochsen, die sich hingelegt hatten und wiederkäuten. Ein Stückchen weiter stand ein Ochsenwagen mit einer weißen Plane, der von etwa zwanzig mit Knüppel bewaffneten Jungen bewacht wurde. Nicolas wollte anscheinend jedes Risiko vermeiden.

Die Gruppe um das lodernde Feuer genoß eben ihr Mahl, und die köstlichen Düfte ließen Rolf und Frank das Wasser im Munde zusammenlaufen. Das bißchen Suppe, das sie zu sich genommen hatten, war bei weitem nicht ausreichend gewesen, um ihren Hunger zu stillen. Am Spieß über dem Feuer briet noch Geflügel. Offenbar hatten diese Kinder es verstanden, sich ein paar Wasservögel zu verschaffen.

Die Gruppe bestand aus dem weißgekleideten Jungen, den beiden Mönchen und vielleicht acht Kindern. Der betriebsame Junge, der Rolf schon ein paarmal aufgefallen war, saß ebenfalls dabei.

Verdutzt, mit vollem Mund, sahen sie den großen Jungen an, der so unverhofft in ihre Mitte trat.

»Ich bin Rudolf Wega aus Amsterdam«, sagte er klar und betont.

Wie immer, so schien sein Name auch hier Eindruck zu machen. Der hagere Mönch, den sie Dom Anselmus nannten, hob kurz die Hand. Dom Johannes, viel jünger, dicker und freundlicher, nickte ihm zu. Nicolas machte eine Bewegung, als ob er aufstehen wollte, besann sich dann aber

offenbar anders. Die anderen Kinder sahen neugierig zu. Sie waren so gespannt, daß sie vergaßen zu kauen.
»... und ich habe Hunger«, fuhr Rolf ruhig fort, indem er auf den Bratspieß zeigte.
Der betriebsame Junge reichte ihm ein Stück Fleisch und schaffte Platz in der Gruppe.
»Setz dich, Rudolf von Amsterdam, du bist uns willkommen.«
Allem Anschein nach betrachtete diese Elitegruppe Rudolf als einen der Ihren: ein Kind von edlem Geblüt. Rolfs Kleidung mußte ihnen allerdings Rätsel aufgeben. Rolf winkte Frank, er solle sich zu ihnen setzen, aber das schien den anderen nicht zu passen. Sie tauschten mißbilligende Blicke.
»Wer bist du?« fragte Dom Anselmus streng. Frank nannte Namen und Herkunft. Rolf, der begriff, daß der Standesunterschied zwischen dem freien Bürgersohn und den Kindern des Adels verwischt werden mußte, legte rasch einen Arm um Franks Schultern und sagte: »Er ist mein Freund.«
Die anderen schwiegen überrascht. Der kleine Wichtigtuer aber schob Frank ebenfalls ein Stück Fleisch hin. Rolf fand plötzlich, daß er doch recht nett war.
Während er aß, sah sich Rolf im Kreis um. Die Kinder erwiderten seine Blicke, neugierig und ein bißchen argwöhnisch. Ein hübsches Mädchen in einem langen, aus feinem Linnen gewebten Kleid fiel ihm auf. Das Kreuz an ihrer silbernen Kette schimmerte von Juwelen. Der Junge neben ihr trug einen tiefroten Überwurf, gelbe Beinkleider und einen mit Silber bestickten Gürtel, in dem ein prächtiger Dolch mit edelsteinverziertem Griff steckte. Die anderen Kinder waren ebenso prächtig gekleidet. Der weißgekleidete Junge war natürlich Nicolas selbst.
Rolf begann zu sprechen. Er dämpfte seine Stimme, damit sein fremder Tonfall nicht zu sehr auffiel.
»Seit gestern habe ich mich dem Kinderkreuzzug angeschlossen. Ich will mit euch zum Heiligen Land ziehen, um mitzuhelfen, die Weiße Stadt zu befreien«, sagte er, um seine Loyalität zu beweisen.
Die Mönche nickten ihm zu.
»Ich komme aus Holland, wo die Menschen anders sprechen und anders gekleidet sind als hier«, fuhr er fort, um eine Erklärung für das zu geben, was an ihm ungewohnt war – und das war eine ganze Menge! Auch diese Mitteilung wurde zur Kenntnis genommen.
»Aber was ich bisher von diesem Kinderheer gesehen habe«, sagte er, »gefällt mir gar nicht. Ich bin tief betroffen von dem, was ich feststellen mußte. Das Wohlergehen all dieser Kinder liegt mir sehr am Herzen. Aber ich habe viele Kranke gesehen, um die sich niemand kümmerte. Ich sah Kinder, die vor Erschöpfung am Wegrand niedersanken. Ich sah Verletzte, für die keiner etwas tat. Ich habe Kinder unterwegs sterben, andere im Rhein ertrinken sehen. Vater«, wandte er sich an Dom

Anselmus, »dieser Kreuzzug ist schlecht organisiert. Das könnte man viel besser machen.«
Der Mönch runzelte die Augenbrauen, erwiderte aber nichts.
Nicolas hob die Hand. »Gott wacht über uns, Gott sorgt für uns«, leierte er.
»Gott wird es uns bestimmt nicht verübeln, wenn wir uns selbst ein wenig bemühen«, sagte Rolf.
Eine Welle der Empörung ging durch den Kreis.
»Bist du gekommen, um uns Vorhaltungen zu machen, Rudolf von Amsterdam?« fragte Dom Anselmus drohend.
»Ja. Als ich sagte, ich hätte Hunger, bekam ich sofort ein Stück Fleisch. Dafür bin ich dankbar. Aber hier im Lager sind noch acht- oder zehntausend Kinder, die Hunger haben. Und was tut man für sie?«
»Gott wird ihnen Nahrung geben«, sagte Nicolas, ein bißchen zu schnell.
Nun wandte Rolf sich direkt an den Hirtenjungen.
»Nicolas, hör mich an«, sagte er langsam und ernsthaft. »Gott hat dir aufgetragen, diese Kinder zum Heiligen Land zu führen. Dabei hat Gott dir die Verantwortung für diese Kinder auferlegt. Du hast die gewaltige Aufgabe, sie sicher, gesund und ohne große Verluste zu den Toren der Heiligen Stadt zu geleiten. Die Reise ist lang, die Gefahren sind groß. Aber mit guter Organisation und dem Gebrauch unseres Verstandes können wir viele unnötige Leiden verhindern. Es kann nicht Gottes Wille sein, daß die Mehrzahl dieser Kinder unterwegs umkommt. Gott hat dich zum Leiter bestellt, aber leiten bedeutet, Sorge zu tragen für die dir anvertraute Herde.«
»Rudolf von Amsterdam hat recht«, sagte plötzlich der prächtig gekleidete Junge neben ihm. »Wenn mein Vater in den Krieg zog, sorgte er auch dafür, daß sein Kriegsvolk unterwegs gut zu essen bekam.«
»Halt den Mund, Carolus«, fuhr Dom Anselmus dazwischen.
Aber Carolus ließ sich den Mund nicht verbieten.
»Sie können das nicht wissen, weil Sie immer vorangefahren sind«, rief er. »Aber die Zustände in der Nachhut waren entsetzlich. Ich habe schon früher darüber geklagt, und ich bin froh, daß Rudolf von Amsterdam mir jetzt recht gibt.«
Da hab ich doch wenigstens einen Mitstreiter, dachte Rolf dankbar.
»Rudolf von Amsterdam irrt sich«, sagte Dom Anselmus kühl. »Dies ist kein gewöhnlicher Kreuzzug. Wir haben uns nicht auf den Weg gemacht, um Blut zu vergießen und Jerusalem mit dem Schwert in der Hand zu erobern. Die Sarazenen werden vor unserer Unschuld fliehen.«
»Das weiß ich«, erwiderte Rolf ruhig. »Aber wir sind bestimmt nicht aufgebrochen, um vor Hunger, Kälte und Entbehrungen zugrunde zu gehen. Alle diese Kinder« – er wies auf das Lager – »erwarten, Jerusalem zu sehen. Wenn es aber so weitergeht wie bisher, wird kaum ein Zehntel von ihnen dort ankommen. Ihre Anführer kümmern sich nämlich nicht

um sie, während sie sehr darauf bedacht sind, daß es ihnen selbst an nichts mangelt.« Und wieder wies er, diesmal anklagend, auf die Reste der Mahlzeit, das Zelt und den Planwagen.
»Ihr lauft nicht, sondern ihr fahrt, und ihr hungert auch nicht. Ihr erkältet euch nicht, wenn Sturm und Regen über das Lager jagen, denn ihr sitzt schön geborgen in eurem Zelt. Deshalb wählt ihr auch einen Platz als Nachtlager, ohne euch zu fragen, ob dieser sich wohl für Tausende von Kindern eignet, die kein Zelt haben, in dem sie Schutz finden können . . .«
»Die Ochsen waren müde«, sagte das schmuckbehangene Mädchen.
»Das hier ist eine weite Ebene, wo jeder Platz findet«, verteidigte sich Nicolas.
»Aber sie ist morastig und ungeschützt. Gestern abend haben sich viele Kinder erkältet, morgen werden sie krank sein. Wer wird sie dann pflegen? Wer gibt ihnen heißen Kräuterabsud, wer nährt für sie das Feuer?
Hör mal, Nicolas. Gott wird diesem Kinderheer viele Prüfungen auferlegen, aber nicht, um uns zu vernichten. Es ist unsere Aufgabe, als Führer dieses Kinderzuges, daß wir diese Prüfung gut überstehen und vollzählig vor den Toren Jerusalems erscheinen. Gott hat dir diesen Auftrag nicht allein gegeben, Nicolas, sondern uns allen! Und weil Gott es so will, müssen wir Seinen Auftrag erfüllen, so gut wir können.
Im Augenblick geht es gar nicht gut. Jeden Tag sterben viele Kinder vor Hunger, Durst und Übermüdung. Und das ist erst der Anfang . . . Das kann nicht Gottes Absicht gewesen sein, Nicolas. Sicher will er uns Leiden und Prüfungen auferlegen, aber er verlangt auch, daß wir einander beistehen, um gemeinsam unsere große Aufgabe zu vollbringen. Deshalb müssen wir alles besser organisieren. Wir müssen, jeder einzelne von uns, die Möglichkeiten, die wir haben, besser nutzen. Zur Ehre Gottes.«
»Amen«, sagte der Junge neben ihm.
Mensch, ich rede ja, als ob ich das Wort zum Sonntag im Fernsehen verkündigte, dachte Rolf beschämt. Wie komme ich nur dazu, plötzlich eine so fromme Predigt zu halten? Hat mich der Wahnsinn dieses Kinderkreuzzuges auch schon befallen?
Ich weiß doch, daß die Sache nie und nimmer gelingen kann . . . Aber er sah, daß seine Rede einen tiefen Eindruck gemacht hatte.
Der Junge neben ihm schlug das Kreuzzeichen, umarmte Rolf und sagte: »Du bist ein würdiger Sohn deines edlen Vater, Rudolf.«
Die beiden Mönche blieben unbeweglich sitzen. Anselmus' stechende Augen ließen den fremden Jungen nicht los, aber auf Johannes' rundem Gesicht erschien ein warmes Lächeln.
»Rudolf von Amsterdam, ich glaube, du wirst ein wertvolles Mitglied unseres Unternehmens sein«, sagte er herzlich. »Kannst du mir ein paar Vorschläge machen?«
Auch darüber hatte Rolf schon den ganzen Tag nachgedacht. »Zunächst

einmal müssen wir die Kinder in einzelne Gruppen aufteilen, von denen jede ihre besondere Aufgabe hat. Es sind deren so viele, daß das keine Schwierigkeiten bereiten dürfte.« Er begann an seinen Fingern abzuzählen. »Besonders dringend ist, daß wir eine Gruppe von Ordnungshütern aufstellen. Das könnten die größten Jungen und Mädchen übernehmen, die sich zu diesem Zweck auch ein paar Waffen zulegen müßten: zum Beispiel einen Knüppel. Sie sind für die Sicherheit der Kinder verantwortlich. Ihre Aufgabe wird es sein, uns Tag und Nacht vor Angriffen von draußen zu schützen und Streitigkeiten unter den Kindern zu schlichten. Außerdem benötigen wir große Gruppen von Jägern, die jeden Tag für frisches Fleisch sorgen müßten, denn an Wild fehlt es hier nicht, wie ich gesehen habe.«
»Halt!« rief Nicolas böse dazwischen. »Das geht auf keinen Fall. Das ist Wilddieberei.«
Rolf zeigt auf den Bratspieß. »Und wie seid ihr zu diesen Wildenten gekommen?«
»Die hat Carolus erlegt«, sagte Nicolas.
Der Junge neben Rolf nickte lebhaft. Er deutete auf das Zelt. Neben dem Eingang standen ein selbstgeschnitzter Bogen und daneben ein Köcher mit Pfeilen.
»Ich kann einen Vogel im Flug treffen«, verkündete er stolz. »Ich kann ohne Falken jagen.«
»Ist das denn nicht gewildert?«
Nicolas hob die Schultern. Das Thema schien ihn zu langweilen.
»Willst du behaupten, Nicolas, daß das Wild in den Wäldern und Feldern hier geschütztes Wild ist?«
»Geschütztes Wild?«
Die sprachlichen Mißverständnisse drohten wieder.
»Das Wild gehört den Herren dieses Gebietes. Nur sie haben das Recht auf Jagd. Du kannst nicht verlangen, daß gottesfürchtige Kinder sich an Rehböcken und Rebhühnern der adligen Grundherren vergreifen!«
»Meinetwegen dürfen sie das«, brummte Rolf. Er wandte sich an den kleinen Bogenschützen. »Was meinst du, Carolus?«
Der Junge strahlte. »Ich werde die Jägergruppe anführen«, rief er. »Ich bringe ihnen bei, wie man Bogen und Pfeile macht. Und jagen werden sie! Auch dort, wo es verboten ist. Rudolf von Amsterdam hat recht: wir können die Kinder nicht verhungern lassen!«
»Ein Edelmann als Wilddieb?« rief eines der prächtig gekleideten Kinder.
»Das ist kein Wildern, das ist die Ausführung von Gottes Willen«, schrie Carolus.
Die anderen schwiegen betroffen.
»Außerdem bin ich der König, und ich habe das heilige Recht, eine Jagdabteilung aufzustellen. Stimmt's, Rudolf?«
Rolf begriff nicht, worauf der Junge anspielte, aber er nickte zustimmend,

denn er fand Carolus sehr sympathisch. Und wenn er in der Lage war, Wild für die hungrigen Kinder herbeizuschaffen, sollte es ihm nur recht sein. Ob sie dabei gegen das Gesetz verstießen, spielte für ihn keine Rolle. Hunger bricht alle Gesetze.
»Wir werden auch ein paar Fischergruppen brauchen«, fuhr er fort. »Ich habe Kinder gesehen, die gut schwimmen können, und andere, die Netze besitzen. Aber in diese Gruppe dürfen nur Schwimmer aufgenommen werden, für die anderen ist das viel zu gefährlich.« Er wandte sich an Frank. »Ob Peter wohl die Fischergruppen organisieren könnte?«
»Aber sicher«, erwiderte Frank ohne Zögern. »Peter ist selbst ein halber Fisch und hat Freunde im Lager.«
»Sehr gut. Carolus führt die Jäger, Peter die Fischer. Und wer soll die Führung der Ordnungshüter übernehmen?«
»Das mache ich«, sagte ein forscher Edelknabe. »Die Jungen dort, bei dem Planwagen, stehen auch unter meinem Befehl. Ich glaube, daß Rudolf recht hat, das ganze Lager muß bewacht werden. Es werden nachts manchmal Kinder weggeholt.«
Rolf schauderte es. Der Edelknabe – er wurde Fredo genannt – genoß offenbar die Aussicht, eine Art Kriegsmacht aufstellen zu dürfen.
»Jetzt komme ich noch zu einem Punkt, der mir sehr am Herzen liegt. Wir benötigen auch eine Krankenabteilung. Diese Kinder sollen sich um alle diejenigen kümmern, die unterwegs krank werden, vor Erschöpfung zusammenbrechen oder verletzt sind. Deshalb müssen wir die Marschordnung am Tage auch anders einteilen. Vorn gehen Jungen mit Knüppeln oder Pfeil und Bogen, um Räuber und anderes Gesindel auf Abstand zu halten. Dahinter folgen Gruppen kleiner und schwacher Kinder, mit größeren dazwischen, die ihnen, falls nötig, helfen können. Den Ochsenwagen brauchen wir zum Transport von Kindern, die nicht mehr laufen können. Sobald wir eine größere Stadt erreichen, müssen wir versuchen, die Kranken und Verletzten dort unterzubringen. Ihr seid gesund, ihr könnt laufen! Hinter den Kleinen müssen dann Kinder folgen, die die Zurückbleibenden auffangen. Den Schluß der Kolonne müssen wieder kräftige, gut bewaffnete Kinder bilden, um einem Angriff in den Rücken zuvorzukommen. Auf diese Weise können keine Kinder mehr unbemerkt zurückbleiben, die dann irgendwo elend umkommen. Was hältst du davon, Fredo?«
»Ich finde, das ist eine gute Idee«, nickte der Junge.
»Muß ich denn zu Fuß gehen?« fragte das Mädchen mit dem Schmuck ängstlich. »Nein, das will ich nicht.«
Rolf warf einen Blick auf ihre feinen Schuhe, die eigentlich nur silberne Pantoffeln waren. Sie würde bestimmt nicht weit damit kommen.
»Wer bist du?« fragte er.
»Hilde von Marburg.«
Der Name sagte ihm nichts, aber er klang sehr vornehm.

»Wenn du bereit bist, dich um die Kranken zu kümmern, kannst du auf dem Wagen mitfahren«, sagte er. Hilde nickte erleichtert.
Carolus wandte sich an Rolf. »Ich bin nicht viel gefahren«, sagte er, »ich fand das nicht ganz in Ordnung, denn es ist ja die Aufgabe eines Königs, sich um seine Untertanen zu kümmern. Und ich kann sehr gut laufen.«
Rolf lächelte ihn freundlich an. Der flinke Carolus gefiel ihm immer besser. Er fragte sich, was diesen adligen Jungen wohl dazu bewogen haben mochte, sich dem Heer von Verstoßenen und Aschenbrödeln anzuschließen.
»Du sprichst wie jemand, der es gewohnt ist, Befehle zu geben, Rudolf von Amsterdam«, sagte Dom Johannes. »Wie groß ist der Besitz deines Vaters? Bist du der älteste Sohn?«
Rolf richtete sich auf. Mit seinen fünfzehn Jahren war er wesentlich größer als diese Kinder des Mittelalters. Man hielt ihn bestimmt für mindestens achtzehn. Außerdem schien sein sicheres Auftreten Eindruck zu machen. Er beschloß, seine Vorteile zu nutzen.
»Verzeiht mir«, sagte er, »aber es bereitet mir Schmerz, über meine Jugend und die Vergangenheit zu sprechen. Ich bitte euch, keine Fragen zu stellen. Ich kann sie nicht beantworten, ohne in Schwierigkeiten zu geraten.«
Die Kinder im Kreis nickten verstehend. Auch sie wollten nicht an die Burgen zurückdenken, die sie verlassen hatten, an gestrenge Burgherren, rauhe Krieger, geduckte Leibeigene und die Langeweile der langen Winterabende. In Jerusalem, dem Herzen der Welt, blühten das ganze Jahr über Blumen . . .
Rolf fuhr fort, seine Pläne zu entwickeln.
»Auch das Nachtlager muß künftig anders eingeteilt werden. Wir brauchen Gruppen von Holzsammlern, Köchen und Wachmannschaften. Was wir nötig haben, sind große Kochtöpfe und möglichst viele Eßnäpfe. Die Nahrung, die wir während des Tages finden, muß von den Ordnungshütern eingesammelt und bis zum Abend aufbewahrt werden. Dann können die Kochmannschaften ans Werk gehen und die Nahrung für das ganze Lager an großen Feuern zubereiten. In der Nacht müssen die Größten und Stärksten in Gruppen Wache halten.«
Carolus und Fredo nickten, aber Dom Anselmus sagte schroff: »Das dauert alles viel zu lange. Wir werden kaum noch weiterkommen, und vor dem Herbst müssen wir die Berge überschritten haben.«
Rolf erwiderte: »In den ersten Tagen müssen wir uns natürlich erst daran gewöhnen, aber sobald jedes Kind begriffen hat, was seine Aufgabe ist, werdet ihr sehen, daß alles viel leichter geht, und daß wir sogar schneller vorankommen.«
Er schaute rasch zu dem zweiten Mönch hinüber, der ihm freundlich zulächelte. Dom Johannes schien ein netter Mann zu sein.
Carolus rief begeistert: »Rudolf von Amsterdam hat recht! Ein Heer

braucht eine gute Organisation. Auf mich kannst du zählen, Rudolf.«
Da Carolus' Wort anscheinend großes Gewicht hatte, wagten die anderen jungen Edelleute kaum Einwände zu erheben. Nur Nicolas saß finster da und schüttelte den Kopf.
»Alle diese Kinder«, sagte Rolf, in Richtung des schlafenden Lagers weisend, »haben doch irgend etwas gelernt. Bei mir am Lagerfeuer sitzt zum Beispiel ein Junge, der in den Wäldern aufgewachsen ist und alles über Wildfährten weiß. Solche Jungen könnten Carolus in seiner Abteilung von großem Nutzen sein.«
»Wie heißt der Junge?« fragte Carolus aufgeregt.
»Eberhard. Ich schicke ihn dir morgen früh. Wenn wir gute Abteilungen aufstellen wollen, die die Kinder mit Nahrung versorgen und sie vor Gefahren schützen, müssen wir jeden selbst seine Arbeit wählen lassen. Jeder kann oder weiß etwas, was er im Interesse aller verwerten kann.«
Diese Worte lösten allgemeine Verwunderung aus. Im Mittelalter kannte jeder Mensch den Platz, auf den er gehörte. Auf diesem Platz wurde er geboren, und dort blieb er. Aber jedes Kind seine Aufgabe wählen lassen, noch dazu für das allgemeine Wohl, das war für diese Elitegruppe am Feuer etwas völlig Neues.
»Dom Anselmus hat von Bergen gesprochen. Welcher Route zum Heiligen Land folgen wir eigentlich?«
Die Antwort kam von dem freundlichen Dom Johannes. »Bei Genua werden wir das Meer erreichen.«
»Genua?« fragte Rolf verwundert. »Was sollen wir denn in Genua?«
»Gott hat Nicolas befohlen, das Kinderheer nach Genua zu bringen«, sagte der finstere Dom Anselmus kurz.
Rolf erschrak. »Dann müssen wir ja über die Alpen!«
Die Mönche nickten, und Rolf fühlte, wie ihm das Blut in den Adern zu Eis erstarrte. Wie sahen die Alpen im Mittelalter aus? Gab es dort überhaupt Wege? Ja, natürlich mußte es Wege geben. Die Römer waren ja schon tausend Jahre früher über die Alpen gezogen. Auch Hannibal mit seinen Elefanten. Aber die Vorstellung, mit diesen Kindern das grimmigste Gebirge Europas besteigen zu müssen, war beängstigend. Nachdenklich starrte er vor sich hin. Ob das nicht mit einem entsetzlichen Drama enden würde? Er kannte die Alpen. Er war oft mit seinen Eltern in der Schweiz, in Österreich und Italien gewesen. Aber da waren sie in einem komfortablen Auto über asphaltierte Straßen gefahren, an denen Restaurants, Hotels und Rastplätze lagen, Polizeifahrzeuge patrouillierten, und die Fahrzeuge der Straßenwacht im Einsatz waren, damit den Reisenden nichts passierte. Es war ihm nur klar, daß es dieses Mal ganz anders sein würde. Schlechte, enge Wege neben schwindelnden Abgründen. Strauchritter, die auf der Lauer lagen, um arglose Reisende zu überfallen. Edelleute, die ihren Zoll forderten, wenn sie den Reisenden nicht die Kehle durchschnitten, um sie ausplündern zu können.

»Also über die Alpen nach Genua«, sagte er laut. »Und wie soll es dann weitergehen? Genua liegt ja noch Tausende Kilometer von Jerusalem entfernt.«
Er ahnte, wie die Antwort lauten würde, aber er wollte sie aus dem Munde von Erwachsenen hören. Und sie kam auch prompt.
»Gott wird ein Wunder wirken und das Wasser zurückweichen lassen, damit wir zu Fuß das Heilige Land erreichen können.«
Rolf fragte sich, ob der Mönch das wohl selbst glaubte.
Seit einiger Zeit meinte er, außerhalb des Lichtkreises des Feuers eine dunkle Gestalt wahrzunehmen, die ihren Gesprächen gespannt zu lauschen schien. War das nicht Leonardo mit seinem Knotenstock? Was tat er denn hier um diese Zeit?
»Da wir also über die Alpen müssen«, fuhr er fort, »schlage ich vor, den Brennerpaß zu wählen. Der ist nicht ganz so hoch und so gefährlich.«
»Wir haben beschlossen, den alten Heerweg zu nehmen, der über den Mont-Cenis führt«, entgegnete Anselmus barsch. »Das ist der kürzeste Weg, und ich kenne die Strecke. Ich habe einmal einen Pilgerzug nach Rom geführt.«
»Ich kenne den Weg auch!« rief Rolf entsetzt. »Er ist ganz furchtbar, fast ebenso schlimm wie der Große St. Bernhard.«
Seine Zuhörer schwiegen erstaunt. Rolf wurde rot.
»Ich bin sehr oft gereist«, sagte er erklärend.
Seine Mutter hatte etwas gegen das Fliegen. Daher waren die Wegas stets mit dem Auto in Urlaub gefahren und kannten sämtliche Pässe im Alpengebiet. Außerdem hatte sich Rolfs Vater ein sportliches Vergnügen daraus gemacht, die Paßstraßen zu bezwingen, und sich sogar geweigert, die großen Tunnels zu benutzen, damit er ein weiteres Stück der Landschaft sah. Wie alle Bewohner eines flachen Landes liebte Rolf die Berge. Er hatte diese Ferienreisen immer sehr genossen. Aber jetzt ...
»Können wir uns nicht bei Straßburg nach Osten wenden?« schlug er vor. »Dann ziehen wir weiter durch den Schwarzwald, durch Bayern und überschreiten das Karwendelgebirge, denn dahinter liegt Innsbruck. Hinter Innsbruck beginnt der Brennerpaß. Wir gelangen direkt nach Bozen. Ich gebe zu, daß es ein Umweg ist, aber es wäre die einzige Möglichkeit, die Kinder heil über das Gebirge zu bringen.«
»Nein«, widersprach Anselmus ungeduldig, »der Umweg wäre sinnlos. Außerdem wimmelt es im Karwendelgebirge von Räubern.«
»Ach, das wird wohl überall in den Bergen der Fall sein«, meinte Rolf unschuldig.
»Bist du dort gewesen?« fragte Carolus aufgeregt. »Kennst du die Berge?«
»Ja, ich habe alle Paßstraßen bereist.«
Das glaubten sie ihm natürlich nicht.
Dom Johannes sagte leise: »Auf dem Mont-Cenis gibt es eine berühmte Abtei, in der man Reisenden Obdach und Nahrung gewährt.«

»Aber doch nicht achttausend Pilgern zugleich!« widersprach Rolf. »Selbst wenn es bis dahin nur noch viertausend sind, denn mehr werden wir wohl kaum dort hinbekommen.«
Die dunkle Gestalt außerhalb des Feuers trat plötzlich in den Lichtkreis. Es war tatsächlich Leonardo. Er lehnte sich auf seinen Knüppel und sagte ruhig: »Verzeiht mir, daß ich das Gespräch dieser illustren Versammlung mitangehört habe. Ich bin Leonardo Fibonacci aus Pisa, ein umherziehender Scholar auf dem Weg nach Bologna. Ich habe mich aus Mitgefühl vorläufig dem Kinderzug angeschlossen. Auch ich kenne die Alpen und verschiedene Paßstraßen, und ich kann euch versichern, daß Rudolf von Amsterdam recht hat. Der Weg über den Mont-Cenis ist viel zu schwierig. Das Unternehmen würde Tausenden unschuldigen Kindern das Leben kosten. In dieser furchtbaren Höhe wächst nichts mehr, nicht der kleinste Strauch, und es ist bitter kalt. Die Kinder werden verhungern und in den Nächten erfrieren . . . Der Brenner ist nicht so hoch und nicht so unwegsam.«
»Im Karwendelgebirge werden wir den Bären zum Opfer fallen«, sagte Anselmus finster.
»Bären?« fragte Rolf erschrocken.
»Ja, weißt du das denn nicht?« rief Nicolas sofort. »Du hast also keine Ahnung von den Bergen!«
Rolf war einen Augenblick ratlos, aber Leonardo wußte eine Antwort.
»Ja, sind denn auf dem Mont-Cenis keine Bären und Wölfe?« fragte er barsch.
Das mußten die Mönche zugeben.
Der Student stand, gestützt auf seinen Knotenstock, ruhig da und musterte die Gesellschaft. Er war schlank und nicht viel größer als Rolf, aber er strahlte Überlegenheit aus. Rolf bewunderte ihn, als er mit dem Stock leicht auf den Boden stieß und ruhig sagte: »Ach was, mit diesem Freund hier brauche ich keinen Bären zu fürchten.«
Der kleine Carolus, der vor Begeisterung fast zu platzen schien, rief: »Wie können wir den Rat von zwei erfahrenen Reisenden in den Wind schlagen?«
»Sei still«, sagte ein Mädchen im blauen Mantel, »ich habe Angst vor Bären und Wölfen.«
Rolf hatte inzwischen seine Kaltblütigkeit wiedergewonnen. »Wir haben alle Angst«, sagte er, »aber mit den nötigen Vorbereitungen und einer Gruppe tapferer Jäger und Ordnungshüter werden wir die wilden Tiere wohl abwehren können.«
Sie saßen noch bis tief in die Nacht zusammen. Endlich wurde beschlossen, von dem Marsch über den berüchtigten Mont-Cenis abzusehen und den Weg zu wählen, den Rolf und Leonardo vorschlugen. Hilde von Marburg war an Carolus' Schulter in Schlaf gesunken. Sie war ein hübsches Mädchen mit langen blonden Zöpfen und sicher nicht älter als

zwölf. Carolus hatte einen Arm um sie gelegt und blickte liebevoll auf das blonde Köpfchen herab.
»Ist das deine Schwester?« fragte Rolf.
»Nein, Hilde von Marburg ist die Tochter des Grafen Ludwig«, flüsterte Carolus. »Sie wurde am Hofe ihres Onkels, des Erzbischofs von Köln, erzogen, natürlich bei den Nonnen. Der Erzbischof befahl ihr, mit uns zu ziehen. Sie wird Königin von Jerusalem. Und ich . . .«, fuhr Carolus träumerisch fort, »werde zum König von Jerusalem ausgerufen. Ich werde mit meiner Braut Hilde in einem weißen Schloß wohnen und immer glücklich sein.«
Was sollte Rolf auf diese Phantasien erwidern? Es fiel ihm nichts Besseres ein, als eine Art Verneigung vor dem kleinen König zu machen, eine Huldigung, die freundlich entgegengenommen wurde.
»Rudolf von Amsterdam«, sagte Carolus, ohne aufzustehen, denn er wollte das schlafende Mädchen nicht wecken, »hiermit ernenne ich dich zu meinem ersten Schildknappen.«
Mit der freien Hand berührte er kurz Rolfs Schulter. »Das gibt dir das Recht, nachts im Zelt zu schlafen«, fügte er verschwörerisch hinzu.
»Ich danke dir, Carolus, aber ich möchte lieber an meinem eigenen Lagerfeuer schlafen. Außerdem gibt es Jungen und Mädchen, die ich beschützen muß.«
Carolus nickte verstehend.
Gemeinsam mit Leonardo und Frank, der kaum noch die Augen offenhalten konnte, kehrte Rolf zum Lagerfeuer zurück. Nur Peter schlief nicht, sondern hielt geduldig Wache. Frank berichtete ihm mit kurzen Worten, was beschlossen worden war.
Als Rolf sich neben Leonardo auf dem harten Boden zum Schlafen ausgestreckt hatte, fragte er leise: »Wieso bist du plötzlich aufgetaucht? Bist du uns heimlich gefolgt?«
»Ach«, murmelte Leonardo, »das war eine, sagen wir mal, Vorsichtsmaßregel. Als ich dich mit Frank so grimmig entschlossen weggehen sah, wußte ich, daß du den Leuten die Leviten lesen wolltest, und da schien es mir besser, mich in der Nähe aufzuhalten. Was hältst du übrigens von den beiden Mönchen?«
»Dummköpfe«, sagte Rolf ohne zu zögern.
»Nein, Dummköpfe sind es nicht, Rudolf, vor allem Anselmus nicht . . . aber Attrappen.«
»Attrappen? Was meinst du damit?«
»Ich meine damit, daß sie vielleicht gar keine Mönche sind. Sie waren mir schon gestern aufgefallen. Irgend etwas stimmt da nicht. Was bezwecken sie mit diesem Kinderkreuzzug?«
»Jerusalem zu erobern.«
»Ja, ja, das behaupten sie«, murmelte Leonardo.
Rolf war froh, daß er mit seinen Zweifeln nicht allein stand.

»Warum glaubst du, daß sie keine echten Mönche sind?«
»Es hat mich gewundert, daß sie dich ausreden ließen«, erwiderte Leonardo schläfrig. »Normalerweise hätten sie aufspringen und dich der Ketzerei beschuldigen müssen.«
»Wieso, ich habe doch eine fromme Ansprache gehalten«, sagte Rolf harmlos.
Leonardo grinste über soviel Unerfahrenheit. »Mein lieber Junge, ich habe noch niemals soviel gewagte Worte reden hören wie dich heute abend. Du bist ein sehr kluger Junge, und ich weiß nicht, woher du all dies Wissen in deinem Alter hernimmst. Aber ein Ketzer bist du, und wenn ich du wäre, würde ich ein bißchen vorsichtiger sein.«
Rolf seufzte. Es stimmte: wie er sich auch bemühte, mit den religiösen Gefühlen des 13. Jahrhunderts kam er nicht zurecht.
»Ich habe mich doch bemüht, Dinge zu sagen, die sie selbst auch verkünden«, verteidigte er sich lahm.
Der Student richtete sich halb auf und sah ihn ernst an. »Aber hast du geglaubt, was du da erzählt hast, Rudolf?«
Der Junge fühlte, wie die Röte in seine Wangen stieg. Glücklicherweise war das Feuer herabgebrannt, so daß der andere es nicht sehen konnte.
»Du glaubst genausowenig daran wie ich, Rudolf. Ich bin weit in der Welt herumgekommen und habe vieles gesehen. Ich glaube, daß Nicolas ehrlich ist, aber daß er von den beiden Kerlen in ihren gestohlenen Kutten und mit ihren frommen Gesichtern mißbraucht wird. Das sind keine Priester. Das wußte ich in dem Augenblick, wo sie deine Worte über sich ergehen ließen, ohne dagegen zu protestieren. Da stimmt etwas nicht. Selbst der dümmste Priester hätte sich deine Worte verbeten. Und was taten sie? Sie hörten sich deine Vorschläge mit großem Interesse an. Demnach liegt ihnen also viel daran, möglichst viele gesunde Kinder nach Genua zu bekommen. Was sollen sie denn bloß in Genua? Hast du dich das nicht auch gefragt, Rudolf?«
»Ja, natürlich«, erwiderte Rolf rasch.
»Gut so. Dann weißt du, worauf du achten und warum du vorsichtig sein mußt.«
Leonardo wollte sich wieder zum Schlafen hinlegen, aber Rolf faßte ihn am Arm.
»Glaubst du, daß das Meer vor uns weichen wird, mein Freund?«
»Hm.«
»Glaubst du an Wunder?«
»Manchmal schon.« Leonardo richtete sich halb auf. »Ein Wunder war zum Beispiel, daß du genau in dem Moment auftauchtest, als ich gegen die beiden Straßenräuber zu unterliegen drohte. Und deine unglaublichen Kenntnisse der arabischen Ziffern! Dann entdeckten wir beide plötzlich, daß wir mitten in den Kinderkreuzzug geraten waren. Und wieder geschah ein Wunder: der Fremdling, der so unerwartet am Johannistag

erschien, entpuppte sich als Anführer, der mehr Verstand und Reiseerfahrung mitbringt, als sie alle zusammen. Und da fragst du noch, ob ich an Wunder glaube? Wenn das keine sind!«
Sie grinsten einander an.
»Gute Nacht!«
Fünf Minuten später schliefen sie.

5. Die Sauhatz

Nach jenem Abend auf dem Feld ging es mit dem Kinderheer viel besser. Jeden Morgen nach dem Gebet und einer Ansprache von Dom Anselmus, in der er den Kindern vor Augen stellte, mit welchem Ziel sie aufgebrochen waren, begannen Rolf, Frank, Peter, Fredo und Carolus mit der Einteilung der Gruppen. In den ersten Tagen herrschte noch ein ziemliches Durcheinander, aber langsam nahm die Sache Form an. Die Kranken wurden in den Planwagen gelegt und standen unter dauernder Betreuung. Hilde, die zukünftige Königin von Jerusalem, organisierte ihre Pflege. Sie tat es nicht nur, weil sie unbedingt fahren wollte. In dem Nonnenkloster, in welchem sie erzogen worden war, hatte sie die Krankenpflege erlernt. Sie war froh, daß ihr eine solche Aufgabe der Nächstenliebe zugeteilt worden war. Sie wählte einige Mädchen aus, die ihr dabei helfen sollten. Sie brachte ihnen bei, wie man Kräuterabsud, Krankenspeisen und Kräftigungsmittel zubereitet. Verbandzeug hatten sie natürlich nicht, aber das fertigten die Kinder selbst an. Rolf war sehr erstaunt, auf welch merkwürdige Art sie dabei vorgingen.
Eine Anzahl von Mädchen flocht aus festen Gräsern breite Streifen. Diese wurden aufgerollt und in Vorrat gehalten. Blutende Wunden wurden zuerst mit einer Schicht frischen, gekauten Grases abgedeckt. Dadurch vermischte sich das Gras mit Speichel, brachte die Blutung zum Stillstand und beugte Infektion vor. Das Gras mußte natürlich von gesunden Kindern gekaut werden. Über diese Schicht wurde dann ein Grasverband befestigt. Fertig. Zu Rolfs Verwunderung kamen Fälle von Blutvergiftung selten vor. Der Speichel gesunder Menschen mußte also gute Abwehrstoffe enthalten. Schon bald wußte Rolf, daß er die Führung der Krankengruppe ruhig Hilde von Marburg überlassen konnte. Befehle geben und Beschlüsse fassen lag ihr im Blut.
Auch Nicolas mußte nicht zu Fuß gehen, da ja irgend jemand den Ochsenwagen fahren mußte. Als aber auch die beiden Mönche in den Planwagen klettern wollten, erhob Rolf Einspruch.
»Ihr könnt euch doch nicht widersetzen, die den Kindern auferlegten Prüfungen brüderlich mit ihnen zu teilen!« rief er so laut, daß es jeder, der sich in der Nähe befand, hören mußte.

Um ihre Autorität über die jungen Pilger nicht aufs Spiel zu setzen, blieb den Männern nichts anderes übrig, als so wie die anderen zu Fuß zu gehen. Dom Anselmus warf Rolf einen haßerfüllten Blick zu, aber der Junge kümmerte sich nicht darum, er hatte viel zu viel zu tun.
Fredo, der Sohn eines kriegerischen Ritters, wußte genau, wie er die Verteidigungsgruppe organisieren mußte. Rolf nannte sie bei sich die »Schlägertruppe«. Als erstes stellten sie Pfeile, Bogen und Schlagwaffen her. Carolus brachte ihnen das Schießen bei, und Leonardo führte ihnen vor, wie man einen Knotenstock handhabt und treffsicher auf den Feind herabsausen läßt. Diese kampflustigen Kinder bewachten nachts die Außenbezirke des Lagers und lösten einander alle zwei Stunden ab. Während des Tages sah man sie überall in dem kilometerlangen Zug: sie schlichteten Streitigkeiten, bewachten Vor- und Nachhut und hielten wilde Tiere fern. Diese wilden Tiere waren manchmal auch Menschen. Erboste Bauern, die fürchteten, daß die Kinder ihre Äcker zertrampeln oder plündern würden. Verarmte Edelleute, die versuchten, Kinder aus ihren Reihen fortzulocken, um sie verkaufen oder als Arbeitskräfte benutzen zu können. Gesindel, das sich unter die Kinder mengte, mit irgendwelchen dunklen Absichten. Die »Schlägertruppe« hielt all diese Leute fern, so daß sich die jungen Pilger bedeutend sicherer fühlen konnten.
Obwohl Rolf das niemals angestrebt hatte, wurde er mit Leonardo an seiner Seite mehr und mehr zum eigentlichen Anführer des Kinderkreuzzuges. Er hatte aus dem 20. Jahrhundert etwas mitgebracht, was den meisten dieser Kinder gänzlich unbekannt war: Verantwortungsgefühl, soziales Empfinden. Für ihn waren alle Menschen gleich. Er machte keinen Unterschied zwischen Leibeigenen, Adeligen, Kindern freier Bürger oder Ausgestoßenen. Er beurteilte jedes Kind nach dessen Anlagen und Möglichkeiten, und wenn er glaubte, eine Eignung für eine bestimmte Aufgabe zu entdecken, so konnte der Betreffende sicher sein, sie auch zu erhalten. So wurde Peter, der sein Leben lang nichts anderes gewesen war als ein rechtloser Leibeigener, der Anführer der Fischergruppe. Er brachte den anderen bei, wie man Netze knüpft, verräterische Strömungen im Wasser erkennt, die zeigen, wo sich Fische aufhalten. Die Mitglieder der Fischergruppe konnten alle schwimmen, und weil sie einen Großteil der täglichen Nahrung lieferten, wurden sie von den anderen respektiert. Carolus, der Anführer der Jagdgruppe, wählte Eberhard und den starken Bertho zu seinen engsten Mitarbeitern und trainierte seine Mannschaft mit viel Begeisterung. Auch sie leisteten gute Arbeit. Wohl wissend, daß das, was sie taten, ihnen als Wilderei angelastet werden konnte – ein Kapitalverbrechen in jener Zeit –, versuchten sie, so gut es ging, adligen Jagdgesellschaften aus dem Wege zu gehen. Das gelang ihnen natürlich nicht immer. Mitunter stießen sie auf einen erbosten Wildhüter, auf wütende Bauern oder einen zornigen Edelmann. Dann

mußten sie um ihr Leben laufen, oder der kleine Carolus mußte seine ganze Beredsamkeit aufbieten, um die Leute zu überzeugen, daß Gott dem Kinderzug das Recht gegeben hatte, sich mit allem zu nähren, was das Land bot.

Rolf, der von dem Gedanken nicht loskam, daß sie in ein paar Wochen die rauhen Berge erreichen würden, sah mit Entsetzen die nackten, zerschundenen Füße der Kinder. Er sprach zu Frank, dem Gerbersohn, von seinen Sorgen, und dieser begriff sofort, was von ihm erwartet wurde. Die Beute von Carolus' Jagdgruppe wurde jeden Abend gehäutet. Weiche Kaninchenfelle, Biber- und Hasenfelle sowie die Häute von Rehen und Hirschen wurden gesammelt. Hunderte eifriger Jungen und Mädchen waren abends damit beschäftigt, die Felle zu säubern und weichzumachen. Später wurden sie zusammengenäht und auf Maß geschnitten. Das war ein mühsames Unterfangen, da die Kinder nur wenig Werkzeug und Gerät besaßen. Aber sie waren erfinderisch. Eine Anzahl Mädchen flocht feste, dünne Schnüre aus zähen Pflanzenfasern. Die konnte man für alles gebrauchen: für Fischnetze, Schuhe und Kleider. Auch Baumrinde, verstärkt mit Leder, fand Verwendung. Täglich wurde nun Schuhwerk für stark zerschundene Füße fertig.

Abgesehen von dem, was die Jäger- und Fischergruppen herbeischafften, erhielten die Kinder auch noch Nahrung von den Bewohnern der Dörfer und Städte, die auf ihrem Weg lagen.

Trotz der schlechten Verbindungen machten Berichte und Gerüchte rasch die Runde. Was der Stadt Speyer widerfahren war, war bereits achtzig Meilen in der Umgebung bekanntgeworden. Jeder wußte, daß die Bürger von Speyer zuerst versucht hatten, die Kinder hartherzig abzuweisen, und daß Gott ihnen noch in derselben Nacht zur Strafe das himmlische Feuer gesandt hatte. Nur den innigen Bitten der frommen Kinder hatte es die Stadt zu verdanken, daß sie von größerem Unheil verschont blieb.

Diese Berichte hatten natürlich überall tiefen Eindruck gemacht. Sobald sich der endlose Strom der Kinder zeigte, strömten Bauern, Bürger und Kaufleute herbei, um sich durch milde Gaben von himmlischer Strafe freizukaufen. Die Ordnungshüter unter Fredo achteten darauf, daß alles sorgsam bis zum Abend aufbewahrt wurde. Nur während der Mittagsrast war es den Kindern gestattet, ein wenig Brot zu essen. Jeder Versuch, für sich selbst etwas wegzustecken, wurde von Rolf als »Sünde« angeprangert.

»Wir müssen alle denselben Weg zurücklegen, und wir haben alle dasselbe Ziel. Das macht uns zu Brüdern«, sagte er. »Wer sich mehr aneignet, als ihm zukommt, sündigt gegen den heiligen Kinderkreuzzug und ist es nicht wert, jemals Jerusalem zu sehen.«

So zogen sie den Rhein entlang nach Straßburg. Natürlich gab es auch schwere Tage, an denen sich die Sonne hinter dicken Wolken verbarg, ein heftiger Wind über die Hügel blies und das Wasser des Flusses wild schäumte, so daß der Fischfang lebensgefährlich wurde. Die schlechtgekleideten Kinder wurden an solchen Tagen von Nässe und Kälte geplagt. Die Anzahl der Kranken pflegte dann beunruhigend zuzunehmen. Wenn die Füße sich durch gluckernden Morast schleppten und man zwei Tage lang keine Chance hatte, die durchnäßten Kleider zu trocknen, wenn die abendlichen Feuer mit triefend nassem Holz angezündet werden mußten, war es manchmal schwer, an den Sinn all dieser Leiden zu glauben. Aber dann war immer Carolus da mit seinen hirschledernen Stiefeln und seinem schönen Mantel mit dem silbernen Gürtel. Man sah ihn überall im Zug auftauchen. Wie ein junger Hund legte er den Weg doppelt oder dreifach zurück. Er erbarmte sich der weinenden, zitternden Kinder, der zerschundenen Füße und der vom Husten geschüttelten Körper. Er gab seinen Mantel einem Mädchen, das blau vor Kälte war. Er flocht mit flinken Fingern aus dünnen Zweigen und langen Gräsern eine Art Schutzdach, das vier Kinder zugleich beschirmen konnte, so daß sie gegen den herabströmenden Regen geschützt waren. Andere sahen ihm diese Kunst ab und versuchten, es ihm gleichzutun. Der Anblick der vielen Kinder, die sich jeweils in Vierergruppen ihre Regenschirme über die Köpfe hielten und fröhlich singend durch die Pfützen stapften, ließ Rolf in Gelächter ausbrechen. Den kleinen Carolus jedoch schätzte er immer mehr. An einem trockenen, aber kühlen Tag, als der kleine König mit seinen Jägern losgezogen war, fand er in einem Wald drei Schafe, die nicht mehr zu ihrer Herde zurückgefunden hatten. Er verhinderte, daß sie getötet wurden, und führte sie im Triumph zum Lager.

»Sie können uns Wolle liefern«, sagte er zu Nicolas. »Wir müssen sie scheren, und die Mädchen werden daraus Wolle spinnen. Dann machen wir Kleider daraus.«

»Und das Fleisch der Schafe essen wir«, erwiderte Nicolas gedankenlos.

»Ach was, tote Schafe liefern doch keine Wolle mehr«, sagte Carolus. »Wir wollen sie noch öfter scheren. Nein, wir nehmen sie mit, Schafe können gut laufen.«

»Ich will aber, daß sie geschlachtet werden«, maulte Nicolas, der Appetit auf Schaffleisch hatte.

Die Jagd hatte an diesem Tage wenig gebracht, und sie befanden sich in einer kaum bewohnten Gegend. Carolus ließ Rolf rufen. Wenn auch Nicolas der eigentliche Führer war, so hatte der kleine König doch mehr Vertrauen zu Rudolf von Amsterdam.

Als Rolf hörte, worum es ging, setzte er sich sofort ein.

»Natürlich müssen die Tiere am Leben bleiben«, rief er so laut, daß man es rundum hören konnte. »Wir werden sie erst schlachten, wenn wir vor Hunger umzukommen drohen, später, in den Bergen.«

Nicolas, der nicht dumm, sondern nur unwissend war, weil sich niemand die Mühe gemacht hatte, ihn etwas anderes zu lehren, als beten und Schafe zu züchten, hatte ein wenig Angst vor dem großen Jungen aus dem

Norden. Daß Rolf in kurzer Zeit so viele Freunde gewonnen hatte, die bereit waren, für ihn durchs Feuer zu gehen, war ihm bekannt. Er hatte mit Verwunderung gesehen, wie sich der ungeordnete Kinderhaufen in wenigen Tagen in gut funktionierende Gruppen, jede mit ihrer eigenen Aufgabe, verwandelt hatte. Er verstand das nicht. Woher hatte dieser Fremdling eine derartige Überlegenheit? Was meinte er damit, wenn er sagte: Einer für alle, alle für einen? In Nicolas' abergläubischem Gemüt begann sich Furcht zu regen. Sollte der Herr etwa diesen Jungen und nicht ihn selbst erwählt haben? Man durfte Rolf nicht zu oft widersprechen. Also wurden die Schafe vorläufig geschont.
Noch am selben Abend holte ihnen Nicolas eigenhändig die dicke Wolle herunter. Es war ja nicht das erste Mal, daß er so etwas tat, und es gelang ihm daher gut. Als die Wolle gewaschen und ausgebürstet war, wurde sie unter die Mädchen verteilt, die spinnen konnten. Rolf sah verwundert zu. Die Mädchen wanden ein paar Handvoll Wollflocken um ein Stöckchen, das sie unter den linken Arm steckten. Vorsichtig lösten sie dann die Fasern ab und rollten sie zwischen den Fingern, bis ein grober Faden entstand, der viel fester war, als er es je für möglich gehalten hätte. Ein anderes Mädchen fing den Faden auf und wand ihn wieder um ein Stöckchen, so daß ein ganzes Knäuel entstand. Ich wußte nicht, daß man auf diese Weise spinnt, dachte Rolf verwundert. Ich habe immer geglaubt, daß man dazu ein Spinnrad benutzt.
Aber im Jahr 1212 war das Spinnrad noch nicht erfunden, etwas, woran er im Augenblick nicht gedacht hatte.
Spinnen konnte man sogar im Gehen, es war also kein zusätzlicher Aufenthalt damit verbunden. Die beiden Mönche und Nicolas trieben den Zug fortwährend zur Eile an. Jede Verzögerung war ihnen ein Greuel. Weil jetzt nur noch wenige zurückblieben, die Kranken im Planwagen fuhren und wenig Zeit mit Wildern, Betteln oder Nahrungssuche verlorenging, bewegte sich der Zug wesentlich rascher voran. Die Jagdgruppen bestanden aus raschen Läufern, die den Kinderzug mit Leichtigkeit einholen konnten, sobald er anhielt, um das Lager für die Nacht aufzuschlagen. Rolf vertrat die Meinung, daß der Tagesmarsch um vier Uhr beendet sein müsse. Damit waren die Mönche aber nicht einverstanden, vor allem Anselmus wäre am liebsten bis Sonnenuntergang weitergezogen. Aber Rolf gewann auch diesen Meinungsstreit, vor allem deshalb, weil die meisten Kinder am Nachmittag sehr müde wurden und nach Ruhe und Nahrung verlangten. Außerdem mußten ja auch noch die Aufgaben der Gruppen erledigt werden. Die Fischergruppe ging zum Fluß, während die Ordnungshüter das Zelt aufschlugen, die Ochsen versorgten und die Brandmannschaft das Holz herbeischleppte.
Während die Feuer emporzüngelten, wurden auch schon die ersten Fische geliefert und die Jäger brachten frisches Fleisch. Da sie gegen sieben Uhr mit dem Essen fertig waren, konnten sie die letzten Stunden des

Tageslichts für andere wichtige Verrichtungen nutzen. Da wurde gewebt, es wurden Häute bearbeitet, Kleider gewaschen und Waffen hergestellt. Rolf ermutigte die Kinder zum Baden, aber nur unter der Aufsicht einiger guter Schwimmer. Unfälle beim Baden kamen nicht mehr vor.
Auf diese Weise kamen sie rasch nach Straßburg, wo sie herzlich empfangen wurden. Man ließ ihnen Hilfe zuteil werden, sie erhielten Lebensmittel und durften die ernstlich Kranken zurücklassen. Dann überquerten sie auf einer großen Holzbrücke den Rhein. Von jetzt ab hieß es, in östlicher Richtung weiterziehen, erst durch das Tal der Kinzig, dann über die Donau und weiter zum Bodensee. Anselmus machte noch einen Versuch, Rolf zu überreden, doch den kürzeren Weg über den Mont-Cenis statt des langen Weges durch Bayern zu nehmen. Aber Rolf wollte davon nichts wissen.
»Wenn wir lebend nach Genua kommen wollen, müssen wir eine Route nehmen, der die Kräfte der Kinder gewachsen sind«, sagte er eigensinnig. »Es ist sinnlos, sie direkt in den Untergang zu führen.«
Im stillen fragte er sich, warum es Anselmus so eilig hatte. Es war noch warm genug, um das Gebirge zu überqueren. Aber er sagte oder fragte nichts. Er beherzigte Leonardos Warnung, vorsichtiger zu sein.
Mit Dom Johannes kam Rolf dagegen sehr gut aus. Dieser immer fröhliche Mönch verstand es, die Kinder bei guter Laune zu halten, wenn nasse, mühselige Tage kamen. Die Kleinen mochten ihn und vertrauten ihm blindlings, während sie vor Dom Anselmus mit den stechenden Augen und der schneidenden Stimme Angst hatten.
Vielleicht ist dieser Johannes ein Schuft, dachte Rolf, aber wenn das der Fall sein sollte, dann ist er ein netter Schuft.
Sie hatten den Schwarzwald erreicht. Ringsum erhoben sich dichtbewaldete Berge, geteilt von einem schmalen, klaren Fluß, in dem es von Forellen wimmelte. Rolf konnte sich nicht genug über die Unberührtheit der Natur wundern, das köstliche Wasser, kalt, aber erfrischend, die vielen Biberdämme und den Überfluß an Wild in den Wäldern. Das Wild war keineswegs scheu und daher eine leichte Beute der flinken jungen Jäger.
Der Schwarzwald machte es den Kindern in mancher Hinsicht schwer. Obst und Gemüse waren von der Speisekarte gestrichen. Mariechen, die eigentlich nichts konnte, weil sie nie etwas gelernt hatte, tat dennoch ihr Bestes, sich nützlich zu machen. Sie schloß Freundschaft mit Frieda, einem Kind Leibeigener, das alles über Kräuter, Beeren und eßbare Wurzeln wußte. Sie bildeten ein Grüppchen, das Waldbeeren sammelte und Kräuter suchte. Hilde wußte die Hilfe dieser Mädchen zu schätzen, weil sie Kräuter für die Kranken brachten und halfen, Fieberanfälle zu bekämpfen.
Da Rolf sich immer im Lager aufhielt, hatte er keine Vorstellung davon, welche Gefahren den Kindern, die ausschwärmten, drohten.

Der kleine Carolus, der seine adlige Abkunft und königliche Zukunft nicht vergaß, nahm Risiken in Kauf, die eines Tages zu einem Unglück führen mußten. In den Wäldern ringsum gab es sehr viele Wildschweine. Die Tiere zogen in großen Rudeln durch den Wald, Weibchen und Frischlinge in der Mitte, beschützt von starken Keilern mit gefährlichen Hauern. Schweinefleisch war sehr begehrt, und die Jäger unter Führung von Carolus zögerten nicht, die Tiere anzugreifen. Das führte mitunter zu ernsthaften Verletzungen.

Eines Abends wurde Bertho mit aufgerissenem Oberschenkel ins Lager getragen. Hilde wurde bleich vor Schreck, aber sie zögerte keinen Augenblick und sandte nach Rudolf.

»Ich brauche Hilfe, die Wunde muß genäht werden.«

Bertho wurde auf ein improvisiertes Lager aus Tannenzweigen gebettet und von vier starken Jungen festgehalten. Entschlossen stach Hilde eine gesäuberte Nadel ins Fleisch, zog die Wundränder zusammen und vernähte sie mit zähen Fasern. Bertho krümmte sich vor Schmerzen, gab aber keinen Laut von sich. Carolus stand weinend daneben.

»Er hat mir das Leben gerettet«, sagte er unter Schluchzen. »Das Schwein griff mich an, aber er fuhr dazwischen und fing das Tier mit seiner Lanze ab. Die Lanze brach jedoch entzwei . . .«

»Die Verletzung sieht schlimmer aus als sie ist«, tröstete ihn Rolf. »Das Blut schwemmt den Schmutz heraus, und das ist gut. Bertho wird bald wieder gesund sein.«

Aber von diesem Tage an untersagte er die Jagd auf Wildschweine.

6. Die wunderbare Brotvermehrung

Endlich erreichten sie die Stadt Rottweil am Neckar.

Als das Kinderheer herannahte, wurden die Stadttore sofort geschlossen. Die Legende von Speyer war anscheinend noch nicht bis hierher gedrungen. Vielleicht hatte man auch davon gehört, aber die Geschichte als Erfindung abgetan.

Es war ein düsterer Abend mit gelegentlichen Regenschauern, und die Kinder verlangten nach Wärme, Nahrung und Geborgenheit.

Sie errichteten ihr Lager auf einem kleinen Hügel unweit der Stadt. Nur einer kleinen Delegation, bestehend aus Nicolas, Dom Anselmus und Peter, wurde gestattet, mit den Stadtvätern zu verhandeln. Rolf war in einem anderen Teil des Lagers beschäftigt gewesen, und ehe er bemerkt hatte, was Nicolas und Dom Anselmus vorhatten, waren sie schon fortgezogen. Peter hatten sie mitgenommen, weil Anselmus glaubte, seine zerlumpte Kleidung würde vielleicht Mitleid bei den Stadtvätern hervorrufen.

Aber Nicolas packte die Sache falsch an. Er trat den Ratsherren und dem Domherrn gegenüber viel zu großspurig auf. Angespornt von Dom Anselmus, sprach er von seiner heiligen Sendung.
Vielleicht hätte er damit sogar Eindruck gemacht, wenn der Mönch nicht alles verdorben hätte, indem er diesen Ausführungen Drohungen hinzufügte und von den Rottweilern forderte, daß sie die Kinder mit Nahrung versorgten. Anselmus hatte den Kindern einen Abend des Überflusses versprochen, weil er fest damit rechnete, daß die Rottweiler freigebig sein würden. Ihre abweisende Haltung stachelte ihn jetzt zur Unvorsichtigkeit an. Er rief theatralisch:
»Gott der Herr straft alle, die diesen Kindern Nahrung und Hilfe verweigern!«
Aber der Domherr betrachtete den Mönch noch einmal genau und hob die Schultern.
»Von Betrügern lassen wir uns nicht bange machen. Den Brand in Speyer habt ihr vielleicht selbst gelegt. Wenn es Kranke unter den Kindern gibt, so könnt ihr sie in die Stadt bringen lassen, und wir werden sie versorgen. Aber wenn ihr glaubt, daß die Stadt Rottweil so reich ist, daß sie Tausende Kinder ernähren könnte, dann irrt ihr. Die Ernte ist noch nicht eingebracht. Sie wird übrigens gut bewacht. Sobald wir merken, daß die unter eurem Befehl stehenden Kinder versuchen, unser Vieh oder unser Getreide zu stehlen, werden wir unseren Bogenschützen Auftrag geben, einen Hagel von Pfeilen auf sie niedergehen zu lassen.«
Rottweil war eine Stadt mit starken Mauern, auf einem Hügel erbaut, und es beherrschte das ganze Tal. Anselmus und Nicolas erkannten, daß hier keine Rede davon sein konnte, sich einfach selbst das Nötige zu holen. Von dem Turmzimmer aus, wo die Unterredung stattfand, konnte man die Äcker und Weiden überblicken. Überall standen Wachtposten. Rottweil lag in einem fruchtbaren, aber unruhigen Landstrich. In dem hügeligen Gelände trieb sich viel Gesindel umher, das man nur durch Zurschaustellung von Stärke in respektvoller Entfernung halten konnte. Die Worte des Domherrn, bekräftigt von den Ratsherren, bewiesen, daß man sich hier nicht einschüchtern ließ.
»Fürchtet ihr denn nicht den Zorn Gottes?« versuchte es Anselmus noch einmal, obwohl er sah, daß seine Worte wenig Eindruck machten.
»Nein«, erwiderten die Stadtväter. Sie hatten schon längst prüfende Blicke zum Himmel geworfen und festgestellt, daß sie in dieser Nacht kein vernichtendes Unwetter zu befürchten brauchten. Und morgen würde das Kinderheer wieder weiterziehen. Sie wollten nichts damit zu tun haben.
Peter, der stille, intelligente Junge, tat jetzt plötzlich den Mund auf. In respektvollem Ton wies er darauf hin, daß unter den Kindern viele Kranke mit hohem Fieber seien.
»Ich werde Auftrag geben, daß unser Chirurgus sie besucht«, versprach der Domherr.

Verlegen, aber bestimmt, wies Peter darauf hin, daß der Domherr angeboten habe, die Kranken in die Stadt aufzunehmen. Da zu viele Zeugen anwesend waren, konnte der Domherr seine Worte nicht zurücknehmen.
»Gut, dann laßt sie also bringen.«
Peter, dessen Gesicht nichts über seine Gefühle verriet, verneigte sich tief. Dann mußte die Delegation mit leeren Händen abziehen. Als Rolf Peters Bericht vernahm, war er froh, daß sie wenigstens die Kranken in der Stadt lassen durften. Die vier Kinder glühten vor Fieber und konnten den Kräuterabsud, den Frieda ihnen einflößte, oft nicht einmal bei sich behalten. Rolf wußte nicht, was ihnen fehlte, aber er fürchtete für ihr Leben.
Bertho und einige andere verletzte Kinder weigerten sich hingegen, das Lager zu verlassen. Ihre Wunden heilten gut, und sie konnten schon wieder laufen. Rolf bat Frank, die Ochsen einzuspannen und den Wagen mit den vier Kranken zur Stadt zu fahren. Im letzten Moment besann er sich und sprang zu Frank in den Wagen. Sie lieferten die Patienten am Hospital ab, wo sie sofort in den Krankensaal gebracht und der Obhut eines Laienbruders übergeben wurden.
»Bring den Wagen zum Lager zurück«, sagte Rolf zu Frank. »Ich möchte mich hier noch ein wenig umsehen.«
»Umsehen?« fragte Frank erstaunt. »Aber Rottweil ist doch keineswegs so groß wie Köln.«
»Daran besteht kein Zweifel, aber ich bin jetzt hier und nicht in Köln«, lachte Rolf, und darauf wußte Frank nichts zu erwidern.
Rolf beherrschte die Sprache jetzt schon fließend. Voll Vertrauen begann er daher seinen Ausflug in das mittelalterliche Rottweil. Die Stadt entsprach seiner Vorstellung. Enge, winkelige Straßen, manchmal durch Arkaden miteinander verbunden. Viertel für Handwerker, die ihre Tätigkeit größtenteils auf offener Straße, unter Schutzdächern, ausübten. Es war fast sieben Uhr. Viele Bürger saßen bei ihrer Abendmahlzeit. Dennoch waren die Straßen voll, das heißt, sie kamen ihm voll vor, weil sie so eng waren, daß vier Passanten schon wie ein Volksauflauf wirkten. Rolf begegnete immer wieder verwunderten Blicken. Das hing natürlich mit seinen Jeans, dem grauen Pullover und den ungewohnten Schuhen zusammen, aber auch mit seinem Gesicht, das nicht in dieses Zeitalter paßte. Bettler zupften ihn am Ärmel und baten um Almosen. Sie waren in einem mitleiderregenden Zustand: verkrüppelt, blind oder ohne Beine ... Rolf schauderte es, er lief schnell weiter. Er hatte selber nichts, was er hätte geben können. So gelangte er schließlich in die Straße der Juweliere und Waffenschmiede. Interessiert blieb er vor den Ladentischen stehen. Sein Brotmesser aus rostfreiem Stahl, das noch immer in seinem Gürtel steckte, hatte ihm in den beiden letzten Wochen unschätzbare Dienste geleistet. Aber konnte man sich etwas Schöneres vorstellen als so einen

kostbar verzierten Dolch in einer Lederscheide? Er fragte den Schmied nach dem Preis. Der Dolch kostete zwanzig Silberstücke. Rolf seufzte. Er hatte nichts ... oder ... Natürlich, er mußte doch noch eine Börse mit holländischem Geld in seiner hinteren Hosentasche haben! Wie konnte er nur so dumm sein! Er hatte sie in diesen vierzehn Tagen vergessen. Aber was konnte man in Rottweil mit holländischen Gulden, Reichstalern oder Fünfundzwanzig-Cent-Stücken anfangen? Dennoch zog er mit großer Geste seine Geldbörse hervor, holte einen der beiden Reichstaler heraus und zeigte ihn dem Waffenschmied. Der lachte höhnisch. Ein Silberstück, wenn es auch recht groß aussah? Nein, zwanzig Silberstücke mußte er haben. Aber dem Schmied war an dem Taler doch etwas Merkwürdiges aufgefallen.

»Wo kommt dieses Geld her?«

»Aus Holland.«

»Ich kenne kein holländisches Geld, aber wenn du es wechseln willst, so kannst du das in der nächsten Straße tun. Dort wohnt ein alter Jude.«

Rolf ließ sich den Weg beschreiben, und kurz darauf stand er in der dunklen Stube des Wechslers. Er hatte einen tollen Plan gefaßt. Nicht den Dolch wollte er kaufen, aber ...

»Ich möchte dieses Geld in die hier üblichen Münzen umtauschen«, sagte Rolf und legte die beiden Reichstaler und drei Gulden auf den Tisch.

Der Wechsler beugte sich verwundert darüber.

»Dieses Geld kenne ich nicht. Woher kommt es?«

»Es kommt aus Holland.«

»Willst du behaupten, daß das Silber ist?« fragte der Mann mißtrauisch.

»O nein«, erwiderte Rolf, »das ist kein Silber. Die Alchimisten in Holland haben ein Metall entdeckt, das härter und kostbarer als Silber ist, sogar kostbarer als Gold. Graf Wilhelm hat drei Alchimisten in seinem Dienst, die für ihn dieses weiße Wundermetall herstellen. Der Graf hat daraus Münzen prägen lassen, die nicht schmelzen können, sich nicht biegen lassen, und die man nicht zerschneiden kann. Im Norden sind diese Münzen sehr begehrt. Vor allem die Dänen kommen mit ganzen Schiffsladungen voller Felle und Edelsteine in die holländischen Häfen, um sie gegen solche Münzen einzutauschen.«

Glaubte ihm der Mann? Er studierte aufmerksam die Taler und vor allem das Bildnis der Königin.

»Wer ist das?«

»Die heilige Juliana, unsere Schutzpatronin«, sagte Rolf.

Die fremden Münzen glänzten im Licht der Lampe.

»Na ja, zehn Denare kann ich dir dafür geben«, meinte der Wechsler zögernd, nachdem er auf eine Münze gebissen hatte. Sie war so hart, daß man selbst mit dem schärfsten Messer kein noch so kleines Stückchen hätte abschneiden können. Der Mann stand vor einem Rätsel. Wie kam das arme Holland an solche Wundermünzen?

»Gut, das macht dann also fünfzig Denare für alle fünf zusammen«, sagte Rolf kalt, obwohl er sehr gut verstanden hatte, daß der Wechsler es nicht so gemeint hatte.
»Du bist verrückt!«
Rolf richtete sich auf, legte die Hand auf sein Brotmesser und sagte barsch:
»Du weißt wohl nicht, wen du vor dir hast, Alter? Ich bin Rudolf von Amsterdam!«
»Sehr wohl, edler Herr«, stammelte der Alte eingeschüchtert. »Vergebt mir . . . aber ich bin nur ein armer Mann, Herr, es kommen so wenige Händler nach Rottweil . . .«
»Erzähl mir«, sagte Rolf so grimmig wie möglich, »wie viele Brote kann ich in Rottweil für einen Denar kaufen?«
»Nun, ich denke, so an die fünfzig, Herr.«
»Große Brote?«
Der Mann streckte beide Arme aus und hielt sie ein gehöriges Stück auseinander, um die Größe des Brotes zu zeigen.
»Könnte sie vielleicht jemand noch heute abend backen?«
Der Wechsler zögerte. »Vielleicht Gardulf . . .«
»Gut, dann werde ich Gardulf meine Münzen anbieten.«
Rasch legte der Mann seine Hände auf die Geldstücke.
»Aber Gardulf versteht doch nichts von Geld, edler Herr! Ein dummer Bäcker ist er, noch dazu der Enkel eines Fremden.«
»Das spielt keine Rolle. Ich weiß nur, daß ich sehr, sehr viele Brote brauche. Dort draußen, auf dem Feld, liegen achttausend hungrige Kinder!«
»Ihr wollt für diese Kinder Brot kaufen?« fragte der Wechsler verblüfft. »Aber weshalb denn?«
»Weil ich nicht so geizig bin wie die Bürger von Rottweil.«
Der Wechsler schien das eine urkomische Idee zu finden. Er beugte sich erneut über die Münzen, wobei sein Rücken zitterte, als ob er ein Lachen unterdrücken müßte.
»Ist das Euer ganzes Geld, Herr?«
»Nein, ich habe noch ein paar kleinere Münzen.«
Zehn-Cent-Stücke, Fünfundzwanzig-Cent-Stücke und zwei Fünf-Cent-Stücke rollten über den Tisch. Der Wechsler griff rasch danach und betrachtete sie. Das Bronzegeld interessierte ihn ganz besonders. Nach langem Zögern sagte er:
»Weil Ihr ein so vornehmer Herr seid und aus so weiter Ferne kommt, will ich Euch für diese Münzen fünfzehn Denare geben. Damit ruiniere ich mich und meine Familie, aber ich kann Euch nichts abschlagen.«
»Zwanzig«, sagte Rolf ungerührt, aber sein Herz pochte.
»Wie könnt Ihr, ein junger Edelmann mit einem so mildtätigen Herzen, einen armen Mann gewissenlos ruinieren?« klagte der Alte.

Mir ist sowieso ganz erbärmlich zumute, weil ich dich über das Ohr haue, dachte Rolf, aber ich habe keine andere Wahl.
»Dann eben nicht«, sagte er laut. »Zeig mir den Weg zu Gardulf.«
Aber der Wechsler dachte natürlich nicht daran, die unbekannten Wundermünzen wieder herzugeben. Er versuchte noch eine Weile zu handeln, aber Rolf gab nicht nach. So bekam er schließlich seine zwanzig Denare. Da er nicht recht wußte, wohin mit all den schweren Silbermünzen, erhielt er noch einen Lederbeutel, um sie sicher zu verwahren. Im Tausch dafür bekam der Wechsler Rolfs Börse, die der Junge nicht länger benötigte. Sie war fast neu, und der Mann schien sichtlich erfreut über den Tausch.
Nun machte sich Rolf auf den Weg zum Bäcker Gardulf. Der hatte längst das Feuer in seinen Öfen gelöscht und saß beim Abendessen. Rolf stürmte in sein Haus, sprach einen selbst erfundenen Segen, nannte seinen eindrucksvollen Namen und bestellte achthundert der größten Brote, die der Mann backen konnte. Er müßte aber sofort mit dem Backen beginnen. Er, Rudolf von Amsterdam, würde ihm dann zwanzig silberne Denare zahlen.
»Achthundert Brote?« jammerte der Bäcker. »Wie soll ich die denn in einer Nacht backen? Die Abendglocke wird bald läuten, dann müssen alle Feuer gelöscht sein. Außerdem habe ich nur zwei Gehilfen, die schon im Bett liegen. Habt Mitleid, edler Herr, das könnt Ihr mir nicht antun!«
Gardulf hatte rötliches Haar, grüne Augen und eine helle Haut. Auch seine vier Kinder, die gähnend am Tisch hockten, hatten die gleichen Haare und die träumerischen grünen Augen.
»Und doch muß ich dir das antun, lieber Bäcker«, sagte Rolf unnachgiebig. »Vor den Mauern der Stadt warten achttausend hungrige Kinder, die Gottes Zorn über die Stadt heraufbeschwören werden, wenn sie nicht bald etwas zu essen bekommen.«
»Ach, edler Herr, diese Geschichte glaubt doch kein Mensch. Ich habe von dem Mönch gehört und was er über Speyer erzählt haben soll, aber es wurde auch gesagt, daß dieser Mönch ein Betrüger ist . . .«
»Halt!« Rolf hob befehlend die Hand. »Du magst recht haben, Gardulf, aber man kann doch nicht achttausend Kinder verhungern lassen, nur weil ein Betrüger eine unsinnige Geschichte zum besten gegeben hat.«
Er leerte zwanzig Silberstücke auf den Tisch.
»Die kannst du dir alle in einer Nacht verdienen, Bäcker!«
Begierig starrte der Mann auf das Silber.
»Aber meine Gehilfen schlafen mir ja ein. Sie haben den ganzen Tag schwer gearbeitet. Der Zunftmeister verbietet uns . . .«
»Lieber Mann, das weiß ich alles«, sagte Rolf rasch, obwohl das keineswegs stimmte. »Hol deine Leute aus dem Bett, und ich werde dir ebenfalls helfen. Du mußt mir nur sagen, was ich tun soll.«
Der Bäcker starrte wieder auf die Silbermünzen.

»Aber ich brauche dazu eine Menge Holz«, sagte er unschlüssig. »Mindestens eine Wagenladung voll.«
»In einer Stunde hast du einen Karren Holz, dafür werde ich sorgen«, sagte Rolf, der bedauerte, daß er den Ochsenwagen schon zum Lager zurückgeschickt hatte.
»Höre, Gardulf, ich lasse dir zwei Silberstücke hier, als Beweis meines Vertrauens. Ich verlasse dich jetzt, um für das Brennholz zu sorgen. Das muß ja erledigt sein, ehe die Abendglocke läutet. Viel Zeit habe ich also nicht mehr. Fange schon an, den Teig zu rühren, ich komme so bald wie möglich zurück.«
Er steckte die restlichen Münzen wieder ein und rannte davon. Der Bäcker und seine Familie starrten ihm entgeistert nach.
Rolf verabredete mit dem Torhüter, daß dieser Wagen mit Brennholz auch dann eingelassen würde, wenn er erst kurz nach dem Abendläuten kommen sollte. Als das erledigt war, rannte der Junge, so schnell ihn die Füße trugen, zum Lager und rief seine Freunde zusammen.
»Holt auch möglichst viele Jungen zur Hilfe. Wir brauchen einen Wagen voll trockenen Brennholzes. Der Bäcker Gardulf wird uns noch in dieser Nacht Brot backen.«
Ein Jubelschrei war die Antwort. Carolus stob davon, gefolgt von Frank, Leonardo und Fredo.
»Holz sammeln!« ertönte Fredos Stimme durch das Lager, »Holz für Brot!«
Dieser Ruf brachte mindestens hundert Jungen auf die Beine.
Nur Peter blieb neben Rolf stehen.
»Nanu, Peter, machst du nicht mit?«
»Wie willst du denn das viele Holz in die Stadt bekommen?«
»Mit dem Ochsenwagen natürlich.«
»Den können wir nicht nehmen, es liegen fünf Kranke darin.«
»Irrtum, Peter, die Kranken haben wir ja schon vorhin zur Stadt gebracht . . .«
Plötzlich erschrak er.
»Meinst du etwa, schon wieder fünf neue . . .?«
Peter nickte finster.
»Lauter kleine Kinder – und sie haben dasselbe wie die anderen vier. Halsschmerzen, rote Köpfe, Fieber . . .«
O Gott, dachte Rolf verzweifelt, das wird eine Epidemie! Heute morgen vier, jetzt fünf, wie viele werden es morgen sein? Was ist das nur für eine Krankheit? Es muß irgendein Virus sein . . . Hilfesuchend blickte er in Peters starres Gesicht.
»Kennst du diese Krankheit? Kommt sie öfter vor?«
Peter nickte.
»Die kleinen Kinder sterben daran.«
»Nur die Kleinen?«

»In den meisten Fällen!«
Eine Kinderseuche also, eine der Geißeln der Menschheit, die im 20. Jahrhundert längst überwunden waren. Aber was konnte man hier dagegen tun? Isolieren! Alle verdächtigen Fälle in einem gesonderten Lager unterbringen und hoffen, daß die Epidemie auf diese Weise zum Stillstand gebracht werden konnte . . . Und essen, dachte er verzweifelt. Sie müssen essen, so viel und so gut wie möglich. Stark und gesund müssen sie sein, damit ihre Abwehrkräfte mobilisiert werden.
Die Nachricht hatte ihn ziemlich aus der Fassung gebracht. Er fragte nichts mehr, sondern lief zum Wagen, wo Hilde und Frieda gerade damit beschäftigt waren, einen der kleinen Patienten zu säubern, der erbrochen hatte. Und mit diesem Planwagen, der jetzt natürlich hochgradig infiziert war, hätte er morgen früh achthundert Brote ins Lager bringen lassen wollen! Konnte es eine bessere Methode geben, die Seuche auf das ganze Lager auszudehnen?
Rolf faßte sich an den Kopf. Es wurde ihm alles zu viel, die Last der Verantwortung war zu groß. Er wußte zu viel, begriff zu rasch und hatte zuviel Mitgefühl mit all diesen armen und völlig ahnungslosen Kindern . . . Er schluchzte.
»Fühlst du dich nicht wohl, mein Sohn?« erklang plötzlich eine warme Stimme neben ihm. Rolf blickte auf und sah einen Mönch neben sich stehen. Aber es war nicht Anselmus und auch nicht Johannes. Plötzlich wußte Rolf, daß dieser Mann echt war und kein Betrüger, der um irgendwelcher dunkler Ziele willen achttausend Kinder über die Alpen führen wollte.
»Es droht eine Epidemie«, flüsterte Rolf verzweifelt. »Könnt Ihr mir helfen, Pater?«
»Was droht?«
»Eine gefährliche, ansteckende Krankheit, an der die kleinen Kinder sterben.«
»Zeige mir die Kranken, mein Sohn.«
Zusammen stiegen sie in den Ochsenwagen. Hilde schaute ihnen ängstlich entgegen.
Die Kinder lagen auf grobem Stroh. Sie phantasierten, ihre Gesichter waren rot und aufgedunsen. Man glaubte die Hitze zu spüren, die einem von den kleinen Körpern entgegenschlug. Der Mönch sah sie an und nickte.
»Ja«, sagte er traurig, »das ist etwas Schlimmes. Es ist der Scharlachfarbene Tod.«
»Die . . . die Pest?« stammelte Rolf entsetzt. O nein, nur das nicht!
Der Priester bekreuzigte sich und schaute Rolf an. Güte sprach aus seinen Augen.
»Nein, nicht die Pest, mein Sohn. Der Scharlachfarbene Tod. Die Kinder sehen alle feuerrot aus, siehst du?«

Rolf nickte. Das merkwürdige Symptom war auch ihm aufgefallen. Er hatte geglaubt, daß es vom Fieber käme.
»Werden sie sterben?«
»Das liegt in Gottes Hand. Die Kräftigen bleiben vielleicht am Leben, und diejenigen, die gut gepflegt werden, haben ebenfalls eine Chance.«
»Ich werde mein Bestes tun«, sagte Hilde leise. Ihre Juwelen hingen ihr so wirr um den Hals wie ein Bündel Stroh. Sie sah müde aus. Sie war den ganzen Tag mit sich übergebenden, phantasierenden Kindern beschäftigt gewesen.
»Ihr beide, Hilde und Frieda, bleibt im Wagen«, sagte Rolf. »Haltet euch von den anderen Kindern fern. Die Krankheit ist ansteckend.«
»Werden wir sie denn nicht auch bekommen?« fragte Frieda angstvoll.
»Nein, das glaube ich nicht«, sagte der Mönch. »Diese Krankheit befällt meist kleine Kinder.«
»Ich muß mich sofort um die Sache kümmern«, rief Rolf und sprang aus dem Wagen. Schon kamen die ersten Jungen mit Brennholz angelaufen.
»Bitte, Pater, sagt ihnen, daß sie nicht hierherkommen dürfen«, flehte Rolf.
»Wo wollen sie denn mit dem Holz hin?«
»Das muß in die Stadt, zu Gardulf, dem Bäcker. Er will heute nacht Brot für uns backen. Mit dem Torwächter habe ich verabredet, daß er uns mit dem Holz durchläßt.«
»Ich werde mich darum kümmern.«
Der Mönch ging den Jungen entgegen. Rolf blickte ihm nach. Er sah, wie der Mann die Kinder um sich sammelte und mit ihnen in Richtung Stadt davonging. Erleichtert wandte er sich wieder an Hilde.
»Der Wagen kommt an eine andere Stelle. Bleibe du hier und lasse niemand herein.«
Er rannte fort und suchte als erstes nach Leonardo. Als er ihn gefunden hatte, berichtete er ihm keuchend den Vorfall. Auch Fredo kam dazu. Jetzt ging alles ganz schnell. Der Krankenwagen wurde aus dem Lager gefahren und im Schutze eines Wäldchens abgestellt. In gehörigem Abstand davon wurden ringsum Jungen mit Knüppeln als Wachen aufgestellt. Inzwischen ging Leonardo mit Peter durch die Reihen der schlafenden Kinder. Wo sie ein gerötetes Gesicht entdeckten oder Klagen über Halsschmerzen hörten – damit schien es anzufangen –, wurde das Kind sofort zu einem separaten Lagerfeuer gebracht, das ebenfalls streng bewacht wurde. Nachdem sie auf diese Weise alle Verdächtigen isoliert hatten, ließ Leonardo starken Kräuterabsud bringen, von dem die Kleinen trinken mußten. So wurden innerhalb einer halben Stunde sechs kleine Patienten, die deutliche Anzeichen einer Ansteckung aufwiesen, im Krankenwagen abgeliefert.
»Die Gruppe am separaten Lagerfeuer müssen wir gut im Auge behalten«, sagte Leonardo zu Rolf.

»Das überlasse ich dir«, erwiderte Rolf. »Ich muß zur Stadt. Ich habe dem Bäcker versprochen, ihm beim Backen zu helfen.«
»Hoffentlich hat der Mann keine kleinen Kinder«, sagte Leonardo.
Rolf erschrak. Er dachte an die vier Rotschöpfe mit der bleichen, sommersprossigen Haut und den grünen Augen.
»Himmel, daran habe ich gar nicht gedacht!« rief er. »Ich laufe zum Fluß und werde erst gründlich baden.«
Er legte seine Kleider ab und sprang in das eiskalte, dunkle Wasser. Es biß ihn in Gesicht, Schultern und Arme, aber es erfrischte sehr. Dann wusch er seine Kleider, wand sie so gut wie möglich aus und zog die feuchten Sachen wieder an. Rasch stopfte er den Inhalt seiner Taschen wieder zurück und rannte dann zum Stadttor. Als er atemlos ankam, wollte ihn der Wächter zuerst nicht einlassen.
»Ich denke, ihr wolltet mit dem Wagen kommen?« fragte er mißtrauisch. »Statt dessen kamen mindestens fünfzig Jungen mit Zweigen auf dem Rücken.«
»Habt Ihr sie denn durchgelassen?« fragte Rolf angstvoll.
»Ja, mit dem Versprechen, daß sie sofort wieder zurückkommen würden, wenn sie das Holz abgeliefert hätten. Das haben sie auch getan. Es war ein Mönch dabei, sonst hätte ich sie bestimmt nicht durchgelassen.«
»Ihr seid ein braver Mann«, sagte Rolf, »hoffentlich kann ich Euch das vergelten. Wartet . . .«
Er wühlte in seinen Taschen. Jungen von fünfzehn tragen mitunter die seltsamsten Dinge mit sich herum. So war er vorhin beim Leeren seiner Taschen auf ein etwa daumengroßes Püppchen aus Plastik gestoßen. Wie er zu dem albernen Ding gekommen war, wußte er im Augenblick selbst nicht mehr. Aber das spielte ja auch keine Rolle. Mit einer feierlichen Gebärde holte er es hervor und drückte es dem Mann in die Hand.
»Hütet es wie Euren Augapfel«, sagte er. »Es ist ein Bildnis des heiligen Johannes und hat große Kraft.«
Daraufhin durfte er in die Stadt.
Es kostete ihn einige Mühe, in der stillen, dunklen Stadt die Straße, in der Gardulf wohnte, wiederzufinden. Endlich stand er, fast unerwartet, vor der Bäckerei. Durch die Fensterluken schimmerte Licht. Erleichtert klopfte er an.
»Na, Ihr habt Euch aber Zeit gelassen«, brummte der Bäcker, der selbst die Tür öffnete.
»Tut mir leid, aber wir hatten Schwierigkeiten im Lager«, erwiderte Rolf und vergaß ganz, sich als junger Edelmann aufzuspielen.
»Was ist denn mit Euren Kleidern passiert?«
»Ich bin ins Wasser gefallen.«
Kopfschüttelnd ging Gardulf ihm voran in die Backstube. Die beiden Gehilfen waren eifrig an der Arbeit, aber zu Rolfs Freude war auch Frank da und knetete Teig.

»Ich bin gleich hiergeblieben, um mitzuhelfen«, erklärte Frank. Rolf wäre ihm am liebsten um den Hals gefallen. Rasch zog er seinen nassen Pullover aus, den der Bäcker zum Trocknen aufhängte, und stürzte sich in die Arbeit.

Teig kneten ist eine ziemlich anstrengende Sache. Gardulf mit seinen muskulösen Armen schaffte in einer Stunde mehr als die beiden Jungen zusammen, aber er machte kein Aufhebens davon. Er sah wohl, daß sie diese Arbeit nicht gewöhnt waren und eigentlich vor Müdigkeit kaum noch auf den Beinen stehen konnten.

Als die Nacht voranschritt, kamen die warmen Brote Stück für Stück aus dem Ofen. Die Gehilfen stapelten sie vor der Tür auf, da die Bäckerei für solche Mengen Brot zu klein war. Rolf sah, wie der Stapel größer und größer wurde. Er hatte nur einen Gedanken: Die Kinder müssen essen, sie dürfen nicht krank werden. Sie müssen essen!

Frank war kreideweiß vor Erschöpfung. Rolf fühlte sich auch nicht viel besser. Während die Gehilfen die letzten Brote aus dem Ofen holten, sagte der Bäcker:

»Bekomme ich jetzt das Geld?«

Rolf überreichte ihm schweigend den Beutel. Er sah, wie die Augen des Mannes aufleuchteten. Ob er am Ende doch zu viel bezahlt hatte? Wie dem auch sei, das Frühstück für das ausgehungerte Kinderheer war bereit.

Nun kam auch die Frau des Bäckers und brachte Kuchen und warme Milch. Die Jungen waren eigentlich viel zu müde, um zu essen, sie zwangen sich dann aber doch dazu.

»Ihr holt doch das Brot mit dem Wagen ab?« fragte der Bäcker.

»Mit dem Wagen . . .?« stammelte Rolf. »Nein . . . das geht nicht . . . der ist unbrauchbar geworden . . . Frank . . .«

»Ja, ich hab' schon verstanden«, sagte Frank gähnend. »Ich werde zum Lager gehen und Träger besorgen.«

Eine Stunde später kamen ungefähr hundert Jungen in die Stadt, um die Brote zu holen. Stolz über die Tatsache, daß sie dem Geiz der Rottweiler die Stirn geboten hatten, schritten sie mit ihrer Last durch die Straßen. Die wenigen Bewohner, die zu dieser frühen Stunde unterwegs waren, schauten ihnen verblüfft nach. Sollte Gott am Ende doch ein Wunder gewirkt haben? Bald liefen Gerüchte durch die Stadt. Ein Engel war in der Nacht vom Himmel gekommen und hatte Hunderte Brote für das Heer der Kinder gebacken . . .

Rolf begleitete die Brotträger nicht. Er hatte noch etwas zu erledigen. Seine Beine drohten jeden Augenblick den Dienst zu versagen, als er zum Hospital lief und dem Laienbruder erzählte, daß die vier kleinen Patienten, die er am Tag zuvor aufgenommen hatte, am Scharlachfarbenen Tod litten. Der Mann erschrak zutiefst. Eines der Kinder war in der Nacht verstorben, zweien schien es etwas besser zu gehen, während das vierte den Abend wohl nicht erleben würde.

»Gute Pflege ist das einzige, was Hilfe bringen kann«, sagte Rolf heiser. »Ich habe eine dringende Bitte an Euch: Haltet alle anderen von ihnen fern, vor allem die Eltern von kleinen Kindern.«
»Warum hast du uns bloß die Krankheit in die Stadt gebracht, mein Kind?« fragte der Laienbruder betrübt.
»Weil wir gestern noch nicht Bescheid wußten ... Im Lager haben wir eine Menge neuer Erkrankungen, aber damit werden wir euch nicht belästigen.«
Der Laienbruder schüttelte traurig den Kopf.
»Wie kann das nur geschehen?« murmelte er. »Stehen die Kinder denn nicht unter dem besonderen Schutz des Allmächtigen?«
Rolf war zu erschöpft, um auf diese Frage einzugehen.
Mechanisch erwiderte er: »Auch uns werden Prüfungen auferlegt«, und damit ging er fort.
Er stolperte mehr als er lief. Gleich hinter dem Tor wartete Leonardo mit seinem Esel.
Der Student fing den Freund auf und setzte ihn auf den Eselsrücken, wo Rolf sofort in Schlaf fiel.

7. Der Kampf gegen den Scharlachfarbenen Tod

Rolf erwachte, weil ihn jemand an der Schulter rüttelte. Es dauerte eine Weile, ehe er begriff, wo er war. Er sah, daß die Sonne hoch am Himmel stand. Rings um ihn her war es auffallend still.
Leonardo stand über ihn gebeugt.
»Wir brechen auf.«
Das Lager war fast verlassen. In der Ferne, ein ganzes Stück hinter Rottweil, hörte er den Gesang der Kinder, die schon unterwegs waren. Nur der Krankenwagen stand noch an seiner Stelle, außerdem sah Rolf etwa hundert bewaffnete Jungen und Mädchen, die die Nachhut bildeten. Am Rande des Lagers standen zehn Reiter im vollen Harnisch.
»Aber wir können doch gar nicht weiter!« rief Rolf, der sich plötzlich ihrer Lage entsann.
»Wir müssen aber«, erwiderte Leonardo finster und zeigte auf die Soldaten. »Die Ratsherren haben Befehl erlassen, daß wir vor zwölf Uhr mittags das Gebiet von Rottweil zu räumen haben.«
Der Scharlach, schoß es Rolf durch den Kopf. Die Rottweiler haben Angst bekommen.
Steif erhob er sich. Alle Glieder taten ihm weh, aber er zog den Pullover aus und spürte die belebenden Sonnenstrahlen auf den schmerzenden Schultern. Er hatte einfach Muskelkater! Zerstreut suchte er seine Sachen zusammen. Mariechen legte ihre Hand in die seine und zog ihn fort.

Leonardo, Frank und Peter folgten, während Fredo den Ochsenwagen führte. Die Ordnungshüter schlossen sich ihnen an.
Scheu blickte sich Rolf nach dem Planwagen um.
»Wie viele neue Fälle haben wir?« fragte er angstvoll.
»Vierundzwanzig sollen jetzt im Wagen liegen«, erwiderte Mariechen leise, »lauter Kleine.«
Rolf murmelte die Zahl vor sich hin. Er versuchte, sich klarzuwerden, was das bedeutete. Vierundzwanzig todkranke Kinder in einem rumpelnden Ochsenwagen – hatten denn die Rottweiler kein Herz?
Aber dann hielt er sich vor Augen, daß sie wahrscheinlich nur ihre eigenen Kinder vor der Seuche schützen wollten. Und wenn er auch entrüstet war, im Grunde genommen konnte er es den Bürgern von Rottweil nicht verdenken, daß sie das verseuchte Kinderheer von ihrem Gebiet jagten.
Nach einigen anstrengenden Tagen erreichten sie einen großen See. Rolf nahm an, daß das der Bodensee war. Sie schlugen ihr Lager auf einem niedrigen Hügel am Ufer des Sees auf, und dann begann der Kampf gegen den Scharlachfarbenen Tod.
Als erstes teilte Rolf die Kinder in Gruppen ein. Eine Gruppe nach der anderen mußte sich unter der Leitung der guten Schwimmer zum See begeben und erhielt den Befehl, sich gründlich zu waschen und die Kleider zu spülen. Inzwischen wurden von denjenigen, die schon sauber waren, große Feuer angezündet. Auch hier teilte Rolf ein. Die Kleinen wurden, soweit es möglich war, von einander getrennt und den Gruppen der Größeren zugeteilt. Bis jetzt hatte es nur einen einzigen Verdachtsfall bei einem Kind über acht Jahren gegeben. Die größeren Kinder schienen tatsächlich mehr Widerstandskraft zu besitzen oder immun zu sein. Das Verteilen der Jüngsten über das ganze Lager hatte den Zweck, ihren gegenseitigen Kontakt zu beschränken und damit die Ansteckungsgefahr herabzusetzen. Ob der Kräutertee, mit dem sie dauernd traktiert wurden, dazu beitrug, ihre Widerstandskraft zu erhöhen, wußte Rolf nicht, er hoffte es aber.
Eine Ecke des riesigen Lagers wurde als Krankenrevier eingerichtet. Dort lagen nun mehr als achtzig kleine Patienten in Reih und Glied, phantasierend und todkrank, zugedeckt mit allem, was die Pfleger und Pflegerinnen nur auftreiben konnten. Carolus, der vielseitig begabte kleine König von Jerusalem, hatte eine Methode entwickelt, warme Decken aus Gräsern und Stroh zu flechten. Wenn ein Kind gestorben war, wurden seine Decken und sein Lager sofort verbrannt. Die von den Kranken benutzten Eßnäpfe wurden sorgfältig von jenen der Gesunden getrennt gehalten und nach jeder Mahlzeit gründlich mit kochendem Wasser und Sand gescheuert. Wasser war im Überfluß vorhanden. Mehr als hundert Jungen waren den ganzen Tag mit Sammeln und Herbeischaffen des Brennholzes beschäftigt. Hunderte Mädchen flochten Betten und Decken. Gefischt wurde beinahe Tag und Nacht.

Jäger, Fischer, Ordnungshüter und Beerenpflücker, sie alle zogen aus, um die Verpflegung aufzubessern. Es war Rolf ganz egal, woher sie etwas zum Essen nahmen: aus dem See, aus den Ställen der Bauernhöfe ringsumher, aus den Scheunen der Dörfer, aus den Wäldern oder von den Feldern . . . Die Kleinen mußten bei Kräften bleiben.

Auf dem Höhepunkt der Epidemie, drei Tage nachdem sie das Lager am See bezogen hatten, starben dreißig Kinder an einem Tag und zweiundvierzig Neuzugänge kamen ins Krankenrevier. Rolf hatte ein paar Kilometer weiter eine große Grube ausheben lassen, die als Massengrab diente. Rings um die Grube brannten Tag und Nacht Feuer, um wilde Tiere, neugierige Kinder und die beunruhigten Bauern der Umgebung fernzuhalten.

Am vierten Tag waren es nur noch achtzehn Tote, darunter ein großer Junge von vielleicht vierzehn Jahren, sowie zwölf neue Fälle.

Der Ochsenkarren wurde nur noch benutzt, um die Toten zur Grube zu fahren. Die Totengräber waren Freiwillige und standen unter der Führung von Peter. Fischen konnte man auch ohne ihn. Aus irgendeinem Grund schien die Krankheit den Jungen ganz in ihren Bann gezogen zu haben. Er hielt sich ständig in der Nähe des Krankenreviers auf, brachte die Toten fort und verbrannte ihre Lagerstatt. Das Lager der Gesunden betrat er nicht mehr.

Am fünften Tag zählte man sechs Tote und sieben neue Fälle. Am sechsten Tag: eine neue Erkrankung und sieben Tote. Am siebenten Tag gab es keine neuen Fälle, aber nochmals fünfzehn Tote.

Der Tod war im Mittelalter der ständige Weggenosse des Menschen. Er wurde gefürchtet, aber auch begrüßt, denn er bedeutete den Übergang vom irdischen zum ewigen Leben. Wer in dem Gefühl starb, keine allzuschweren Sünden begangen zu haben, starb ruhig, denn der Himmel würde sich seiner sicher erbarmen. Von Kindern, die starben, glaubte man, daß sie sogleich in das himmlische Königreich aufgenommen wurden, weil Gott die Unschuld liebte, und Kinder galten als unschuldig.

Die Kinder schienen ruhig und gleichmütig, während mitten unter ihnen der Tod umging. Diejenigen, die nicht krank waren, spielten, lachten und hatten ihren Spaß. Der Aufenthalt an dem großen See gefiel ihnen. Sie arbeiteten hart, wenn es von ihnen gefordert wurde, aber sobald die Pflichten endeten, waren sie wieder sorglose Kinder.

Jeder neue Krankheitsfall wurde lakonisch verkündet. Eines der größeren Kinder erschien mit einem schluchzenden Knirps oder Mädchen an der Hand bei Hilde.

»Veronika hat Halsweh, sie will nichts essen . . .«

»Der kleine Peter ruft dauernd nach seiner Mutter, ich glaube, er hat Fieber . . .«

Damit ging das große Kind fort und ließ seinen Schützling in der Obhut Hildes zurück. Wer krank wurde, mußte eben ins Krankenlager. Dort

würde er dann entweder sterben oder gesund werden, das würde man schon früh genug erfahren. Inzwischen ging das Leben weiter.
Hilde schuftete schwerer als jeder andere. Ihre Wangen waren eingefallen, und sie hatte tiefe Ringe unter den Augen, aber sie schien unverwüstlich zu sein. Sie erteilte den anderen Mädchen Anweisungen, wie sie das von ihrer Mutter daheim gewohnt war. Wie eine wirkliche Königin schritt sie die Reihen der Kranken ab, und keine Kleinigkeit entging ihr. Hier lag ein Kind im Schmutz und mußte gesäubert werden. Dort hatte eines sich übergeben. Ein anderes war in seinen Fieberphantasien von der Matte gerollt und hatte sich bloßgestrampelt. Wieder ein anderes rief nach einem Priester ... Mit Ernst und Gewissenhaftigkeit achtete Hilde darauf, daß das Eßgeschirr nach der Vorschrift gereinigt wurde. Jeder Neuzugang mußte ein frisches Lager erhalten. Gesunde Kinder, die im Krankenrevier nichts zu suchen hatten, wurden ferngehalten. Hilde war überall zugleich, sah alles und erteilte ihre Befehle. Carolus war sehr stolz auf sie. Auch Frieda mit ihren fiebersenkenden Kräutermischungen war eine große Hilfe. Fredo, der seine Ordnungstruppen wie ein General kommandierte, leistete ebenfalls gute Arbeit. Frank und seine Gehilfen lieferten jeden Tag zwanzig Paar Schuhe ab. Und Leonardo, der Rolf in allem zur Seite stand, fand noch Zeit, Kindern, die sich langweilten, mit Spielen, Erzählungen oder dem Beibringen des Alphabets die Zeit zu vertreiben.
Nach ungefähr acht Tagen schien es Rolf, als wäre der Sieg über den Scharlachfarbenen Tod in Sicht. Schon zwei Tage lang waren keine neuen Krankheitsfälle mehr gemeldet worden. Im Krankenrevier lagen noch achtundsiebzig Kinder, von denen aber die meisten auf dem Weg der Besserung waren. Sie aßen wieder, das Fieber sank, und die ungesunde Röte begann zu schwinden. Rolf stieß einen Seufzer der Erleichterung aus. Noch eine gute Woche, so hoffte er, dann würden sie ihre Reise fortsetzen können.
Am selben Nachmittag erhielt er eine Einladung, zu Nicolas in das Zelt zu kommen. Er war sehr müde, beschloß aber doch zu gehen, denn er war neugierig, was der Hirtenjunge ihm zu sagen haben würde. Vielleicht wollte er sich bei ihm bedanken, weil er das Unheil abgewendet hatte.
Rolf hatte wenig für Nicolas übrig, aber er sprach zu niemandem davon, nicht einmal zu Leonardo. Für die Kinder war Nicolas ein Heiliger. Das konnte man doch an seinen prächtigen weißen Kleidern sehen. Das konnte man an seiner Stimme hören, aus der die Botschaft der Engel sprach. Das konnte man aus seinen frommen Augen herauslesen, Augen, die Visionen geschaut hatten. In Rolf sahen sie eher einen mächtigen Herrn, streng, aber gerecht. Seinen Befehlen und Anordnungen konnte man ohne weiteres folgen, weil er so klug war. Sie hatten Vertrauen zu ihm. Er hatte ihnen den anstrengenden Zug leichter gemacht. Aus einem Leidensweg war eine gut organisierte Reise geworden. Nicolas aber war viel mehr als ein guter Anführer: Er war ein Auserwählter des Himmels.

Im Zelt wurde Rolf nur von Nicolas und den beiden Mönchen empfangen. Die anderen Kinder von adligem Geblüt waren nicht anwesend. Carolus, Fredo und Hilde hatten zu viel zu tun, und der Rest vergnügte sich am See.
»Setz dich«, sagte Nicolas liebenswürdig. Rolf ließ sich auf den Boden fallen und wartete ab, was man von ihm wollte.
»Es gibt nur noch wenige Kranke«, begann Anselmus. Es war keine Frage, sondern eine Feststellung.
»Gott sei Dank«, erwiderte Rolf. »Die meisten werden sich jetzt rasch erholen, so daß wir in einer Woche weiterziehen können.«
»Wir ziehen morgen«, sagte Anselmus kalt.
»Wie, bitte?«
»Unser Aufenthalt hat ohnehin schon viel zu lange gedauert!«
Rolf blitzte ihn wütend an.
»Was soll denn aus den achtundsiebzig Kindern im Krankenrevier werden? Wollt ihr sie vielleicht zurücklassen?«
»Natürlich nicht. Ein paar werden heute nacht noch sterben, und der Rest kann dann morgen im Ochsenwagen transportiert werden.«
»Das kommt nicht in Frage«, entgegnete Rolf bestimmt. »Bis jetzt haben wir die Kranken unterwegs in Städten unterbringen können, aber das waren Kinder, die an Magen-, Fußbeschwerden oder einfach an Erschöpfung und Entkräftung litten. Mit dieser Krankheit aber können sie nirgendwo untergebracht werden. Das ist eine ansteckende Seuche, die sich keiner holen will. Das wißt Ihr doch genauso gut wie ich!«
Nicolas hob die Hand, denn er sah, daß Dom Anselmus' Augen böse aufblitzten.
»Wir müssen weiter«, sprach der Hirtenjunge, »heute nacht ist mir ein Engel erschienen. Gott ist zornig über unser Trödeln. Jerusalem wartet auf uns.«
»Jerusalem ist viertausend Jahre alt«, rief Rolf unbeherrscht, »da kann es wohl noch ein paar Wochen warten.«
Nicolas starrte ihn zutiefst verletzt an.
»Wir werden gar nicht versuchen, für unsere Kranken eine Unterkunft zu finden, wir nehmen sie mit«, bestimmte Anselmus.
Da verlor Rolf endgültig die Beherrschung. »Ich wünschte Euch«, sagte er mit zornbebender Stimme, »daß Ihr todkrank mit dem Ochsenwagen über Stock und Stein holpern müßtet! Dann würdet Ihr bestimmt nicht so töricht daherreden.«
»Das sind Worte der Sünde, Rudolf von Amsterdam«, donnerte der Mönch.
»Aber diese Sünde wiegt nicht halb so schwer wie Euer Plan, den kranken Kindern solch unnötige Leiden aufzuerlegen.«
»Wer bist du, Rudolf von Amsterdam, daß du es wagst, mir so etwas zu sagen?«

»Wer ich bin, ist meine Angelegenheit«, schnaubte Rolf, »aber eines weiß ich bestimmt: Ihr wollt diese Kinder so schnell wie möglich nach Genua bringen. Was sie dort sollen, ist mir nicht klar, aber ich bin sicher, daß dort die größte Enttäuschung ihres Lebens auf sie wartet. Wenn wir aber morgen früh aufbrechen, kommt ein Großteil von ihnen nicht mehr lebend hin.«

Das war eine ziemlich herausfordernde Sprache. Deutlicher hätte Rolf seine Zweifel an Nicolas' Sendung nicht zum Ausdruck bringen können.

»Gott wird in Genua ein Wunder vollbringen«, sagte Nicolas salbungsvoll.

»Was für ein Wunder?« fuhr Rolf auf. »Ja, ja, ich weiß schon, plötzlich ist das Meer trocken, und wir können zu Fuß hindurchgehen, aber glaubt ihr das im Ernst . . .?«

»Unser Herr hat es mir versprochen«, sagte Nicolas.

Rolf schnob verächtlich durch die Nase.

»Die Kinder werden dich zerreißen, wenn das Wunder ausbleibt«, brummte er. Nicolas erbleichte.

»Rudolf von Amsterdam, deine Worte haben uns wie Dolchstiche ins Herz getroffen«, sagte Anselmus schneidend. »Warum arbeitest du so hart für diese Kinder, wenn du kein Vertrauen in Nicolas' Sendung hast?«

»Weil ich sie nicht zurückhalten kann, darum!« schrie Rolf, jetzt ganz aus der Fassung gebracht. »Ihr . . . Ihr habt den Kindern dieses Märchen in den Kopf gesetzt, ein Märchen, so schön, wie sie es noch nie zuvor gehört haben. Aber eines sage ich Euch, Dom Anselmus, wenn diese achttausend Kinder wehklagend am Strand von Genua umherlaufen, weil die größte Illusion ihres Lebens sich in nichts auflöste, dann werdet Ihr etwas erleben, das verspreche ich Euch!«

Nach diesen Worten stand er auf und verließ wütend das Zelt, wobei er fast Leonardo über den Haufen lief, der mit seinem Knotenstock draußen Wache hielt.

»Na, hast du mich wieder beschützt?« rief er, immer noch wutschnaubend.

Leonardo lächelte ruhig. »Ich habe gehört, daß wir morgen aufbrechen.«

»Nur über meine Leiche!« schrie Rolf und rannte zum Krankenrevier. Schon von weitem sah er die Rauchsäule von Peters Scheiterhaufen. Er sah auch, daß die Ochsen eingespannt wurden.

»Wie viele?« fragte er kurz.

Der junge Fischer stocherte in den Flammen und antwortete mürrisch: »Drei . . .«

Also noch fünfzehn Schwerkranke, dachte Rolf. Der Tod der drei Kinder erschütterte ihn kaum noch. Nach so vielen Todesfällen wurde er allmählich ebenfalls hart. Die Zukunft sah düster aus: In ein paar Tagen würden es nicht mehr drei sein, sondern vielleicht dreißig . . . oder dreihundert . . .

Er kannte Anselmus inzwischen gut genug, um zu wissen, daß die Mönche und Nicolas diesmal ihren Plan, morgen früh aufzubrechen, auf jeden Fall durchsetzen würden. Warum hatte Anselmus es so eilig? Welches Geheimnis steckte hinter diesem wahnwitzigen Kinderkreuzzug? Er sah Peter nachdenklich an, während seine Wut langsam abflaute und Angst, Besorgnis und Kummer wich.

»Verlangst du nach Jerusalem, Peter?« fragte er plötzlich.

»Wir verlangen alle nach Jerusalem.«

Das war echt Peter. Er antwortete immer einsilbig und ausweichend. Dennoch hielt Rolf große Stücke auf ihn, denn Peter war nicht nur ein guter Anführer seiner Gruppe, sondern auch recht intelligent. Dieses Kind Leibeigener hatte sich innerhalb von wenigen Wochen zu einem wertvollen Kameraden mit verblüffend richtigen Einsichten entwickelt – und die Freiheit entdeckt.

»Warum bist du eigentlich von zu Hause weggelaufen, Peter?«

Der Junge hob den Kopf. »Würdest du nicht weglaufen, Rudolf von Amsterdam, wenn du mehr Schläge als zu essen bekommen würdest? Und wenn du wüßtest, daß du nach Jerusalem pilgern kannst, wo immer die Sonne scheint und keiner zu arbeiten braucht?«

»Hattest du denn keine Brüder oder Schwestern, die sich dem Zug anschließen wollten?«

Peter biß sich auf die Lippe.

»Ich war der Älteste. Ich hatte sechs Brüder und Schwestern, drei davon sind vor ein paar Jahren am Scharlachfarbenen Tod gestorben. Ich war ebenfalls krank, aber ich habe es überstanden.«

Das erklärte also, warum er die Krankheit von Anbeginn erkannt hatte, und vielleicht war es auch eine Erklärung dafür, daß ihn das Kinderrevier so anzog.

Plötzlich durchfuhr Rolf ein Gedanke.

»Peter! Hast du gewußt, daß die vier Kleinen, für die du in Rottweil um Unterkunft gebeten hast, an dieser Krankheit litten?«

»Ja, natürlich habe ich das gewußt, ich hatte sie doch gesehen.«

»Und doch . . . hast du . . . wie konntest du das tun, Peter? Warum hast du es mir nicht gleich gesagt?«

Peter schaute wieder starr in die Flammen und schob mit dem Fuß ein paar Strohhalme zum Feuer.

»Furchtbare Geizhälse, diese Rottweiler. Nicht einmal eine Schüssel Brei haben sie uns gegönnt.«

Rolf hatte das Gefühl, daß sich der Boden unter ihm öffnete.

»Wir standen im Turmzimmer des Rathauses«, fuhr Peter mit leiser, ausdrucksloser Stimme fort. »Mit Absicht hat man uns dort empfangen, damit wir durch das Fenster ihre großen Weiden und Felder sehen konnten. Wir wußten, daß hinter den Hügeln noch mehr fruchtbares Land mit Korn und Vieh lag. Sie sind sehr reich, diese Rottweiler. Sie haben eine prächtige Stadt, und viele ihrer Häuser sind aus Stein gebaut. Sie haben Steingruben in den Bergen, sie holen Gold aus dem Fluß, Silber aus den Hügeln und Eisen aus den Gruben im Norden ... Aber zu Nicolas haben sie gesagt, daß sie ihre Äcker und Herden bewachen lassen, und daß sie jedes Kind, das es wagen sollte, auch nur einen Finger danach auszustrecken, rücksichtslos töten würden. Und ich stand dabei, Rudolf von Amsterdam, und mußte mir das anhören.«

»Ja«, flüsterte Rolf, der fühlte, wie alle Farbe aus seinem Gesicht wich.

»Da drohte Dom Anselmus den hohen Herren mit Gottes Zorn. Er sprach von Speyer. Aber die Ratsherren lachten ihn nur aus. Ich weiß, warum sie lachten, ich bin auf dem Lande aufgewachsen. Vor Unwetter brauchten sie in der kommenden Nacht keine Angst zu haben. Deshalb ...«

»... dachtest du an die Kranken«, murmelte Rolf entsetzt. »Und du ließest sie hineinbringen in ihre wohlhabende, gesunde Stadt, wo es von kleinen Kindern wimmelt.«

»Es war Gottes Wille«, flüsterte Peter, »er gab mir die Worte ein.«

»O Peter ...«

Der junge Fischer schwieg. Er warf Sand auf die Asche von drei Krankenbetten, die er verbrannt hatte. Rolf stand niedergeschlagen neben der verkohlten Feuerstelle. Welch ein Haß mußte in der Brust eines Leibeigenen – selbst wenn er noch ein Kind war – gegen die hohen Herren, gegen die Reichen, schwelen? Welche Abgründe verbargen sich in den frommen Seelen dieser mittelalterlichen Menschen? Und mit welcher Leichtigkeit und Unbekümmertheit leugneten sie jede Verantwortung für ihre Taten! Nicht sie, sondern Gott lenkte ihre Welt. Sie scheuten sich nicht, ihre tiefsten Beweggründe, ihre Haß- und Rachegefühle oder ihre Illusionen einfach Gott oder dem Teufel zuzuschreiben. Er versuchte diese Denkweise zu verstehen, aber es gelang ihm nur halb. Fröstelnd betrachtete er seinen Freund, der täglich sein Leben wagte, um das Kinderheer ausreichend mit Nahrung zu versorgen, der Dutzende von Kindern vor dem Ertrinken gerettet hatte, der sich mit seinem zähen Körper einsetzte, damit der Zug reibungslos verlief.

Rolf seufzte und wandte sich ab. Im Krankenlager ging er durch die Reihen, aber er sah die Kranken kaum. Er schaute nicht nach Hilde oder dem Priester, der neben einem Sterbenden kniete. Morgen sollten sie aufbrechen ... morgen würde all seine Arbeit der letzten Wochen zunichte gemacht werden, weil dieser elendige Anselmus so zur Eile drängte. Wie konnte man einem solchen Menschen nur ein bißchen gesunden Verstand einimpfen?

Der kniende Mönch richtete sich auf, beugte sich über das Strohbett und faltete die Hände des toten Kindes über einem aus Zweigen geflochtenen Kreuz. Er drückte ihm die Augen zu und wandte sich um.

»Der vierte Todesfall heute«, registrierte Rolf automatisch. Aber sein

Gehirn weigerte sich, den Gedanken weiter auszuspinnen. Das einzige, was ganz klar und deutlich vor ihm stand, war die Tatsache, daß die Seuche noch lange nicht besiegt war und daß ein solch überstürzter Aufbruch mit einer neuen Katastrophe enden würde. Aber er konnte die Kinder nicht davor zurückhalten, in ihr Unglück zu rennen.
Plötzlich wurde ihm bewußt, daß der Benediktinermönch zu ihm herschaute. Nanu, wie war das denn nur gewesen? Er, Rolf hatte doch soeben noch mit beiden Mönchen im Zelt gesessen! Wenn auch Johannes kein Wort gesagt hatte, so war er doch zugegen gewesen. Dann hatte Rolf vor dem Krankenlager mit Peter gesprochen, aber ein Mönch war während dieser Zeit nicht an ihm vorbeigekommen. Seine Augen suchten das Gesicht des Mannes, und ein Blick aus blauen, gütigen Augen traf ihn.
»Ihr hier?« stammelte Rolf, als er den Mönch erkannte.
»Ja, mein Sohn.«
»Wie kommt Ihr denn hierher?«
»Zu Fuß, genau wie ihr alle.«
»Aus Rottweil?«
»Nein, mein Sohn, ich bin schon seit zwei Wochen euer Weggefährte.«
Rolfs Mund blieb offen.
»Wie kommt es denn, daß ich Euch nie gesehen habe?«
»Vielleicht zähle ich zu den Menschen, die nicht auffallen«, sagte der Mönch freundlich.
Vage erinnerte sich Rolf, daß er immer, wenn er ins Krankenlager kam, dort einen Mönch angetroffen hatte. Aber er war sich dessen nie bewußt geworden, sondern hatte als selbstverständlich angenommen, daß es sich um einen der beiden Mönche aus Nicolas' Zelt handelte.
»Wer seid Ihr eigentlich?«
»Dom Thaddäus. Ich komme aus dem Kloster Haslach.«
»Wo liegt das?«
»Östlich von Straßburg. Ihr seid an dem Kloster vorbeigekommen.«
Rolf dachte nach. Hoch in den Bergen des Schwarzwaldes hatte er Gebäude liegen sehen: Abteien. Aus einer dieser Abteien mußte der Mönch gekommen sein, um sich dem Kinderheer anzuschließen. Und Rolf hatte nicht einmal bemerkt, daß es plötzlich drei Mönche im Lager gab. Erst vor den Mauern der Stadt Rottweil, als dieser seltsame Mann plötzlich neben ihm auftauchte und ihm einen Teil seiner Sorgen abnahm, war er ihm zum ersten Mal bewußt begegnet.
Rolf, übermüdet und von Sorgen erfüllt, spürte plötzlich ein übermächtiges Verlangen, jemandem sein Herz auszuschütten, von seinen Ängsten zu sprechen und auf diese Weise vielleicht einen Verbündeten in seinem Konflikt mit Anselmus zu finden.
»Dom Thaddäus, habt Ihr einen Augenblick Zeit für mich?«
»Gewiß, mein Sohn.«
Sie gingen zum Ende des Krankenlagers und setzten sich auf einen Stein.

»Erzähle mir, was dich bedrückt, mein Sohn.«
Rolf wies auf die vier Reihen von Strohbetten.
»Pater, ich weiß, wodurch diese abscheuliche Krankheit hervorgerufen wird. Kleine, vom Teufel gesandte Tiere haben die Kinder befallen. Sie sind so klein, daß das menschliche Auge sie nicht sehen kann, aber sie sind zahlreich, denn der Teufel ist mächtig.«
Rolf war bemüht, sich so auszudrücken, wie es dem Denken des Mittelalters entsprach.
»Diese Tiee, Dom Thaddäus, sind sehr gefährlich, sie dringen in den Hals der wehrlosen Kinder ein, gelangen von dort sogar in das Blut und vernichten so ihre Gesundheit. Man kann sie nicht fangen und töten, dafür sind sie viel zu klein. Man kann sie nur bekämpfen, indem man versucht, sie nicht an die Kinder herankommen zu lassen. Durch viel sauberes heißes Wasser, Feuer und Rauch kann man sie fernhalten. Wenn diese Tiere die Kinder angreifen, dann kann zweierlei passieren: Wenn das Kind kräftig ist, kann sein Körper den Angriff abwehren. Es wird zwar krank, weil sein Hals entzündet ist und die Tierchen in seinem Blut arbeiten, aber wenn es vorher reines, gesundes Blut war, ertrinken die teuflischen Legionen darin, und das Kind wird langsam wieder gesund. Kinder jedoch, die durch Hunger, durch allzugroße Strapazen oder durch andere Krankheiten geschwächt sind, haben nicht genug Kraft, den Angriff der Tiere abzuwehren. Versteht Ihr, was ich meine, Dom Thaddäus?«
Der Mönch nickte schweigend.
Rolf holte tief Atem und fuhr fort: »Wenn nun solch ein armes Opfer der teuflischen Legionen gestorben ist, versuchen die Tiere, auf ein gesundes Kind überzuspringen. Um das zu verhindern, habe ich Anweisung gegeben, alle Kranken in einem separaten Lager unterzubringen und die Betten der Toten sofort zu verbrennen, da sie ja voller Tiere sind. Darum habe ich auch befohlen, daß die Gesunden häufig in frischem Wasser baden, gut essen und ihre Kehle mit starkem Kräuterabsud spülen müssen, damit sie kräftig sind und einen Angriff abwehren können. Es ist ein Kampf, Dom Thaddäus, ein langer, verbissener Kampf, denn der Teufel gibt nicht so schnell auf. Wir hatten diesen Kampf fast schon gewonnen, denn seit zwei Tagen gibt es keine neuen Krankheitsfälle mehr, und der größte Teil der Kranken ist dabei, sich zu erholen.«
»Gott hat die teuflischen Horden vernichtet«, nickte Dom Thaddäus.
Rolf versuchte, Geduld zu bewahren.
»Ja, Pater, dafür sollten wir Gott auch danken. Er hat uns in unserem Kampf beigestanden. Er hat uns warmen Sonnenschein gesandt und milde Nächte, denn er hatte Mitleid mit den armen Kindern, die auf offenem Feld lagen. Er hat uns mit Nahrung, Brennholz und reinem Wasser versorgt, so daß wir den Kampf besser bestehen konnten. Er hat unseren Verstand erleuchtet, so daß wir erkannten, es sei besser, alle kranken

Kinder von den gesunden zu trennen. Aber ganz sind die teuflischen Legionen noch nicht ausgerottet, Pater. Die Tiere, die wir zurückgeschlagen haben, warten auf eine neue Gelegenheit, über uns herzufallen. Es war die Absicht des Teufels, das gesamte heilige Kinderheer zu vernichten, und die Tiere sind wütend, weil es ihnen nicht gelungen ist. Auch der Teufel ist böse und sinnt auf einen neuen Anschlag. Darum hat der Teufel Nicolas und den beiden anderen Mönchen ins Ohr geflüstert, es sei höchste Zeit, wieder aufzubrechen. Das wäre ein großes Unglück, denn dann würden gesunde und kranke Kinder wieder zusammenkommen, und die Tiere könnten sich zum zweiten Mal ausbreiten. Deshalb darf das nicht geschehen, versteht Ihr?«
»Gott ist mächtiger als der Teufel, mein Sohn. Wenn er es für richtig befindet, wird er diesen Aufbruch verhindern.«
Das nützt mir nicht viel, dachte Rolf mißmutig. Laut setzte er hinzu: »Glaubt Ihr mir, daß meine Maßnahmen richtig waren, Pater?«
»O ja, mein Sohn, ich habe gesehen, daß deine Maßregeln die Krankheit zurückgedrängt haben. Ich bin froh, daß Gott dir diese Kenntnisse und den Verstand gegeben hat, den Kampf gegen die Listen des Teufels aufzunehmen. Aber, mein Sohn, du solltest etwas mehr Vertrauen in Seine Führung setzen. Der Herr wacht über uns.«
»Ja, natürlich«, beharrte Rolf, »aber nur, wenn wir beweisen, daß wir diese Wachsamkeit auch wert sind.«
Erschrocken starrte der Mönch den Jungen an.
Rolf sagte leise: »Gott ist gut, aber Seine Geduld hat Grenzen, wenn die Menschen zu dumm sind, zu erkennen, was Er von ihnen will. Wer so dumm ist, daß er einfach in tiefes Wasser springt, obwohl er weiß, daß er nicht schwimmen kann, ertrinkt. Der Herr wird ihn nicht retten, weil Er sich nicht auf so plumpe Weise versuchen läßt.«
»Du kommst aus dem Norden, nicht wahr? Haben sie dich das dort gelehrt?« fragte der Mönch mißtrauisch.
»Ja, Pater, und ich weiß, daß es eine unverzeihliche Dummheit wäre, morgen früh aufzubrechen.«
Dom Thaddäus schüttelte verblüfft den Kopf. »Du bist ein merkwürdiger Junge, Rudolf«, murmelte er.
»Ja, das weiß ich. Aber ich will nur, daß nicht neues Unglück über die Kinder kommt und sie zu Hunderten sterben. Ich will, daß sie Jerusalem gesund erreichen. Und deshalb muß ich nicht nur gegen die teuflischen Legionen dieser Tiere kämpfen, sondern auch gegen die Torheit von Dom Anselmus. Ich bitte Euch, Pater, helft mir dabei.«
Dom Thaddäus legte dem Jungen eine Hand auf die Schulter: »Wenn alles das wahr ist, was du mir gesagt hast, mein Sohn, wird Gott unseren Aufbruch morgen verhindern. Hab Vertrauen.«
Er stand auf, denn Hilde rief nach ihm.
Rolf blickte ihm enttäuscht nach.

Es war Essenszeit. Die letzten Grüppchen von Kindern kehrten von ihrem allabendlichen Bad zurück, schwatzend und lachend. Speisendüfte verbreiteten sich im Lager und drangen auch zu Rolf, der sich plötzlich bewußt wurde, daß er Hunger hatte. Müde stand er auf und schlenderte zu seinem Platz zurück, wo Mariechen damit beschäftigt war, die Rationen zu verteilen. Leonardo war nirgends zu sehen.
Sie waren schon mit dem Essen fertig, als Leonardo endlich erschien und über seine Portion herfiel.
»Wo hast du denn gesteckt?« fragte Rolf.
»Oh, heute habe ich die feinen Leute im Zelt bedient«, antwortete der Student gleichgültig.
»Wieso gerade du? Sie haben dort genügend Helfer.«
»Die sind mit den Vorbereitungen für den Aufbruch beschäftigt.«
Da wurde Rolf sein Elend von neuem bewußt. Zum Entsetzen der anderen brach er in Tränen aus. Er sah nicht, daß der Student Mariechen zuzwinkerte. Wütend stopfte er sich die Windjacke unter den Kopf, legte sich zum Feuer und schloß die Augen. Sie sollen machen, was sie wollen, dachte er müde. Ich habe getan, was ich konnte.

8. Der Ketzerei angeklagt

Der Aufbruch am nächsten Morgen fand nicht statt. In der ersten Tagesfrühe gab es große Aufregung im Zelt. Dom Anselmus und Dom Johannes krümmten sich vor Magenschmerzen. In aller Eile wurde Dom Thaddäus aus dem Krankenlager herbeigeholt, aber er konnte für seine gepeinigten Mitbrüder nichts anderes tun als beten.
»Ruft Rudolf von Amsterdam«, riet er, »der Junge versteht etwas von Krankheiten.«
Schlaftrunken wankte Rolf zum Zelt und starrte verdutzt auf die beiden nach Atem ringenden Priester. Er sah ihre grünen Gesichter und ihren schmerzverzerrten Mund. Angst befiel ihn. Was konnte das nur sein?
Vor allem Anselmus ging es sehr schlecht. Schweißperlen standen auf seiner Stirn. Immer wieder schrie er auf: Glühende Messer bohrten in seinen Eingeweiden. Obwohl Rolf diesen Mann haßte, bekam er nun doch fast Mitleid mit ihm. Nicolas stand hilflos daneben. Die adligen Kinder hatten sich furchtsam in die fernste Ecke zurückgezogen, außer Carolus, der bei den Kranken kniete.
»Was fehlt ihnen?« fragte er, zu Rolf aufschauend.
»Ich nehme an, daß sie etwas gegessen haben, das dieses Übel verursacht.«
»Aber wie kann das sein? Wir haben gestern abend alle dasselbe gegessen: gekochten Fisch, gebratenes Rebhuhn, dazu tranken wir Kräutertee. Warum sind wir denn nicht alle krank geworden?«

Das frage ich mich auch, dachte Rolf. Er legte seine Hand auf die schweißfeuchte Stirn des Mönchs und sagte tröstend: »Keine Angst, Pater. Wir lassen Euch nicht im Stich, und wir werden auch nicht von Euch verlangen, daß Ihr den langen Marsch zu Fuß macht. Ihr und Dom Johannes werdet im Ochsenwagen fahren, genau wie die kranken Kinder.«
»Wir können doch nicht aufbrechen«, rief Nicolas erschrocken.
»Nanu, ich denke, du hast es so eilig?« fragte Rolf mit undurchdringlicher Miene. »Du und die beiden Mönche, ihr wolltet doch unbedingt, daß wir heute weiterziehen, oder irre ich mich?«
Entsetzt sah ihn Nicolas an. »Aber Rudolf . . . sieh doch, wie krank die beiden sind. Sie werden die Fahrt nicht überleben!« rief er.
»Sie werden nicht die einzigen sein«, erwiderte Rolf gleichmütig, »eine Anzahl kranker Kinder wird die Fahrt auch nicht lebend überstehen.«
»Nein, nein«, schrie Nicolas, »ich will nicht, daß wir aufbrechen, jetzt nicht!«
»Gut, du bestimmst«, sagte Rolf steif, um seinen inneren Jubel nicht zu zeigen. »Wir werden sie ins Krankenrevier bringen lassen.«
Johannes bekam gerade noch genügend Luft, um dagegen zu protestieren. »Laßt uns doch hier«, bat er, »Bauchschmerzen sind nicht ansteckend.«
Diese Bemerkung versetzte Rolf erneut in Panik. Ein Wort fuhr ihm durch den Kopf: Cholera. Begann die nicht auch mit Bauchkrämpfen?
Dom Thaddäus kam ihm zu Hilfe. »Vielleicht ist es doch ansteckend«, meinte er. »Es wäre für uns alle besser, wenn die Kranken nicht mit Gesunden in Berührung kämen.«
»Aber wer soll sie denn versorgen?« rief Carolus gekränkt.
»Ich«, sagte Rolf hart.
In sicherem Abstand von den Scharlachkranken wurden zwei neue Krankenbetten für die Mönche aufgeschlagen. Da lagen sie nun, sich immer noch vor Schmerzen krümmend. Rolf hatte sehr viel mit den beiden zu tun, da ihre Krämpfe nicht nur unerträgliche Schmerzen, sondern auch Durchfälle verursachten. Eigenhändig wusch er die besudelten Kutten in einem kleinen Tümpel. Er unterdrückte seinen Widerwillen und bemühte sich, nicht mehr an Cholera zu denken. Am liebsten hätte er die dunklen Kutten verbrannt.
Daß seine Besorgnis überflüssig war, stellte sich erst heraus, als Leonardo im Lauf des Morgens auftauchte.
»Komm mir nicht zu nahe!« rief Rolf ihm zu, »wir wissen noch nicht, was den beiden fehlt.«
Der Student lächelte, kam näher und beugte sich über die erschöpften Männer.
»Na, das sieht aber böse aus«, murmelte er mit unverhohlener Schadenfreude.
Rolf zog ihn, bleich vor Angst, vom Lager fort.

»Kann es Cholera sein, Leonardo?«
Der Italiener sah ihn spöttisch an. »Nein, Cholera ist das nicht, mein Freund, darauf gebe ich dir mein Wort. Die Sache ist auch nicht ansteckend. In einer Woche werden die beiden wieder springlebendig sein, verlaß dich drauf.«
»Aber woher weißt du das so genau?«
»Tja, ich weiß es eben, das muß dir genügen«, sagte Leonardo, und sein spöttisches Lächeln verstärkte sich noch.
Plötzlich erkannte Rolf, was hier gespielt wurde.
»Du Schuft«, zischelte er vergnügt, »du hast den beiden etwas ins Essen getan! Oh, Leonardo, dafür werde ich dir mein ganzes Leben dankbar sein, wenn ich die Tat natürlich auch moralisch ablehnen muß.«
»Tu das ruhig«, grinste der Student.
Im Krankenlager gab es siebzig Scharlachpatienten, deren Zustand sich rasch besserte. Für die restlichen bestand keine Hoffnung mehr, sie starben in kurzer Folge. Neue Fälle traten jedoch nicht mehr auf, und Rolf wußte, daß er den Kampf gegen den Scharlachfarbenen Tod gewonnen hatte. Er ließ das Massengrab zuschütten und mit Steinen belegen. Noch einmal wurden dort große Feuer abgebrannt. Am folgenden Tag, als die Feuer gelöscht waren, errichteten die Kinder auf dem Steinhaufen ein Holzkreuz. An dieser Feierlichkeit nahmen Tausende gesunder Kinder, die drei Mönche und Nicolas teil. Der Hirtenjunge wandte sich an seine Scharen:
»Kinder, Gott ist uns gnädig gewesen. Er hat den Scharlachfarbenen Tod von uns genommen. Er hat es auch nicht zugelassen, daß zwei heilige Männer, die Gott mir sandte, um unseren Kreuzzug zu leiten, gestorben sind. Dafür müssen wir Ihm danken. Morgen können wir unseren Kreuzzug fortsetzen. Bald werden wir die hohen Berge erreichen, und wenn wir sie überquert haben, kommen wir ans Meer. Dort wird der Herr Sein großes Wunder vollziehen. Lasset uns beten.«
Nahezu zwei Wochen waren vergangen, die Seuche war unter Kontrolle gebracht. Rolf richtete es so ein, daß diejenigen, die gerade erst den Scharlach überstanden hatten, in einer besonderen Gruppe zusammengefaßt wurden, damit sie durch eine etwas bessere Verpflegung rasch wieder zu Kräften kamen. Aber seine Sorgen waren damit noch lange nicht zu Ende. Kaum war die eine Krise gemeistert, da tauchten neue Probleme auf. Nicolas weigerte sich entschieden, seinen Ochsenwagen zu opfern, da ihm der Grund für ein solches Vorgehen nicht einleuchtete.
»Das kommt nicht in Frage, den können wir nicht entbehren«, erklärte er, nachdem Rolf vorgeschlagen hatte, das Vehikel im Bodensee zu versenken oder es zu verbrennen.
»Es muß aber sein«, beharrte Rolf. »Den Wagen dürfen wir nicht mehr benutzen. Wir haben damit Kranke und Tote befördert, er ist eine tödliche Gefahr.«

»Das ist doch Unsinn«, widersprach Nicolas. »Den Ochsenwagen hat mir der Erzbischof von Köln geschenkt. Wenn du behauptest, daß er für uns eine Gefahr ist, dann lädst du eine schwere Sünde auf dein Gewissen.«
Die Mönche Anselmus und Johannes gaben ihm recht. Rolf geriet über so viel Unvernunft in Wut.
»Was versteht ihr schon davon?« schnaubte er. »Über Krankheiten weiß ich besser Bescheid. Der Wagen ist total verseucht! Verbrennt ihn!«
»Wie kommst du eigentlich dazu, hier immer den Herrn spielen zu wollen, Rudolf von Amsterdam?« rief Nicolas empört. »Immerfort versuchst du, uns zu widersprechen und uns Befehle zu erteilen. Wer gab dir das Recht dazu?«
»Ich habe mehr Ahnung von Krankheiten als ihr alle zusammen!« schrie Rolf. »Ist das nicht Recht genug? Wenn der Wagen weiter benutzt wird, haben wir innerhalb einer Woche wieder ein paar hundert Tote! Möchtest du das?«
Dom Thaddäus legte ihm beruhigend die Hand auf die Schulter.
»Vertraue nur auf Gott, mein Kind. Er wacht über uns.«
»Oh, ihr versteht mich nicht!« rief Rolf verzweifelt. »Ihr versteht einfach nicht, worum es hier geht. Natürlich können wir auf Gott vertrauen, aber nicht, wenn wir gegen alle Vernunft handeln. Gott gab uns Verstand, damit wir ihn gebrauchen! Wenn ihr aber unbedingt den Sieg über den Scharlachfarbenen Tod wieder zunichte machen wollt, dann tut es nur. Aber gebt dann nicht mir die Schuld, wenn alles schiefgeht. Ich habe euch gewarnt.«
Er verließ wütend das Zelt.
In derselben Nacht ging der Ochsenwagen auf rätselhafte Weise in Flammen auf. Nichts blieb von ihm zurück als Asche und rauchende Trümmer. Die Jungen, die Nachtwache gehalten hatten, behaupteten, nichts gesehen zu haben. Der Brand müßte »ganz von selbst« im Wagen entstanden sein.
»Habt ihr wirklich niemanden gesehen?« fragte Anselmus mißtrauisch. »Wißt ihr bestimmt, daß Rudolf von Amsterdam nicht in der Nähe des Wagens gewesen ist? Oder Leonardo, der Kaufmannssohn?«
»Wir haben niemanden gesehen«, sagten die Jungen. »Dom Thaddäus hat den Wagen noch nach dem Abendgebet gesegnet. Sonst ist niemand in seiner Nähe gewesen.«
Fredo richtete sich hoch auf. »Ihr glaubt doch nicht, daß meine Jungen lügen?« fragte er steif.
Da blieb Anselmus nichts weiter übrig, als zuzugeben, daß der Brand eine neue Prüfung war, die ihnen eine höhere Macht auferlegt hatte. Abergläubische Furcht befiel ihn. Sobald er sich den Wünschen Rudolfs von Amsterdam widersetzte, passierte etwas ...
Als Rolf die Neuigkeit erfuhr, ließ er sich seine große Erleichterung nicht anmerken. Aber er sah nun Dom Thaddäus mit anderen Augen. Er

scheint wirklich noch listiger als Leonardo zu sein, dachte er, und genauso ein Heimlichtuer. Ich kann mich glücklich schätzen, sie zu meinen Freunden zu zählen.
Tagelang zogen sie am nördlichen Seeufer entlang, und dann weiter durch hügeliges Land, das allmählich höher wurde und gebirgigen Charakter annahm. Zur Rechten sahen sie die unerbittlichen Gebirgsmauern aufragen. Vorläufig zogen sie noch daran vorbei, immer in östlicher Richtung, durch breite Flußtäler und ausgedehnte Wälder. Das Land war nur spärlich bewohnt, denn die Winter konnten kalt und hart sein. Selbst jetzt, im Hochsommer, war das Klima hier unberechenbar.
Strahlender Sonnenschein wurde plötzlich von heftigen Regenschauern abgelöst, gefolgt von eiskalten Nächten, Nebel und kühlen Tagen. Rolf konnte den Blick nicht von den Gebirgszügen wenden, die den Weg nach Süden versperrten. Eines Tages würden sie sie überqueren müssen. Wie brachte man achttausend ahnungslose Kinder über meilenweite Berge, in denen es von wilden Tieren wimmelte? Wie konnte man für die Nahrung der Kinder sorgen, wenn es wenig mehr als Nadelholz und Moos gab? Alles, was sie bis jetzt erduldet hatten, würde nichts sein, im Vergleich zu dem, was sie im Gebirge erwartete.
Ohne Widerspruch zu dulden, legte er daher erneut ein paar Tage Rast ein, bevor sie die enge Schlucht betraten, die den Zugang zum Karwendelgebirge bildete. Natürlich protestierte Anselmus heftig. Wozu dieser neue Aufenthalt?
»Um Vorräte zu sammeln«, erwiderte Rolf kurz. »Ihr wollt die Kinder doch lebend in die Lombardei bringen, oder nicht?«
Als Nicolas, der immer auf der Seite von Anselmus stand, darauf hinwies, daß Gott schon für sie sorgen würde, fuhr Rolf ihn gereizt an: »Ach, sei still, du Narr! Du hast in deinem Leben nie etwas anderes gesehen als Weiden und deine Schafherde. Ich kenne das Gebirge und weiß, was uns bevorsteht.«
Unterstützt von Leonardo und allen seinen Freunden, machte er sich ans Werk. Sie schlugen ihr Lager auf einer großen Wiese in der Nähe eines kleinen, kristallklaren Sees auf.
Rolf schickte Peter mit seinen Fischern und ihren selbstgeflochtenen Netzen zu diesem See.
»Fischt den ganzen See leer«, befahl er. »Nur Fische, die weniger als eine Hand lang sind, könnt ihr wieder zurück ins Wasser werfen, weil sie doch nur aus Gräten bestehen.«
Inzwischen wurde im Lager eine große Räucheraktion vorbereitet. Überall stiegen Rauchwolken empor, züngelten Flammen, genährt mit harzreichem, feuchtem Holz. Die Mädchen säuberten die Fische aus dem reichen Fang, reihten sie auf lange, dünne Stöcke und räucherten sie. Das Wild, das die Jäger erbeuteten, wurde in Stücke geschnitten und ebenfalls getrocknet und geräuchert. Aus den Abfällen wurde, soweit möglich,

kräftige Suppe gekocht. Drei Tage lang lebten die Kinder fast nur von fetter Suppe.
Zum Groll der ringsum lebenden Bauern wurden auch diese um Nahrung gebeten. Dom Thaddäus erbot sich, die Verhandlungen zu führen. Er suchte die Bauern auf ihren Höfen auf, die Ritter auf ihren Burgen, stets in Begleitung von etwa fünfzig Ordnungshütern. Die Ernte auf den Feldern stand gut. Natürlich war die Kunde von dem riesigen Kinderheer, das sich auf dem Weg nach Jerusalem befand, bis hierher gedrungen. Auch von den Wundern, die sich während ihres Zuges ereignet hatten, war berichtet worden. Mehr aus Angst denn aus Mitleid gaben die Bauern etwas von ihrer Ernte ab. Säcke voll Hirse, Roggen und Gerste wurden zum Kinderlager gebracht. Dort wurde das Korn dann mit selbstverfertigten Geräten gestampft und gemahlen und zu harten, trockenen Broten verbacken. Die Vorräte stapelten sich, und Rolf hoffte nur, daß sie nicht allzurasch verderben würden.
Inzwischen fanden unter den Kindern kleine persönliche Dramen statt. Da waren zum Beispiel Grete und ihr kleines Brüderchen. Grete, ein mageres Mädchen von etwa elf Jahren, trug stets ein ungefähr dreijähriges Kind auf den Armen. Als Rolf bei einer seiner ruhelosen Inspektionen auf die beiden stieß, blieb er verblüfft stehen. Er wußte, daß sich unter den Kindern auch viele Sechs- und Siebenjährige befanden. Aber ein dreijähriges Kind war ihm bis jetzt noch nicht begegnet. Das mußte ja dauernd getragen werden! Er begann das Mädchen auszufragen. Grete hatte sich in Straßburg dem Kinderkreuzzug angeschlossen. Das war an sich nichts Besonderes, denn überall, wo das Kinderheer auftauchte, gesellten sich weitere kleine Pilger, betört von der Verheißung der Weißen Stadt, hinzu. Grete war eine Waise und fast ein Jahr lang durch die Stadt vagabundiert, ohne daß sich auch nur jemand nach ihr umsah. Um sich und ihren kleinen Bruder durchzubringen, hatte sie gebettelt und manchmal auch gestohlen. Dann geschah eines Tages das Wunder: das Kinderheer war vor den Toren Straßburgs erschienen. Die Bürger der Stadt hatten sich der Kranken und Verletzten erbarmt und Nahrung und Kleider zum Kinderlager geschickt. Da hatte sich die ausgehungerte Grete in das Lager gewagt und ihren Teil von dem Überfluß erhalten. Und was lag näher, als sich dem Kinderzug für immer anzuschließen?
»Aber dein kleiner Bruder, ist er nicht noch viel zu jung für solche weite Märsche?« fragte Rolf bestürzt.
»Er ist nicht schwer«, antwortete das Mädchen verlegen. Sie hatte ihn also seit Straßburg getragen!
Rolf übergab Grete und ihren kleinen Bruder der Fürsorge Mariechens. Dann besprach er den Fall mit Dom Thaddäus, dem es gelang, die beiden bei kinderlosen Bauern unterzubringen.
»Sie werden vielleicht ihr Leben als Leibeigene verbringen«, sagte er zu Rolf, »aber sie werden ein Dach über dem Kopf und zu essen haben.«

Und dann war da der Fall des kleinen Simon. Rolf fand ihn heftig weinend in einem Kreis von Mädchen, die vergeblich versuchten, ihn zu trösten. Wie alt mochte Simon sein? Vielleicht sieben Jahre, denn ihm fehlten ein paar Vorderzähne. In Rolfs Zeitalter wäre er jetzt ein kleiner, glücklicher Junge in der Grundschule gewesen. Hier war er ein Kreuzfahrer und allen Mühsalen des Marsches ausgesetzt. Simon jammerte, als ob ihm das Herz brechen müßte. Fragend blickten die Mädchen auf Rolf. Konnte er ihm nicht helfen?
»Was fehlt dir denn?« fragte Rolf, während er sich bei dem verzweifelten Kind niederließ. Es war nicht leicht, aus der Erzählung Simons klug zu werden. Er schluchzte fortwährend. Endlich wurde Rolf klar, was hier vorgefallen war. Ein paar größere Jungen hatten aus Freude, Simon ängstigen zu können, zu ihm gesagt: »Siehst du die Berge dort, Kleiner? Da müssen wir durch, und dort laufen überall riesengroße Bären umher. Die werden dich auffressen!«
»Wer hat das gesagt?« fragte Rolf wütend. »Diese Jungen müssen bestraft werden.«
Simon schluchzte nur noch gelegentlich und sah zu Rolf auf. Die Idee, daß die Jungen bestraft werden sollten, schien ihm zu gefallen. Aber damit war das Problem noch nicht gelöst. »Und die Bären?« fragte er nach einer Weile ängstlich.
Rolf seufzte. Was sollte er darauf antworten? Hätte es einen Sinn gehabt, zu leugnen, daß es dort wirklich Bären gab? Er spürte auch, daß die Mädchen Simons Angst teilten.
Er wußte sich keinen Rat und schaute ein wenig hilflos umher. Da erblickte er Leonardo.
»Komm doch einmal her.«
»Was gibt es denn?« Leonardo lehnte auf seinem Knüppel und sah verdutzt auf die Kinder herab. »Kummer?«
»Leonardo, wiederhole doch einmal vor all diesen Kindern hier, was du damals in Nicolas' Zelt gesagt hast, als wir beschlossen, den Weg über den Brenner zu nehmen.«
»Was soll ich da gesagt haben?«
»Über die Bären. Erinnerst du dich?«
»Ach so, das ist es.« Leonardo lachte. Er strich mit der Hand über seinen gewaltigen Knotenstock, dämpfte dann die Stimme zu einem Flüstern: »Mit diesem starken Freund hier werde ich mit jedem Bären fertig.«
Diese Worte machten einen gewaltigen Eindruck. Die Kinder blickten auf den Knüppel, dann auf Leonardo, der in ihren Augen groß, stark und mächtig war, und dessen Gesicht eine solche Ruhe ausstrahlte, daß sie einen Seufzer der Erleichterung ausstießen.
»Und wenn doch einmal ein Bär kommt«, fuhr Leonardo verschwörerisch fort, »dann bekommt er von mir mit diesem Knüppel einen solchen Schlag auf den Kopf, daß er sofort umfällt. Da liegt er dann, mausetot. Und ich

ziehe ihm seinen schönen Pelz ab und mache einen Mantel daraus. Den Mantel bekommst du, Simon, und dann wirst du wie ein König aussehen, wenn du in einem Bärenpelz in die Weiße Stadt einziehst.«
Der kleine Simon lächelte unter Tränen. Er bewegte die Arme, als würde er etwas verscheuchen.
»Hu, hu, hu, da kommt der wilde Bär. Wir schlagen dich tot, garstiger Bär, wir schlagen dich tot.«
»Jawohl«, sagte Leonardo, »das tun wir.«
Simon sprang munter davon, wobei er immer noch rief: »Hu, hu, ich bin der Bär, der große braune Bär. Ich werde euch auffressen.« Er sah sich schon, in ein Bärenfell gehüllt, in Jerusalem einziehen und die Sarazenen verjagen.
Frank arbeitete mit seinen kleinen Gehilfen so eifrig wie er in der Werkstatt seines Vaters nie gearbeitet hatte. Rolfs Brotmesser aus rostfreiem Stahl war beim Schneiden des Leders von unschätzbarem Wert. Die Fischer, die durch ihren häufigen Aufenthalt im Wasser weiche Fußsohlen hatten, bekamen kurze Stiefel aus Hirschleder. Auf diese Auszeichnung waren sie sehr stolz, denn jetzt konnte man einen Fischer sofort an seinem Schuhwerk erkennen. Auch Rolfs Schuhe mit den unverwüstlichen Kunststoffsohlen hatten sich inzwischen stark abgenutzt und sahen reichlich mitgenommen aus. Es würde nicht mehr lange dauern, dann mußte auch er sich an Pantoffeln aus Kaninchenfellen gewöhnen. Die Wolle der Schafe war inzwischen zu dreißig warmen Wollumhängen verarbeitet worden, von denen das strahlende Mariechen einen erhielt.
Aber dann, am Vorabend ihres Aufbruchs in das Gebirge, beging Rolf wieder einen schweren Fehler, der ihm den Zorn von Anselmus und Nicolas zuzog: Er schlug vor, die beiden Ochsen zu schlachten.
»Es sind prächtige Tiere«, sagte er zu Nicolas, »aber die Reise durch das Gebirge können sie unmöglich mitmachen. Wir könnten ihr Fleisch noch heute nacht räuchern, denn wir werden es unterwegs dringend brauchen.«
»Meine Ochsen?« schrie Nicolas schrill. »Du willst dich an meinen Ochsen vergreifen?«
Und Anselmus fügte wütend hinzu: »Du hast kein Recht, einfach über ein Geschenk des Erzbischofs von Köln zu bestimmen, Rudolf von Amsterdam.«
»Nein«, erwiderte Rolf ruhig, »ich schlage es ja auch nur vor. Ich weiß, daß sie Nicolas gehören. Aber auch Nicolas wird einsehen, daß Ochsen im Gebirge nicht wie Bergziegen umherklettern können. Dadurch werden sie für uns zu einer zusätzlichen Last.«
Eine Anzahl Kinder merkte, daß wieder einmal Uneinigkeit zwischen Rolf und Nicolas herrschte. Sie ließen ihre Arbeit ruhen und kamen neugierig herbei. Rolf wies auf die Bergketten, die drohend zum Himmel emporragten.

»Wie willst du mit deinen Ochsen da hinüberkommen, Nicolas?« fragte er.
Aber Nicolas war diesmal nicht zum Nachdenken gewillt.
»Rudolf von Amsterdam, du machst nichts als Schwierigkeiten. Warum forderst du mich immer wieder heraus? Wer ist der Anführer hier, du oder ich? Du sagst, du willst den Kindern helfen, so schnell wie möglich nach Jerusalem zu kommen. Aber in Wirklichkeit hältst du uns bloß auf und säst Mißtrauen.«
»Ganz recht«, stimmte Anselmus bei. »Eines schönen Tages bist du einfach bei uns vorbeigekommen und hast angefangen, uns herumzukommandieren. Geh zurück, woher du gekommen bist, wir brauchen dich hier nicht.«
Rolf blickte um sich und sah, daß eine große Schar von Kindern den Vorgang verfolgte. Er richtete sich etwas höher auf, wohl wissend, daß seine Größe stets Eindruck machte. Er trug an diesem Nachmittag nichts als seine Jeans. Die Sonne hatte seinen Körper gebräunt, die schwere Arbeit seine Muskeln gestählt. Sein glattes Jungengesicht hatte verbissene Züge bekommen.
»Ihr braucht mich also nicht, das ist offenkundig«, sagte er stolz. »Was habt ihr aber getan, um dafür zu sorgen, daß die Kinder morgen ohne Angst ins Gebirge ziehen können? Habt ihr vielleicht für Nahrungsvorräte gesorgt, für Kleidung, Schuhwerk oder Waffen gegen wilde Tiere? Nichts von all dem habt ihr getan. Beten, ja, das war alles. Aber auch nur einen einzigen Gedanken darauf zu verschwenden, was auf euch zukam, ein einziges Mal auch nur ein bißchen vorauszudenken, um den Schwierigkeiten besser gewachsen zu sein, das habt ihr niemals getan. Das hing alles an mir.«
Immer mehr Kinder umringten sie. Flüsternd wurden die neu Hinzugekommenen eingeweiht, was hier vorging. Einige liefen ängstlich wieder fort, aber die meisten wollten kein Wort der Auseinandersetzung versäumen. Es waren hauptsächlich kleinere Kinder, denn die Fischer waren am See, die Jäger auf der Jagd, und Frank war mit seinen Gehilfen zum Bach gezogen, um Häute zu reinigen. Die Ordnungshüter sammelten, eine Meile entfernt, Brennholz. Nur die Köche und die Kleinen waren im Lager geblieben, und sie strömten nun alle herbei.
»Die Kinder haben dich niemals nötig gehabt, Rudolf von Amsterdam«, sagte Nicolas stolz. »Der Herr wacht über uns. Er wird uns Nahrung und die Kraft geben, alle Prüfungen zu bestehen.«
Die Kinder ringsum nickten fromm. Rolf warf den Kopf in den Nacken: »Ihr macht es euch sehr bequem und vergeßt nur zu gern, daß ihr selbst auch etwas beitragen müßt, wenn ein Werk gelingen soll. Mit Beten allein ist es nicht getan, es muß auch nachgedacht und gehandelt werden!«
»Du sprichst wie ein Ketzer«, schnaubte Anselmus.
Endlich war das Wort, das viele schon seit Wochen auf der Zunge gehabt

hatten, ausgesprochen. Rolf war unbekümmert: »Versucht nicht, mir Angst einzujagen, Dom Anselmus, denn das wird Euch nicht gelingen. Ich habe nur eine Aufgabe: die Fehler, die Ihr macht und die für die Kinder tödlich sind, wieder gutzumachen. Gott weiß, daß ich damit genug zu tun habe.«

Nicolas stieß einen Protestlaut aus. Er fand Rudolfs Auftreten unerträglich. Anselmus hob beschwörend die Arme.

»Du bist ein Abgesandter der Hölle, Rudolf von Amsterdam. Deine Arbeit besteht offensichtlich darin, uns auf Irrwege zu führen und uns darin zu hindern, unsere heilige Sendung zu erfüllen.«

Entsetzt wichen die Kinder zurück. In ihren Augen glaubte Rolf die bange Frage zu lesen: Ist Rudolf ein Abgesandter der Hölle?

Auf einmal wurde ihm bewußt, in welcher Gefahr er sich befand. Ein Befehl von Anselmus oder von Nicolas, und Hunderte in Panik geratene Kinder würden sich auf ihn stürzen und ihn in Stücke reißen. Wo war denn Leonardo mit seinem Knotenstock? Wo war Carolus? Wo waren alle seine treuen Freunde und Mitarbeiter?

Plötzlich erinnerte er sich an seinen Talisman. Rasch holte er das Medaillon der Heiligen Jungfrau hervor und küßte es.

»Die Mutter Gottes beschützt mich, Dom Anselmus«, sagte er drohend. »Ihr könnt mich nicht ungestraft beleidigen.«

»Lästere nicht, Rudolf! Hast du nicht in Rottweil an einen Wechsler Münzen verschachert, die der Teufel selbst schlug?«

Woher weiß er das? fragte sich Rolf. Hatte Anselmus ihm dauernd nachspionieren lassen? Er mußte Helfer haben, die ihm alles zutrugen!

»Und hast du nicht durch Zauberei mitten in der Nacht unseren Planwagen in Flammen aufgehen lassen?« fuhr der Mönch mit harter Stimme fort. »Und besitzt du nicht ein Messer, das in den heißen Flammen der Hölle geschmiedet worden ist, so daß es niemals rosten kann und niemals matt wird?«

Jetzt stamme ich also aus der Hölle, weil mir ein rostfreies Brotmesser gehört, dachte Rolf. Unter anderen Umständen hätte ihn dieser Gedanke amüsiert. So aber nagte tief in seinem Herzen die Angst, wenn er auch nach außen hin nichts davon erkennen ließ.

»Ein Ketzer bist du, ein teuflischer Ketzer, und solange du unter uns weilst, wird uns ein Unglück nach dem anderen treffen«, schloß Anselmus.

Die Kinder tuschelten miteinander. Nicolas stand schweigend und bleich da, aber seine Augen glänzten. Endlich fand jemand den Mut, dem Fremdling aus dem Norden, der ihm, Nicolas, so viel von seinem Prestige gestohlen hatte, die Maske herunterzureißen.

Auch Rolf schwieg. Er wußte, daß er sich mit Anselmus nicht in eine Debatte über Ketzerei einlassen konnte, und er wußte auch, daß der Mönch immer weiterreden würde, solange er, Rolf, schwieg. Dabei würde

Anselmus hoffentlich etwas sagen, was Rolf leicht widerlegen konnte.
Plötzlich erhoben sich aus der Kinderschar zögernde Stimmen:
»Rudolf von Amsterdam ist kein Ketzer.«
»Rudolf hat meinen kleinen Bruder gerettet.«
»Rudolf trägt das Bildnis der Heiligen Jungfrau auf seiner Brust, und ich habe ihn beten sehen.«
Vorsichtige, verteidigende Stimmen, die rasch im Murren und Tuscheln der anderen untergingen. Aber Rolf hatte sie vernommen, und das gab ihm neuen Mut. Nicht alle Kinder fielen von ihm ab – noch nicht.
Anselmus hatte sie ebenfalls gehört und lachte verächtlich. Er beschloß, seine Anschuldigungen zu erweitern.
»Du trägst Kleider, die keiner von uns je einen Menschen hat tragen sehen. Als du zu uns kamst, sprachst du eine Sprache, die niemand auf der Erde spricht. Wenn jeder krank wird, bleibst du gesund. Wenn jeder müde ist, hast du noch Kraft. Wenn alle schlafen, schleichst du dich aus dem Lager und begibst dich zu einer einsamen Stelle, wo du Zusammenkünfte mit Teufeln und Dämonen pflegst. Ich weiß Bescheid, Rudolf von Amsterdam, denn ich bin dir nachgeschlichen, und ich habe entsetzliche Dinge gesehen! Viel zu schlimm, um sie hier vor den Ohren dieser unschuldigen Kinder auszusprechen.«
Rolf überlegte. Wenn man seine Zuflucht zu Lügen nehmen muß, dachte er, ist das ein Zeichen von Schwäche. Jetzt war es Zeit, diesem feinen Burschen zu antworten.
»Dom Anselmus, es gibt mehrere Zeugen dafür, daß Euch der mächtige Domherr von Rottweil einen Betrüger und falschen Priester genannt hat«, entgegnete er. »Darauf wußtet Ihr nichts zu sagen. Warum eigentlich, Dom Anselmus?«
»Muß ich mich gegen solche lästerlichen Beschuldigungen verteidigen?« schnaubte Anselmus.
»Nein, aber muß ich es denn? Ich trage zwar keine weißen Kleider und auch keine schwarze Kutte. Ich habe auch keine Zeit, für jede Kleinigkeit auf die Knie zu sinken, aber deswegen bin ich noch lange kein Ketzer. Und noch weniger ein Knecht des Teufels. Wollt Ihr vielleicht behaupten, daß es Teufelswerk war, für die hungernden Kinder Brot zu besorgen, das ihnen die herzlosen Rottweiler Bürger verweigerten? Und war es vielleicht Teufelswerk, daß ich die wunden Füße der Kinder mit weichem Leder aus Kaninchenfellen bekleiden ließ? Oder wollt Ihr vielleicht behaupten, daß unter all diesen Kindern hier, die durch Eure Worte so erschreckt worden sind, auch nur ein einziges ist, das mich der Hartherzigkeit, Grausamkeit oder Selbstsucht bezichtigen könnte? Sagt an, Kinder, habe ich jemals einen von euch geschlagen, getreten oder beschimpft?«
»Niemals«, riefen einige. »Rudolf von Amsterdam hat wie ein gütiger Herr für uns gesorgt.«

Ein kleiner Junge machte sich aus dem Kreis los, kam zu Rolf, stellte sich neben ihn und ergriff seine Hand.
»Rudolf ist ein Held«, sagte er mit heller Stimme. Es war Simon. Simon, der so furchtbare Angst vor den Bären des Karwendelgebirges gehabt hatte, sich aber anscheinend vor einem Mönch und einem heiligen Hirtenjungen ganz und gar nicht fürchtete.
Die Stimmung schlug zugunsten von Rolf um. Aber Anselmus hatte noch ein schweres Geschütz in Reserve.
»Ja, du hast ihnen Brot besorgt, Rudolf von Amsterdam. Aber dann erkläre mir, wie du in einer Nacht achthundert Brote backen konntest, ohne die Hilfe des Teufels? Nein, das kann kein Mensch . . .«
»Ein Mensch nicht, aber fünf Menschen können das, Dom Anselmus. Der Bäcker Gardulf, seine beiden Gesellen, Frank und ich haben die ganze Nacht gearbeitet. Den Teufel hatten wir dafür nicht nötig, wir hatten selbst Kraft genug.«
»Gardulf! Ganz Rottweil weiß, daß der Mann ein Heide ist. Und ausgerechnet aus seiner Bäckerei stammten die Brote. Das gibst du also zu, Rudolf von Amsterdam.«
»Diese Beschuldigung ist absurd, Dom Anselmus. Die Rottweiler hätten Gardulf längst davongejagt, wenn er ein Heide wäre.«
Die Kinder warteten voll Spannung auf die Antwort des Mönchs, aber diese Antwort blieb aus. Statt dessen sagte Nicolas schrill:
»Solange Rudolf von Amsterdam unter uns weilt, werden wir niemals das Meer erreichen.«
Aus der Kinderschar drang drohendes Gemurmel, alle schienen sich wieder gegen Rolf zu wenden.
»Gott wird uns verlassen, wenn wir dulden, daß dieser Sohn des Teufels mit uns zieht«, fuhr Nicolas mit großem Nachdruck fort. »Gott hat uns bereits eine Warnung zukommen lassen. Er sandte uns den Scharlachfarbenen Tod. Er sandte uns schlechtes Wetter und zahllose andere Schwierigkeiten. Und es wird neues Unglück über uns hereinbrechen, solange er, Rudolf von Amsterdam, mit uns zieht und zu verhindern sucht, daß wir das Heilige Land erreichen.«
Das drohende Murmeln schwoll an, die Menge drängte näher.
Ich muß Zeit gewinnen, dachte Rolf verzweifelt. Wenn es so weitergeht, wird Nicolas die Kinder aufhetzen, mich zu lynchen . . .
»Halt!« rief er mit gebieterischer Stimme und hob die Arme. Streng blickte er die aufgebrachten Kinder an.
»So geht das nicht! Nicolas und Dom Anselmus haben das gute Recht, mich der Ketzerei zu beschuldigen. Aber sie haben kein Recht, mich ohne jeden Prozeß zu verurteilen. Jemanden nur zu beschuldigen, reicht nicht aus, um ihn auch zu verurteilen. Es müssen Beweise vorgelegt werden. Darum verlange ich für mich einen ehrlichen Prozeß, an dem das ganze Kinderheer teilnehmen soll. Ich verspreche, daß ich mich dem Urteils-

spruch, wie er auch lauten möge, unterwerfen und keinen Fluchtversuch unternehmen werde. Aber ich fordere, daß mein Fall heute abend nach den Regeln des Rechts verhandelt wird. Angst habe ich nicht, denn ein Unschuldiger hat nichts zu fürchten, er kann auf Gott vertrauen, und ich bin unschuldig. Das ist alles, was ich zu sagen habe.«

Nach diesen Worten kehrte er Nicolas den Rücken und schritt hocherhobenen Hauptes auf die Kinder zu, die zur Seite wichen und ihn durchließen. Ohne sich umzusehen, begab Rolf sich an seinen Lagerplatz und setzte sich zu der kalten Feuerstelle.

»Bewacht ihn«, hörte er Nicolas mit schriller Stimme rufen. »Er soll heute abend seinen Prozeß bekommen.«

Gut so, dachte Rolf erleichtert. Dann habe ich ja einige Stunden Zeit, mich darauf vorzubereiten.

Die Kinder zerstreuten sich. Etwa zwanzig mit Knüppeln bewaffnete Jungen bildeten einen Kreis um Rolf und die Feuerstelle. Er tat so, als sehe er sie nicht. Er ließ sich auch nichts von seiner wachsenden Angst vor dem Abend anmerken. Wie schwer wog die Beschuldigung der Ketzerei? Konnte er sich auf den Beistand seiner Freunde verlassen, auf die Dankbarkeit der Kinder zählen? Die Chance, daß sie ihn fallenlassen und zum Scheiterhaufen führen würden, schien ihm nicht gering.

Armer Rolf! Hätte er mehr über die Menschen des Mittelalters gewußt, wäre ihm klargeworden, worauf er zählen konnte: auf die unverbrüchliche Treue seiner Freunde, eine Treue, die auch durch Lebensgefahr, Aberglauben und Einschüchterung nicht zu erschüttern war. Aber das konnte Rolf nicht wissen, denn er war ein Kind des 20. Jahrhunderts, eines Jahrhunderts, in dem der Opportunismus über alles ging, ein gegebenes Wort nichts bedeutete, feierlich geschworene Eide mit Leichtigkeit gebrochen wurden und wahre Freundschaft und Treue nur noch bei wenigen zu finden waren.

Hinter ihm erhoben sich dunkel und drohend die steilen Alpen mit ihren unbezwinglichen Steilwänden und steilen Graten. Dort gähnten enge Schluchten, donnerten Wasserfälle zu Tal. Morgen früh würde das Kinderheer in diese Bergwelt eindringen – aber noch an diesem Abend sollte sich entscheiden, ob Rudolf von Amsterdam dabei ihr Führer sein würde.

Rolf saß unbeweglich da, und in seinem Innersten regte sich etwas, dem er keinen Namen geben konnte, das ihm aber unaufhaltsam die Worte auf die Lippen drängte: »Hilf mir, Beschützer der Armen und Unterdrückten, hilf mir . . .«

Dom Thaddäus stand an dem kleinen See und sah den fischenden Kindern zu. Das tat er gern. Er fand es schön, zu sehen, mit wieviel jugendlicher Begeisterung und Schwungkraft sie die Netze durch das Wasser zogen. Er lauschte lächelnd ihren Freudenrufen, wenn die Netze prall gefüllt emporgezogen wurden. Er lachte über ihr enttäuschtes Gejammer, wenn plötzlich ein Netz riß und der silberne Fang wieder im Wasser verschwand. Mit Wohlgefallen sah er die nassen, braungebrannten Körper, das Glitzern des aufspritzenden Wassers, die weißgekrönten Berggipfel im Hintergrund, das grüne Land ringsum. All dies, die ganze Schönheit der Natur, empfand Dom Thaddäus als einen Beweis der unendlichen Liebe und Güte Gottes.

Er liebte Kinder. Darum war er mit ihnen fortgezogen, fest entschlossen, ihnen zu helfen, wo er nur konnte. Kaum hatte er sich dem Pilgerzug im Schwarzwald angeschlossen, war ihm ein Junge aufgefallen, dessen hochgewachsene Gestalt und befehlende Stimme ein Kind von edlem Geblüt verrieten. Er hatte zuerst gedacht, daß dies kein anderer sein könne als Nicolas, der Auserwählte. Erst Stunden später entdeckte er seinen Irrtum. Nicolas war ein anderer. Zwar auch ein hochaufgeschossener Knabe, aber doch jemand, dessen Einfluß auf die Kinder nicht aus einer geborenen Führerschaft resultierte. Nicolas war schon von weitem an seinem weißen Gewand, seinem frommen Augenaufschlag und einer gewissen Würde, die er sich zugelegt hatte, die aber nicht ganz zu ihm paßte, zu erkennen. Thaddäus war sehr enttäuscht über diese Entdeckung. Wer war denn der fremde große Junge? In den drei Tagen, die verstrichen, ehe sie die Stadt Rottweil erreichten, hatte der Mönch zahlreiche Widersprüche entdeckt. Der junge Rudolf, der doch nichts anderes sein konnte als der Sohn eines großen Edelmannes, schlief nicht im Zelt bei den anderen adligen Kindern. Selten sprach er mit Nicolas oder den beiden Mönchen, und wenn es doch geschah, so gab es immer Meinungsverschiedenheiten. Thaddäus vernahm, daß der merkwürdige Junge aus dem Norden kam, sich unterwegs dem Kinderheer angeschlossen und sich sofort hervorgetan hatte. Er sprach nur sehr wenig Latein, schien aber trotzdem eine Art Gelehrter zu sein, ein Wunderdoktor, weit gereist und tapfer, aber er nahm nie teil an den gefährlichen Jagd- oder Fischzügen, er backte kein Brot, gerbte kein Leder, flocht keine Decken, aber er war dennoch immer beschäftigt. Überall, wo die Kinder Rat und Hilfe brauchten, war er zu finden; er traf Entschlüsse, und die Kinder gehorchten ihm ohne Zwang. So etwas hatte Dom Thaddäus noch nie zuvor bei einem Kind erlebt. War Rudolf ein Kind? Er hatte das Gesicht eines Jungen, die Körpermaße eines Erwachsenen und die Weisheit eines Eremiten.

Daß Rudolf dennoch ein Kind war, zeigte sich, als Thaddäus ihn bei Rottweil weinend vor dem Planwagen angetroffen hatte. Weinte er um seiner selbst willen? Nein, er weinte, weil der Scharlachfarbene Tod das Kinderheer bedrohte und weil hundertfaches Leid daraus erwachsen würde. Da konnte Thaddäus nicht anders als aus seiner Anonymität heraustreten, ihn ansprechen und ihm seine Hilfe anbieten. Fasziniert hatte er dann den verbissenen Kampf des Jungen gegen die teuflischen Tiere beobachtet und gesehen, daß es ihm gelang, sie bis in ihr letztes

Bollwerk, den Ochsenwagen, zurückzutreiben. Als dann die beiden Mönche in ihrem Unverstand sich geweigert hatten, den Ochsenwagen zu verbrennen, hatte er nicht anders gekonnt als dafür zu sorgen, daß der Wagen in Flammen aufging. Gesund und fröhlich verfolgten die Kinder daraufhin ihren Weg. Aber wie kam Rudolf zu seinen medizinischen Kenntnissen? Woher wußte er, was diese Krankheit verursachte?
Tief in Gedanken versunken, starrte Dom Thaddäus auf die fischenden Kinder. Wie gern hatte er sie alle! Nicht nur die Fischer, sondern auch die anderen Kinder mit ihren unschuldigen Gesichtern, ihren hellen Stimmen, ihren flinken Füßen. Aber das alles war nichts im Vergleich zu der überwältigenden Zuneigung, die er für jenes eine, fremde Kind empfand: Rudolf von Amsterdam. Das beunruhigte Dom Thaddäus. Er befürchtete, daß diese Bevorzugung eine große Sünde sein könnte. Seine priesterliche Pflicht war es, alle diese Kinder zu lieben – nicht den einen mehr, den anderen weniger. Thaddäus, ein intelligenter, aber einfacher Mann, bat Gott um Vergebung für diese große Vorliebe.
Aber Rudolf machte ihm auch Sorgen. In Glaubensdingen war der Junge unglaublich naiv. Mit Unschuldsmiene konnte er Dinge sagen, die einen erbleichen ließen. War der Junge ein Ketzer?
Er, Thaddäus, mußte sich eingestehen, daß er tief in seinem Inneren wenig Achtung vor Nicolas und den beiden Mönchen empfand. Er wagte allerdings nicht, ihren heiligen Auftrag anzuzweifeln. Rudolf tat das aber, sogar in aller Öffentlichkeit. Thaddäus wußte, daß er seine beiden Amtsbrüder eigentlich lieben mußte. Daß er das nicht konnte, war die Schuld Rudolfs und seiner Verdächtigungen. Es war unheimlich . . . Dom Thaddäus wußte außerdem seit langem, daß der Konflikt zwischen Rudolf und Anselmus eines Tages einen Höhepunkt erreichen würde, und er war sich nicht sicher, auf wessen Seite er sich dann stellen sollte. Seine Pflicht gebot ihm, die Seite der Kirche, also Anselmus, zu wählen. Aber dann würde er gegen den Jungen stehen, den er so sehr ins Herz geschlossen hatte.
Die Kinder luden den Fang auf den Esel und zogen singend in Richtung des Lagers. Leonardo winkte Dom Thaddäus fröhlich zu. Aber der Mönch beachtete ihn nicht. Mit gebeugtem Kopf folgte er den Fischern, ein ehrenwerter Mann, von Zweifeln zerrissen.

9. Das Tribunal

Als Carolus mit seinen Jägern ins Lager zurückkehrte, herrschte dort eine ungewohnte Ruhe. Die Mädchen rührten schweigend in den Kochtöpfen. Andere stapelten getrockneten und geräucherten Fisch und banden die Stapel mit Hanfschnüren zu Bündeln zusammen. Sogar die Kleinen waren

still. Sie spielten mit Puppen aus Fichtenzapfen; mit Stöcken und Zweigen und allem anderen, was sie auch sonst als Spielzeug benutzten, aber sie schrien nicht und fielen nicht übereinander her ...
»Was ist denn hier los?« fragte Carolus beunruhigt. »Ihr macht ja Gesichter, als ob ein Begräbnis stattfände.«
Die Kinder warfen ihm scheue Blicke zu, blieben aber stumm.
Carolus war gekränkt. Die Rückkehr der Jäger brachte sonst das ganze Lager auf die Beine. Ärgerlich warf er seine Jagdbeute hin und ging auf die Suche nach Rolf. Der würde sicher wissen, was diese gedrückte Stimmung zu bedeuten hatte. Aber er entdeckte seinen Freund nirgendwo, noch hörte er die vertraute Stimme Anweisungen geben. Wohl aber sah er, daß in der Ferne Kinder zusammenliefen. Er eilte zu ihnen.
»Was gibt es denn? Ein Unglück? Braucht jemand Hilfe?«
Die Kinder wichen zur Seite, und jetzt sah er Rolf am Feuer sitzen, mutterseelenallein, während ein paar bewaffnete Jungen einen Kreis um ihn bildeten.
Rolf schien zu beten. Er hielt den Kopf gesenkt und schaute nicht auf, auch dann nicht, als Carolus sich vor ihm aufbaute und rief:
»Rudolf von Amsterdam, sieh deinen König an, wenn er mit dir spricht! Was ist geschehen?« Und dann vergaß er seine Würde, kniete nieder, rüttelte Rolf an der Schulter und flüsterte angstvoll: »Du bist doch nicht krank? Oh, Rudolf, verlaß uns nicht!«
Rolf hob langsam den Kopf.
»Carolus ...«
»Sprich doch, was ist los? Hat ein Überfall auf das Lager stattgefunden? Bist du verletzt? Sag doch etwas!«
»Man hat mich angeklagt, Carolus. Heute abend will Dom Anselmus beweisen, daß ich ein Ketzer und Diener des Teufels bin.«
»Du? Mein getreuester Vasall, mein bester Freund?« rief Carolus außer sich. »Das darf niemals geschehen. Ich, der König von Jerusalem, werde das verhindern. Welch lächerliche Beschuldigung! Wer war es, der dich beschuldigt hat? Vierteilen lasse ich ihn, ins Verlies wird er geworfen! Um Gnade soll er betteln! Sprich, wer hat es gewagt, dich anzuklagen?«
»Nicolas.«
Carolus rang nach Atem. Als er sich wieder gefaßt hatte, schüttelte er entschlossen den Kopf. »Das muß ein Mißverständnis sein. Irgendein dummer Junge, der zufällig auch Nicolas heißt, hat diesen Unsinn aufgebracht.«
Rolf schüttelte den Kopf.
»Es gibt hier nur einen Nicolas, der es wagt, den Kampf mit mir aufzunehmen.«
»Unser Nicolas?«
»Wer sonst?«
»Aber das ist doch verrückt. So etwas Unmögliches habe ich noch nie

gehört. Während ich auf der Jagd bin, wird hinter meinem Rücken gegen meinen Vasallen gehetzt . . . Das kann ich nicht zulassen.«
Wie ein Pfeil aus seinem eigenen Bogen flitzte Carolus davon, um sich im Zelt zu informieren. Rolf blickte ihm lächelnd nach. Er hatte den Jungen mit dem goldenen Herzen wirklich gern. Aber er wußte auch, daß der kleine Jäger in einem ernsthaften Konflikt wenig ausrichten konnte. Die Rolle des Königs lag ihm, er war geschickt, eifrig und freundlich zu jedermann. Aber Carolus war zu spaßig, um ernst genommen werden zu können, ein hübscher kleiner Clown. Anselmus würde ihn nicht für voll nehmen, sondern die Schultern zucken und sich von seinem Vorhaben keineswegs abbringen lassen.
Die Fischer mit Leonardo und Dom Thaddäus kehrten zurück. Sie fanden das Lager nicht so still vor wie die Jäger, denn auch die Gerber waren inzwischen hungrig eingetroffen. Die Nachricht von dem bevorstehenden Prozeß hatte alle in große Erregung versetzt. Frank hielt vor seiner Gruppe eine hitzige Rede, und Peter rief die Fischer dazu auf, sofort Protest gegen die Anklage zu erheben. Mariechen, die kurz darauf mit einem Teil der Ordnungsmannschaft zurückkehrte und Körbe voller Beeren, Knollen und Kräuter mitbrachte, wollte sofort zu Rolf laufen, aber Dom Thaddäus hielt sie zurück.
»Warte«, sagte er streng.
»Warum?« rief sie wild. »Wie können sie es wagen, Rudolf von Amsterdam zu beschuldigen? Möge Gott sie strafen!«
»Gott soll Nicolas strafen?« rief Thaddäus entsetzt.
Kreidebleich starrte Mariechen den Priester an.
»Nicolas?« fragte sie schrill.
»Nicolas und Dom Anselmus haben die Beschuldigung ausgesprochen, und sie werden heute abend die Beweise liefern.«
Mariechen gab einen verächtlichen Laut von sich.
»Was gibt es da zu beweisen? Rudolf ist kein Ketzer.«
»Ach, Mariechen . . . du weißt, daß es stimmt.«
»Es ist mir egal«, schrie Mariechen und stampfte mit dem Fuß auf. »Wenn sie Rudolf zum Scheiterhaufen verurteilen, will ich mit ihm zusammen sterben.«
»Wir wollen beten«, schlug Dom Thaddäus zitternd vor.
»Ich will nicht beten, ich will zu Rudolf«, schrie Mariechen und rannte davon.
Sie brachte Rolf etwas zu essen und blieb zwei Stunden schweigend neben ihm sitzen, während Leonardo überall im Lager umherlief und versuchte, die Stimmung zu erkunden. Die Kinder wußten nicht recht, was sie von dem Ganzen halten sollten. Die meisten gaben zu, daß sie Rudolf immer als »fremd« und nicht sehr fromm empfunden hatten. Aber sie fanden auch, daß Leonardo recht hatte, sie zu mahnen, ihm, ihrem neuen Herrn, treu zu bleiben. Gleichzeitig zitterten sie vor Angst, wenn sie das Wort

Ketzer hörten, und versuchten, sich vorzustellen, was es bedeutete, ein Diener des Teufels zu sein . . .
Dom Thaddäus saß in einer furchtbaren Klemme. Der Gedanke, daß Rudolf in großer Gefahr schwebte, krampfte ihm das Herz zusammen. Er wußte aber auch, daß der Vorwurf der Ketzerei nicht ganz unbegründet war. Rudolf hatte mehrfach höchst ungewöhnliche Ansichten in religiösen Dingen verlauten lassen. Dom Thaddäus kam zu der Erkenntnis, daß es eines Tages zu dem offenen Konflikt zwischen Rudolf und Anselmus hatte kommen müssen. Aber doch nicht gerade jetzt!
Anselmus lief grimmig durch das Lager, während ihm Hunderte Kinderaugen ängstlich nachstarrten. Er war wütend. Bis jetzt war er einer offenen Konfrontation mit Rolf sorgsam aus dem Weg gegangen. Ihre Meinungsverschiedenheiten hatte er nach Möglichkeit im Zelt ausgefochten. Das Kinderheer brauchte Rudolf noch dringend. Wenn einer imstande war, sie sicher über die Alpen zu führen, dann war es Rudolf von Amsterdam. Die Beschuldigung der Ketzerei und Gotteslästerung war dem Mönch in seinem Zorn entfahren, eigentlich gegen seinen Willen. Dumm nur, daß Hunderte von Kindern diese Anschuldigung gehört hatten. Und Nicolas, dieser Dummkopf, hatte auch noch Öl in das schwelende Feuer gegossen. Jetzt gab es für sie kein Zurück mehr. Jetzt war Anselmus gezwungen, die Vernichtung des Jungen anzustreben.
Dom Anselmus wählte den Platz, auf dem der Prozeß stattfinden sollte, sehr sorgfältig. Nicht weit vom Lager lag ein Feld, das zum See hin abfiel. Dort war reichlich Platz für die vielen Zuschauer. An seinem Ende lag ein großer Felsblock. Auf diesem Felsblock nahm Nicolas Platz, ganz in strahlendes Weiß gekleidet. Neben ihm saß Carolus in vollem Ornat: roter Mantel, silberner Gürtel, Dolch und Federhut. Neben Carolus hatte Dom Johannes Platz gefunden, der sich sichtlich unbehaglich fühlte. Und neben Nicolas saß Dom Anselmus. Am Fuß des Felsens hatten sich die anderen Kinder von edlem Geblüt versammelt. Im Halbkreis hinter diesem »Richtertisch« standen hundert Ordnungshüter, jeder mit einer brennenden Fackel, denn die Dämmerung brach bereits an. Die Jungen standen aufrecht und blickten starr vor sich hin. Vor dem Stein war ein Platz freigelassen worden, und dort stand Rolf, allein. Hinter seinem Rücken füllten Scharen von Kindern das Feld. Die Kleinen standen vorn, die Größeren etwas weiter hinten, aber weil das Gelände anstieg, konnten selbst diese Kinder alles sehen, was sich weiter vorn abspielte.
Nicolas eröffnete den Prozeß, indem er sich auf dem Stein erhob und die Anklage vortrug. Seine schrille Stimme war weithin zu vernehmen.
»Es hat sich herausgestellt, daß Rudolf Wega von Amsterdam im Bund mit dem Teufel steht. Er hat versucht, das heilige Kinderheer durch Krankheit und Seuche zu vernichten. Er . . .«
Rolf hob die Hand und rief: »Diese Anklage ist durch nichts zu beweisen, Nicolas. Behaupten kann man viel, aber wo sind die Beweise?«

Ein Murren erhob sich in der Kinderschar. Ein Angeklagter durfte nur reden, wenn er etwas gefragt wurde.
Nun erhob sich auch Dom Anselmus. »Rudolf, stimmt es, daß du aus der Grafschaft Holland, fern im Norden, zu uns gekommen bist?«
»Ja, das stimmt«, sagte Rolf ruhig. Er hatte plötzlich keine Angst mehr. Ein so unsinniger Prozeß wie dieser hier konnte doch nicht echt sein. Er kam sich eher so vor, als ob sein Auftritt in einer spannenden Fernseh-Serie gekommen sei, und diese Abenteuer auf dem Bildschirm gingen ja bekanntlich für den Helden immer gut aus.
»Stimmt es auch, daß du dich uns in der Nähe von Speyer angeschlossen hast und nicht schon in Köln?« setzte Anselmus das Verhör fort.
»Ja.«
»Wieso kamst du nach Speyer?«
»Ich war auf Reisen.«
»Allein?« fragte Anselmus ungläubig.
»Zusammen mit meinem Freund Leonardo Fibonacci war ich auf dem Weg nach Bologna.«
»Kann Leonardo, der Sohn des Kaufmanns Bonacci, diese Erklärung bestätigen?«
Schweigend trat der Student vor. Er stützte sich leicht auf seinen Knotenstock und blickte die Ankläger ruhig an. »Hier bin ich.«
»Wo hast du Rudolf von Amsterdam getroffen?«
»Als ich mich auf dem Weg von Aachen nach Bologna befand. Rudolf von Amsterdam rettete mir das Leben. Zwei Strauchdiebe hatten mich unterwegs überfallen. Seinem Mut habe ich es zu danken, daß ich hier stehe und seine Redlichkeit, Frömmigkeit und Klugheit bezeugen kann.«
Die Kinder murmelten beifällig. Sie hielten sehr viel von Leonardo und vor allem von seinem Esel, der so oft verletzte oder erschöpfte Kinder getragen hatte.
»Warum habt ihr beide euch dem Kinderkreuzzug angeschlossen?« fragte Anselmus schroff.
»Kurz vor Speyer stießen wir auf das Kinderheer. Wir erbarmten uns einiger zurückgebliebener Kinder und fanden daher nicht mehr Einlaß in die Stadt. Da die Kinder denselben Weg hatten, schlossen wir uns ihnen an.«
»Ich sehe dafür keine Notwendigkeit«, sagte Anselmus höhnisch.
»Ich schon«, antwortete Leonardo ruhig. »Diese Kinder hatten viel zu erdulden. Wir sahen, wie schlecht gekleidet sie waren, und wie sie mit blutenden Füßen mühsam weiterhumpelten, wie einige vor Erschöpfung tot am Wege niedersanken und nicht einmal ein christliches Begräbnis bekamen! Da sagten wir uns, wenn die Leitung dieses Kreuzzuges nichts gegen solche Zustände unternimmt, dann werden wir hier gebraucht. Und wir wurden gebraucht, das kann ich Euch versichern. Darum begannen wir sofort damit, den Kindern beizubringen, wie sie sich selbst helfen

konnten. Dabei haben Rudolf und ich uns selbst wahrhaftig nicht geschont. Wir haben unsere Christenpflicht erfüllt – wir schon!«
Der Hieb hatte gesessen. Anselmus drohte vom Ankläger zum Angeklagten zu werden. Der Mönch witterte die Gefahr und gebot Leonardo, sich wieder zu setzen.
»Damit dürfte also feststehen, daß sich sowohl Rudolf von Amsterdam als auch Leonardo von Pisa unterwegs unserem Zug angeschlossen haben. Gut! Viele haben sich uns erst unterwegs angeschlossen, und alle waren uns willkommen. Aber, Rudolf, so frage ich dich, wer hat dir das Recht gegeben, dich einfach ungebeten zum Leiter unseres Kreuzzuges zu ernennen? Wer hat dir das Recht gegeben, diesen Kindern Befehle zu erteilen?«
Rolf warf den Kopf in den Nacken. »Niemand«, antwortete er mit klarer, fester Stimme. »Dieses Recht habe ich mir selbst gegeben. Aber wenn Ihr davon sprecht, ich hätte den Kindern Befehle erteilt, dann seid Ihr im Irrtum. Ich habe diese Kinder selbst ihre Arbeit wählen lassen. Niemals habe ich ein Kind gezwungen, etwas zu tun, was es nicht wollte. Für diese Behauptung kann ich euch achttausend Zeugen bringen.«
Die Kinder jauchzten und klatschten in die Hände. Sie genossen das Schauspiel. Aber Anselmus war nicht so leicht aus dem Feld zu schlagen, das wußte Rolf.
»Willst du bestreiten, Rudolf von Amsterdam, daß du übermenschliche Kräfte besitzt?«
»Natürlich bestreite ich das«, rief Rolf. »Ich bin ein ganz gewöhnliches Menschenkind. Bei einem Ringkampf würde ich gegen Bertho verlieren, bei einem Turnier gegen Carolus. Wenn es ums Schwimmen geht, sind mir Peter und bestimmt noch zwanzig andere Jungen weit überlegen. Und wärt ihr gelehrt genug, unsere wissenschaftlichen Kenntnisse zu prüfen, so würdet ihr bald feststellen, daß Leonardo mir in den Wissenschaften überlegen ist. Ich besitze wohl einen gesunden, kräftigen Körper und einen gut funktionierenden Verstand. Wenn das ein Verbrechen ist . . .?«
Die Kinder kicherten. Rolf hob die Hand und bat um Ruhe.
»Kraft, Gesundheit und Verstand sind Geschenke Gottes, und nirgendwo steht geschrieben, daß man sie nicht benutzen darf. Im Gegenteil, ich danke Gott jeden Tag aufs neue dafür.«
Jetzt sind hoffentlich alle überzeugt, daß ich fromm bin, dachte er. Aber Anselmus lachte laut und höhnisch.
»Du hast Gott gedankt? Wann denn, wenn ich fragen darf? Seit gut vier Wochen bist du jetzt bei uns, aber ich glaube kaum, daß dich je einer beten sah. Im Gegenteil, ich habe sogar beobachtet, wie du an Gotteshäusern und Kapellen vorbeigelaufen bist und nicht einmal das Zeichen des heiligen Kreuzes schlugst! Rudolf von Amsterdam, diese achttausend Kinder können bezeugen, daß du nicht viel von Religion hältst!«

Rolf hatte keine Lust, eine so offensichtliche Tatsache zu bestreiten, sondern rief: »Ich habe Gott nicht durch Gebete, sondern durch Werke der Nächstenliebe gedient, und dafür kann ich achttausend Zeugen beibringen!«
»Gut gesprochen, mein Sohn«, nickte Dom Johannes freundlich.
»Ach so, und deshalb hattest du zum Beten natürlich keine Zeit!« sagte Dom Anselmus sarkastisch. »Du warst viel zu sehr damit beschäftigt, den großen Herrn zu spielen, nicht wahr?«
Rolf stampfte ärgerlich mit dem Fuß auf.
»Das ist doch reine Haarspalterei!« rief er. »Was kann es Euch und all diesen Kindern eigentlich ausmachen, wie oft am Tage ich das Kreuz schlage? Das ist doch meine Sache! Hier kommt es nur darauf an, ob ich gut oder schlecht an den Kindern gehandelt habe, und das sollen sie Euch selbst sagen!« Er drehte sich um und breitete die Arme aus.
»Kinder, habe ich euch jemals geschlagen, getreten, beschimpft?«
»Nein, nein, nein«, brüllten die Kinder im Chor. Einen Augenblick lang war Rolf wieder der große Held des Kinderheeres.
»Habe ich euch zu essen gegeben?«
»Ja, ja, ja«, ertönte es.
»Wer hat die Kranken gepflegt, den Scharlachfarbenen Tod verjagt, die Kleinen und Schwachen beschützt?«
»Rudolf von Amsterdam!« schrien die Kinder.
Jetzt habe ich gewonnen, dachte Rolf erleichtert. Aber er sollte sich getäuscht haben.
»Ruhe!« donnerte Dom Anselmus. Die Kinder wurden sofort still.
Der Mönch holte tief Atem und sprach mit schneidender Stimme: »Ich werde euch erzählen, liebe Kinder, was Rudolf von Amsterdam in Wirklichkeit getan hat, unter dem Vorwand, euch helfen zu wollen. Er hat mit teuflischer Schlauheit versucht, uns vom richtigen Weg abzubringen. Immer wieder hat er für Verzug gesorgt, weil er nicht will, daß wir jemals in Jerusalem ankommen. Er hat üble Gerüchte verbreitet und seine Freunde gegen Nicolas aufgehetzt. Er hat öffentlich erklärt, daß Nicolas nicht von Gott auserwählt ist. Er hat gesagt, daß das Meer nicht vor Nicolas zurückweichen, sondern das ganze Kinderheer verschlingen wird. Kinder, hört auf mich, euren geweihten Ratgeber. Wollt ihr nach Jerusalem, der Weißen Stadt, die entheiligt wird durch die teuflischen Sarazenen?«
»Ja!« brüllten die Kinder. »Nach Jerusalem!«
»Welche Strafe verdient derjenige, der versucht, uns von unserem heiligen Auftrag abzuhalten?«
»Schlagt ihn tot, auf den Scheiterhaufen mit ihm, werft ihn mit gefesselten Händen ins Meer, röstet ihn langsam im Feuer!« Sie waren unerschöpflich im Ersinnen immer neuer drakonischer Strafen. Ob sie denn überhaupt nicht überlegten? Verlangten sie für ihren Helden, dem sie

soeben noch zugejubelt hatten, jetzt plötzlich so entsetzliche Qualen? Rolf wurde nicht klug aus ihnen. Der Schweiß brach ihm aus allen Poren, und er fühlte seine Knie schwach werden.

»Wo bleiben die Beweise?« rief er. »Wieso habe ich zu verhindern versucht, daß das Kinderheer Jerusalem erreicht?« Seine Stimme ging in dem herrschenden Tumult beinahe unter.

Eigentlich hatte der Ausbruch der Kinder nicht viel zu bedeuten. Sie hatten nur auf eine Frage geantwortet, die man ihnen gestellt hatte. So dachten sie eben über jemanden, der sie hindern wollte, Jerusalem zu erreichen. Ihr Zorn richtete sich keineswegs gegen Rudolf von Amsterdam, aber das wußte der Junge nicht.

»Beweist es!« rief er. »Jemanden zu beschuldigen ist nicht schwer, aber wo bleiben die Beweise?«

»Geduld«, entgegnete Anselmus. »Ich werde es beweisen. Hört gut zu, Kinder, hört auf mich.«

Die Ordnungshüter hatten inzwischen die aufgebrachten Kinder wieder einigermaßen zur Ruhe gebracht.

»Rudolf von Amsterdam, antworte mir wahrheitsgemäß, ob du nicht in einer Nacht mit Hilfe des Teufels Hunderte Brote gebacken hast?« fragte Anselmus, als wieder Ruhe herrschte.

»Diese Brote habe ich nicht mit Hilfe des Teufels, sondern mit Bäckermeister Gardulf aus Rottweil gebacken. Seine beiden Gesellen, meine Freunde und ich haben ihm dabei geholfen. Die Brote habe ich teuer bezahlen müssen. Ich habe dafür alles Geld, das ich besaß, gegeben.«

»Wie kamst du an so viel Geld, um achthundert Brote zu bezahlen?«

Rolf hob geringschätzig die Schultern.

»Welcher Student aus gutem Hause tritt die weite Reise von Holland nach Bologna an, ohne sich mit genügend Reisegeld auszustatten? Mein Vater ist ein reicher Mann . . .«

»Bäcker Gardulf steht in Rottweil in dem Ruf, ein Heide zu sein«, sagte Anselmus. »Er hat auch einen heidnischen Namen.«

»Unsinn«, entgegnete Rolf, »Gardulf ist so wenig ein Heide wie Ihr, Dom Anselmus. Der Mann stammt aus Irland, und Ihr solltet doch wissen, daß Irland ein Bollwerk des christlichen Glaubens ist und gerade die Iren es waren, die den christlichen Glauben in Europa verbreitet haben. Ihr müßtet wissen, daß die Iren zahlreiche prächtige Abteien gegründet haben, von denen aus das Christentum seinen Siegeszug über fränkische und deutsche Lande antreten konnte. Wenn Ihr das nicht wißt, seid Ihr allerdings dümmer als ich dachte.«

»Rudolf von Amsterdam sagt die Wahrheit«, ertönte plötzlich eine Stimme. Es war Dom Thaddäus. »Die Kirche hat den irischen Sendlingen sehr viel zu verdanken. Es ist eine Ehre, irischer Abkunft zu sein.«

»Woher wußtest du, daß Bäcker Gardulf irischer Abkunft ist?« fragte Anselmus, ein wenig aus der Fassung gebracht.

Das habe ich an seinem Haar und an seinen Augen gesehen, dachte Rolf, aber er antwortete: »Das hat er mir in jener Nacht erzählt, als wir in seiner Backstube das Brot für die Kinder gebacken haben.«
Die Erinnerung an das Wunder mit den Broten war im Lager noch lebendig. Nur wenige Kinder hatten sich an jenem Morgen Gedanken gemacht, woher das herrliche Frühstück gekommen war. Nun wußten sie es plötzlich: Rudolf von Amsterdam hatte dafür gesorgt. Rudolf konnte man solche Dinge getrost überlassen, der wußte immer Rat.
»Aber die Brote waren vergiftet!« kreischte Anselmus. »Von diesem Augenblick an hatten wir gegen den Scharlachfarbenen Tod zu kämpfen.«
»Nicht Ihr habt gegen ihn gekämpft, sondern höchstens meine Freunde und ich«, sagte Rolf spöttisch. »Und außerdem gab es schon mehr als dreißig Erkrankungen, als ich die Brote besorgte. Hättet Ihr Euch ein wenig um die Kranken gekümmert, dann wüßtet Ihr das. Aber ich kann Euch beliebig viele Zeugen für diese Tatsache nennen.«
Anselmus schien die Fassung zu verlieren. An seiner Stelle rief plötzlich Nicolas: »Unseliger, wie kannst du es wagen, einen geweihten Priester so zu verhöhnen und der Lüge zu bezichtigen!«
»Ich wage noch viel mehr«, schrie Rolf zurück, der nun gänzlich die Beherrschung verlor. »All eure Behauptungen und Beschuldigungen sind blanker Unsinn. Es sind Lügen – und diese Kinder wissen das sehr wohl. Ich versuche doch gar nicht, sie zu hindern, nach Genua zu gelangen. Warum sollte ich denn auch? Ich ziehe doch selbst mit euch. Ich will so wie ihr das Wunder sehen. Ich will dabei sein, wenn Nicolas die Arme ausbreitet und dem Meer gebietet, sich zurückzuziehen. Wer möchte ein solches Wunder nicht miterleben?«
»Warum sorgst du dann immer für Aufenthalt?« fiel Anselmus ein.
»Ich sorge für Aufenthalt, weil es mir meine Ehre verbietet, die Kranken und Schwachen einfach hilflos zurückzulassen. Weil meine Ehre es mir verbietet, Kinder unterwegs vor Hunger umkommen zu lassen. Nur deshalb! Wenn das eine Sünde ist, wenn diese Fürsorge für meine Mitmenschen schlecht ist, dann bin ich zur Buße bereit. Aber ich bin nicht bereit, mich zum Sündenbock machen zu lassen von den Menschen, die die Leitung dieses Kreuzzuges übernommen haben, sich aber als völlig unfähig erweisen, für die ihnen anvertrauten Kinder zu sorgen!«
Hinter sich hörte er zustimmendes Gemurmel. Die Sache lief wieder gut.
»Du beleidigst mich, Rudolf von Amsterdam, und du beleidigst Gott.«
»Das ist nicht wahr. Steht in der Heiligen Schrift, daß man Gott beleidigt, wenn man für Seine Kinder sorgt? Das wäre eine seltsame Auslegung von christlicher Nächstenliebe.«
Plötzlich wies Rolf auf Nicolas.
»Er dort, Nicolas der Hirtenjunge, ist ein Heiliger. Er hat die Stimmen der Engel gehört. Er soll jetzt sagen, ob die Beweise, die Dom Anselmus hier vorgebracht hat, genügen, um mich zu verurteilen.«

Rolf wußte, daß er mit hohem Einsatz spielte. Wenn Nicolas sich auf Anselmus' Seite stellte, war er, Rolf, verloren. Aber konnte er das wagen? Der Lärm hinter seinem Rücken sagte ihm, daß die Mehrzahl der Kinder auf seiner Seite stand. Nicolas war nicht verrückt, es konnte ihm nicht entgangen sein, daß die Kinder an Rolf hingen. Ob er es wagte, ihnen allen Trotz zu bieten?

Nicolas hatte sich verwirrt gesetzt. Rolf starrte ihn an und konnte daher nicht sehen, daß Frank mit einem Trupp bewaffneter Jungen nach vorn gekommen war. Das berühmte Brotmesser, mit dem er den ganzen Tag gearbeitet hatte, hielt der junge Gerber in der Hand. Es funkelte im Licht der Fackeln. Die anderen Jungen hielten scharfe Steine und Eisenstücke in der Hand mit denen sie das Leder bearbeitet hatten. Auf der anderen Seite, schräg hinter Rolf, war Leonardo nach vorn gekommen. In seiner Begleitung befanden sich Mariechen und Peter sowie eine Menge Jungen und Mädchen mit kurzen Lanzen, allerlei scharfen, spitzen Gegenständen und geknoteten Seilen. Fredo, der neben den Jungen mit den Fackeln stand, hatte die Hand erhoben, als ob er jeden Augenblick einen Befehl geben wollte.

Dennoch war alles totenstill. Die Kinder standen im Licht und warteten auf den Urteilsspruch des Hirtenknaben. Nicolas fühlte die Drohung, die von den Bewaffneten ausging. Auch die beiden Mönche auf dem Stein sahen die Anzeichen von Meuterei. Anselmus erbleichte. Johannes lächelte und faltete fromm die Hände, als ob er Gott bitten wolle, Nicolas die Weisheit zu schenken, ein gerechtes Urteil zu fällen. Die Spannung wuchs.

Aber noch jemand hielt es für notwendig, Druck auszuüben, und das war der kleine Carolus. Während Nicolas in Gedanken versunken auf seinem Stein saß, um die »Beweise«, die Anselmus vorgelegt hatte, abzuwägen, richtete sich der König von Jerusalem auf. Sein roter Mantel leuchtete im Licht der Flammen, die silberne Schließe seines kostbaren Gürtels glitzerte. Er bot einen prächtigen Anblick.

»Ich protestiere gegen die Art und Weise, in der dieser Prozeß geführt wird«, rief er laut. »Es ist nicht die Aufgabe von Priestern und auch nicht Nicolas' Aufgabe, Recht zu sprechen. Das steht dem König zu. Ich bin euer zukünftiger König, und ich werde nicht dulden, daß in meinem Reich Unschuldige angeklagt und die Getreuesten zum Tode verurteilt werden. Hört her, Kinder von Jerusalem. Ich erkläre, daß Rudolf von Amsterdam der Ketzerei, der Gotteslästerung und heidnischer Praktiken nicht schuldig ist. Dagegen erkläre ich ihn für schuldig des Mangels an Ehrfurcht, des Hochmuts und der vorlauten Rede. Das sind aber keine schweren Straftaten, sondern kleine Vergehen, deren wir alle uns bisweilen schuldig machen. Darum, Rudolf von Amsterdam, gebiete ich dir, vor diesem Richtertisch niederzuknien und Dom Anselmus zu bitten, dir die Beleidigungen zu vergeben, die du ihm heute zugefügt hast.«

Das war ein schlauer Schachzug: die Angelegenheit hätte auf diese Weise friedlich beigelegt und das Rechtsempfinden aller Kinder befriedigt werden können. Rolf blickte verwundert auf und nickte zustimmend. Schon tat er einen Schritt nach vorn . . .
Nicolas jedoch war über Carolus' Worte in heftigen Zorn geraten. Die Würde, die dem Hirtenjungen seit sechs Wochen zugefallen war, der plötzliche Übergang vom Leibeigenen zum Anführer des Kinderheeres, die Tatsache, daß er ein eigenes Ochsengespann besaß und mit Kindern adliger Herkunft das Zelt als Gleichberechtigter teilte, all diese Dinge waren ihm zu Kopf gestiegen. Er hielt sich für die wichtigste Persönlichkeit des Kinderkreuzzuges, den einzigen wirklichen Anführer, dessen Wort unbedingt gehorcht werden mußte. Und jetzt wollte dieser eigensinnige König von eigenen Gnaden ihm, dem heiligen Nicolas, das Urteil aus der Hand nehmen und selbst Recht sprechen!
»Schweig!« rief er aufspringend. Sein weißes Gewand flatterte um ihn wie ein Sturmmantel und wurde vom Licht der Fackeln mit Purpurglanz übergossen. »Schweig, Carolus. Deine Zeit ist noch nicht gekommen. Du wirst erst König sein, nachdem ich euch nach Jerusalem geführt habe. Solange ist das mein Kreuzzug! Und ich sage: Rudolf von Amsterdam ist schuldig. Er hat einen Bund mit dem Teufel geschlossen. Er bringt seinem furchtbaren Meister heimliche Opfer. Er hat sich als Kind, als einer der Unseren, verkleidet und erweckt den Anschein, uns helfen zu wollen. Aber in Wirklichkeit hat er nichts anderes getan, als uns aufgehalten. Ich erkläre ihn für schuldig der Ketzerei, der Gotteslästerung und der Verhöhnung des wahren Glaubens und seiner Priester! Und deshalb verurteile ich, Nicolas, den Ketzer Rudolf von Amsterdam zum Tode!«
Das Gebrüll, das darauf hinter Rolfs Rücken einsetzte, veranlaßte ihn, sich schnell umzudrehen, denn er glaubte, daß die Kinder sich auf ihn stürzen wollten. Aber er sah nur seine Freunde, die drohend die Waffen erhoben. Einige Kinder hätten zwar am liebsten Nicolas' Urteil sofort vollstreckt, andere zögerten und wieder andere protestierten heftig. Der Lärm wurde von Fredos Stimme übertönt: »Beschützt Rudolf!«
Und Leonardo schwenkte seinen Knüppel und schrie mit blitzenden Augen: »Tod den Verrätern! Verteidigt Rudolf!«
Jetzt erst begriff Rudolf, daß das Ganze zu einem Blutbad auszuarten drohte.
»Reißt ihn in Stücke!« schrie Anselmus.
»Rührt ihn nicht an, Kinder, rettet euren Beschützer!«
Die Kinder hatten bereits miteinander zu kämpfen begonnen. Rolf schrie, aber er konnte nicht verhindern, daß sie aufeinander losgingen. Wütende Schreie ertönten. Leonardo hob seinen Knotenstock gegen eine Gruppe von Kindern, die Rolf zu Leibe rücken wollten.
»Nein!« schrie Rolf.
Und dann trat plötzlich Dom Thaddäus mit erhobenen Armen vor die

aufgeregten Kinder und rief: »Laßt ab! Ruhe! Ruhe! Rührt ihn nicht an, Kinder, rührt ihn nicht an. Rudolf ist unschuldig – und ich kann es beweisen.«
Er wiederholte diese Worte immer wieder und versuchte den Tumult zu übertönen. Die Kinder, neugierig, was er ihnen zu sagen hatte, wurden ruhiger. Ordnungshüter trennten die Kämpfenden und brachten sie an ihre Plätze.
»Ruhe! Dom Thaddäus hat euch etwas mitzuteilen!« rief Carolus.
Der Benediktinermönch stand mit erhobenen Armen in dem gespenstisch erleuchteten Kreis, dicht neben Rolf. Er befahl Leonardo, Frank und Peter, etwas zurückzutreten, was sie nur widerstrebend taten. Dann ergriff Thaddäus Rolfs Hand und zog ihn nach vorn, bis vor den Felsblock.
Anselmus rief:
»Habt Ihr Nicolas' Urteilsspruch nicht gehört, Bruder Thaddäus? Das Urteil ist verkündet und braucht nur noch vollstreckt zu werden. Warum mischt Ihr Euch jetzt noch ein?«
»Oh, ihr Verblendeten«, sprach Dom Thaddäus laut und langsam, »Dummköpfe und Verblendete seid ihr! Seid ihr wirklich so dumm, daß ihr einen Abgesandten des Himmels nicht mehr erkennen könnt? Ja, das ist er, dieser Rudolf von Amsterdam. Er wurde uns vom Himmel gesandt, um dafür zu sorgen, daß das Kinderheer sicher das Heilige Land erreicht. Als Gott sah, daß Nicolas allein der gewaltigen Aufgabe, Tausende Kinder zu nähren und zu beschirmen, nicht gewachsen war, sandte er dem Kinderheer noch einen Auserwählten: Rudolf von Amsterdam. Er hatte keinen anderen Auftrag, als sich um das leibliche Wohl der Kinder zu kümmern. Und sagt selbst, hat Rudolf sich dieser Aufgabe nicht mit Eifer und einem Herzen voller Liebe gewidmet? Als der Teufel, verbittert durch die Unschuld der Kinder, uns den Scharlachfarbenen Tod sandte, war es Rudolf von Amsterdam, der die teuflischen Horden besiegte. Rudolf von Amsterdam brachte uns Brot und Gesundheit, Mut und Kraft – und Ihr, Bruder Anselmus, und du, Nicolas, ihr wagt es, diesen Auserwählten des Himmels der Ketzerei anzuklagen! Schämt euch! Ihr wollt ihn von denselben Kindern umbringen lassen, die ihm ihr Leben zu verdanken haben. Ist das eure Antwort auf Gottes Güte? Dann wird es Euch schlecht ergehen, Dom Anselmus, und dir auch, Nicolas.«
Anselmus röchelte vor ohnmächtiger Wut.
»Bruder Thaddäus, Eure Worte sind wie Dolchstiche. Laßt Euch nicht in die Irre führen. Wie kann ein Ketzer Gottes Abgesandter sein?«
»Gott bedient sich vieler Wege, um seine Absichten durchzusetzen, Bruder Anselmus.«
»Das sind Ausflüchte, Bruder Thaddäus. Ihr werft uns vor, daß wir in Rudolf von Amsterdam nicht den Abgesandten des Himmels erkannt haben? Sprecht, woran hätten wir ihn denn erkennen müssen? An seiner

Frömmigkeit vielleicht? Die besitzt er doch wahrhaftig nicht! An seiner Schönheit? Schönheit ist ein Blendwerk des Teufels.«
Die Kinder drängten wieder nach vorn, verhielten sich aber ganz still. Dieses neue Duell, noch dazu zwischen zwei Priestern, hielt sie in Bann.
»Dom Thaddäus«, fiel Nicolas erregt ein. »Ihr stellt bloß eine Behauptung auf. Ihr wollt Rudolf von Amsterdam schützen. Aber Ihr könnt nichts beweisen.«
»O doch, das kann ich!« rief Thaddäus, nicht minder aufgebracht. »Ihr konntet nur beschuldigen, aber Beweise habt Ihr nicht erbracht. Ich aber habe einen Beweis, einen sehr sichtbaren sogar!«
»Zeigt Ihn!« schrie Anselmus mit sich überschlagender Stimme. Er blickte entsetzt auf die Hände des anderen, als ob er erwarte, daß dieser jetzt einen Brief mit dem Siegel Gottes hervorholen würde.
»Hier ist der Beweis«, sprach Dom Thaddäus feierlich. Er nahm Rolf wieder bei der linken Hand, streifte den Ärmel seines Pullovers hoch und deutete auf den »Beweis«: eine Narbe.
Als kleiner Junge war Rolf von einem Hund gebissen worden. Die Zähne des Tieres waren tief in seinen Unterarm eingedrungen und hatten drei blutige Löcher verursacht. Die Wunden verheilten rasch, aber drei Narben blieben zurück. Diese Narben stachen im Sommer weiß von Rolfs gebräunter Haut ab. Er wußte natürlich, daß er diese Narben hatte, dachte aber niemals darüber nach. In der Schule hatten sie ihn manchmal damit aufgezogen. Was die Narben eines Hundebisses jetzt mit seiner Unschuld zu tun haben sollten, war ihm ein Rätsel. Verblüfft starrte er auf seinen Arm.
»Dies ist das Zeichen, das Gott ihm verlieh, als er Rudolf von Amsterdam zu uns sandte. Das Zeichen der Heiligen Dreifaltigkeit. Wagt ihr noch zu zweifeln, ihr Narren? Kennt ihr die Zeichen Unseres Herrn nicht?«
Die Kinder drängten nach vorn, um das Zeichen sehen zu können. Sie knieten hin, küßten Rolfs Hände und vor allem seine Narben.
Auch Nicolas stieg von seinem Stein herab. »Zeig es mir«, sagte er.
Rolf war völlig benommen. Daß drei kleine Narben einen solchen Eindruck auf die Kinder machten, kam ihm absurd vor, aber er begriff, daß das seine Rettung war.
»Macht Platz!« gebot Nicolas. Die Kinder wichen ein wenig zurück.
Nun standen die beiden Auserwählten einander gegenüber: Nicolas, der Anführer des Kinderkreuzzuges, und Rudolf, der ein paar Wochen zuvor plötzlich aufgetaucht war.
Nicolas griff nach Rolfs Arm und besah sich lange Zeit die drei weißen Narben. Er hatte schon öfter solche Narben gesehen, und zwar bei Menschen, die von einem Wolf angefallen worden waren, aber wie durch ein Wunder überlebt hatten. Ob Rudolf in winterlichen Wäldern mit einem Wolf gekämpft und das Untier getötet hatte? Konnte er denn so stark sein? Nicolas erinnerte sich plötzlich aller Drohungen, die sein

Rivale jemals im Zelt ausgestoßen hatte, und die stets in Erfüllung gegangen waren. Er hatte die beiden Mönche verflucht, und prompt waren sie krank geworden. Er hatte den Ochsenwagen verflucht, und noch in derselben Nacht war er in Flammen aufgegangen. Rudolf von Amsterdam schien eine Macht zu besitzen, die seiner eigenen weit überlegen war. Einen solchen Jungen durfte man nicht zum Feind haben. Wenn man ihn schon nicht vernichten konnte – und welches Kind würde es jetzt noch wagen, die Hand gegen Rudolf zu erheben? –, mußte man ihn um jeden Preis gewinnen. Schweigend ließ er Rolfs Arm los und kniete nieder.
Die Kinder brachen in lauten Jubel aus. Sie wären am liebsten Nicolas' Beispiel gefolgt, aber das ging nicht, weil sie viel zu dicht beieinander standen. Anselmus sah von seinem erhöhten Standort zu und biß sich auf die Lippen. Daß Nicolas wörtlich und sinnbildlich in die Knie ging, bedeutete für den Mönch eine schwere Niederlage.
Rolf war das Ganze ein wenig peinlich. Er mochte Nicolas zwar nicht, aber daß der Junge sich so vor ihm erniedrigte, wollte er auch nicht. Rasch zog er ihn auf die Beine.
»Steh auf, Nicolas«, sagte er mit lauter Stimme, »du brauchst nicht vor mir zu knien. Sei von jetzt an mein Freund.« Mit diesen Worten umarmte er ihn.
Die Kinder waren außer Rand und Band vor Freude. Sie lachten, tanzten und küßten einander. Die noch vor kurzem in erbittertem Kampf gestanden hatten, waren nun die besten Freunde, ihr Zwist war vergessen. Rolf wurde von einigen kräftigen Jungen auf die Schultern gehoben und im Triumphzug zum Lager getragen. Mariechen lief, schluchzend vor Erleichterung, hinter ihnen her.
Erst sehr spät an diesem Abend wurde es ruhig. Der Mond ging auf, die Sterne funkelten; die meisten Kinder schliefen mit einem Lächeln auf den Lippen ein. Morgen würden sie in die Berge ziehen, aber mit Rudolf von Amsterdam in ihrer Mitte würden sie alle Schwierigkeiten überwinden.
Rolf war zwar sehr müde, aber er konnte keinen Schlaf finden. Er fühlte, wie Leonardo nach seinem Arm tastete. Ob der Student ihn jetzt auch als einen Abgesandten des Himmels betrachtete? Hoffentlich nicht.
Er hörte Leonardo leise lachen.
»War es ein großer Hund oder ein Wolf?« flüsterte der Student.
»Ein Hund«, antwortete Rolf leise, »ich war erst vier Jahre alt . . .«
»Da wirst du aber geplärrt haben«, spottete Leonardo.
»Das nehme ich an, aber ich kann mich nicht mehr genau erinnern . . .«
Einen Augenblick war es still, dann kam wieder Leonardos flüsternde Stimme, ganz nahe an Rolfs Ohr:
»Nicolas ist nicht verrückt. Er hat deine Narben genauso gut erkannt wie ich. Er ist schließlich Hirte.«
»Meinst du?« fragte Rolf überrascht.

»Und Anselmus ebenfalls . . .«
»Was willst du damit sagen?«
»Daß sie alle beide Dom Thaddäus' List durchschaut haben. Wenn du im Augenblick auch sicher bist, sei weiter auf der Hut, Rudolf. Sie bleiben deine Feinde und werden alles versuchen, dich doch noch hineinzulegen. Du hast zwar viele gute Freunde hier, und wir werden nicht zulassen, daß dir ein Haar gekrümmt wird, aber . . .«
»Leonardo«, sagte Rolf ernst, »nichts wünsche ich mir weniger als Zwietracht unter den Kindern. Ich war sehr glücklich über Dom Thaddäus' Einfall, denn nun sind sie wieder ein Herz und eine Seele.«
»Hoffentlich wirst du nicht enttäuscht«, flüsterte Leonardo. »Warte nur bis morgen . . .«
»Was passiert dann?«
»Das wirst du schon sehen. Anselmus wird sehr überrascht sein, das kann ich dir versichern.«
Rolf versuchte herauszufinden, was diese Anspielung bedeutete, aber er fand keine Lösung. Er war in Gedanken schon zu sehr mit den Bergen beschäftigt, die ihre dunklen Schatten über das Lager warfen. Tief im Inneren hatte er große Angst.
Morgen, dachte er, möge uns der Himmel beistehen.

10. Das Karwendelgebirge

Als Rolf erwachte, war sein Gesicht regenfeucht. Er sprang auf und blickte besorgt zum Himmel, der von einer dichten Wolkendecke überzogen war. Die Berge waren in Nebel gehüllt, dünner Regen fiel auf das noch schlafende Lager nieder.
Dom Anselmus lief mit großen Schritten von Lagerfeuer zu Lagerfeuer und weckte die Kinder.
»Aufstehen . . . aufstehen! Wir brechen auf! Jerusalem wartet!«
Er wird wohl Genua meinen, dachte Rolf skeptisch.
Der Aufbruch ging rasch vonstatten, er war Routine geworden. In einer halben Stunde hatten sich große Gruppen gebildet, jede mit einem Anführer. Alle Kinder, ausgenommen die ganz kleinen, trugen Bündel mit Nahrungsmitteln auf dem Rücken, dazu noch ihre andere Habe: leichte Musikinstrumente, Geräte, ein zweites Hemd oder eine aufgerollte Strohdecke. Rolf zog seine Windjacke an. Den Reißverschluß hatte er schon vor Tagen abgetrennt, weil er nicht mehr funktionierte. Jetzt schloß die Jacke nicht, aber sie war mit warmer Schafwolle gefüttert und wasserdicht; in den Bergen würde sie ihm gute Dienste leisten.
Plötzlich entstand am Rand des Lagers große Aufregung. Leonardo rannte hin, gefolgt von Rolf und Mariechen.

Dort stand Fredo mit einer großen Gruppe von Kindern. Rolf erkannte viele Ordnungshüter, ein paar Jäger, Fischer und sogar Gerber.
Anselmus stand vor Fredo und fuchtelte mit den Armen.
»Du bist verrückt, Fredo, das kannst du nicht tun. Dort im Norden ist nichts als Wildnis!«
»Nein«, erwiderte Fredo selbstbewußt, »wir kommen nicht mit. Die Wildnis dort kann niemals so schlimm sein wie die Berge.«
»Was ist hier los?« fragte Rolf.
Fredo wandte sich zu ihm. »Wir glauben nicht mehr an die Sache – schon lange nicht mehr. Ich habe von Bauern aus der Umgebung gehört, daß hinter diesen Bergen kein Meer liegt, sondern nur flaches Land . . . Die echten Kreuzfahrer haben niemals diesen Weg genommen. Das ist nicht der Weg nach Jerusalem.«
»Es ist aber der einfachste Weg nach Genua«, rief Anselmus, dem Angst wurde bei dem Gedanken, so viele kräftige, wohlgenährte Kinder auf einen Schlag zu verlieren.
»Wollt ihr denn zurück, nach Hause?« fragte Rolf hoffnungsvoll.
Natürlich war es schon öfter vorgekommen, daß kleine Grüppchen von Kindern den Mut verloren hatten und umgekehrt waren. Ob sie wohl jemals ihr Zuhause wieder erreicht hatten? Keiner hatte je wieder von ihnen gehört. Aber das hier waren nicht nur ein paar Kinder, denen die Reise zu weit war: es waren Hunderte! Das war schon eine regelrechte Meuterei . . .
Rolf gab sich keine Mühe, sie umzustimmen, er war im Gegenteil glücklich, daß diese Kinder selbst einen Beschluß gefaßt hatten und bereit waren, dafür einzustehen.
»Wo wollt ihr denn hin?« rief der Mönch wütend. »In der Wildnis werdet ihr elend umkommen!«
»O nein«, erwiderte Fredo bedächtig. »Wir haben gelernt, für uns selbst zu sorgen, und werden uns schon durchbringen.«
Rolf nickte.
»Im Norden liegt der Bayerische Wald«, sagte er, »und dahinter der Böhmerwald. Das sind Mittelgebirge und dicht bewaldet. Ich nehme an, daß dort nur sehr wenige Menschen wohnen. Wenn ihr dort eine Niederlassung gründet, muß es möglich sein, zu überleben.«
»Ja, ja, ermuntere sie nur noch«, empörte sich Anselmus. »Fredo, wie kannst du deine Ordnungshüter im Stich lassen?«
»Sie können sich ja einen anderen Anführer wählen«, meinte Fredo.
»Die wilden Tiere in den Wäldern werden euch zerreißen«, sagte Anselmus.
»Wir haben Waffen.« Fredo wandte sich einfach ab und winkte seinen Leuten, ihm zu folgen. Es war ein langer Zug, der da in entgegengesetzter Richtung davonzog. Rolf winkte ihm herzlich nach. Er setzte großes Vertrauen in Fredo. Der Junge war stark, mutig und vorsichtig. Anselmus

grollte, schien etwas zu Rolf sagen zu wollen, besann sich aber und stürmte davon.
Als sie zu ihrem Lagerfeuer zurückgingen, fragte Rolf Leonardo:
»War es das, worauf du letzte Nacht angespielt hast?«
Der Student nickte.
»So etwas mußte einmal kommen. Das Vertrauen in Nicolas und Anselmus ist erschüttert.«
Rolf schlug vor, daß Leonardo die Arbeit von Fredo übernehmen solle. Zuerst hatte der Student nicht viel Lust dazu.
»Ich bin auf dem Wege nach Bologna, nicht nach Genua oder Jerusalem«, sagte er. In Wahrheit wollte er keine festen Pflichten übernehmen, aus Angst, seine Unabhängigkeit könnte dadurch gefährdet werden.
Aber Rolf, hartnäckig wie immer, gab nicht nach, und schließlich stimmte Leonardo zu. Er versammelte die Ordnungshüter um sich und erklärte ihnen, daß sie von jetzt ab unter seinem, Leonardos Befehl stehen würden. Die Ankündigung wurde mit großem Jubel aufgenommen, denn die Kinder waren begeistert von Leonardo, vor allem von seinem Knüppel.
Nicolas gab das Zeichen zum Aufbruch. Mehr als siebentausend Kinder stellten sich in langen Reihen auf und zogen am Bach entlang auf das Gebirge zu. Leonardo mit einem Teil der Ordnungshüter bildete die Vorhut. Rolf, Mariechen und Frank machten den Schluß. Der Weg, den sie nahmen, war kaum mehr als ein Eselspfad. Sie konnten nur zu zweit oder dritt nebeneinander gehen. Es konnte keine Rede mehr davon sein, daß Jagdgruppen ausgesandt wurden. Auch das Fischen in dem wild schäumenden Bach war ausgeschlossen. Das Wasser schien sich stets tiefer in den felsigen Grund einzufressen, während der gewundene Pfad anstieg.
Rolf wollte die Kinder soweit wie möglich zusammenhalten, größere und kleinere gemischt, damit die größeren den Knirpsen beim Klettern über Felsblöcke helfen konnten. Außerdem sollten sie darauf achten, daß die kleinen Kinder sich möglichst nur an der Bergseite des Hanges bewegten und nicht an der Talseite, wo Gefahr bestand, daß sie abrutschten und in dem tief unter ihnen tobenden Bergbach verschwanden.
Inzwischen war der Regen dichter geworden. Die Nässe und die Enge des Pfades bereiteten den Tieren große Schwierigkeiten. Zwei Stunden nachdem sie in die Felskluft eingedrungen waren, mußte der erste Ochse getötet werden, weil er sich den Fuß brach. Rolf tat das arme Tier leid, das sich trotz seiner Schmerzen gegen die Messer und Beile, mit denen die Kinder es zu schlachten versuchten, zur Wehr setzte. Endlich erstarb sein Gebrüll, und sie konnten mit dem Häuten beginnen. Nicolas stand schweigend daneben. Er war zu stolz zuzugeben, daß er die Schuld daran trug, weil er tags zuvor das Schlachten der Ochsen verhindert hatte. Der tote Ochse mußte in Stücke gehackt werden, und die Lasten wurden nun noch schwerer.
Endlich konnten sie weiterziehen. Der Pfad war in schlechtem Zustand

und oft durch große Felsbrocken versperrt. Bisweilen konnten die vorangehenden Kinder die Brocken mit vereinten Kräften wegschieben, so daß sie laut klatschend in den Bach stürzten. Manchmal aber waren sie so groß, daß sie überklettert werden mußten. Noch immer gingen Hunderte Kinder barfuß und waren schlecht gekleidet. Sie fröstelten in dem stetig fallenden Regen. Der Pfad stieg immer weiter an, und es war vor allem dieses dauernde Klettern in langsamem Tempo, das an den Kräften der Kinder zehrte. Immer wieder mußte der ganze Zug anhalten, weil die Vorangehenden auf ein Hindernis gestoßen waren, das zuerst aus dem Weg geräumt werden mußte. Die Kinder, die weiter hinten folgten, wurden ungeduldig, drängten vor und wollten wissen, was es gab. Immer wieder glitten einige von ihnen aus, verletzten sich an spitzen Steinen, an Dornengestrüpp oder harten Zweigen.

Die Karawane war viele Kilometer lang, und die Anführer konnten unmöglich überall zugleich sein. Leonardo, ganz vorn, wußte nicht, was hinter ihm passierte. Nicolas, Dom Anselmus und Dom Johannes gingen in der Mitte des Zuges und trieben die Kinder ununterbrochen an.

»Vorwärts, Kinder, hier können wir die Nacht nicht verbringen.«

Gegen Mittag klaffte eine breite Lücke in der Mitte des Zuges. Hier führte Nicolas seinen letzten weißen Ochsen, und das Tier hatte größte Mühe vorwärtszukommen. Ein paar Jungen und Mädchen trieben ihn mit Stöcken an. Der Ochse brüllte ängstlich und wollte immer wieder stehenbleiben, weil ihm der Weg nicht geheuer vorkam. Die Schafe taten sich leichter als der Ochse, aber vom Hunger getrieben, knabberten sie an allen Sträuchern und Zweigen, die in ihre Reichweite kamen, was ebenfalls eine Verzögerung gab.

Rolf war vom Anblick der Schlucht bedrückt. In seinem Jahrhundert führte hier eine breite, asphaltierte Straße vorbei. Jetzt aber mußten sie sich mit diesem armseligen Ziegenpfad begnügen, der sich um jeden Felsvorsprung zog und manchmal ganz unter einem Bergrutsch zu verschwinden drohte.

Die Berge waren furchterregend steil. In tieferen Regionen waren sie mit Sträuchern und ab und zu von einem Baum bewachsen, aber weiter oben sah man nur den nackten Fels mit seinen Klüften, Rissen und Wasserfällen. Menschen waren hier natürlich nicht anzutreffen. Über dem engen Tal kreisten Raubvögel von einer Größe, wie Rolf sie niemals zuvor gesehen hatte. Ob es Steinadler waren? Er dachte an Bilder in seinen früheren Büchern. Im 20. Jahrhundert waren die Adler zu einer großen Seltenheit geworden, aber hier waren sie noch die wahren Herrscher der Alpen.

Carolus konnte es nicht lassen, er schoß einen Pfeil auf die Vögel ab, der aber kaum die halbe Höhe erreichte und dann in den Bach fiel.

»Spar deine Pfeile lieber«, sagte Rolf, »wir werden sie noch dringend brauchen.«

Die Last auf seinem Rücken war kaum zu schleppen, und er hoffte, daß seine Schuhe die Bergtour noch überleben würden. Neben ihm schritt Mariechen leichtfüßig dahin. Ihre Last, die nur aus Broten bestand, war leichter. Rolf hatte dafür gesorgt, daß sie Stiefel aus Hirschleder bekam. Der Regen und der kühle Wind schienen ihr in ihrem Umhang aus rauher Schafwolle wenig auszumachen. Leicht sprang sie über Steinbrocken und kletterte geschickt über größere Hindernisse, die den Weg versperrten. Sie schien auch keine Angst zu haben, sondern den ganzen Zug durch die Schlucht als ein fröhliches Abenteuer zu betrachten. Es fiel Rolf auf, daß Mariechen viel besser aussah als vor einigen Wochen. Sie war nicht mehr so mager, ihr Gesicht hatte sich ein wenig gerundet, ihre Wangen waren gerötet, ihr hellbraunes Haar fiel lockig herab, und ihre grauen Augen blitzten fröhlich. Sie war nicht die einzige, der der lange Aufenthalt in der frischen Luft gutgetan hatte. Rolf hatte eine Menge der Findelkinder in den letzten Wochen aufblühen sehen. Sie wurden ausdauernder, zäher und kräftiger. Die eiweißreiche Nahrung hatte ihnen ungeahnte Kräfte verliehen, die körperlichen Mühen ihre Muskeln gestählt, und die Sehnsucht nach Jerusalem stärkte ihre Moral. Doch die unerbittlichen Berge jagten ihnen allen, die im Flachland oder einem sanften Hügelland aufgewachsen waren, großen Schrecken ein. Sie zeigten furchtsam auf die Raubvögel, die über ihren Köpfen kreisten. Sie schrien, wenn schwere Steine in den Bach gestoßen wurden und mit heftigem Aufprall darin verschwanden. Wie viele von ihnen stürzten wohl in einem unbewachten Augenblick in den tobenden Bach und kamen in den eisigen Fluten um? Wohin sie auch schauten, überall sahen sie nur Berge, unzugänglich, unbezwingbar und furchterregend hoch.

Plötzlich setzte sich, kaum fünfzig Meter von Rolf und Mariechen entfernt, ein vom Regen unterwaschener Hang in Bewegung und begrub einen Teil des Pfads unter sich. Rolf und Dom Thaddäus, der sofort zu Hilfe eilte, begannen mit ein paar kräftigen Jungen zu graben, und es gelang ihnen schließlich, vier Kinder lebend und unversehrt aus den Erd- und Gesteinsmassen zu befreien. Nach langem Suchen fanden sie noch ein weiteres Kind. Es war tot. Müde und bedrückt setzten sie ihren Zug fort.

Die Schlucht war vielleicht zehn Kilometer lang, aber das Kinderheer brauchte einen vollen Tag, um diese Strecke zurückzulegen. Gegen Abend erreichten sie zu ihrer Erleichterung ein weites Tal, in dem sie ihr Lager aufschlugen. Die große Bergweide bot Raum für alle. Als Rolf mit der Nachhut eintraf, brannten schon die Lagerfeuer, und das Zelt von Nicolas war aufgeschlagen. Aus Angst, daß das Fleisch des geschlachteten Ochsen verderben würde, gab Rolf den Köchen Anweisung, sofort große Mengen Suppe daraus zu kochen. Aber die Kinder waren kaum noch in Bewegung zu bringen. Der anstrengende Aufstieg hatte ihre Energie restlos verbraucht. Ohne sich um das Essen zu kümmern, sanken viele einfach erschöpft zu Boden und hatten nur den einen Wunsch, endlich schlafen zu

können. Auch Rolf und Leonardo hatte der furchtbare Tag schwer zugesetzt, aber dennoch versuchten sie, ein wenig Ordnung zu schaffen. Wer noch auf den Beinen stehen konnte, wurde an die Arbeit geschickt. Manche mußten gezwungen werden, noch etwas zu sich zu nehmen.
»Sie müssen essen, ob sie wollen oder nicht!« rief Rolf seinen Helfern zu. Mancher Knirps wurde herzlos wachgerüttelt, damit man ihm ein paar Bissen halb gares Fleisch in den Mund stopfen oder etwas Suppe einflößen konnte. Sie hatten nicht einmal mehr soviel Kraft, sich zu sträuben. Hilde zog mit ihren Gehilfinnen an den Lagerfeuern entlang, verband verletzte Arme und Beine und teilte Kräutertee an hustende Kinder aus. Aber schon brach die Dunkelheit herein.
Mit einer Fackel in der Hand inspizierte Rolf die Wachen, und was er sah, beunruhigte ihn. Viele von denen, die die ersten Stunden der Nacht Wache hatten, waren selbst eingeschlafen und konnten daher nicht auf die Feuer achten, welche die wilden Tiere abschrecken sollten. Die Kinder waren einfach zu müde, um ihren täglichen Pflichten, die Feuer zu unterhalten und einander abzulösen, nachzukommen. Aber siebentausend Kinder einfach ohne Bewachung zu lassen, das hieß, die Götter zu versuchen! Rolf rannte hin und her, rüttelte Jungen und Mädchen wach und sagte streng: »Wer von euch hat die erste Wache? Warum schlaft ihr?«
Sein Instinkt, der sich in den Wochen des Lebens unter freiem Himmel geschärft hatte, warnte ihn, daß dieser Lagerplatz gefährlich sei. Von den dichtbewaldeten Berghängen hörte man furchterregende Laute. In der Ferne heulten Wölfe, die sich zum nächtlichen Raubzug sammelten. Aus den Wäldern erschollen die Schreie von wilden Katzen, von Luchsen und anderem Getier. Die gnadenlose Natur forderte ihre Opfer. Nur die Starken, Klugen und Wachsamen konnten in dieser Welt überleben. Galt das nicht genauso für die arglosen Kinder, die sich ihm anvertraut hatten? Trug er nicht für jeden Unfall, für jeden Todesfall die Verantwortung?
Die Nacht brach herein. Noch immer war der Himmel wolkenverhangen, aber der Regen hatte aufgehört. Im Tal raschelte es. Überall geisterte heimliches Leben, lauerten verborgene Gefahren. Hoch lodernde Feuer sollten zwar wilde Tiere fernhalten, aber die Feuer waren heruntergebrannt. Die übermüdeten Holzsammler hatten gerade genug Brennmaterial herbeischaffen können, um das Abendessen zu bereiten. Die Wolfsrudel, angelockt durch den Duft des gekochten Fleisches und der abgenagten Knochen, umkreisten das Lager. Manchmal konnte Rolf, wenn sie näher herankamen, sogar ihre Augen aufleuchten sehen. Während er durch das Lager stolperte, fand er immer wieder halb abgenagte Knochen, an denen noch Fleisch hing. Überall lagen achtlos die Vorräte an getrockneten Lebensmitteln umher. Begriffen diese Dummköpfe denn nicht, daß sie mit den Vorräten sorgfältig umgehen mußten, weil ihr Leben davon abhängen konnte? Offensichtlich hatten die erschöpften

Kinder ihre Lasten einfach hingeworfen und waren zu Boden gesunken, nicht mehr imstande, irgend etwas zu tun . . . Seufzend sammelte Rolf die Lasten, schichtete sie zu hohen Stapeln und setzte einen gähnenden Jungen davor, der sie bewachen sollte. Aber der Junge würde wohl in Schlaf sinken, sobald Rolf sich abgewandt hatte. Gegen soviel Müdigkeit anzukämpfen war vergeblich.
Die Wölfe ließen sich nicht mehr blicken. Die Pfeile, die in ihre Richtung abgeschossen worden waren, und die brennenden Fackeln schienen sie vertrieben zu haben. Dennoch konnte Rolf das Gefühl, daß eine große Gefahr drohte, nicht abschütteln. Er wußte nicht, was sich über ihnen zusammenbraute, aber er fühlte, daß es etwas sein mußte, mit dem niemand rechnete und vor dem man sich auch kaum schützen konnte.
»Geh jetzt schlafen, mein Sohn, Gott wacht über uns.«
Wer war das? Dom Thaddäus natürlich, der ebenfalls nicht im Zelt schlief und so wie Rolf die Last der Verantwortung spürte. Nur hatte der Mönch mehr Vertrauen in die göttliche Vorsehung und war daher weniger nervös als Rolf. Wie konnte er nur so ruhig und gelassen bleiben? Auch Dom Thaddäus mußte doch mit angesehen haben, daß Kinder in den Bach gestürzt waren. Er war neben Rolf gestanden, als dieser das tote Kind ausgegraben hatte. Keiner wußte besser als Thaddäus, daß Gott das Wachen den Kindern selbst überließ.
»Ach, dieser Mönch mit seinen frommen Sprüchen«, murmelte Rolf. Er wußte, daß er ungerecht war, aber wer wird nicht ungerecht, wenn er so erschöpft ist?
Ohne daß es ihm bewußt wurde, war er wieder an seinem eigenen Feuer angelangt, wo Mariechen den Arm nach ihm ausstreckte.
»Rudolf . . .«
Eine kleine braune Hand strich ihm über die Stirn. Er lehnte den Kopf an Mariechens Knie und fiel in einen schweren, traumlosen Schlaf.

11. Der Kinderraub

Das Erwachen brachte eine böse Überraschung. Rolf fuhr in die Höhe und konnte zuerst nicht begreifen, was er sah. Das ganze Lager war in Aufruhr. Kinder schrien vor Angst und liefen in Panik umher. Mitten durch das Lager ritten Reiter, vielleicht zehn oder fünfzehn an der Zahl. Sie waren geharnischt und mit engen Hosen bekleidet, trugen spitze Helme, Lanzen und Schwerter, und ihre Pferde waren mit Schaum bedeckt. Sie schrien laut und schwenkten drohend ihre Lanzen, so daß die Kinder entsetzt auseinanderstoben. Mariechen drückte sich eng an Rolf und hielt sich schluchzend fest. Rolf blickte umher. Wo war Leonardo? Gleich darauf entdeckte er den Studenten, dem etwa zehn Jungen mit

Knüppeln folgten. Aber was hätten sie gegen die schwerbewaffneten Reiter ausrichten können? Er rannte hinter ihnen her, in Richtung des Zeltes.
»Versteck dich im Gebüsch«, schrie Rolf Mariechen zu, »und lasse dich auf keinen Fall blicken. Das ist ein Überfall.« Er riß sich los und lief zum Zelt, wo die Reiter angehalten hatten.
Vor dem Zelt standen Nicolas, die drei Mönche, Leonardo mit seinen Helfern und die verängstigten adligen Kinder. Der kleine Carolus hatte seinen Bogen gespannt, aber der Pfeil zeigte zur Erde. Seine Augen blitzten. Nicolas stand hoch aufgerichtet vor den Reitern und gab sich große Mühe, seine Würde zu wahren. Aber die Knie waren ihm weich geworden. Die Mönche blickten mit finsterer Miene auf die wüsten Gesellen und sprachen kein Wort.
Der Anführer der Geharnischten schien gerade dabei zu sein, Forderungen zu stellen.
»Fünfzig«, hörte Rolf ihn sagen. »Dreißig Jungen und zwanzig Mädchen.«
»Dafür wird Gott euch strafen«, prophezeite Nicolas mit schriller Stimme.
Rolf bahnte sich den Weg nach vorn, bis er neben Nicolas stand. »Was ist hier los?« rief er.
»Der Bursche sieht gut aus, den müssen wir unbedingt mitnehmen!« sagte einer der Reiter. Er ritt zu Rolf hin und befühlte die Armmuskeln des Jungen.
Rolf schüttelte die Hand ab und trat einen Schritt zurück.
»Was geht hier vor? Was wollen diese Reiter?«
Leonardo erwiderte finster: »Dies sind Männer des Grafen Ortulf von Scharnitz. Der Graf fordert Zoll für unseren Zug durch das Tal.«
»Einen hohen Zoll«, bekräftigte Dom Anselmus wütend.
»Dann bezahlt ihm doch seinen Zoll«, sagte Rolf aufgebracht.
»Womit denn?« fragte Leonardo nüchtern.
Rolf blickte den Anführer der Reiter an und fragte streng: »Wie hoch ist der Zoll, den euer Herr fordert?« Er dachte daran, daß ihnen noch einer der weißen Ochsen geblieben war. Vielleicht konnten sie sich damit den ungehinderten Durchgang erkaufen?
Der Mann lachte, aber es klang nicht fröhlich. »Fünfzig Kinder, fünfzig der größten und kräftigsten Kinder.« Er hatte in Rolf den wirklichen Anführer erkannt, wenn er auch weder weiße Kleider noch einen Dolch trug.
»Fünfzig Kinder . . .?«
Die Worte blieben Rolf im Hals stecken. War der Mann denn nicht ganz bei Trost? Wie konnte er nur glauben, die Priester würden fünfzig Kinder in die Sklaverei schicken?
»Das kommt überhaupt nicht in Frage«, entgegnete er heftig. »Aber wir

könnten euch etwas anderes anbieten. Wir haben noch einen großen weißen Ochsen, dazu würden wir euch noch drei Schafe geben und ...«
»Schweige, Rudolf von Amsterdam«, schrie Nicolas schrill dazwischen, »du hast hier nichts anzubieten! Das ist mein Kreuzzug.«
Er wandte sich wieder an die Reiter:
»Gott wird euch diese Beleidigung seines heiligen Kinderheeres nicht vergeben. Wir sind auf dem Weg nach Jerusalem, um die Weiße Stadt von den Sarazenen zu befreien. Gott wird es nicht zulassen, daß uns jemand etwas in den Weg legt.«
Der Reiter lachte wieder, höhnisch und herzlos.
»Wenn ihr euch weigert, uns die fünfzig Kinder zu geben, werden wir sie uns einfach nehmen. Und dabei werden wir ein Gemetzel veranstalten, das keiner von euch jemals vergessen wird. Und du, du blütenweißer Knabe mit deinem schön geputzten Gefolge, wirst das erste Opfer sein!«
Zu Tode erschrocken, trat Nicolas einen Schritt zurück.
Carolus rief: »Versucht es nur!« und hob den Bogen. Aber Rolf drückte rasch seinen Arm herab. Er sah, daß mit diesen Haudegen nicht zu spaßen war.
»Das sind doch freie Kinder, Hauptmann«, sagte Rolf schneidend, »die könnt ihr doch nicht einfach als Sklaven mitnehmen. Das verstößt gegen alle Gesetze.«
Jetzt lachten die Reiter noch lauter und noch höhnischer.
»Wir machen hier die Gesetze«, schrie der Anführer dröhnend und stieß seinen langen Speer in Rolfs Richtung. Der Junge konnte ja nicht wissen, daß im Tal von Scharnitz nur ein Gesetz galt: der Wille des Grafen Ortulf. Rolf wäre von dem brutalen Stoß glatt durchbohrt worden, wenn ihn nicht Dom Thaddäus im letzten Augenblick zurückgerissen und zu Boden gezogen hätte. Die Kutte des Mönchs verdeckte den Jungen fast zur Gänze.
»Halt!« rief Anselmus, »ihr sollt die fünfzig Kinder bekommen. Aber laßt diese hier in Ruhe, die sind von edlem Blut.«
Rolf versuchte, wieder auf die Beine zu kommen, aber Dom Thaddäus hielt ihn eisern fest.
»Sei doch still, Junge«, zischte er, »wir können dich hier nicht entbehren.«
»Graf Ortulf braucht keine Kinder von edlem Blut, sondern tüchtige Arbeitskräfte«, sagte der Anführer barsch. »Aber aussuchen werden wir sie uns selbst! Kommt, Leute, bedient euch.«
Rolf protestierte erstickt. Er konnte nichts sehen, aber er konnte hören, was vorging. Die Reiter setzten sich in Trab, und die Kinder begannen von neuem zu schreien. Er hörte Leonardos Stimme, der die Kinder warnte und ihnen riet, sich zu verstecken. Aber wie hätten sich siebentausend Kinder auf freiem Feld verstecken sollen? Dann wußte er plötzlich nichts mehr, denn Thaddäus hatte ihm einen Schlag auf den Kopf versetzt, der ihm für wenigstens dreißig Sekunden die Besinnung

raubte. Rasch zog der Mönch den Jungen ins Zelt und versteckte ihn unter Tierfellen. Er selbst setzte sich oben drauf und betete für die armen Kinder, die in die Hand des Grafen von Scharnitz fallen würden.
Im Lager herrschte Panik. Die Kinder begriffen kaum, was vorging. Die Reiter galoppierten und griffen nach Jungen und Mädchen, die ihnen geeignet erschienen. Kreischend nahmen die Kinder vor ihnen Reißaus, und wenn sie gepackt wurden, wehrten sie sich mit Händen und Füßen. Die Ordnungshüter leisteten tapfer Widerstand, aber ihre stumpfen Waffen prallten wirkungslos an den Brustpanzern ab. So wurden fünfzig Kinder zusammengetrieben und mit starken Tauen gefesselt. Peter war einer von ihnen. Und Frank . . .
Eine Stunde später war das Drama vorüber. Die Reiter zogen mit ihren Gefangenen ab. Sie hatten zwar noch eine Weile schimpfend nach dem großen Jungen mit den kräftigen Muskeln gesucht. Als sie ihn jedoch nicht finden konnten, hatten sie angenommen, daß er ausgerissen wäre und sich im Wald versteckt habe. Da gaben sie sich mit den größten Jungen und hübschesten Mädchen zufrieden und trabten davon. Rolf kroch mit schmerzendem Schädel unter den Fellen hervor. Als er den Reitertroß in der Ferne verschwinden sah, brach er in Tränen aus.
»Du solltest lieber froh sein, daß wir dich retten konnten«, sagte Dom Anselmus kurz.
»Ihr hättet es bestimmt gern gesehen, wenn sie mich mitgenommen hätten«, gab Rolf zurück.
Der Mönch schüttelte den Kopf. »Nein, Rudolf von Amsterdam, deine Zeit ist noch nicht gekommen. Deiner harrt ein anderes Los.«
Rolf hatte im Augenblick keine Zeit, darüber nachzudenken, was Anselmus mit diesen merkwürdigen Worten gemeint haben könnte. Er versuchte mit Leonardo wieder etwas Ordnung in das Chaos im Lager zu bringen. Viele Kinder weinten noch immer und rannten wie aufgescheuchte Hühner umher. Nach einer Weile suchten sie ihre armselige Habe zusammen und hievten sich die Lasten mit den Lebensmitteln auf den Rücken.
Rolf rannte durch das Lager und versuchte, das Ausmaß der Tragödie zu erkennen. Wo war Frank? Und Mariechen . . .? O Himmel, Mariechen!
»Was ist denn mit dir los? Beruhige dich doch!« rief Leonardo.
»Wo ist Mariechen?«
»Sie ist in Sicherheit. Du glaubst doch nicht, daß ich Mariechen in die Hände von Raubrittern fallen lasse?«
»Wo ist sie?«
Mariechen kam zitternd aus einem Gebüsch zum Vorschein. Schluchzend fiel sie Rolf um den Hals.
»Ich dachte, sie hätten dich auch mitgenommen, weil sie die größten und stärksten Kinder ausgesucht haben«, jammerte sie. Aber jetzt, da Rolf sie in Sicherheit wußte, hatte er keine Zeit für Tränen.

»Ja, ja, schon gut. Dom Thaddäus hat mich wieder einmal gerettet ...« Er blickte suchend umher. »Wo ist Peter?«
Carolus kam angelaufen. Seine Wangen waren tränenüberstömt. »Rudolf, Rudolf, sie haben Bertho mitgenommen!«
Allmählich begann sich der ganze Umfang der Katastrophe abzuzeichnen. Die Reiter hatten Bertho, Frank und Peter mitgenommen. Und Wilhelm, Karl, Ludwig, Frieda ... Der einzige Ausgleich war, daß die Kinder einen der Reiter getötet hatten.
Rolf stand niedergeschlagen daneben, als auf Anselmus' Befehl der tote Soldat seiner Rüstung beraubt wurde. Nicolas beanspruchte sie sogleich für sich. Mit seinem weißen Gewand über der Rüstung wurde er einem echten Kreuzritter immer ähnlicher. Er und Anselmus trieben die Kinder zur Eile an, und diesmal protestierte kaum einer.
Nur Rolf machte keine Anstalten, sich dem Zug anzuschließen. Er stand wie festgenagelt vor der Asche seines Feuers und versuchte, mit dem Ereignis fertigzuwerden. Man merkte es nur zu gut, daß diese rauhen Gesellen in solchen Dingen Übung und Erfahrung hatten. Mit sicherem Blick hatten sie die kräftigsten Kinder herausgesucht und als Beute mitgenommen. Rolf erkannte nur zu gut, was der Verlust dieser fünfzig bedeutete: das Rückgrat des Kinderheeres war gebrochen.
»Wir müssen sie befreien!« stieß er nach einer Weile hervor.
Leonardo lachte spöttisch.
»Oh, Rudolf! Wenn ich dich nicht so gut kennen würde, müßte ich an deinem Verstand zweifeln. Wir können froh sein, wenn uns Graf Ortulf künftig in Ruhe läßt.«
»Wir müssen sie befreien«, wiederholte Rolf wie im Traum. »Wohin hat man sie wohl gebracht?«
Leonardo zeigte das Tal entlang.
»Auf die Burg natürlich – dort irgendwo, auf einem hohen Felsen, wo alle diese Burgen gebaut sind, uneinnehmbar und unzugänglich. Ich glaube, die Sache kannst du vergessen, Rudolf. Die Kinder befreien, das würden wir nicht einmal mit einem ganzen Heer kriegserfahrener Recken schaffen. Graf Ortulf läßt sich seine Beute nicht wieder abjagen.«
»Wer ist er? Kennst du diesen Mann?«
»Nein, aber ich kann mich recht gut in ihn hineinversetzen. Er wohnt hier in diesem großen Tal an dem engen Zugang nach Innsbruck. Anscheinend hat uns gestern einer von seinen Spähern entdeckt, als wir in das Tal eindrangen. Sie haben uns ruhig weiterziehen lassen und heute morgen zugeschlagen. Dieser Ortulf ist wohl so eine Art Raubritter: wer für den Weg durch das Tal nicht bezahlen will, mit dem wird kurzer Prozeß gemacht. Ja, Rudolf, in vier Jahren werden Peter und Frank auch Reiter mit Brustpanzern sein, die friedliche Reisende anhalten und ihnen ihr Reisegeld abnehmen. Wozu soll er sie sonst nötig haben?«
»Um zu arbeiten«, flüsterte Mariechen.

»Ja, das natürlich auch. Hörige und Krieger hat so ein Edelmann nie genug. Kräftige junge Kerle, ohne Gewissen und gottlos von Natur, wie zum Beispiel Peter . . .«
»Nein«, erwiderte Rolf, »Peter wird nie ein Raubritter, das paßt nicht zu ihm. Und Frank erst recht nicht.«
»Sie haben gar keine andere Wahl. Wenn sie sich widersetzen, werden sie mit glühendem Eisen zur Räson gebracht. Bei der Behandlung würdest selbst du liebend gern Raubritter werden, Rudolf.«
»Ja, und eben deshalb müssen wir sie befreien«, beharrte Rolf.
»Wie denn? Willst du das ganze Kinderheer gegen die Burg aufmarschieren lassen? Ich hätte dich für klüger gehalten, Rudolf.«
»Warum sollten wir nicht mit dem ganzen Kinderheer gegen die Burg ziehen? Die Kinder wollen doch auch die Sarazenen aus Jerusalem verjagen, denke ich?«
»Das ist etwas anderes. Von den Sarazenen wird angenommen, daß sie schreiend die Flucht ergreifen, sobald sich das Kinderheer zeigt. Ob sie das wirklich tun würden, wage ich zu bezweifeln. Aber eins weiß ich bestimmt, daß Graf Ortulf nicht vor einem Kinderzug Reißaus nehmen wird.«
»Auf die Dauer wird er aber der großen Übermacht weichen müssen«, beharrte Rolf.
»Sicher . . . und du willst also zweitausend Kinder opfern, um fünfzig retten zu können? Dabei ist nicht einmal sicher, daß du sie lebend bekommst.«
Carolus hüpfte aufgeregt herum. »Ich habe keine Angst«, rief er.
»Es geht nicht darum, ob wir es wagen, sondern darum, ob wir es können. Und das weißt du ebenso gut wie ich, Carolus, daß es nicht möglich ist.«
Rolf straffte die Schultern.
»Und dennoch müssen wir sie befreien – Frank, Bertho, Peter, Frieda und all die anderen!«
Inzwischen zogen die Kinder an ihnen vorbei. Nicolas und Anselmus gingen voran. Rolf achtete nicht darauf. Er starrte zu Boden und überlegte. Er bemerkte auch nicht, daß Leonardo ihn aufmerksam betrachtete.
»Mariechen«, sagte der Student leise, »es ist wieder einmal soweit. Rudolf von Amsterdam hat sich etwas in den Kopf gesetzt, und selbst der Teufel könnte es ihm nicht austreiben. He, Rudolf, wach doch endlich auf!«
»Wir müssen sie befreien«, murmelte Rolf starrköpfig.
»Recht hat er«, fiel Carolus ein. »Bertho, Frieda und Peter wollen doch auch Jerusalem sehen. Es ist ihnen versprochen worden! Wir dürfen sie einfach nicht im Stich lassen, sie gehören zu uns.«
»Gebraucht doch euren Verstand!« rief Leonardo verzweifelt. »Was ihr vorhabt, ist doch Wahnsinn! Wenn ihr euren Plan verwirklicht, werden es siebentausend Kinder sein, die Jerusalem nicht sehen.«

»Nicht siebentausend«, murmelte Rolf, »siebzehn.«
»Was?«
»Siebzehn. Eine teuflische, unteilbare Zahl, eine Primzahl. Ortulf und seine Männer werden doch wohl bis siebzehn zählen können?«
»Was meinst du mit einer Primzahl?«
»Ruhig«, sagte Rolf, »ich muß erst darüber nachdenken. In meiner Zeit . . . ich meine, in meinem Land, haben wir ein Sprichwort, das lautet: Wer nicht stark ist, muß klug sein. Wir sind schwach, und ich hasse Kriege und Blutvergießen. Aber ich habe einen Plan. Es ist ein phantastischer Plan, und er ist gefährlich. Darum muß ich zuerst noch eine Weile darüber nachdenken.«
»Ich mache mit«, rief Carolus ohne Zögern. »Aber wie willst du sie aus der Burg herausholen, Rudolf?«
»Das weiß ich eben noch nicht genau. Wir wollen inzwischen ruhig weitergehen. Sobald ich meinen Plan durchdacht habe, werde ich ihn dir erklären.«
Sie folgten dem Kinderheer, das still und eilig durch das Tal zog. Es war nicht mehr kalt, obwohl der Himmel immer noch verhangen war. Rolf betete um etwas Sonne. Für seinen Plan konnte er keinen Regen gebrauchen.
Einige Stunden später kam die Burg Ortulfs von Scharnitz in Sicht. Wie Leonardo vorausgesagt hatte, war es eine uneinnehmbare Festung, auf einem steilen Felsen erbaut und nur von der Rückseite zugänglich, wo der Fels an steil sich emporziehende Wälder grenzte. Die Kinder blickten scheu auf das imposante Bauwerk und beschleunigten ihre Schritte, obwohl die Burg weit entfernt auf der anderen Seite des Tales lag.
»Sieht nicht besonders einladend aus, findest du nicht?« murmelte Leonardo trocken.
Was hätten sie tun können, wenn plötzlich wieder zehn oder zwanzig Reiter aufgetaucht wären, um noch mehr Kinder zu rauben? Nichts, gar nichts. Je eher sie den Felsen mit der Burg hinter sich ließen, desto besser. Viele Kinder begannen vor Angst zu laufen. Anselmus war darüber nur glücklich.
Rolf studierte die Burg aus der Ferne und hätte sich jetzt sehnlichst ein Fernglas gewünscht. Wie mochte wohl der Grundriß einer solchen Burg aussehen? Ob Carolus das wußte? Für Burgen war der kleine König doch sicher zuständig.
Rolf machte sich sogleich auf die Suche nach seinem Freund, der sich irgendwo in der Mitte des Zuges befinden mußte. Er entdeckte ihn, Hand in Hand mit Hilde. Der Bogen und der Köcher mit den Pfeilen auf seinem Rücken sahen lächerlich klein aus. Bei dem Gedanken, daß Carolus damit Ortulfs Burg hatte stürmen wollen, wäre Rolf bestimmt in lautes Lachen ausgebrochen, wenn ihm etwas wohler zumute gewesen wäre. Auch Carolus sah traurig aus, denn er vermißte seinen guten Freund Bertho.

»Carolus, ich muß mit dir reden.«
»Hast du dir etwas ausgedacht?« fragte Carolus erfreut. Er ließ Hilde los. »Was denn? Was werden wir tun? Wenn gekämpft wird, will ich mitmachen.«
»Wir werden nicht kämpfen, kleiner Hitzkopf«, lachte Rolf. »Wir planen eine Verschwörung, und das muß streng geheim bleiben.«
»Eine Verschwörung!« Carolus' Augen glänzten vor Begeisterung. »Gegen den Grafen?«
»Pst!«
Rolf zog ihn aus der Reihe, und sie setzten sich nebeneinander an den Wegrand. Während die Kinder weitergingen, sagte Rolf: »Ich kenne einen Weg, um die Gefangenen heute nacht oder noch besser morgen früh aus der Burg zu befreien.«
»Wie denn?«
»Leise ... es darf nicht bekannt werden. Ich will es mit einem Trick versuchen.«
Carolus nickte eifrig.
»Ich bin dabei. Was hast du vor?«
Rolf sprach mindestens eine halbe Stunde auf seinen Freund ein.
»Das ist einfach fabelhaft!« rief Carolus aus, als Rolf endete. »Und ich soll sicher die Materialien beschaffen?«
»So ist es. Aber wiederhole sie zuerst noch einmal.«
Carolus zählte an den Fingern ab. »Siebzehn Tierhörner, siebzehn Haarbänder und Grasröcke, Vogelfedern, Fett und Holzkohle – und siebzehn Paar Schuhe mit dem Bund an der Außenseite. Die Hörner werden schon da sein, denn gewöhnlich heben wir sie auf, weil sie gute Trinkbecher abgeben.«
»Die anderen Dinge müssen die Mädchen flechten, aber erzähle ihnen auf keinen Fall, wofür das sein soll, sondern sage einfach, du hättest etwas Neues erfunden.«
»Aber warum müssen wir denn genau siebzehn sein?« fragte Carolus.
Rolf zögerte. So etwas hätte er Leonardo erklären können, aber nicht dem kleinen König, für den die Rechenkunst ein Buch mit sieben Siegeln war. »Das wird den meisten Eindruck machen, vorausgesetzt, daß sich die Räuber die Mühe nehmen, uns zu zählen. Es ist eine magische Zahl.«
»Die Zahl des Teufels ist dreizehn«, sagte Carolus.
»Gewiß, aber dreizehn Leute sind zu wenig, das wäre zu gefährlich. Siebzehn ist genau die passende Zahl, das kannst du mir schon glauben.«
»Wissen sie das auf der Burg von Scharnitz?«
»Ihr Hauskaplan wird es bestimmt wissen.«
»Gut.«
Während des Gesprächs hatte Rolf einen Einfall gehabt. Nun griff er in seine Hosentasche nach der kostbaren Streichholzschachtel, die er in den letzten Wochen wie eine Kostbarkeit gehütet hatte.

»Vogeldreck«, murmelte er
»Was?«
»Weißer, getrockneter Vogelmist. Man findet ihn auf jedem Stein . . . Den suche ich mir heute nachmittag zusammen. Und trockene Holzkohle. Du, Carolus, sorgst für die restliche Vermummung und suchst dir fünfzehn kräftige Jungen aus, die nicht ängstlich sind. Du fragst sie, ob sie bereit sind, uns zu helfen, ihre Freunde aus der Burg zu holen. Sie können sich weigern, denn wir dürfen ihnen nicht verschweigen, daß diese Aufgabe ihr Leben kosten kann. Aber auch wenn sie Angst haben, mitzumachen, dürfen sie keinesfalls über die Sache reden.«
»Ich kenne mindestend dreißig, die gerne mitmachen würden.«
»Fünfzehn reichen. Mit uns beiden sind es dann genau siebzehn, und das ist die magische Zahl.«
»Ich komme mir vor wie in der Fastnacht«, lachte Carolus.
»Mein lieber Freund, das ist kein Spaß, sondern eine verdammt ernste Sache. Wenn wir Pech haben, sind wir alle siebzehn geliefert.«
»Meinst du vielleicht, ich wäre feige?« fuhr Carolus auf.
»Ganz im Gegenteil. Du bist der tapferste kleine König, dem ich je begegnet bin. Aber jetzt muß ich noch wissen, wie so eine Burg gebaut ist. Von hier aus sieht man sie recht gut, und der Felsen, auf dem sie steht, ist unbezwingbar steil. Wie mag sie an der Rückseite aussehen, wo sie an den Wald grenzt?«
»Dort ist ein tiefer Graben«, sagte Carolus ohne Zögern.
»Mit einer Zugbrücke darüber?«
»Ja, die habe ich gesehen.«
Carolus hatte scharfe Augen. Außerdem wußte er natürlich, worauf man bei einer Burg achten mußte.
»Der einzige Zugang führt demnach über die Zugbrücke . . .« murmelte Rolf nachdenklich. »Wir können unseren Anschlag also erst ausführen, wenn die Brücke herabgelassen ist. Wann wird das der Fall sein?«
»Kurz nach Sonnenaufgang. Aber die Brücke wird von zwei Männern bewacht sein.«
»Gut. Was kommt nach der Brücke?«
»Das Tor natürlich. Ein großes, schweres Tor, das wir nicht aufbrechen können.«
»Das ist auch nicht nötig. Sie werden uns das Tor öffnen, verlaß dich drauf«, entgegnete Rolf mit mehr Selbstvertrauen als er tatsächlich empfand. »Was liegt hinter dem Tor? Ein Gang?«
»Das weiß ich nicht. Es kann ein überdachter Gang sein mit einem zweiten Tor oder einem eisernen Fallgitter am Ende. Aber das Fallgitter werden sie wohl aufziehen, wenn das Außentor geöffnet ist – und sie kein Unheil wittern.«
»Deshalb müssen wir auch dafür sorgen, daß keiner außer uns siebzehn etwas von dem Plan erfährt. Was kommt denn nach den Toren?«

»Der Innenhof. Sag mal, Rudolf, hast du noch nie eine Burg von innen gesehen?«
»O doch, aber da, wo ich herkomme, werden sie ganz anders gebaut. Wir haben nirgendwo hohe Felsen, sondern alles ist flach und morastig. Bei uns werden Burgen durch Wassergräben und dicke Mauern geschützt.«
»Die hat Ortulf nicht nötig. Der Felsen schützt ihn genügend.«
»Ein Innenhof also«, murmelte Rolf. »Ordentlich groß, hoffe ich, umgeben von Gebäuden. Liegt denn der Wohnteil dem Tor gegenüber?«
Die Hand über den Augen, spähte Carolus nach der Burg in der Ferne.
»Ja, ich zähle vierzehn Fenster, die auf das Tal hinausblicken. Das muß der Wohnteil sein. Links und rechts stehen die Nebengebäude. Eine Kapelle, man kann das Türmchen gut sehen. Wenn du mit dem Rücken zum Wald stehst, vor dem Eingang zur Burg, liegen die Stallungen und Lagerräume links, die Kapelle und die Waffenkammern rechts . . .«
»Wo werden unsere Freunde untergebracht sein?«
»Sie sind sicher in den Nebengebäuden eingeschlossen, in der Brauerei vielleicht oder in einem leeren Stall. Bestimmt nicht bei den Pferden. Ein Raubritter ist sehr besorgt um seine Pferde.«
»Wie viele Kinder wurden heute morgen geraubt?«
»Eberhard meint, es müßten mehr als fünfzig gewesen sein.«
»Ja, das glaube ich auch. Frage Eberhard, ob er mitmacht.«
»Auf jeden Fall.«
Rolf sah sich prüfend um.
»Wozu braucht Ortulf die Kinder eigentlich? Das ganze Tal hier steht doch unter seiner Herrschaft. Ob er wohl reich ist?«
Carolus nickte sachkundig.
»Natürlich. Wenn er sich von allen Reisenden Zoll bezahlen läßt, muß er sogar sehr reich sein. Aber sein Grundbesitz wird nur wenig einbringen, und im Winter kann er sogar Hunger leiden.«
»Woher weißt du das?«
Carolus deutete auf das breite Tal und die hohen Berge ringsumher.
»Ein großer Teil des Bodens liegt brach. Und hast du dir die Reiter heute morgen gut angesehen, Rudolf? Ein paar von ihnen waren voller Pockennarben.«
»Pockennarben?«
»Ja, in diesem Tal müssen vor nicht allzulanger Zeit die Pocken geherrscht haben. Erschreckt dich das? Das kommt doch oft vor . . . Von den Kerlen, die das Lager überfielen, hatten mindestens sechs solche Narben im Gesicht.«
Rolf dachte einen Augenblick über den Sinn dieser Worte nach. Aber er begriff nicht, warum Carolus das so wichtig fand.
»Was haben denn die Pocken mit dem Kinderraub zu tun?«
»Das siehst du doch. Die Felder sind nicht bestellt, und der Weg ist in schlechtem Zustand. Die Hütten dort scheinen unbewohnt zu sein. Das

ist alles eine Folge der Krankheit. Graf Ortulf hat vielleicht die Hälfte seiner Leibeigenen verloren. Er braucht dringend neue Arbeitskräfte.«
Inzwischen waren die letzten Kinder vorübergezogen. Dom Thaddäus, der den Schluß machte, kam an den beiden vorbei und sah sie etwas erstaunt an.
»Habt ihr euch verletzt?« fragte er.
Die Jungen sprangen auf.
»Alles in Ordnung, wir haben uns nur ein bißchen ausgeruht«, erklärte Rolf.
»Ihr seid doch nicht etwa krank?«
»Segnet uns, Dom Thaddäus«, sagte Carolus plötzlich, »wir werden es brauchen.«
Der Priester segnete sie, aber bevor er weiter in sie dringen konnte, liefen sie rasch nach vorn.
Um den Abstand zwischen der drohenden Burg und dem Kinderheer zu vergrößern, hatten die Anführer beschlossen, die Mittagsrast ausfallen zu lassen. Aber gegen vier Uhr begannen viele Kinder über Müdigkeit zu klagen. Das Tempo verlangsamte sich zusehends. Stimmen erhoben sich, die um Ruhe und Essen flehten. Schließlich mußten sie wohl oder übel anhalten und einen Lagerplatz suchen. Rolf beteiligte sich nicht an den Arbeiten, sondern ging auf die Suche nach Carolus.
»Hast du alles?«
»Ja, sogar die Hörner, Röcke und Schuhe. Die Sachen sind in meinen Mantel eingerollt und dort drüben im Gebüsch versteckt.«
»Sehr gut. Wie steht es mit den Jungen?«
»Die halten sich bereit. Fünfzehn, gut bewaffnet und zu allem fähig.«
»Sorge dafür, daß ihr euch ungesehen aus dem Lager schleichen könnt. Wartet auf mich im Unterholz. Ich habe noch etwas zu tun. Es ist noch etwa drei Stunden hell, und das müssen wir nutzen. Es darf aber niemand merken, daß wir losziehen. Wissen die Jungen, was ihnen bevorsteht? Sind sie auch nicht zu müde?«
»Ich habe doch keine kleinen Kinder ausgewählt«, sagte Carolus ärgerlich.
Rolf machte sich auf die Suche nach Leonardo, der gerade seinen Esel versorgte.
»Hör' mal, mein Freund, ich habe heute abend etwas Dringendes zu erledigen. Ich vertraue Mariechen deiner Obhut an. Gib auf sie acht und sorge dafür, daß sie mir nicht heimlich nachläuft. Versprichst du mir das?«
Leonardo lachte spöttisch.
»Du kannst beruhigt sein. Das heißt also, daß wir dich nach einiger Zeit mit fünfzig Kindern zurückkehren sehen.«
Rolf lief rot an.
»Psst . . . woher weißt du . . .?«
»Du brauchst keine Angst zu haben, ich weiß von nichts. Ich kann mir

vorstellen, daß es besser ist, wenn der Plan im Lager nicht bekannt wird. Aber ich kenne dich, Rudolf. Ich weiß, wenn du dir einmal etwas in den Kopf gesetzt hast, läßt du nicht mehr davon ab. Es war also nicht schwer, zu erraten, was du heute vorhast.«
Rolf seufzte und warf einen scheuen Blick auf seinen Freund, der ihm herzlich zunickte.
»Geh in Frieden, Rudolf, und tue, was dir dein Gewissen befiehlt. Ich biete dir nicht an, dich zu begleiten.«
»Nein, das geht auch nicht«, flüsterte Rolf gerührt. »Einer muß doch bei den Kindern bleiben und über ihre Sicherheit wachen . . .«
»Ich werde heute nacht für dich beten«, versprach Leonardo, ganz ohne seinen üblichen Spott. Sie umarmten einander. Von Mariechen wagte Rolf sich nicht zu verabschieden.
Während im Lager eifrig gekocht wurde, schlich sich Rolf davon. Er trug zwei Bündel. In dem einen waren die harten, selbstgebackenen Brote, in dem anderen alles, was er für seinen Überfall auf die Burg Scharnitz zu benötigen glaubte.
Im Unterholz angekommen, fand er Carolus mit fünfzehn gut bewaffneten und ausgerüsteten Jungen vor. Rolf sagte leise: »Wir haben diesen Abend noch einen langen Marsch vor uns und werden kaum Zeit für eine Pause aufbringen. Wir dürfen keinesfalls gesehen werden, aber glücklicherweise wird es in drei Stunden dunkel. Sobald wir die Burg erreicht haben, müssen wir sie umgehen und uns ihr von der Rückseite, durch den Wald, nähern. Im Wald verborgen, werden wir den Morgen abwarten und uns für den Überfall bereithalten. Ein großes Wagnis steht uns bevor, und ich verdenke es keinem, wenn er jetzt noch zurücktreten möchte. Wollt ihr also dieses Wagnis auf euch nehmen? Die Einzelheiten erfahrt ihr unterwegs. Seid ihr bereit?«
»Wir wagen es«, erwiderte einer der Jungen. »Unsere besten Freunde sitzen im Schloß gefangen – wir dürfen sie nicht im Stich lassen.«
Rolf war von ihrer Treue tief gerührt. Erst vor ein paar Tagen hatten sie sich vor ihn gestellt. Und jetzt erklärten sie sich von neuem bereit, ihm zu folgen, weil ihre Freunde in Gefahr waren. Wer wollte behaupten, daß Mut und Ritterlichkeit nur bei Edelleuten zu finden waren?
»Also, dann gehen wir.«
Schweigend zogen sie los, zurück zu dem Platz, an dem Rolf und Carolus heute mittag beraten hatten. Seit er zum erstenmal gehört hatte, daß der Zug über die Alpen gehen sollte, war er gegen diesen Plan gewesen. Alpträume von Wolfsrudeln und Bären, Steinschlägen, tiefen Schluchten und schneebedeckten Berggipfeln hatten ihn heimgesucht. Aber niemals hätte er sich träumen lassen, daß er seine geraubten Freunde aus dem Verlies einer uneinnehmbaren Burg würde befreien müssen.
Der kleine König ging voran – ein General, der seine Truppen führt. Rolf beschloß die Reihe und sah sich öfter um, ob ihnen auch niemand folgte.

12. *Angriff der Dämonen*

Über dem düsteren Tal erhob sich finster drohend die Burg von Scharnitz. Rolfs Wunsch war in Erfüllung gegangen: es regnete nicht mehr. Es schien sogar, als ob der Himmel sich ein wenig aufhellen würde.
Die kleine Gruppe von Jungen schlich im Gänsemarsch näher und näher an die Burg heran. Sie nutzten jede Möglichkeit zur Deckung: Felsblöcke, Sträucher, Unterholz. Als sie auf ihrem Weg auch ein Flüßchen überqueren mußten, fanden sie nach einigem Suchen eine kleine Holzbrücke. Gebückt rannten sie auf die andere Seite hinüber. Hier führte ein breiter Pfad mit Wagenspuren bergaufwärts, in den Wald hinein. Carolus hielt es für besser, diesem Weg nicht zu folgen. Er vermutete, daß der Pfad mit vielen Biegungen und Windungen zur Rückseite der Burg führen würde, und sie wollten sich nicht der Gefahr aussetzen, unterwegs jemandem zu begegnen. In großen Abständen überquerten sie einzeln die am Hang liegenden Felder und hofften, daß sie in der Dunkelheit unsichtbar blieben. So erreichten sie den Waldrand. Die tiefe Finsternis und die nächtlichen Laute, die ihnen entgegendrangen, ließen sie einen Augenblick zögern. Zur Rechten, noch immer hoch über ihren Köpfen, konnten sie die dunklen Umrisse der Burg erkennen, die sich gegen den etwas helleren Himmel abhoben. Einen kurzen Augenblick das Aufleuchten einer Fackel, dann wieder nichts als Nacht und beängstigende Stille. Der Schrei einer Eule, Geraschel in den Zweigen. Ein Tier, das vor ihnen flüchtete, das sie aber in der Finsternis nicht erkennen konnten.
Rolf sammelte die Jungen um sich.
»Jetzt müssen wir dicht zusammenbleiben«, flüsterte er. »Nehmt euch bei den Händen, damit wir uns im Dunkeln nicht verlieren. Es ist jetzt ungefähr elf Uhr nachts. Morgen früh, ab fünf Uhr, müssen wir uns für den Überfall bereithalten. Damit haben wir noch reichlich Zeit, hinaufzuklettern, uns ein wenig auszuruhen und bereitzumachen. Kommt.«
Sie kletterten durch den nächtlichen, steil ansteigenden Wald, der mit Steinblöcken besät war. Nach einer Weile brach der Mond durch die Wolken, und sie kamen ein wenig besser voran.
Endlich hatten sie die Höhe der Burg erreicht. Dort stießen sie erneut auf die Wagenspur. Der Weg schien viel benutzt zu werden. Sie vermieden ihn und nahmen direkten Kurs auf die Burg, bis sie ein kleines Plateau erreichten, von dem aus sie auf die düsteren Umrisse der Burg niederschauen konnten.
»Hier werden wir uns ausruhen«, bestimmte Rolf. »Gegen Sonnenaufgang müssen wir dann wieder ein Stück hinunter bis unmittelbar vor die Zugbrücke.«
Sie versteckten ihre Habseligkeiten zwischen den Sträuchern und legten sich dann in das weiche Gras, zwischen Blumen und Farnkräuter. Drei von ihnen hielten Wache und sollten in einer Stunde abgelöst werden.

Rolf selbst wollte die letzte Wache übernehmen, um in dieser Zeit seine letzten Vorbereitungen zu treffen. Jetzt aber ließ er alle Sorgen hinter sich und fiel in tiefen Schlummer. Seinen Plan hatte er Hunderte Male durchdacht und von allen Seiten geprüft. Er mußte einfach gelingen. Wenn er fehlschlug, waren sie alle verloren. Eine andere Möglichkeit gab es nicht. Warum sollte er sich jetzt also noch große Sorgen machen? Das Kinderheer war unter Leonardos Obhut zurückgeblieben. Falls er, Rolf, scheitern sollte, würde Leonardo seinen Platz einnehmen.
Carolus rüttelte ihn wach.
»Zeit«, flüsterte er gähnend. Der Mond war verschwunden, es war wieder stockfinster. Rolf versuchte, etwas zu erkennen, aber er unterschied nur die Schemen der Wächter, die dabei waren, ihre Ablöse zu wecken. Vorsichtig kroch er zu einer Stelle, von der aus er die Burg sehen konnte, ohne selbst gesehen zu werden. Der Wald um ihn her lebte, aber die Laute jagten ihm keine Angst mehr ein. Nach einer Zeit, die ihm wie eine Ewigkeit vorkam, begann es im Osten ein wenig heller zu werden.
Jetzt hatte er noch einmal viel Arbeit. Aus dem Bündel, das er mitgebracht hatte, holte er zwei hölzerne Näpfe hervor, ein Stück Schnur, getränkt mit flüssigem Fett, ein paar Stück Holzkohle und zwei Hände voll getrocknetem Vogelmist, die er im Lauf des Nachmittags gesammelt hatte.
Er zerrieb den Vogelkot und die Holzkohle über dem Näpfchen zu einem Pulver und mengte alles gut durcheinander. Aus seiner Tasche holte er die kostbare, sorgfältig aufbewahrte Streichholzschachtel. Sie war noch fast voll.
Er konnte sich nicht mehr genau an die Formel für Schießpulver erinnern. Fünfundsiebzig Teile Salpeter, fünfzehn Teile Kohle und zehn Teile Schwefel, oder war es umgekehrt? Das einzige, was er bestimmt wußte, war, daß man aus Salpeter, Holzkohle und Schwefel Schießpulver machen konnte. Der weiße Vogelmist würde wohl eine gehörige Menge Salpeter enthalten, die Streichholzköpfe enthielten Schwefel, und an Holzkohle war ja im Kinderheer niemals Mangel. Hoffentlich würde es ihm gelingen . . .
Sollte es ihm nicht glücken, die Explosion hervorzurufen, so würde es doch auf jeden Fall qualmen und stinken, und auch das wäre schon ein wirksamer Effekt. Mindestens eine halbe Stunde war er beschäftigt, während es um ihn stetig heller wurde. Er gab die zerriebenen Streichholzköpfe in den Napf mit Holzkohle und Vogelmist, vermengte alles nochmals und bedeckte dann den Napf mit einem zweiten. Anschließend band er beide Näpfe zusammen und ließ dazwischen die Lunte laufen. Das fertige Produkt verbarg er im Gebüsch, wobei er sich fragte, ob das jetzt wohl eine Bombe sei. Die Schachtel und zwei restliche Streichhölzer hielt er in Reserve.
»Aufstehen, Freunde, es ist Zeit.«

Der Schlaf hatte allen gutgetan. Sie froren zwar, und ihre Glieder waren steif geworden, aber der Gedanke, daß das große Abenteuer begann, brachte ihr Blut bald in Wallung.
Sie öffneten die Bündel und holten ihre Ausrüstung für den Überfall hervor. Siebzehn Haarbänder, von denen jedes in der Mitte ein spitzes Horn trug. Grasröckchen, in die sie schlüpften, als sie ihre Kleider ausgezogen und im Gebüsch versteckt hatten. Sie zitterten in der kühlen Morgenluft, und einige klapperten mit den Zähnen, aber darauf konnten sie jetzt nicht achten. Es würde bald um so heißer zugehen! Die Haarbänder wurden um den Kopf befestigt, wobei die Hörner drohend emporragten. Sie färbten ihre Gesichter mit einer Mischung aus Fett und Holzkohle kohlschwarz, wobei nur die Augen ausgespart blieben. In die wirren Haare wurden ein paar Federn gesteckt. Jetzt kam der letzte Teil der Vorbereitungen: das Schminken und Färben der Körper. Rolf hatte zuerst vorgehabt, sich völlig schwarz zu bemalen, aber dann kam ihm eine noch bessere Idee. Er zog mit Holzkohle lange, schwarze Streifen über Brust, Rücken, Arme und Beine jedes Jungen. Inzwischen war es so hell geworden, daß sie einander gut sehen konnten. Ihr Anblick war wirklich zum Fürchten: siebzehn gestreifte Teufel mit Hörnern auf dem Kopf, haarigen Pelzfüßen und blitzenden Zähnen. Rolf nickte zufrieden, holte seine »Bombe« hervor und winkte den Jungen, ihm zu folgen.
Sie stiegen hinab, bis sie auf gleicher Höhe mit der Burg waren und einen guten Überblick über den Graben hatten, der die Burg von dem Berg trennte. Die Brücke war noch hochgezogen. Zwischen dem steilen Wald und dem Graben lag eine flache, freie Stelle, etwa hundert Meter breit, so daß man sich der Burg nicht überraschend von der Seite nähern konnte. Am Rande dieser offenen Fläche hielten die Kinder an und versteckten sich im Gebüsch. Rolf schob sich auf dem Bauch noch ein bißchen näher heran, in der Hoffnung, daß man ihn vom Turm aus nicht entdecken möge. Er legte seine Bombe vor sich hin, rollte die Lunte aus und stahl sich wieder zurück in die Deckung der Sträucher.
»Hört her«, zischelte er. »Ich zünde nachher diese Schnur an. Ihr braucht keine Angst zu haben, wenn ihr kurz darauf einen furchtbaren Knall hört. Ihr werdet wahrscheinlich Rauch sehen, und es wird stinken – aber das alles hat nichts zu bedeuten. Ihr lauft einfach hindurch, es kann euch nichts passieren, verstanden?«
Die Jungen nickten, obwohl sie in Wirklichkeit nicht verstanden, was das zu bedeuten hatte. Nur ihr gläubiges Vertrauen zu Rudolf hielt sie davon ab, lange zu fragen. Wenn er es sagte, würde es schon stimmen. Zitternd vor Spannung spähten sie zu der aufgezogenen Brücke und dem schweren, geschlossenen Tor. Sie hofften, nun endlich handeln zu können und nicht allzu lange warten zu müssen.
Kurz darauf hörten sie hinter den Mauern Rufe, Pferdegetrappel und Wiehern. Dann rasselte die Zugbrücke herunter. Das schwere Tor wurde

zur Hälfte geöffnet. Zwei bewaffnete Männer traten heraus und spähten einen Augenblick umher. Sie riefen etwas in den Burghof, traten beiseite, und dann kamen sieben Reiter heraus, polterten über die Brücke und schlugen den Weg zum Tal ein. Die werden wohl den Zugang zur Schlucht bewachen, um ahnungslose Reisende abzufangen, dachte Rolf. Die Brücke blieb unten, und das Tor wurde nicht mehr ganz geschlossen, so daß Menschen zu Fuß ein und aus gehen konnten. Ein paar Frauen tauchten auf, sprachen einen Augenblick mit den Wächtern und verschwanden dann wieder. Die beiden Geharnischten bezogen an der Brücke Posten, lehnten sich auf ihre Hellebarden und waren auf ein paar langweilige Stunden gefaßt.

Das Leben in der Burg von Scharnitz war in Gang gekommen. Ein noch längeres Warten hätte die Spannung ins Unerträgliche gesteigert und vielleicht den Überraschungseffekt der siebzehn gehörnten Teufel zunichte gemacht. Rolf hörte die Jungen beten. Er entzündete ein Streichholz und hielt es an die Lunte.

»Seid bereit«, zischelte er. »In ein paar Augenblicken knallt es, und dann müssen wir sofort losstürmen. Wundert euch über nichts. Es wird wie Zauberei aussehen, aber das ist auch der Zweck der Sache.«

Er sah nach der Lunte, die einwandfrei brannte. Langsam kroch die Flamme über den felsigen Boden auf die Mischung zu, die er bereitet hatte. Würde es gelingen? Rolf drückte seinen Handrücken gegen den Mund und begann, schauerliche Heultöne auszustoßen, wie er sie von Indianern aus Wildwestfilmen kannte. »Wuuwuwuwu.«

Die beiden Wächter auf der Brücke erschraken und starrten zum Waldrand. Rolf hielt den Atem an. Die Flamme hatte den Napf erreicht ...

»Wuwuwuwu ...« tönte es drohend aus dem Gebüsch. Die Wächter sahen sich betroffen an, starrten dann zum Wald hinüber und ...

»Ruuums!!«

Es hatte also funktioniert! Häßliche, dichte Rauchwolken verbreiteten sich, es stank entsetzlich. Die verdutzten Jungen schienen zur Salzsäule erstarrt, aber Rolf schrie: »Los ...«

Und da schossen sie vorwärts, mitten durch den Rauch.

Die erschrockenen Wachtposten glaubten eine gräßliche Vision zu haben. Zuerst diese unheimlichen Laute, dann plötzlich ein dröhnender Schlag. Darauf qualmte und stank es, und aus den Rauchwolken heraus kam ein Teufel ... und noch einer ... und noch einer ... immer mehr Teufel. Sie waren klein, trugen schwarze Streifen und Hörner. Sie kreischten, knirschten mit den Zähnen und kamen immer näher. Es dauerte einen Augenblick, bis die Wächter, halb gelähmt vor Entsetzen, begriffen, daß die Teufel genau auf die Brücke zukamen. Dämonen kamen, um sie in die Hölle fahren zu lassen! Schreiend wandten die Geharnischten sich um, stießen das Tor weiter auf und stürmten in den Innenhof.

»Heilige Mutter Gottes, rette uns!«
Siebzehn Teufel, entsetzlich anzuschauen, kamen hinter ihnen her. Der vorderste und größte hatte ein furchtbares weißes Horn auf dem Kopf und schwenkte ein blitzendes Messer. Alle Teufel kreischten, schrien und johlten. Männer, Frauen und Kinder, die sich im Innenhof aufhielten, gerieten ebenfalls in Panik. Sie ließen fallen, was sie gerade in der Hand trugen, und stürmten in allen Richtungen auseinander. Eine Frau fiel in die Knie und wurde von drei Teufeln über den Haufen gerannt. Ein bärtiger Krieger, der von dem größten Teufel verfolgt wurde, drehte sich plötzlich um und wollte sein Schwert ziehen, aber der entsetzliche Dämon sprang ihn an und stieß ihm das Messer in die Hand, so daß der Mann schreiend zurücktaumelte und lang hinschlug. Sofort kniete ihm der Teufel auf der Brust.
»Gnade, Gnade . . . rette uns!«
Ein haariger Fuß berührte sein Ohr, der Mann starb fast vor Angst.
»Wo sind die Gefangenen?« schrie ihm der Teufel ins Gesicht. »Wir brauchen die fünfzig Kinder. Wenn ihr sie nicht sofort hergebt, nehmen wir euch dafür mit in die Hölle! Also vorwärts!«
Der Dämon sprang auf und rüttelte am Brustpanzer des auf dem Boden liegenden Kriegers. »Los, steh auf und bring mir die heiligen Kinder. Und beeile dich, sonst werfe ich dich in den tiefsten Schwefelsumpf der Hölle, verruchter Sünder!«
Der Mann versuchte auf Händen und Füßen davonzukriechen. Das Chaos auf dem Innenhof hatte den Höhepunkt erreicht. Männer, Frauen und Kinder wurden angesprungen und von kleinen schwarzen Händen gekniffen und gestoßen. An Widerstand dachten sie kaum. Im Wohnteil der Burg gingen ein paar Fenster auf. Erschrockene, bleiche Gesichter schauten heraus und zogen sich schleunigst wieder zurück. Auch Graf von Scharnitz selbst erschien auf der hölzernen Galerie.
»Wir fordern die Kinder, die heiligen Kinder!« schrie Rolf. Die anderen Teufel fielen kreischend in seinen Ruf ein und jagten dabei Freie und Hörige über den Hof.
»Gebt ihnen doch die Kinder!« polterte der Graf, der mit Entsetzen sah, daß seine ganze Burg eine Beute der Hölle zu werden drohte. Er konnte sich übrigens nur zu gut vorstellen, daß die Teufel lieber das Blut unschuldiger Kinder forderten, als das von Sündern gleich ihm selbst.
Ein silbernes Kreuz flog Rolf vor die Füße. Er trat es weg, denn er ging ganz auf in seiner Rolle. Der Krieger rannte vor ihm zum Seitenflügel der Burg, wobei er die unverletzte Hand schwenkte. Rolf folgte ihm, weiter seine schaurigen Rufe ausstoßend.
»Vorwärts, gebt ihnen die Kinder doch endlich!« polterte wieder die Stimme von der Brüstung.
Eine Doppeltür wurde aufgerissen, und tatsächlich, dort waren sie: die geraubten Kinder, alle zweiundfünfzig. Als sie die Dämonen gewahrten,

bekamen sie einen gewaltigen Schrecken und gerieten in Panik. Sie begannen genauso zu schreien wie die Schloßbewohner. Rolf trat rasch auf Frank zu und zischte:
»Sag ihnen um Himmels willen, daß sie still sein sollen!«
Jetzt erst erkannte der kleine Gerber seinen Freund.
Carolus zerrte Bertho am Arm.
»Kommt mit, wir sind es, das ist doch alles nur ein Trick.«
Es dauerte aber doch noch eine ganze Weile, bis alle Kinder begriffen, daß die Dämonen nicht echt waren, und daß sie befreit werden sollten.
Die Teufel umringten ihre kleinen Gefangenen und trieben sie vor sich her, durch das Tor, über die Brücke und dann in den Wald hinein. Erleichtert, aber immer noch zitternd von dem ausgestandenen Schrekken, starrten ihnen die Burgbewohner nach.
Im Innenhof der Burg war eine fürchterliche Unordnung zurückgeblieben. Eine zerbrochene Lanze, Blutspuren, Phantasiefedern und alles das, was die Bewohner vor Entsetzen aus der Hand hatten fallen lassen: zerbrochene Schalen und Trinkkrüge, zertretenes Brot und ein Schuh . . .
Rasch wurden die Gefangenen in den Wald geführt, so weit wie möglich von der Burg entfernt. Im Vorbeigehen sammelten die Teufel ihre versteckten Kleider wieder auf. Kalt war es ihnen jetzt allerdings nicht mehr, im Gegenteil: der Schweiß lief ihnen in Strömen über Gesicht und Körper. Einige der befreiten Kinder hatten immer noch nicht begriffen, daß die ganze Sache ein großartiges Täuschungsmanöver war. Sie jammerten und klagten weiter. Frank lief von einem zum anderen, um sie zu beruhigen.
Carolus wanderte beglückt neben seinem Freund Bertho dahin. »Rudolf und ich haben die Sache geplant, und ich habe für die Kostüme gesorgt. Was sagst du dazu?«
Als endlich allen Kindern klar wurde, daß sie tatsächlich gerettet waren, wären sie am liebsten auf der Stelle zum Lager zurückgekehrt. Aber Rolf war vorsichtig.
»Wir müssen uns vorläufig im Wald versteckt halten. Ortulf und seine Mannen sollen glauben, daß wir mit euch direkt zur Hölle gefahren sind. Wenn sie uns aber durch das Tal laufen sehen, werden sie merken, daß wir sie zum Narren gehalten haben, und dann gnade uns Gott.«
Sie hielten sich also versteckt und stillten ihren Hunger mit Beeren und mit den Broten, die ihre Retter mitgebracht hatten. Erst als die Dämmerung hereinbrach, wagten sie sich langsam und vorsichtig talwärts. Gegen Morgen erreichten sie den Platz, an dem das Kinderheer am vergangenen Abend sein Lager aufgeschlagen hatte. Dort zogen sie sich in das Unterholz zurück, um ein paar Stunden zu schlafen.
Sie waren nun etwa zehn Kilometer von der Burg entfernt und wagten daher zu Mittag ihren Weg fortzusetzen, in der Hoffnung, die Hauptmasse der Kinder noch zu erreichen, ehe erneut der Abend hereinbrach.

Die Teufel hatten inzwischen ihre seltsamen Verkleidungen abgelegt, nur die fettige schwarze Farbe ließ sich nicht so leicht von Gesicht und Körper entfernen.
Spät am Abend sahen sie endlich in der Ferne die Lagerfeuer lodern. Das Kinderheer kampierte am Fuß steil aufragender Berge. Es war der letzte Teil des gewaltigen Karwendelmassivs.
Stolpernd vor Müdigkeit und total verschmutzt gelangten sie endlich ins Lager. Carolus, der kaum noch auf den Beinen stehen konnte, lief zu seinem Zelt, entriß Dom Anselmus ein Stück Fleisch und fiel sofort in Schlummer. Er hatte kein einziges Wort gesprochen. Hilde, die ihn zwei Tage lang vergeblich gesucht hatte, brach vor Erleichterung in Tränen aus. Mit einem nassen Lappen wischte sie sein schmutziges Gesicht ab – er merkte es nicht einmal. Bertho, Wilhelm und Karl ließen sich am ersten Lagerfeuer, das sie erreichten, niederfallen und streckten ihre Hände bittend nach dem Bratspieß aus. Sie waren völlig ausgehungert.
Die Rückkehr der entführten Kinder erregte natürlich großes Aufsehen im Lager, aber alle Fragen blieben ohne Antwort. Retter und Gerettete waren einfach zu müde, um noch etwas sagen zu können. Sie wollten nur essen und dann schlafen, schlafen und nochmals schlafen!
Rolf, Peter und Frank hörten den Esel schreien und fanden so das Lagerfeuer von Mariechen und Leonardo. Sie ließen sich zu Boden fallen und baten um Wasser. Mariechen ergriff Rolfs schwarze Hand und küßte sie außer sich vor Freude. Leonardo sagte nichts. Er umarmte Peter und Frank und sah dann Rolf mit großen Augen an. Dieser streifte die Kaninchenfellschuhe von seinen schmerzenden Füßen. Endlich fand der Student die Sprache wieder.
»Es ist dir also doch gelungen . . .« Seine sonst so spöttische Stimme war von Bewunderung erfüllt.
Aber Rolf hatte nun keine Energie mehr, ihr Abenteuer zu schildern. Er streckte sich zum Schlaf aus, schmutzig wie er war. Von fern hörte er Leonardo noch sagen: »Wir glaubten schon, daß du nicht mehr . . .«, und dann wußte er nichts mehr. Er träumte von seiner Mutter, von dem Badezimmer daheim und von der Dusche, die immer nur kaltes Wasser versprühte, so sehr er sich auch bemühte, den Warmwasserhahn aufzudrehen . . .
Am Südausgang eines Tales im Karwendelgebirge regnete es in Strömen.

13. Die Alpen

In einer endlosen Reihe zog das Kinderheer durch das Karwendelmassiv. Über enge Pfade, über Wege, die diesen Namen kaum verdienten, an wilden Gebirgsbächen entlang, über Felsen und Spalten, durch dichte

Wälder, dorniges Gestrüpp, über steinige Hänge. Es wurde kälter und kälter. Und es regnete immerfort.

Die Felsen schienen zu klagen und zu stöhnen. Rings um sie her hörten sie Wasser murmeln, plätschern, brodeln. An ebenen Stellen des Wegs versanken sie bis zu den Knöcheln im Morast. Die Lasten mit den getrockneten Nahrungsmitteln sogen die Nässe auf und wurden dadurch schwer wie Blei. Die Schuhe aus schlecht gegerbtem Leder klebten an ihren geschwollenen Füßen, stanken und scheuerten ihnen die Füße wund. Morast klebte auch an ihren Händen, Kleidern und Haaren. Selbst die Pfeile in den Köchern warfen sich und wurden krumm. Die Hanfschnüre schnitten ihnen ins Fleisch. Um den schlimmsten Hunger zu stillen, knabberten sie während des Gehens an den steinharten, selbstgebackenen Broten, denn trockenes Holz zum Feuermachen war kaum zu finden. Für ihre Versuche, ein nächtliches Lagerfeuer anzuzünden, benötigten sie jetzt stärkere Äste, deren harzreiches Holz mitunter noch die Flamme faßte. Aber sie waren ebenso wie das Gras, das sie zum Unterhalt des Feuers benötigten, triefend naß und wollten nicht brennen. Die Funken, die sie mühsam aus ihren Feuersteinen schlugen, verzischten im unaufhaltsam niederströmenden Regen. Ein Lagerfeuer anzuzünden und zu unterhalten wurde zu einer Wissenschaft, bei der Einfallsreichtum und eine glückliche Hand nötig waren. In diesem Gebirge gab es kein Schilf, aus dem man Regenschirme hätte flechten können. Es gab auch keine Weidenzweige zur Verfertigung von Schutzschirmen gegen den Wind. Zitternd, durchnäßt und übermüdet krochen sie abends in Höhlen und Spalten oder versuchten, einen geschützten Platz unter triefenden Bäumen zu finden. Die meisten waren jedoch den kalten Regentropfen, dem schneidenden Wind und der alles durchdringenden Kühle schutzlos preisgegeben. Ihre Füße rutschten auf den schlüpfrigen Pfaden und nassen Felsen ab. Hustend, mit tropfenden Nasen, nach Atem ringend, vor Kälte zitternd und oft von Fieber geschüttelt, verfolgten sie ihren Weg höher und höher hinauf. Nur die Hoffnung, auf der anderen Seite des Gebirges ein mildes Klima vorzufinden, hielt sie aufrecht. Wie viele Kinder mochten wohl in den drei Tagen, die sie benötigten, um den höchsten Punkt des Gebirges zu erreichen, ums Leben gekommen sein? Rolf wußte es nicht. Er hatte sein Leben gewagt, um zweiundfünfzig Kinder aus den habgierigen, grausamen Händen des Grafen Scharnitz zu befreien. Aber die Opfer, die der Berg forderte, konnte auch er nicht retten. Wilde Tiere, Schlangen, Steinlawinen waren ihre ständigen Feinde. Über ihren Köpfen kreisten mächtige Raubvögel. Ein Adler, der eines der kleineren Kinder angriff, das etwas zurückgeblieben war, wurde zwar von Bertho, der sich in der Nachhut befand, getötet, aber der Vogel hatte das Kind so zugerichtet, daß es noch am selben Abend starb.

An diesem düsteren Tag brach die Dämmerung früh herein. Leonardo, der voranging, entdeckte eine einigermaßen ebene Bergwiese, die einen guten Platz zum Übernachten bot. Wilhelm fiel auf, daß die sie umgebenden Bergwände voller Höhlen und Löcher waren. Er wollte erkunden, ob sie als Unterkunft für die Kranken geeignet sein könnten. Als er jedoch eine Höhle betrat, stand er plötzlich Auge in Auge einem Bären gegenüber.

Der Bär hatte sich auf die Hinterbeine aufgerichtet, brummte drohend und hob die Tatzen. Ein paar Kinder, die Wilhelm nachgelaufen waren, entdeckten den Bären und schrien laut vor Angst. Das Tier, durch das Geschrei und die vielen fremden Gerüche in Panik versetzt, ließ sich auf alle viere herab und kam nach vorn.

Durch den Lärm aufmerksam geworden, stürmte Leonardo mit seinem Knotenstock herbei. Wilhelm war gestürzt, und der Bär stand über ihm. Ohne zu zögern, ließ Leonardo seinen Knüppel auf den Kopf des Bären niedersausen. Der Bär prallte zurück, brüllte auf und machte kehrt, genau auf eine Gruppe Kinder zu, die schreiend auseinanderstoben. Bertho und Carolus schossen Pfeile auf ihn ab, die zwar trafen, aber sein dickes Fell nicht durchschlugen. Leonardo verfolgte den Bären in sicherem Abstand, bis das Tier brummend und grollend einen Hang hinaufkletterte, wo es hinter einem Felsvorsprung verschwand.

Die Kinder empfingen Leonardo voller Bewunderung. Die Freude wurde allerdings dadurch getrübt, daß Wilhelm durch die Tatzenhiebe des verängstigten Tieres getötet worden war. Drei andere Kinder waren leicht verletzt. Die Nachricht von Leonardos Heldentat – wie er allein, und nur mit seinem Knüppel bewaffnet, einen riesigen Bär verjagt hatte – ging im Lager von Mund zu Mund.

Die Nacht verlief ruhig. Der Bär ließ sich nicht mehr blicken, und die Wölfe wurden durch das Feuer und die aufmerksamen Bewacher in gebührender Entfernung gehalten. Leonardo schlief allerdings nicht in dieser Nacht. Er patrouillierte durch das Lager, weckte Kinder, die auf Posten in Schlaf gesunken waren, und hatte die Augen überall.

Bei Tagesanbruch zogen sie weiter. Die Bergbäche und Wasserfälle waren braun von Morast, das Wasser schmeckte nach Erde, toten Tieren und faulendem Grün. Die geräucherten Fische setzten Schimmel an, die Brote wurden von der Nässe weich, und auch das getrocknete Fleisch stank ekelerregend. Die immer wieder einsetzenden Regenböen, der scharfe Wind und die Übermüdung durch den langen Aufstieg versetzten die Kinder in einen Zustand der Benommenheit. Sie beteten innig um Sonnenschein und Wärme – und es regnete nur noch heftiger. Sie flehten die Heilige Jungfrau um Hilfe an – und mußten erleben, daß ein junger Jäger, der eine Gemse verfolgte, in eine Felsspalte stürzte. Es war kaum noch möglich, die Toten zu begraben, dazu war der Boden zu hart und felsig. Sie stapelten also Steine über die Leichen, obwohl sie wußten, daß ihre Arbeit sinnlos war. Noch in derselben Nacht würden wilde Tiere die Steine forträumen und ihren Hunger an den toten Kindern stillen.

Sie stiegen höher und höher. Die heftigen Schauer ließen nach und wurden zu einem trübseligen Nieselregen, der ihnen dennoch durch Mark und Bein drang. Und jetzt hatten sie auch noch mit dem Nebel zu kämpfen: je höher sie kamen, desto dicker wurde er. Mitunter konnten sie kaum noch die Hand vor den Augen sehen. Ein paar der Kleinen verfehlten den Weg und stürzten in den Abgrund, andere verloren den Anschluß und verirrten sich.

Das Schlimmste jedoch waren die Erkältungen. Die Kinder wurden von Husten geschüttelt, sie starrten aus fiebrigen Augen auf die Felswände, die von Zeit zu Zeit aus dem Nebel auftauchten und ebenso plötzlich wieder verschwanden. Aber sie zogen weiter und weiter, höher und höher hinauf, getrieben von ihrer Bestimmung, Jerusalem zu befreien.

Am späten Nachmittag des dritten Tages erreichten sie endlich den Paß. Es war immer noch neblig. Das Tal unter ihnen war von einer dicken Wolkendecke verhüllt, so daß sie kaum glauben konnten, daß sie auf dem Paß angelangt waren. Nur aus der Tatsache, daß es endlich bergab ging, konnten sie schließen, daß die eine Seite des Gebirges überwunden war. Aber auch der Abstieg kostete noch Opfer. Der schmale, zickzackförmige Pfad, der hinabführte, war so glatt wie eine Eisbahn. Die Sicht betrug kaum fünf Meter, und die Biegungen des Wegs kamen immer unverhofft. Manches Kind rutschte ab, prallte gegen einen Baumstamm und blieb wimmernd mit Prellungen und Quetschungen liegen. Die kräftigen Ordnungshüter taten ihr Bestes, sie zu finden und wieder hinaufzubringen. Viele der größeren Jungen und Mädchen trugen verletzte, kranke oder weinende Kinder. Sie waren keine singenden und betenden Kreuzfahrer mehr, sondern nur noch Lasttiere.

Inzwischen hatten sie auch den zweiten Ochsen eingebüßt. Kurz vor dem Gipfel war das Tier in eine Felsspalte gestürzt, die so tief war, daß sie das Tier unmöglich erreichen konnten. Sie hatten keine andere Wahl, als das arme Tier seinem Schicksal zu überlassen. Rolf hoffte nur, daß die wilden Bären und Wölfe es rasch von seinen Leiden erlösen würden.

Als der Abend niedersank, viel früher als sonst, mußten sie ihr Lager in einem steil abfallenden Waldstück aufschlagen, denn auf dieser Seite des Karwendelgebirges gab es nichts anderes. Die Feuer, die sie nach langem Bemühen angezündet hatten, gaben viel Rauch und wenig Wärme. Rolf, der seine wasserdichte Windjacke einem kranken Kind abgetreten hatte, lag zähneklappernd am schwelenden Feuer und dachte voll Groll an Nicolas und die beiden Mönche, die sich jetzt im warmen Zelt behaglich wärmen konnten. Es kostete ihn wirklich das äußerste Maß an Beherrschung, nicht aufzuspringen und zu dem Zelt zu laufen, die Gruppe dort an den Haaren zu packen und ins Freie zu zerren. Aber wer gab ihm das Recht dazu? Das Zelt war für diese Menschen ein Statussymbol. Den anderen Kindern wäre es niemals eingefallen, über diese Form der Ungleichheit Klage zu führen. Sie gehörte einfach zu ihrem Weltbild.

Die Stimmung im Lager war gut, trotz der erlittenen Verluste. Die beiden Heldentaten – der Sturm auf die Burg von Scharnitz und Leonardos Kampf mit dem Bären – beschäftigte die Phantasie der Kinder so lebhaft, daß auch die Legenden üppig wucherten. Sie konnten kaum noch über etwas anderes sprechen. Leonardos Knüppel wurde in ihren Augen zur Waffe eines Riesens.

Das Inntal war breit, ziemlich flach und sehr fruchtbar. In einiger Entfernung lag die prächtige Stadt Innsbruck. Aber hinter Innsbruck ragten erneut hohe Berge auf, die den Zugang zur Lombardei versperrten.

Einen Tag später erreichten sie die alte Stadt. Die Bürger von Innsbruck empfingen sie gastfreundlich. Zum ersten Mal seit vielen Tagen gab es wieder Gemüse und Milch für die Kleinen. Die Sonne war endlich durchgebrochen und erfüllte das große, breite Tal mit ihrem Glanz.

Die Kinder trockneten ihre Kleider und versuchten, das durch die Nässe hart gewordene Schuhwerk durch Klopfen wieder schmiegsam zu machen. Die gebrochenen Gliedmaßen wurden von einem Arzt auf ziemlich rohe Weise behandelt und geschient. Sogar der Bischof verließ seine Residenz, um das Kinderheer zu segnen. Die drei Schafe, die, Wunder über Wunder, den Zug über das Karwendelgebirge überlebt hatten, wurden an einen Metzger verkauft und im Tausch dafür geräucherte Würste und Schinken erstanden. Die Kinder erholten sich wieder, und ihr Optimismus kehrte zurück. Die Berge hatten erbarmunglos zugeschlagen, aber das Rückgrat der Kinder war nicht gebrochen. Voll Zuversicht sahen sie dem Zug über den Brenner entgegen.

Und dann war es wieder soweit. Von neuem mühten sie sich einen steilen gewundenen Weg entlang, der in die Berge hinauf führte. Die strahlende Sonne hatte den Morast in Staub verwandelt. Er wurde von den Füßen der Kinder aufgewirbelt, verstopfte ihre Nasen, marterte ihre Kehlen und brannte in ihren Augen. Insekten peinigten sie, während sie über spitze Steine dahinstolperten. Meter um Meter wurde bezwungen, aber es waren kleine, langsame Schritte, die viel Kraft kosteten.

Als sie vierhundert oder fünfhundert Meter über dem Tal waren, sahen sie durch eine Schneise tief unten das gastfreundliche Innsbruck liegen. Sie kletterten weiter, bis eine scharfe Wegkrümmung die Stadt ihren Blicken entzog. Nun waren sie wieder von grimmigem Bergland umgeben, von turmhohen Felsen, wildreichen Wäldern, rauschenden Gewässern, jahrhundertealten Tannen, dornigen Sträuchern, weichem Moos und duftenden Waldblumen. Sie sahen Adler und Füchse, Bussarde und Gemsen, Forellen in den Flüssen und Murmeltiere zwischen den Felsen. Prächtig und furchterregend ragten die Berge um sie auf. Die Landschaft war überwältigend in ihrer Schönheit, majestätisch und furchtbar zugleich. Sie passierten tosende Wasserfälle und stille Seen. Sie begegneten einem Schäfer mit seiner Herde und einen Tag später sechs Strauchdieben, die beim Anblick des endlosen Kinderheeres voll Entsetzen die Flucht

ergriffen. Sie sahen Bergbewohner, die nicht begriffen, was der Kinderzug zu bedeuten hatte, und ihn mit Steinen bewarfen.
Sie zogen an Spalten und Schluchten, an senkrechten Felswänden und sonnigen Almen vorbei. Sie kletterten über Hindernisse, stolperten über Baumwurzeln, zerrissen ihre Kleider und verloren ihr Schuhwerk. Sie tranken das eiskalte Wasser, das ihnen Bauchschmerzen verursachte. Rolf zwang sie, die Nahrungsmittel, die durch Nässe verdorben waren, wegzuwerfen, obwohl sie kaum noch zu essen hatten. Carolus und seine Jäger, Peter und seine Fischer taten ihr Bestes, die Not zu lindern, doch in den reißenden Bächen konnte man es selten länger als eine halbe Stunde aushalten. Das eisige Wasser ließ die Glieder steif werden. Aber das Gebiet war reich an Vögeln. In großen Schwärmen kreisten sie über den Schluchten, nisteten zu Hunderten in den Wäldern. Die Kinder erlegten alle Vögel, deren sie habhaft werden konnten. Es tat Rolf weh, zu sehen, daß Carolus einer wilden Taube den Hals umdrehte, aber es bedeutete, daß am Abend ein Kind seine Mahlzeit bekam.
Sie kletterten Hunderte von Metern aufwärts und stiegen dann wieder ins nächste Tal hinab, zum nächsten schäumenden Fluß. Die Überquerung eines Flusses konnte mitunter Stunden dauern, weil die Brücken größtenteils vom Hochwasser im Frühjahr fortgerissen worden waren. Die starken, großen Kinder mußten eine Kette bilden, an der entlang sich die Kleinen zum anderen Ufer bewegen konnten. Manchmal brach so eine Kette auseinander, und vier oder fünf der Kinder wurden von dem wilden Wasser mitgerissen, so daß sie nur mit Mühe gerettet werden konnten. Das Wasser war zwar niemals tief, schoß aber mit unglaublicher Gewalt dahin, und die Füße fanden auf dem glatten Boden des Flußbettes keinen richtigen Halt.
So zogen sie über den Brenner. Trotz der Härten dieser Wanderung erlitt das Kinderheer keine allzugroßen Verluste. Aber es gab kaum ein Kind, das nicht Beulen oder blaue Flecken davongetragen hatte. Selbst die prächtigen Gewänder der adligen Kinder hatten allen Glanz verloren. Dom Johannes hing die Kutte nur noch in Fetzen um den Leib. Nicolas' rechtes Auge war durch einen Bienenstich zugeschwollen (er war versessen auf Honig). Zu guter Letzt gelangten sie in tiefere Regionen und an einen breiten Fluß, dessen Lauf sie folgen konnten. Die Berge hatten ihren Zoll unter den Wehrlosen, Schwachen gefordert und dafür den Überlebenden Gesundheit, gestählte Muskeln und ein Herz voller Freiheit und Glück geschenkt.
Was dann schließlich vor den Toren der Stadt Bozen anlangte, die in strahlendem Sonnenschein vor ihnen lag, waren siebentausend zähe, braungebrannte, halb verwilderte Geschöpfe, gekleidet in Lumpen. Siebentausend Kinder, die durch die Hölle gegangen waren, und die nun, fröhlich singend und vor Lebensfreude überschäumend, aus dieser Hölle zurückkehrten.

14. Die Schlacht in der Poebene

Für die Kinder war Bozen nichts anderes als ein weiterer Rastplatz. Kranke und Erschöpfte erhielten Unterkunft bei wohlmeinenden Bürgern. Die große Masse des Kinderheeres, die vor den Toren der Stadt lagerte, konnte sich wieder erholen, genoß den Sonnenschein, die milden Nächte und den Überfluß an Nahrung, vor allem an Obst.
Anselmus drängte natürlich wieder zur Eile, denn Genua war noch weit. Aber diesmal ließen die Kinder sich nicht aufscheuchen. Sie waren nun schon so lange zum Heiligen Land unterwegs, daß das bißchen Aufenthalt keine Rolle spielen konnte. Jetzt, nachdem sie die höchsten Berge hinter sich gelassen hatten, waren sie in eine neue Welt gelangt: eine Welt voll Sonne, Licht und Blumen, in der die Menschen gemächlich ihrer Arbeit nachgingen. Sie fühlten sich hier wohl und glaubten mit Recht, daß ihnen ein paar Tage Ruhe zustanden. Entfernungen – das war etwas, das außerhalb ihrer Vorstellungskraft lag. Sie wußten nur, daß hinter den Bergen das Meer war, und daß das Meer sie durchlassen würde. Sie lebten in den Tag hinein. Über Schwierigkeiten, die noch vor ihnen lagen, pflegten sie nicht nachzudenken. Sie ließen andere über sich entscheiden. So hatten es schon ihre Eltern gemacht: Befehle wurden ohne zu denken ausgeführt. Solange man tat, was von einem verlangt wurde, war man sicher. Folglich liefen sie ihren Anführern überall hin nach, ob diese sie durch ein Gebirge oder durch die Ebene führten. Die meisten von ihnen hatten es ja auch früher nicht anders gekannt: immer waren Not und Elend ihr Los gewesen, ob sie nun in der Stadt herumvagabundiert waren oder das trostlose Dasein von Leibeigenen geführt hatten.
Aber natürlich waren nicht alle so. Es gab viele, die sehr wohl in der Lage waren, die Vorteile und Verlockungen der Freiheit zu erkennen, und für die dieser Zug zu einer Offenbarung geworden war. Kinder, die sich zu wertvollen und erfindungsreichen Mitgliedern der Gemeinschaft entwikkelt hatten. Trotz der Entbehrungen, Gefahren und Mühsale genossen sie den Kreuzzug. Nach und nach hatten sie begonnen, mitzudenken und mitzusorgen, so etwas wie Verantwortungsgefühl für ihre eigene Gruppe zu spüren. Kleine Künstler füllten ihre Freizeit mit dem Schnitzen von Holzfigürchen, dem Flechten von Körben und Schalen und dem Entwerfen von Gebrauchsgegenständen, an denen im Kinderheer ein ständiger Mangel herrschte. Sie fabrizierten primitive Webstühle, fertigten Lappen aus Pflanzenfasern und nähten Hemden daraus. Sie waren voll Energie, wurden kritischer, und ihr Selbstvertrauen nahm zu.
Rolf erfuhr erst am folgenden Tag, warum sich die Einwohner von Bozen derart hilfsbereit zeigten. Die Antwort kam von Leonardo. »Hier gehen Gerüchte um – und werden seltsamerweise auch geglaubt – , daß das Kinderheer dreißigtausend Seelen umfaßte, als es Köln verließ. Dreißigtausend! Wie kommen sie bloß darauf!«

»Wieviel ist denn dreißigtausend?« fragte Mariechen.
»Das ist eine unvorstellbare Menge, meine Liebe, so viele Kinder gibt es in ganz Köln nicht. Aber jetzt ist mir manches klargeworden. Die Bürger von Bozen sind überzeugt, daß wir unterwegs mindestens drei Viertel unserer Teilnehmer verloren haben. Sie meinen, daß der Weg, den wir gekommen sind, mit toten Kindern gepflastert ist. Deshalb sind sie so nett zu uns, den Überlebenden.«
»Wer hat denn bloß das Märchen von den dreißigtausend in die Welt gesetzt?« fragte Rolf.
»Das mag der Teufel wissen. Es wird erzählt, und jeder glaubt es. Schließlich werden wir es selbst noch glauben.«
»Es hat sie ja auch niemand gezählt«, meinte Rolf.
»Nein, gewiß nicht, aber den Unterschied zwischen achttausend und dreißigtausend siehst du auch ohne sie zu zählen. Viel mehr als achttausend können es nicht gewesen sein, als wir bei Speyer auf sie stießen.«
»Und doch waren die Verluste groß«, murmelte Rolf.
»Oh – wir haben großes Glück gehabt«, meinte der Student. »Von den ungefähr achttausend haben siebentausend Bozen erreicht. Du darfst nicht vergessen, daß Fredo mit mindestens achthundert Mann umgekehrt ist! Und die anderen sind ja auch nicht alle umgekommen. Wie viele haben wir in Städten und Dörfern zurückgelassen? Nein, ich finde, daß wir gute Arbeit geleistet haben.«
Aber Rolf, für den jeder einzelne Tote ein Versagen war, das er sich selbst zuschrieb, dachte darüber anders.
»Wir sind doch immer noch sehr viele, nicht wahr?« fragte Mariechen beunruhigt. »Es reicht wohl, um Jerusalem zu erobern?«
»Was heißt hier erobern! Die Sarazenen werden schreiend davonlaufen, sobald sie euch vor den Stadtmauern erblicken«, sagte Leonardo spöttisch.
»Oh, du glaubst also nicht daran!« rief Mariechen gekränkt.
»Du vielleicht? Immer noch?« fragte Rolf barsch.
Das Mädchen ließ den Kopf hängen.
»Ich weiß nicht«, flüsterte es beklommen. »Manchmal denke ich . . .«
Himmel, dachte Rolf, sie beginnt zu denken!
»Was denn?« fragten er und Leonardo wie aus einem Mund.
»Ja, manchmal denke ich, daß etwas nicht stimmt. Warum ist das Meer so weit? Das wußten wir nicht, als wir aufbrachen. Ich glaube, daß Nicolas es auch nicht gewußt hat. Und warum sind so viele Kinder gestorben? Gott sollte uns doch schützen!«
»Na, dich hat er doch beschützt«, sagte Leonardo rasch.
Mariechen sah auf und gab einen verächtlichen Ton von sich.
»Du und Rudolf, ihr habt mich beschützt!«
Diese kleine Ketzerin!

»Und die Sarazenen ... ob sie wirklich vor uns davonlaufen? Gegen die großen Kreuzfahrer haben sie sich gewehrt, sogar sehr tapfer. Manchmal haben sie sogar gewonnen.«
»Das Kind macht große Fortschritte, meinst du nicht, Rudolf?« lachte Leonardo. »Aber du hast ganz recht, Mariechen, hier stimmt etwas nicht.«
Das Gespräch hatte Rolf zuversichtlicher gestimmt. Wenn Mariechen zu zweifeln begann, so konnte man vermuten, daß sie nicht die einzige war, der es so ging. Wie würden die Kinder wohl reagieren, wenn sie in ein paar Wochen in Genua am Meer stehen würden, und das ihnen versprochene Wunder ausblieb?
Sie setzten ihren Zug wieder fort. Aber die Landschaft hatte sich verändert. Sie war weniger rauh und drohend, überall blühten Blumen, und die Täler waren breit. Sie kamen an Obstgärten vorbei, wo die Äpfel reiften. Die alte Heerstraße, die dem Flußlauf folgte, war in schlechtem Zustand. Aber die Berge wurden immer niedriger und schienen weiter auseinanderzurücken. Sie hatten Begegnungen mit anderen Reisenden, mit Räubern, Pilgern und Bauern, mit feindseligen Dorfbewohnern und mißtrauischen Städtern. Jeder Tag bescherte neue Abenteuer, Mühen, Leiden, Hoffnung und Glück. Sie zogen durch Schluchten, liebliche Täler, durch Hügelland und wieder durch Täler, und nach einer guten Woche erreichten sie einen herrlichen See.
Voll Freude rannten sie zum Wasser, um sich zu waschen, zu fischen und zu schwimmen. Eine Art Ferienstimmung bemächtigte sich der Kinder. In den letzten zehn Tagen waren sie kein einziges Mal mehr von Regen oder Nebel heimgesucht worden. Die Alpen lagen hinter ihnen, was sie nun durchquerten, war fruchtbares, wildreiches Hügelland. Der See lieferte Fische und Wasservögel. Rolf konnte sich nicht sattsehen an der prächtigen, unberührten Natur rings umher, dem glasklaren Wasser und den zahllosen wilden Blumen. Er erinnerte sich, den Gardasee auch auf früheren Ferienreisen mit seinen Eltern besucht zu haben. Aber welch ein Unterschied! Im 20. Jahrhundert war dies hier eine ausgeplünderte Landschaft, mit Hotels, Campingplätzen und Souvenirläden gespickt. Was er jetzt sah, hatte er nie zuvor erblickt: Kraniche, Ibisse und Löffler. Auf den Burgen bauten die Störche ihre Nester, im Schilf nisteten wilde Schwäne. Am Nachmittag war die Wasseroberfläche mit Vögeln, die auf Nahrungssuche gingen oder sich von weiten Flügen erholten, geradezu übersät. Die Kinder ersannen die tollsten Dinge, um der Vögel habhaft zu werden: Netze, Stöcke mit Widerhaken, Pfeile mit langen Schnüren, spitze Lanzen. Mitleid mit Tieren war ihnen fremd. Das mußte wohl so sein, wenn sie nicht verhungern wollten. Vor allem Carolus hatte seine große Zeit. Die reichen Schätze der Natur brachten ihm immer neue Einfälle. Selbst große Fischgräten hob er auf: man konnte Kämme, Bürsten oder Nadeln daraus anfertigen.

Aber nun machte sich ein anderer Mangel bemerkbar: der der Kopfbedekkungen. Kleider interessierten die Kinder jetzt weniger als ein Hut. Ihre Rücken waren ja ohnehin kaffeebraun geworden, aber die Sonne brannte ihnen auf Kopf und Nacken. Innerhalb von wenigen Tagen trugen sie alle siebentausend die komischsten Gebilde auf dem Kopf: Gras- oder Strohgeflechte, oft mit Blumen geschmückt.

Als sie den See verlassen hatten, erreichten sie nach ein paar Tagen die Stadt Brescia, wo die Bürger erschrocken die Tore schlossen und die Kinder ersuchten, so rasch wie möglich aus ihrer Gegend zu verschwinden. Ohne zu murren brach das Kinderheer wieder auf, weiter nach Süden, nach Genua ...

»Wo ist das Meer? Kommen wir jetzt ans Meer?« fragten sie unaufhörlich. Sie wußten ja nur, daß das Meer irgendwo hinter den Bergen lag. Die Berge hatten sie jetzt hinter sich. Aber das einzige, was sie vor sich sahen, war eine endlose Ebene: die Poebene.

»Wir müssen nur noch durch diese Ebene und über ein paar Hügel. Dahinter liegt das Meer«, versprach Dom Anselmus.

»Ist es noch weit? Noch sehr weit?«

Ach, es ist noch endlos weit, dachte Rolf bitter. Aber er hütete sich, etwas zu sagen. Je unzufriedener die Kinder waren, desto eher würden sie dahinterkommen, daß man sie schamlos betrog.

Auch die Poebene forderte neue Opfer, und mit jedem Tod wuchs der Aufruhr. Diesmal waren es Sonnenglut und Wassermangel, Bienenstiche und Schlangenbisse, die den Kindern zu schaffen machten. Den Fluß Po selbst, der ihren Weg von West nach Ost kreuzte, hatten sie noch lange nicht erreicht, und Wasser war knapp. Das Land lag großenteils brach. Was später einmal die Kornkammer Italiens werden sollte, war jetzt nicht viel mehr als eine dürre Ebene, hier und dort aufgelockert durch eine Ansiedlung mit Äckern und Obstgärten, die wie Oasen aus der eintönigen Landschaft hervorstachen. Im Winter und Frühjahr verwandelte sich die Ebene in ein riesiges Sumpf- und Morastland, im Sommer wurde sie zu einer dürren Steppe, die wenig zu bieten hatte. Die Kinder lebten in der Hauptsache von der Jagd auf wilde Kaninchen und Ziegen, sonst von gebackenen Heuschrecken und wildem Honig. Die Bevölkerung war ihnen in diesem von Dürre geplagten Landstrich nicht wohlgesonnen. Die Lombarden hatten allen Grund, einem Kinderheer, das deutsche Dialekte sprach, zu mißtrauen. Wie oft waren ihre Lande von deutschen Kaisern verwüstet, gebrandschatzt und unterworfen worden? Immer wieder hatten sie versucht, das kaiserliche Joch abzuschütteln, um kurz darauf erneut hereinbrechenden Heerscharen und der Rache des wütenden Kaisers, der nichts von seiner Macht einzubüßen wünschte, ausgeliefert zu sein. Jahrhundertelang war die Lombardei das Schlachtfeld Europas gewesen, und es war kaum dreißig Jahre her, daß Friedrich Barbarossa hier entsetzlich gehaust hatte. Die Erinnerung daran war noch lebendig.

Was hatte diese Invasion deutscher Kinder nun wieder zu bedeuten? Waren sie die Vorhut eines neuen Heeres, die Vorboten neuen Unheils und weiterer Strafexpeditionen?
»Wir sind friedliche Kreuzfahrer«, sagte Nicolas, aber das glaubte ihm niemand. So sahen Kreuzfahrer nicht aus: Dieser verkommene Haufen sollte mit seiner Unschuld die Sarazenen verjagen? Es war ja zum Lachen! Eine zügellose, verwahrloste Horde war das. Sie plünderten und konnten kämpfen wie erfahrene Krieger, sie waren frech wie die Teufel. Sie kannten keine Furcht, keine Ehrerbietung, keine Scheu. Und die Mädchen waren genauso respektlos wie die Jungen. Sie hatten vor nichts und niemand Achtung und respektierten fremdes Eigentum nicht. Diebe und Vagabunden waren sie, die in das Land einfielen wie eine Heuschreckenplage. Sie drangen in Häuser und Scheunen und forderten Nahrung. Sie baten nicht darum, sie forderten mit der Waffe in der Hand.
All das stimmte. Der schwere Zug durch die Alpen hatte die Kinder hart gemacht. Die kühle Haltung der Bevölkerung erfüllte sie mit Groll. Sie wollten essen! Sie brauchten Wasser! Und wenn man es ihnen nicht geben wollte, dann nahmen sie es sich eben. Das ständige Leben im Freien, der dauernde Kampf gegen Hunger und Gefahren hatte die Kinder härter und verwegener gemacht. Hatten sie überhaupt noch Ordnungshüter nötig? Sie konnten doch selbst auf sich aufpassen! Brauchten sie noch Jägergruppen, die für Nahrung sorgten? Lächerlich, inzwischen war ja jedes größere Kind bewaffnet! Und was nützten ihnen Fischer in einem Landstrich, wo es kein Wasser gab? Die Fischer gingen selbst auf die Jagd, oder zogen zum Stehlen aus . . .
Junge Menschen, die mit gefalteten Händen, singend und betend Köln verlassen hatten, waren in wenigen Monaten zu einer Horde von Räubern und Wilddieben geworden, zu selbstbewußten, vor nichts zurückschrekkenden Kriegern. Zweifel und wachsender Aufruhr taten ein übriges. Vielleicht gingen sie gar nicht nach Jerusalem, vielleicht hatte Gott inzwischen beschlossen, die Heilige Stadt nicht den unschuldigen Kindern zu überlassen . . . Aber essen mußten sie! Anselmus tat nichts, um dem Mangel an Disziplin und dem moralischen Verfall entgegenzutreten. Und Johannes blieb weiterhin der freundliche Mann, der er in all diesen Wochen gewesen war, jemand, bei dem die Kinder all ihre Klagen vorbringen konnten. Er schien die Art, die sie den Bauern gegenüber an den Tag legten, sogar spaßig zu finden. Nicolas kümmerte sich nicht, was rund um ihn vorging. Er wollte nur nach Jerusalem, um seinen heiligen Auftrag auszuführen. Wie, das war ihm gleichgültig. Rolf, Leonardo und Dom Thaddäus taten, was sie konnten, um die verwilderten Sitten nicht ganz außer Kontrolle geraten zu lassen, aber sie wurden ausgelacht. Die Kinder hatten längst entdeckt, daß nicht Gott für ihre Nahrung sorgte, sondern daß sie das selbst tun mußten – und sie taten es!
Aber langsam wuchs auch der Widerstand der Bevölkerung und wurde so

bedrohlich, daß er zu einer regelrechten Feldschlacht zwischen dem Kinderheer und wütenden Bauern führte.
Nach tagelangem Marsch durch das heiße, ausgetrocknete Land erreichten sie den kleinen Fluß Oglio. Halb verdurstet stürzten sich die Kinder ins Wasser, kühlten ihre überhitzten Körper und tranken sich satt. Obwohl es noch früher Nachmittag war, weigerten sie sich, weiterzuziehen. Im Schatten eines kleinen Wäldchens begannen sie ihr Lager aufzuschlagen. Dom Anselmus mochte toben, soviel er wollte, hier hatten sie köstlichen Schatten und klares, frisches Wasser. Hier wollten sie den Rest des heißen Tages verbringen und auch noch die Nacht. Rolf, im Inneren froh über den Widerstand der Kinder, half ihnen, Brennholz und dürres Gras für die Feuer herbeizuschaffen. Dabei entfernte er sich ein wenig vom Lager. Plötzlich blieb er stehen und hob lauschend den Kopf. Er kletterte hastig einen Baum hinauf und spähte zum fernen Horizont, wo sich im Dunst vage die Umrisse eines Kirchturmes abzeichneten. Doch dann entdeckte er etwas, das ihm das Herz bis zum Halse hämmern ließ. Halb verdeckt durch das hohe, gelbe Gras schlichen sie heran: Dutzende Bauern, bewaffnet mit Knüppeln, Heugabeln, Messern und Eisenstangen . . .
Rolf verlor keine Zeit. Er glitt vom Baum und rannte zum Lager:
»Zu den Waffen! Alle Kleinen in die Mitte! Wir werden angegriffen!«
Er stieß auf Frank.
»Mein Messer, ich brauche unbedingt mein Messer! Rufe rasch die Ordnungshüter und die Jäger zusammen . . . Aber mach schnell! Eine ganze Abteilung von Bauern ist unterwegs, um uns zu überfallen.«
Der Alarm brachte das gesamte Lager auf die Beine. Die Ordnungshüter machten sich bereit, den Angriff abzufangen. Die kleineren Kinder und die Kranken wurden zur Mitte des Lagers gebracht. Die großen Jungen, aber auch viele Mädchen machten sich bereit, ihr Leben so teuer wie möglich zu verkaufen. Sie griffen nach allem, was sie finden konnten: Beilen, halb verrosteten Messern, Knüppeln und brennenden Zweigen.
Sie hatten kaum Zeit, sich bereitzumachen, da waren die Bauern auch schon da, ihre Heu- und Mistgabeln wie Lanzen schwingend. Sie wollten die Kinder von ihrem Grund und Boden fortjagen und in den Fluß treiben. Aber die Kinder hielten dem Angriff stand und warfen brennende Zweige auf die Angreifer. Dennoch gelang es einigen der Bauern, die vorderste Linie der Kinder zu durchbrechen. Inzwischen hatte sich jedoch die zweite Verteidigungslinie formiert und empfing die Angreifer mit einem Hagel von Pfeilen, mit gezielten Steinwürfen, Knüppeln, aber auch mit Nägeln und Zähnen. Sie sprangen nach vorn, packten die gefährlichen Heugabeln und Dreschflegel und wanden sie den Bauern aus den Händen. Eine solche Waffe in den Händen blitzschneller, von den unglaublichen Strapazen der letzten Zeit stahlhart gewordenen zwölfjähriger Jungen war nicht zu unterschätzen.

Auf eine derart blinde Kampfwut und feste Entschlossenheit waren die Lombarden allerdings nicht gefaßt gewesen. Sie hatten geglaubt, den Vorteil der Überraschung auf ihrer Seite zu haben, so daß sich die Kinder in Panik zur Flucht wenden würden. Aber jetzt, da die Überraschung fehlgeschlagen war und die jungen Kreuzfahrer entschlossenen Widerstand leisteten, wirkte sich die zahlenmäßige Überlegenheit der Kinder nachteilig für die Bauern aus. Selbst die Kleinen machten mit. Sie stießen den Angreifern brennende Zweige in die Gesichter, so daß ihre Haare und Augenbrauen Feuer fingen und sie schreiend die Flucht ergriffen.
Rolf sah das Gemetzel mit Entsetzen. Er wäre natürlich bereit gewesen, für sein Leben zu kämpfen, wenn ihn jemand direkt angegriffen hätte, aber eine Feldschlacht zu befehligen, das war etwas, was ihm nicht lag. Peter rannte an ihm vorbei und entriß Rolf das Messer. Was wollte er damit? Menschen die Kehle durchschneiden?
»Gib es mir zurück!« schrie Rolf. Aber der ehemalige Leibeigene war schon zwischen den Bäumen verschwunden. Rolf, der sich ohne Waffe nicht sicher fühlte, hob einen Stein auf. Aber dann erstarrte er.
Vom Rand des Waldes aus, wo er stand, sah er, daß das dürre Feld lichterloh brannte. Die Bauern hatten bereits vor den Flammen die Flucht ergriffen, aber der Brand breitete sich rasch aus, er griff schon auf die ersten knochentrockenen Bäume über. Das ganze Lager war in höchster Gefahr.
Rolf rannte wieder zurück.
»Auf die andere Seite, alle auf die andere Seite!« brüllte er. Er nahm ein verletztes Kind und trug es zum Ufer. Die Kinder strömten aus dem Wald und rannten zum Fluß, um das andere Ufer zu erreichen. Einige wagten ihr Leben, um das Zelt abzubauen und mitzunehmen. Rolf lief umher und hielt nach Verletzten Ausschau, die man aus dem brennenden Wald retten mußte. Aber die Flammen näherten sich derart schnell, daß er über brennende Grasbüschel springen mußte, um das Wasser zu erreichen. In wenigen Augenblicken hatte sich das Schlachtfeld in ein Feuermeer verwandelt. Von den Bauern war keine Spur mehr zu sehen.
Wie viele Kinder mochten im Kampf gefallen sein, wie viele waren ertrunken oder verbrannt? Das konnte keiner genau feststellen. Diejenigen, die bei dem Gefecht gegen die Bauern ihr Leben verloren hatten, mußten zurückgelassen werden. Sie wurden ein Opfer der Flammen. Von dem kleinen Wäldchen blieben nur ein paar rauchende Baumstümpfe übrig.
Die Kinder schlugen ein neues Lager auf der anderen Seite des Flusses auf. Rolf fand dort seine engsten Freunde wieder. Er sah Mariechen, Leonardo, Peter, Frank und auch Carolus, dessen prächtige Kleider voller Brandflecken waren. Er sah auch Nicolas, die drei Mönche, Hilde und Frieda und stieß einen Seufzer der Erleichterung aus, daß sie alle davongekommen waren.

Leonardo verdoppelte die Nachtwachen, aber die Nacht verlief ungestört, die Bauern kamen nicht wieder.
Am nächsten Morgen wagten sich Rolf und ein paar beherzte Jungen auf das Schlachtfeld. Sie begruben die Toten, die durch das Feuer bis zur Unkenntlichkeit entstellt waren. Rolf zählte sechsundzwanzig Erwachsene und zweiunddreißig Kinder.
In der Zwischenzeit hatten sich auf der anderen Seite des Flusses die Kinder versammelt, um ihren Zug fortzusetzen. Als Rolf zurückkam, wurde eben das Zelt abgebrochen. Carolus, der kleine König, schluchzte wild.
»Eberhard ist fort, ich kann ihn nirgends finden.«
Rolf schloß den schluchzenden Jungen in die Arme. Tiefer Kummer erfaßte ihn, aber auch heißer Zorn, Zorn über den sinnlosen Tod dieses tapferen Jungen, treuen Freundes und großen Jägers.
Sie zogen weiter. Zerlumpt, aber ungebrochen trotteten sie über die heiße Ebene, voll Grimm und Erbitterung. Ängstliche Bauern und erschrockene Frauen blickten ihnen nach, Schwärme von Fliegen und Bremsen peinigten sie. Alles, was sich bewegte und Nahrung versprach, wurde ihre Beute. Siebentausend verkommene kleine Vagabunden auf dem Weg ins Heilige Land.

15. Das Testament des Königs

Sie kamen an der Stadt Cremona vorbei, zogen noch ein paar Tage durch flaches Land und sahen dann die Ausläufer des Apennins vor sich. Bei diesem Anblick brach im Kinderheer fast ein Aufstand aus. Das, was da drohend, rauh und abweisend vor ihnen aufragte, war ja schon wieder ein Gebirge, und von Gebirgen hatten sie jetzt wirklich genug! Es kostete Anselmus die größte Mühe, die Kinder zu überreden, dieses, wie er beschwor, endgültig letzte Hindernis auf dem Wege nach Genua noch zu überwinden.
»Glaubt mir, Kinder«, rief er der aufgebrachten Schar zu, »hinter diesen Bergen liegt das Meer. Das Gebirge ist nicht breit, wir können es in fünf Tagen überquert haben. In fünf Tagen sind wir in Genua, wo sich die Fluten vor Nicolas zurückziehen werden. Ich schwöre euch, bei allen Heiligen, daß wir jetzt fast am Ziel sind. Gebt nicht im letzten Augenblick den Mut auf, liebe Kinder, denn eure Standhaftigkeit wird belohnt werden.«
»Das haben wir schon so oft gehört, daß wir es bald nicht mehr glauben können«, murrten die größeren Kinder. »Wir werden Jerusalem niemals sehen. Wir sind im Kreis gelaufen und kommen wieder zu jenem Gebirge zurück.«

»Nein, nein«, rief Anselmus heftig, »das hier sind nicht die Alpen! Das ist der Apennin. Er ist bei weitem nicht so hoch und kalt wie die Berge im Norden. Ich weiß das genau, denn ich habe jahrelang dort gewohnt. Fragt Rudolf von Amsterdam, wenn ihr ihm mehr glaubt als mir. Auch er kennt das Land und die Städte hier, denn er ist schon früher hier gewesen. Es ist nicht meine oder Nicolas' Schuld, daß wir so lange unterwegs sind. Rudolf von Amsterdam hat durchgesetzt, daß wir einen großen Umweg gemacht haben. Ihr habt kein Recht, uns dafür zu grollen. Wenn ihr euch über die lange, gefährliche Reise beschweren wollt, dann tut es bei Rudolf.«
Die Kinder zögerten. Sie hatten nicht viel Lust, Rudolf von Amsterdam zur Verantwortung zu ziehen.
Jetzt nahm Johannes das Wort. »Seid doch vernünftig, Kinder. Rudolf hatte ganz recht, als er uns diesen Umweg machen ließ. Wir haben ja auch gar keine Eile. In diesem Land dauert der Sommer lange.«
Anselmus versetzte ihm einen Stoß, aber Johannes ließ sich nicht aufhalten.
»Die Berge hier sind nicht so rauh, wie sie aussehen, liebe Kinder. Aber wenn ihr nicht mehr wollt, können wir auch umkehren.«
»Bist du verrückt geworden?« zischte ihm Anselmus zu.
Aber Johannes rief unbeirrt: »Wer möchte nach Hause zurückkehren?« In seiner Stimme schwang ein seltsamer Unterton mit, so als ob er gehofft habe, daß alle siebentausend »ich» rufen würden. Aber merkwürdigerweise taten sie das nicht. So kurz vor Genua sollten sie umkehren? In ein paar Tagen würden sie doch am Meer sein und Zeuge eines Wunders werden. Oder etwa nicht? Sie besprachen die Angelegenheit miteinander, und einige von ihnen beschlossen, Rudolf zu fragen, ob es stimmte, daß der Apennin wirklich das letzte Hindernis vor Genua sei. Aber wo steckte Rudolf?
Sie suchten überall nach ihm, als plötzlich Frank keuchend angerannt kam.
»Schnell«, rief er, »es ist sehr schlimm ...« Und schon lief er wieder weiter.
Ein paar hundert Kinder, die Waffen in der Hand, rannten ihm nach. Was war denn los? Wurde die Nachhut angegriffen?
Frank führte sie zu einem schattigen Wäldchen, das ungefähr eine halbe Meile weiter zurück lag. Erschrocken blieben die Kinder stehen, als sie sahen, was passiert war.
Auf dem Boden, auf seinem schönen roten Mantel, lag Carolus und krümmte sich vor Schmerzen. Rudolf, Leonardo, Hilde und Bertho saßen verzweifelt neben ihm.
»Carolus ist krank, Carolus ist verletzt«, ging es von Mund zu Mund. Diese schlimme Nachricht ließ die Unzufriedenheit sofort in große Besorgnis umschlagen. Carolus war nicht nur ihr zukünftiger König,

sondern auch ihrer aller Liebling. Dom Thaddäus drängte sich nach vorn und beugte sich über den Jungen. Der kleine König schien große Schmerzen zu leiden. Sein Gesicht war fieberheiß, sein Puls schlug rasend schnell.

Rolf suchte verzweifelt nach dem Grund. Er dachte an giftige Beeren, an verdorbene Nahrungsmittel, aber Carolus, der für einen Augenblick zu sich kam, stammelte, daß er schon seit zwei Tagen nichts gegessen hätte.

Von Weiterziehen konnte jetzt keine Rede mehr sein. Die Kinder begannen ein Lager aufzuschlagen, und Carolus wurde ins Zelt gelegt. Rolf jagte jeden fort, den er nicht brauchen konnte. Nur Dom Thaddäus, Hilde und Leonardo durften bleiben. Aber dann mußte er doch noch Mariechen zu Hilfe rufen, denn Hilde versagte hier völlig. Sie konnte kaltblütig die schrecklichsten Wunden versorgen oder die Kranken säubern, aber die Leiden ihres zukünftigen königlichen Gemahls hatten ihr die Fassung geraubt. Sie konnte nur noch weinen.

Natürlich erwartete jetzt jeder, daß Rolf auch in diesem Fall seine oft bewährte Kunst zeigen und Carolus gesund machen solle. Aber Rolf war ratlos. Was mochte seinem Freund nur fehlen? Ein normaler Magen- und Darmkatarrh war doch niemals mit so hohem Fieber verbunden. Zögernd betastete er den Bauch des jungen Königs, um den Sitz der Schmerzen zu lokalisieren. Und als ihm das gelang, drang langsam die schreckliche Wahrheit zu ihm durch. Carolus hatte Blinddarmentzündung!

»Mariechen«, flüsterte er, »bring mir Tücher, getränkt mit eiskaltem Wasser, aber schnell!«

Das Lager lag nicht weit von einem kleinen Flüßchen, der Trebbia. Bald kam Mariechen mit sauberen Tüchern und einem Krug frischen Wassers zurück. Rolf legte die triefendnassen Tücher Carolus auf den schmerzenden Leib und erneuerte sie alle paar Minuten, er kühlte die fieberheiße Stirn und tat, was er konnte, damit sich die Entzündung nicht weiter ausbreitete. Er ließ lauen Kräutertee zubereiten und versuchte mit dem phantasierenden Carolus zu sprechen.

»Wie lange hast du diese Schmerzen schon, Carolus?« fragte er immer wieder eindringlich, in der Hoffnung, es möge noch nicht zu spät sein.

Carolus reagierte nicht auf seine Frage, aber Hilde sagte: »Seit wir Cremona verlassen haben, wollte er nichts mehr essen, und ich hörte ihn manchmal stöhnen. Er sagte, die Hitze mache ihm zu schaffen . . .«

Rolf erstarrte. Achtundvierzig Stunden lang war Carolus also mit einer akuten Blinddarmentzündung herumgelaufen, gequält von Schmerzen und Fieber, und er hatte nichts davon gesagt. Ein König mußte eben Schmerz und Pein ertragen können. Erst vor einer Stunde war er schließlich zusammengebrochen, und nun konnte man nicht mehr viel für ihn tun. Ruhe und kaltes Wasser allein würden hier nicht mehr helfen können. Carolus würde wahrscheinlich den Morgen nicht mehr erleben.

Schluchzend verbarg Rolf sein Gesicht in den Händen. Leonardo und

Mariechen wechselten einen erschrockenen Blick. Aus Rolfs Verzweiflung konnten sie erraten, wie das Urteil lauten würde. Mariechen erneuerte mit zitternden Händen den kalten Umschlag.
Wenn der kleine König aus seinen Fieberträumen aufschrak, suchten seine Augen Dom Thaddäus, der alles tat, um das Kind zu beruhigen. Einmal murmelte Carolus: »Bertho . . . Oberjäger.«
Und kurz darauf: »Rudolf von Amsterdam, mein Erbe, ich befehle dir . . .« Dann versank er wieder in Fieberdelirien.
Rolf war sehr blaß geworden. Er wußte, daß auch die anderen Carolus' Worte gehört hatten. Als er aufsah, fiel sein Blick auf Nicolas, der im Zelteingang stand. Nicolas sagte kein Wort, aber seine Augen verrieten, was er dachte.
Sie wachten die ganze Nacht bei dem Sterbenden. Bei Tagesanbruch nahm der kleine König von Jerusalem Abschied von seinen Untertanen.
Versteinert sah Rolf zu, wie Dom Thaddäus sanft die Lider über den gebrochenen Augen schloß, die verkrampften Hände des Toten auf der Brust faltete und den Jungen mit seinem roten Königsmatel bedeckte. Er sah zu, wie Mariechen schweigend die Tücher und Wasserschalen forträumte, während dicke Tränen über ihre Wangen kollerten. Er hörte Dom Thaddäus beten und Hilde schluchzen, aber nichts drang wirklich zu ihm durch. Er konnte es einfach noch nicht fassen. Ein so schwerer Schlag war eine neue Erfahrung für ihn, und er empfand ihn als eine persönliche Niederlage. Den Scharlach hatte er besiegt, dem Hungertod in den Alpen ein Schnippchen geschlagen. Er hatte die geraubten Kinder aus der Burg von Scharnitz zurückgeholt. Den Angriff der erbosten Bauern in der Poebene hatten sie abgewehrt. Gewiß waren bei all diesen Unternehmungen auch Opfer zu beklagen gewesen, aber Rolf hatte sie doch im großen und ganzen als Sieg über eine mitleidlose Welt empfunden. Dieses Mal hatte er verloren. Seinen liebsten Freund hatte er nicht retten können. Er verließ das Zelt, von Schmerz überwältigt. Er wollte allein sein.
Auch Dom Thaddäus verließ gesenkten Hauptes das Zelt. Draußen standen Hunderte Kinder, die, gleich ihnen, die ganze Nacht gewacht und gebetet hatten. Der Mönch teilte ihnen mit, daß Gott seinen Diener Carolus zu sich gerufen habe, und daß der kleine König am selben Abend begraben werden würde. Er erwähnte auch, daß Carolus den Wunsch geäußert habe, Rudolf von Amsterdam möge sein Nachfolger werden.
Die Nachricht verbreitete sich rasch im ganzen Lager. Carolus, in seine prächtigen Königsgewänder gekleidet, wurde vor dem Zelt aufgebahrt. In langen Reihen zogen die Kinder vorbei, um Abschied zu nehmen. Sie legten Blumen auf sein Haupt, auf seine Füße, schlugen das Kreuz und machten dann schluchzend Platz für die nächsten. Es war ein ergreifendes Schauspiel, das fast den ganzen Tag dauerte. Niemand dachte an Essen, Jagen oder Fischen. Ihr König war gestorben, und ihm erwiesen sie ihre Liebe, ihre Verehrung und ihre tiefe Trauer.

Im Licht der sinkenden Sonne wurde der kleine König begraben. Man wickelte ihn in seinen roten Mantel, bedeckte ihn mit Blumen und trug ihn zu seinem Grab im Schatten eines jahrhundertealten Baumes. Während die Kinder eine Hymne sangen, wurde der Leichnam in die Grube hinabgelassen. Rolf, der neue König, mußte die erste Handvoll Erde in das Grab werfen. Dumpf polterten immer neue Erdschollen in die Grube. Auf den Grabhügel wurden Blumen gepflanzt, die sie in der Umgebung gefunden und mit ihren Wurzeln ausgegraben hatten. Andere Kinder hatten unter der Leitung von Bertho ein Kreuz aus schönem, glattem Holz gezimmert. Leonardo, einer der wenigen, die des Lesens und Schreibens kundig waren, ritzte mit Rolfs Messer noch einen lateinischen Spruch in das Kreuz. Dom Thaddäus hielt die Totenmesse. Es war wirklich ein königliches Begräbnis.
Als die Dunkelheit hereinbrach, begaben sich die trauernden Kinder zur Ruhe. Viele weinten und beteten auch jetzt noch. Sie blickten scheu auf Rolf, der sich hartnäckig weigerte, seinen Platz im Zelt einzunehmen. Selbst als Dom Thaddäus ihn auf Carolus' letzten Wunsch hinwies, schüttelte er den Kopf.
»König oder nicht – mein Platz ist bei den Kindern.«
Er hatte nicht die geringste Lust, sich zum König von siebentausend betrogenen Kindern machen zu lassen.
»Sollen die Kinder doch selbst bestimmen, wen sie als König haben wollen«, schlug er vor. »Ich eigne mich nicht für dieses Amt.«
Aber die Kinder begriffen nicht, warum Rolf sich weigerte, Carolus' letzten Willen zu vollstrecken. Noch weniger begriffen sie, daß sie ihren König selbst wählen sollten. König war man eben, oder man war es nicht.
Um die Unruhe zu beschwichtigen, sagte Rolf schließlich: »Gut, ich will euer König sein, aber jetzt noch nicht. Denkt daran, daß sich auch Carolus erst in Jerusalem zum König ausrufen lassen wollte. Wenn wir Jerusalem erreichen, bin ich bereit, euer König zu werden. Vorher nicht.«
Damit gaben sich die Kinder zufrieden.
Carolus' Tod hatte einen so tiefen Eindruck hinterlassen, daß das Kinderheer wieder Disziplin annahm. Dom Anselmus, der während des ganzen Zuges eine Art Kalender geführt hatte, rechnete damit, daß sie Mitte August in Genua eintreffen würden. Das war zwar mehr als drei Wochen später als er gehofft hatte, aber vielleicht doch noch nicht zu spät. Von neuem trieb er die Kinder zur Eile an. Und dieses Mal gehorchten sie, denn sie verlangten sehnlichst nach dem Ende der Reise, nach dem Meer, nach dem Wunder. So zogen sie einmütig in das Gebirge hinein.
In diesem unfruchtbaren, trockenen Gebiet wohnten nur sehr wenige Menschen, die versuchten, ihre Nahrung durch Fischen, Jagen und das Pflücken von Beeren aufzubessern. Bertho führte die Jäger an, er zeigte sich daran mindestens so erfahren wie Carolus und war außerdem

vorsichtiger. Die Bergvölker lebten überwiegend von Raub und dem Einheben von Zöllen. Die Kinder wurden jedoch von ihnen in Ruhe gelassen. Ihre große Zahl, ihre Lieder und ihr unaufhaltsames Vordringen schreckten die Räuber ab. Außerdem war die Verteidigung unter der Leitung von Leonardo weit besser organisiert worden als je zuvor. Es schien, als hätte er es plötzlich genauso eilig, nach Genua zu kommen, wie Dom Anselmus oder Nicolas. Am merkwürdigsten verhielt sich Dom Johannes. Er weigerte sich, weiterhin im Zelt zu hausen, und schien von Gram und Kummer gebeugt.
»Rudolf«, flüsterte er eines Abend, »sei in Genua auf der Hut.«
Aber wie sehr Rolf auch in ihn drang, mehr wollte ihm der Mönch nicht sagen. Er schien nicht nur großen Kummer über Carolus' Tod zu empfinden, er schien sich auch zu fürchten. Aber wovor hatte Dom Johannes Angst?

16. Endlich – das Meer!

»Morgen werden wir Genua sehen! Morgen kommen wir ans Meer!«
Diese Worte gingen von Mund zu Mund, und die Schritte der Kinder wurden immer schneller. Nicolas, ungeduldig wie alle anderen, ging voran. Über seinen weißen Kleidern, die längst nicht mehr so weiß waren wie zu Beginn, trug er einen mit Juwelen besetzten Gürtel, in dem ein kostbarer Dolch in einer silberbeschlagenen Scheide steckte. Es war Carolus' Gürtel. Rolf hatte angenommen, der kleine König sei mit all seinen Besitztümern bestattet worden. Aber Nicolas hatte offensichtlich der Versuchung nicht widerstehen können, sich die Waffe anzueignen. Rolf fand das zwar ziemlich kindisch, aber es ließ ihn gleichgültig. Nicolas konnte sich umhängen, was immer er wollte, er würde doch niemals ein echter Führer sein. Mochten sie ihn auch mit Edelsteinen behängen und mit Gold übertünchen: er war und blieb ein Schlappschwanz, eine Marionette in den Händen Dom Anselmus', ohne eigenen Willen, ohne eigene Werte.
Er bedachte jedoch nicht, daß für diese Kinder der äußere Schein viel bedeutete und daß er selbst an Einfluß verlor, indem er Nicolas die Chance gab, sich königliche Insignien zuzulegen.
»Genua, morgen kommen wir nach Genua!«
Die Kinder waren wie elektrisiert. Sie glaubten, daß sie von der Küste Genuas aus Jerusalem erblicken würden. Nun waren sie fast am Ziel. Das Meer mußte nur kurz zur Seite weichen, damit sie unter Jubel und Hurrarufen zur Weißen Stadt stürmen konnten. Oh, wie würden die teuflischen Sarazenen davonlaufen! Der kleine Simon führte das große Wort. Er fühlte sich stark wie ein Bär und erzählte überall, daß er allein mindestens zehn dieser Teufel verjagen würde.

Plötzlich wurde das Kinderheer aufgehalten. Links vom Weg erhob sich drohend ein hoher Steinturm, der mit Bogenschützen besetzt war. Und über dem Weg war ein Schlagbaum herabgelassen, bewacht von Reitern und Geharnischten mit Hellebarden. Sie hatten den ersten Vorposten der Stadt erreicht. Genua lag am offenen Meer, aber das gebirgige Hinterland wimmelte von Räubern und Wegelagerern. Es war nicht möglich, sich Genua unbemerkt zu nähern. Die ungeduldigen Kinder, jäh zum Halten gezwungen, drängten nach vorn. Leonardo hatte Mühe, sie zur Ruhe zu bringen.
Gemeinsam mit Rolf dıängte er sich an die Spitze des Zugs, wo Dom Anselmus und Nicolas schon mit den Offizieren verhandelten. Rolf bemerkte, daß Anselmus die Landessprache fließend beherrschte.
Leonardo hatte Rolf in den letzten Wochen auf dessen Drängen Unterricht in seiner Muttersprache gegeben, aber dennoch verstand Rolf nicht viel von dem, worum es hier ging. Der Student übersetzte.
»Die Stadt weiß schon von unserem Kommen. Der Herzog wünscht nicht, daß die Kinder die Stadt betreten. Wir bekommen freien Zugang zum Meer, aber auf einem anderen Weg, so daß wir südöstlich der Stadt den Strand erreichen.«
Das bedeutete leider, daß sie wieder einen Umweg machen mußten. Man gab ihnen ein paar Reiter als Begleitung mit, die ihnen den richtigen Weg zeigen sollten. Und dann endlich, als die Hitze des Tages ihren Höhepunkt erreicht hatte, sahen sie von oben das Meer liegen! Rechts von ihnen, eingebettet zwischen Hügeln, in einem breiten Tal mit vielen Ausläufern, glänzte Genua in der Sonne. Von oben glich die Stadt einem Kunstwerk, das ein Riese aus den Felsen gehauen und dann fallen gelassen hatte, so daß es den Hang hinabgerollt und zwischen den Hügeln am Meer liegengeblieben war. Die zahllosen Türme glänzten im Sonnenlicht wie die Facetten eines Diamanten. Dazwischen blitzten die Dächer des Häusermeeres, und alles wurde überragt von der großen Kathedrale.
Rolf, der inmitten von Tausenden Kindern auf dem Hügel stand, blickte verblüfft auf die mächtigen Bollwerke, Wälle, Hafenmündungen und Kaimauern hinab. Er sah die reichste und mächtigste Handelsstadt des europäischen Kontinents unter sich liegen, im Jahr 1212 noch mächtiger als das rasch aufstrebende Venedig oder das alte Pisa. Eine Stadt der Gegensätze: prächtige Kirchen, schäbige Herbergen, Paläste und Elendsquartiere, Lagerhäuser und Müllhalden. Eine Stadt voll räudiger Hunde, verwahrloster Katzen und kostbar aufgezäumter Pferde. In ihren Straßen konnte man sämtliche Völkerstämme antreffen: Dänen, Araber, Slawen und Griechen, Iren, Bulgaren und Syrer, gestrandete Kreuzfahrer, gescheiterte Händler, reiche Kaufleute und armselige Bettler. Schöne Frauen, verkrüppelte Kinder, Geistliche, Gelehrte und Betrogene, Taschendiebe und Laienbrüder, Schurken und Goldschmiede. Eine Stadt voller Geheimnisse und Intrigen. Eine reiche Stadt, in der die Armut

umging. Eine starke Stadt, in der Menschen an der eigenen Schwäche zugrunde gingen. Eine stolze Stadt, in der täglich Menschen erniedrigt wurden. Eine Stadt, in der die Marmorstufen der Kathedrale von Bettlern übersät waren, wo in den Palästen Ratten und Flöhe hausten, in der die Läuse zahlreicher waren als die Menschen und in der über das Los von siebentausend Kindern entschieden werden sollte.
Und hinter der Stadt lag das Meer, ein Meer, das keine Grenzen zu haben schien. Das Mittelmeer.
Die Kinder waren still geworden. Die gewaltige Stadt im Tal beachteten sie kaum, ihre Augen suchten das Meer, das prächtig blaue, unerbittliche Meer. Mit offenem Mund starrten sie auf die endlose Wasserfläche. Bald würden sie zum Strand hinabsteigen. Dann würde Nicolas die Arme ausbreiten, und die Wassermassen würden zurückweichen . . . Aber jetzt, wo sie das Meer vor sich hatten und sahen, daß es sich bis zum Ende der Welt erstreckte, beschlich viele von ihnen doch ein unbestimmtes Angstgefühl. Wie konnte eine solche Menge Wasser zurückweichen?
Viele von den Kleinen glaubten, die Stadt dort unten müsse Jerusalem sein. Sie waren schon lange unterwegs, noch größer konnte die Welt doch nicht sein. Sie stießen Jubelrufe aus, drängten nach vorn und wollten hinablaufen, um die Sarazenen flüchten zu sehen. Die größeren Kinder konnten sie nur noch mit Mühe zurückhalten. Aber auch sie selbst waren voller Ungeduld. Sie wollten endlich Zeugen des großen Wunders werden, das man ihnen versprochen hatte. Sie wollten sehen, wie sich die unendlichen Wassermassen vor dem Hirtenjungen teilten. Jauchzend und kreischend vor Aufregung setzte sich plötzlich der ganze Zug in Bewegung, alle strömten gleichzeitig hügelabwärts, zum Strand.
Im Schatten von Schirmföhren schlugen sie ihr Lager auf. Viele versuchten, die Stadt zu erreichen, wurden aber von Soldaten aufgehalten und zurückgeschickt. Genua wollte offensichtlich von dem Kinderheer nichts wissen. Aber das entmutigte die Kleinen nicht. Verlangend starrten sie zum Horizont, hinter dem, ach wie fern, Jerusalem liegen mußte, der weiße Traum ihrer kindlichen Phantasie. Hungrig blickten sie den Fischerbooten nach, die an der Küste entlangsegelten. Flehend richteten sie ihre Augen auf Nicolas, Leonardo und Rudolf. Sie hatten nichts mehr zu essen. »Morgen«, rief Anselmus laut, »wird Nicolas das Wunder wirken. Kommt, Kinder, baut sein Zelt auf. Nicolas muß fasten und beten, um sich auf das Wunder vorzubereiten.«
Das begriffen die Kinder, trotz ihrer Ungeduld. Auf ein Wunder mußte man sich vorbereiten. Das Zelt wurde aufgerichtet, und der Hirtenjunge zog sich schweigend zurück. Keiner sonst durfte das Zelt betreten, nicht einmal die adligen Kinder. Rolf fühlte fast Mitleid mit dem Hirtenjungen, denn dieser war offensichtlich überzeugt, daß das Wunder geschehen würde. Eines aber fürchtete Rolf: die Reaktion der Kinder, wenn das Wunder nicht stattfand.

Dom Johannes rannte durch das Lager wie eine Henne, die nicht weiß, wohin sie ihr Ei legen soll. Er war so aufgeregt, daß es Rolf auffiel. Er weinte unaufhörlich, strich Kindern über die Haare, drückte Jungen und Mädchen an sein Herz und rief immer wieder:
»Gott wird sich eurer erbarmen, liebe Kinder!«
Rolf war überzeugt, daß der Mann den Verstand verloren hatte. Vergeblich versuchte Anselmus seinen Ordensbruder zu beruhigen.
»Fasse dich, Bruder. Die Kinder müssen ja denken, daß etwas Schlimmes auf sie zukommt.«
»Ja, ist das denn nichts ...« begann Johannes zitternd, aber Anselmus gebot ihm zu schweigen.
»Ruhig! Die Kinder sollen jetzt ihre Arbeiten verrichten. Ich muß in die Stadt. Es ist noch früh genug.«
»Nein, nein!« rief Johannes und sank plötzlich in die Knie. Er hob die Hände bittend zu Anselmus empor.
»Tu es nicht, Anselmus, ich flehe dich an, tu es nicht!«
Rolf, der gerade vorbeikam, blieb betroffen stehen. Ungeduldig schob Anselmus den anderen Mönch mit dem Fuß beiseite, so daß der dicke Johannes beinahe umfiel.
»Ach, steh doch auf, Dummkopf. Hast du denn ganz vergessen, welche Belohnung uns erwartet?« Und dann schwieg er erschrocken, denn er hatte Rolf entdeckt.
»Was machst du denn hier?« fuhr er ihn an. »Scher dich fort! Es geht dich nichts an, was geweihte Männer miteinander zu besprechen haben. Sorge lieber dafür, daß die Kinder etwas zu essen bekommen.«
Rolf wandte sich schweigend ab und ging davon. Seine Gedanken rasten. Er wußte plötzlich, daß er Anselmus' Geheimnis herausfinden konnte, wenn er es nur fertigbrachte, sich Dom Johannes in der richtigen Weise zu nähern. Der wollte anscheinend nicht mehr ...
Was wollte er denn nicht mehr? Wovon wollte er Anselmus zurückhalten? Warum war er so nervös und so voller Mitleid für die Kinder? Johannes wußte also, was der finstere Mönch in Genua wollte, und bat ihn, es nicht zu tun ... Was nur?
Er sollte sorgen, daß die Kinder etwas zu essen bekamen. Ja, das war seine Aufgabe. Anselmus' Worte hatten ihn daran erinnert. Aber bald sah er, daß er es ruhig den Kindern selbst überlassen konnte. Hunderte von Jungen und Mädchen wateten schon, mit Spießen und Netzen bewaffnet, ins Wasser. Die Temperatur des Wassers hier überraschte sie: es war lauwarm! Nachdem sie wochenlang ihre Nahrung aus eiskalten Flüssen und Bächen geholt hatten, kam ihnen das Meer sanft und lieblich vor. Sie tranken, spien aber das salzige Wasser voller Widerwillen aus. Wie konnten in diesem warmen, salzigen Wasser Fische leben? Aber es gab sie! In großen Mengen sogar. Fische, wie sie sie nie zuvor gesehen hatten, kleine und große. Die Kinder kletterten über die Felsen und fischten alle

kleinen Buchten leer. Sie fingen Langusten, Krabben und andere Schalentiere, mit denen sie aber nichts anzufangen wußten. Rolf erklärte ihnen, wie sie diese Beute säubern und kochen sollten. Er überzeugte sie, daß die kleinen Sardinen, die durchsichtigen Garnelen und kleinen Tintenfische sehr schmackhaft sein könnten, wenn sie nur auf die richtige Weise zubereitet würden. Voller Begeisterung stürzten sich die Kinder danach auf die ungewohnte Beute, wenn ihnen auch manchmal vor den schleimigen Saugarmen und den seltsamen Augen graute.
»Heute abend gibt es Fischsuppe«, meinte Rolf fröhlich. »Endlich einmal wieder etwas Herzhaftes!«
Viele von den kleinen Fischern wurden von Langusten und Krabben in die nackten Beine und Hände gezwickt. Die Krankenmannschaft bekam eine Menge zu tun. Aber durch Erfahrung lernt man schnell, und Kinder lernen am schnellsten. Sie wurden vorsichtiger, entdeckten bald, wie man die Schalentiere anfassen mußte, und in welchen Felsspalten man die besten Chancen auf Beute hatte.
Die Genuesen waren den Kindern nicht feindlich gesinnt, wenn man davon absah, daß sie sie daran hinderten, die Stadt zu betreten. Aber sie dachten auch nicht daran, den Kindern zu helfen. Anscheinend begriffen sie nicht, warum das Kinderheer ausgerechnet nach Genua gekommen war.
Genau das frage ich mich auch, dachte Rolf. Warum gerade Genua? Es liegt doch gar nicht auf dem Weg. Er beschloß, Dom Johannes zu suchen, und fand ihn endlich abseits des Lagers, im Schatten wilder Sträucher. In den Augen des Mönchs lag nackte Verzweiflung. Rolf setzte sich neben ihn und berührte seine Schulter.
»Dom Johannes . . .«
»Laß mich in Ruhe«, antwortete der Mönch mit erstickter Stimme. Er zog die Kapuze seiner Kutte über den Kopf und verdeckte sein Gesicht mit den Händen.
»Dom Johannes, fühlt Ihr Euch nicht wohl?«
»Ich habe Angst . . .«
»Angst? Wovor?«
»Vor dem Meer . . .«
Rolf glaubte, jetzt die Befürchtungen des Mönchs zu kennen. Wenn Nicolas morgen versuchen würde, das Meer zu bezwingen, und es glückte nicht, standen die Anführer des Kreuzzuges als Betrüger da.
»Auch ich habe Angst, Dom Johannes«, sagte Rolf ernst. »Ich bin, genau wie Ihr, ein Zweifler und glaube nicht an das Wunder, das Nicolas vollbringen will.«
Der Mönch hob den Kopf und schaute den Jungen verwundert an.
»Nein, das ist es nicht«, murmelte er fast unhörbar.
»Ihr glaubt also an das Wunder?«
Johannes schüttelte den Kopf.

»Die Schiffe«, flüsterte er. »Ich muß immer daran denken, was mit den Kindern geschah, die in Marseille eingeschifft wurden.«

Jetzt verstand Rolf überhaupt nichts mehr.

»Welche Kinder?«

»Die fränkischen Kinder ... vor ein paar Wochen.«

Rolf stand noch immer vor einem Rätsel.

»Sie wurden auf Schiffe gebracht«, flüsterte der Mönch, »nachdem sich das Meer vor ihnen nicht geöffnet hatte. Es waren fünf Schiffe dort, drei gingen im Sturm unter. Die beiden anderen ... Es heißt, sie seien gut in Tunesien angekommen ...«

Er schwieg, von neuem Kummer überwältigt.

»Dom Johannes, ich verstehe das alles nicht recht. Wer waren diese Kinder, und wieso kamen sie auf Schiffe?«

»Die Schiffe lagen im Hafen von Marseille und warteten auf sie.«

»Ja, aber wie? Und ...«

Plötzlich fiel es Rolf wie Schuppen von den Augen. Hatte nicht Leonardo von einem Kinderkreuzzug in Frankreich gesprochen? Genau in der Art wie dieser hier? Und war er nicht auch um die gleiche Zeit aufgebrochen?

»Dom Johannes, könnt Ihr mir die Sache nicht etwas deutlicher erklären? Was geschah mit den Kindern, und wieso kamen sie nach Marseille?«

»Es war eine Verschwörung. Zwei Männer und ein Hirtenjunge brachten sie dorthin. Die Kinder glaubten, sie seien auf dem Wege zum Heiligen Land. Stefan, der Hirtenknabe, sollte in Marseille dem Meer gebieten, sich zurückzuziehen, damit sie zu Fuß ... Das Meer zog sich natürlich nicht zurück, und da waren die Kinder tief enttäuscht und verzweifelt. Aber es lagen fünf Schiffe dort. Und nun redeten die Anführer den Kindern ein, da sich die See nicht zurückgezogen habe, würden die Schiffe sie zum Heiligen Land bringen.«

»Gut, aber was wollten sie in Tunesien?«

»Verstehst du das nicht, Rudolf? Die Schiffe nahmen sofort Kurs auf Nordafrika, zu den großen Sklavenmärkten. Das war doch von Anfang an so geplant.«

»Nein!«

Diese Ungeheuerlichkeit mußte Rolf erst verdauen. Langsam wurde ihm das Ausmaß des Verrats klar.

»Also ... die Kinder waren dazu bestimmt, um ... Aber das ist ja entsetzlich! Wollt Ihr damit sagen, Dom Johannes, daß diese deutschen Kinder auch ... Daß im Hafen von Genua ebenfalls Schiffe liegen, die sie ins Heilige Land bringen sollen, wenn das Wunder nicht vollbracht wird? Meint Ihr das?«

Der Mönch nickte, die Augen schamvoll zu Boden gerichtet.

»Also deshalb ... darum sollten wir nach Genua ... Großer Gott, das ist einfach ...«

Dom Johannes seufzte tief.

»Und drei Schiffe gingen unter, alle darauf ertranken«, murmelte er traurig.
»Und ... und ... unsere Kinder?«
Dom Johannes schwieg beschämt und senkte den Kopf.
»Ihr glaubt also«, flüsterte Rolf entsetzt, »daß im Hafen von Genua auch Schiffe liegen, die uns nach Nordafrika bringen sollen, während die Kinder meinen, sie würden zum Heiligen Land gebracht?«
Wieder nickte der Mann.
»Und das ... das wollt Ihr zulassen?«
»Nein!« rief der Mönch, »ich kann es nicht zulassen! Ich habe Anselmus flehentlich gebeten ... aber er wollte nichts davon hören, er will sich die Belohnung nicht entgehen lassen.«
»Also ein abgekartetes Spiel«, stieß Rolf wütend hervor. »Die ganze Zeit über habe ich gefühlt, daß die Kinder mit dem schönen Märchen vom Heiligen Land betrogen wurden, daß etwas anderes, etwas Gemeines dahinterstecken mußte ... Ich hatte nur keine Ahnung, was ... Wie lange wißt Ihr das eigentlich schon, Dom Johannes?«
Der Mönch antwortete nicht.
»Habt Ihr es schon die ganze Zeit über gewußt ... schon seit Köln?« fragte Rolf fassungslos.
Wieder Schweigen.
»Habt Ihr ... Ihr selbst diesen Plan ...?«
»Nein, ich nicht ... auch Anselmus nicht. Aber wir haben ihn ausgeführt.«
»Wer hat sich das denn ausgedacht? Wer ist bloß auf diese elende Idee gekommen, Tausende Kinder anzuwerben und sie mit ein paar frommen Märchen zu einem Hafen zu locken, wo sie als Sklaven verschifft werden sollten? Wer?«
Schweigen.
»Oh, sprecht doch, Dom Johannes, sagt doch etwas. Was soll jetzt geschehen?«
»Das weiß ich selbst nicht«, flüsterte der Mönch. »Wir sind zu spät gekommen. Gebe Gott, daß wir viel zu spät gekommen sind, so daß die Schiffe nicht länger warten konnten. Vielleicht sind sie schon in See gestochen.«
»Wieso sind wir denn zu spät?«
»Wir hätten Mitte Juli hier sein sollen, und jetzt schreiben wir schon Mitte August.«
»Deshalb also hatte es Anselmus so eilig! Deshalb ärgerte er sich über jeden Aufenthalt!«
Johannes nickte.
Rolf konnte das Ganze immer noch nicht begreifen. Es schien undenkbar, daß jemand auf den Gedanken kommen konnte, Tausende unschuldige Kinder als Sklaven nach Nordafrika zu verkaufen.

»Jerusalem liegt doch gar nicht in Nordafrika«, sagte er langsam.
»Ja, das weiß ich, und Anselmus weiß es auch – und du weißt es. Aber die meisten Kinder haben doch keine Vorstellung, wo Jerusalem liegt. Wenn man ihnen erzählen würde, es liege in Griechenland, würden sie es auch glauben.«
»Aber warum? Warum solltet Ihr so etwas tun?« fragte Rolf verzweifelt.
»Weil damit sehr viel Geld zu verdienen ist. In Genua sollten wir für jedes gesunde, kräftige Kind einen Denar erhalten.«
»Siebentausend Denare ... das ist ja ein Vermögen!«
Johannes nickte und schüttelte sich dann, als ob es ihn fröstelte.
»Ich will nicht mehr«, flüsterte er. »Ich kann es nicht ... Die armen Kinder, sie sind so ahnungslos und verlangen nach Jerusalem ... Ich habe sie wirklich liebgewonnen, Rudolf.«
Rolf nickte. Aber sein Entsetzen wuchs, je mehr er über die Sache nachdachte. Er stellte sich Mariechen auf dem Sklavenmarkt von Tunesien vor. Oder Hilde. Nein, das war undenkbar.
»Das darf nicht geschehen, Dom Johannes!«
»Nenne mich nicht Dom Johannes, der Titel steht mir nicht zu.«
»Ihr seid kein echter Mönch?«
»Ich war es ... aber ich bin es nicht mehr. Ach, Rudolf, ich war einmal ein guter Mensch und wollte zu den heiligen Männern zählen. Aber ich war zu schwach und wurde als Unwürdiger aus dem Kloster verbannt ... Und dann fingen meine Schwierigkeiten an. Ohne Beruf, ohne Zukunft stand ich in der Welt. So wurde ich ein Landstreicher, der von Raub und Diebstahl lebte. In Genua lernte ich Anselmus kennen, der genauso schlimm dran war wie ich selbst. Aber er war viel schlauer als ich und auch viel gewissenloser. Er kannte eine Menge Leute, die nicht im besten Ruf standen, Schmuggler, Seeräuber und anderes Gesindel ... Anselmus kannte auch einen Mann namens Boglio, der uns fragte, ob wir ihm helfen wollten. Wer den Plan, Kinder aus nördlichen Ländern anzuwerben, ersonnen hat, weiß ich nicht. Aber Boglio erzählte uns, daß in Frankreich zwei falsche Mönche umherstreunende Kinder angeworben und nach Marseille gebracht hätten. Er bat uns, ob wir nicht das gleiche in deutschen Landen tun könnten. Und er versprach uns eine fürstliche Belohnung dafür. Blonde, starke Kinder aus dem Norden würden in Tunesien hohe Preise erzielen.«
Rolf beherrschte sich nur mühsam. Am liebsten wäre er Johannes an die Kehle gesprungen ... Aber er zwang sich zur Ruhe.
»Und Ihr gingt darauf ein?«
»Was hätte ich denn tun sollen? Ich hatte keine Wahl ... Ich fand die Sache auch nicht gar so schlimm.«
»Ihr fandet nichts dabei, die Kinder zu betrügen und in die Sklaverei zu schicken?« fragte Rolf fassungslos.
Johannes senkte wieder den Kopf.

»Die Araber sind als kultivierte Menschen bekannt, ihre Sklaven haben längst kein so trauriges Los wie die Leibeigenen unserer Raubritter und Edelleute. Man kann das nicht vergleichen. Und was waren es denn für Kinder, die wir holen sollten? Arme Waisen und Verstoßene, ausgerissene Leibeigene, kleine Stromer und Vagabunden ohne Heimat, Kinder, die von Raub und Bettelei lebten und wohl kaum den nächsten Winter überstehen konnten . . . So gesehen war es ja fast eine Wohltat, die man ihnen erwies, wenn man dafür sorgte, daß sie in ein warmes Land verschifft wurden, wo sie zu einem reichen, hochkultivierten Volk kommen würden und es bestimmt weit besser hätten als jemals zuvor . . .«

»Aber als Sklaven!« fuhr Rolf auf.

»Ja.«

»Noch dazu als Sklaven der Heiden!«

Johannes nickte beschämt.

»Und warum mußten die Kinder aus dem Norden kommen?«

»Blond und weiß . . . das mögen die Heiden. Außerdem, hier im Süden . . . Die Ritter der Toskana und der Lombardei haben nie viel für Kreuzzüge übrig gehabt. Sie wollten zwar gern an ihnen verdienen, aber nicht daran teilnehmen. Im Norden ist es dagegen beinahe schon Tradition geworden, auf einen Kreuzzug zu gehen, dort ist das Verlangen, Jerusalem zu befreien, immer noch sehr stark. Vor allem bei den kleinen Leuten. Die hohen Herrschaften haben nicht mehr viel Lust dazu, aber Kinder kann man noch leicht für so etwas begeistern. Anselmus und ich, wir sind Lombarden, aber wir sprechen fließend Deutsch . . . Nun ja, so begaben wir uns eben in deutsche Lande, um zu sehen, wie viele Kinder wir mitlocken könnten. Es kamen allerdings sehr viele, viel mehr als wir erwartet hatten. Es waren sogar viel zu viele für die Schiffe, die um Mitte Juli im Hafen von Genua auf uns warten sollten.«

»Ihr habt also damit gerechnet, daß es unterwegs schon weit weniger werden würden?« fragte Rolf. »Viele würden unterwegs umkommen oder zurückkehren.«

Wieder schwieg Johannes.

»Wie gemein«, flüsterte Rolf. »Ihr habt ihre Gutgläubigkeit und ihre Frömmigkeit ausgenutzt . . . Ihr habt ihnen das schöne Märchen von der Weißen Stadt erzählt, in der sie für alle Zeiten herrlich und in Freuden leben sollten. Und all die Zeit, während des langen Zuges, habt Ihr beide gewußt . . . Wie konntet Ihr so etwas tun, Johannes? Schämt Ihr Euch nicht? Diese tapferen Kinder, die mit so viel Mut alle Schwierigkeiten überwunden haben . . . und die nun wissen, was Freiheit bedeutet. Und die wolltet Ihr als Sklaven verkaufen!«

»Ich kann es aber nicht«, murmelte der Mann verstört. »Ich habe sie unterwegs viel zu liebgewonnen. Ich habe gesehen, wie sie gegen den Hunger, gegen das Wetter und gegen Räuber gekämpft haben, wie sie sich gegen wilde Tiere wehrten, wie sie einander halfen und sich gegenseitig

Mut zusprachen. Nein, Rudolf, diese Kinder dürfen nicht zu Sklaven werden. Das sind keine wertlosen Geschöpfe, sondern Menschen, die es verdienen, gerettet zu werden.«

»Ihr habt recht, aber wie?«

Rolf versank in tiefes Nachdenken. Johannes bereute ehrlich, das konnte man sehen. Er wäre gern glücklich darüber gewesen, daß der falsche Mönch den gigantischen Betrug nicht bis zum Ende durchgehalten hatte, aber sein Zorn war zu groß. Johannes schien erleichtert, daß er endlich jemandem sein Herz hatte ausschütten können, und faßte offensichtlich wieder Mut.

»Wir müssen dafür sorgen, daß sie sich nicht verleiten lassen, auf die Schiffe zu gehen«, flüsterte er.

»Sind die Schiffe denn noch immer hier? Haben sie wirklich während dieser ganzen Zeit gewartet?« fragte Rolf erschrocken.

»Ich weiß es nicht. Anselmus ist heute in die Stadt gegangen, um nach Boglio zu fragen. Ich bete nur, daß es zu spät ist. Aber bestimmt weiß ich es nicht . . .«

Plötzlich kam Rolf ein Einfall.

»Nicolas . . .« rief er, »weiß Nicolas eigentlich, warum die Kinder nach Genua gebracht wurden?«

»Nicolas hat keine Ahnung. Er glaubt fest an den Kreuzzug.«

»Wie habt Ihr es bloß fertiggebracht, Nicolas einzureden, daß er ein Heiliger sei, vor dem das Meer zurückweichen würde?«

»Oh, das war gar nicht so schwer. Sobald der Winter vorbei war, zogen Anselmus und ich über die Berge nach Norden. Wir sahen uns um und wählten einen kräftigen Hirtenjungen aus, den wir mit vorgetäuschten Wundern gefügig machten. Wir fertigten ein Holzkreuz an, warteten bis zum Abend und setzten das Kreuz dann im Schutz des Hügels in Brand, so daß Nicolas uns nicht sehen konnte, sondern nur das flammende Kreuz. Aber wir konnten ihn beobachten . . . Er fiel beim Anblick des Kreuzes auf die Knie und hob die Hände zum Himmel. Darauf ließen wir das Kreuz rasch verschwinden, Anselmus legte die Hände an den Mund und rief mit hohler Stimme:

›Gott ruft dich, mein Sohn!‹ Wir wußten damals seinen Namen noch nicht. Wir machten ihm noch mehr Hokuspokus vor. Spät in der Nacht, als der Junge schlief – er schlief nämlich im Freien, weil er kein Heim hatte –, krochen wir zu ihm hin, und Anselmus begann, ihm allerlei ins Ohr zu flüstern. Er machte ihm weis, daß er die Stimmen von Engeln höre, die ihn aufriefen, einen Kreuzzug mit Kindern zum Heiligen Land zu führen und dergleichen mehr. Der Junge lauschte im Halbschlaf, starr vor Staunen und Angst. Du kannst es glauben oder nicht, aber er zweifelte keinen Augenblick an seiner Berufung. Damit hatten wir endlich den richtigen Anführer gefunden.«

»Wieso endlich?«

»Anselmus hatte den gleichen Trick schon zweimal vorher ausprobiert. Der erste Junge lief schreiend fort, geriet in einen Sumpf und versank. Der zweite nahm ebenfalls Reißaus und lief geradewegs zum Pfarrer, um ihm von seiner Erscheinung zu berichten. Das war also auch nichts für uns. Nicolas dagegen war von Anfang an fest davon überzeugt, daß er ein Auserwählter war. Er muß eine hohe Meinung von sich haben.«
»Das hat er bestimmt«, nickte Rolf. »Und was geschah dann weiter?«
»Nachdem wir Nicolas drei Nächte hintereinander mit allerlei Tricks und Kunststücken bearbeitet hatten und merkten, daß er begann, seine Herde zu vernachlässigen, weil er sich als Auserwählten des Himmels betrachtete, näherten wir uns ihm offen am Tage, natürlich in unserer Mönchstracht. Wir knieten vor ihm nieder, huldigten ihm und berichteten ihm, daß uns in einer Vision offenbart worden sei, er sei dazu berufen, ein Heer unschuldiger Kinder zum Heiligen Land zu führen, und daß wir ihm dabei helfen sollten.«
»Und er glaubte euch das sofort?«
»Ja. Zu dritt verließen wir die Gegend und zogen nach Köln. Unterwegs beteten und predigten wir und bekamen auf diese Weise großen Zulauf. In Köln kamen wir bereits mit Hunderten von Kindern an, und dort wurde Nicolas noch viel eifriger. Auf dem großen Platz vor dem Kölner Dom predigte er tagelang, und der Zulauf wurde immer größer. Zwei Wochen vor Pfingsten verließen wir dann Köln, aber noch immer strömten Kinder aus der ganzen Umgebung herbei. Anselmus wurde in Köln zusammen mit Nicolas sogar vom Erzbischof empfangen. Ich war bei diesem Gespräch nicht anwesend. Noch heute begreife ich nicht, wie es den beiden gelungen ist, den Erzbischof von ihrer Sendung zu überzeugen. Tatsache ist, daß uns der hohe Herr nach dieser Unterredung einen Wagen, ein Gespann weißer Ochsen und ein Zelt schenkte. Außerdem schickte der Erzbischof seine Nichte Hilde und ihren Beschützer Carolus mit uns ins Heilige Land. So kam es, daß sich uns noch mehr adlige Kinder anschlossen. Anselmus war es nicht ganz wohl dabei. Er wußte, daß kein Hahn danach krähen würde, wenn all die kleinen Waisen und Vagabunden für immer verschwunden blieben, daß es aber Ärger geben könne, wenn bekannt würde, daß auch adlige Kinder als Sklaven verkauft worden seien.«
»Also Angst vor der Rache der Väter?«
»Ja, das war der Grund. Aber glücklicherweise kamen nicht allzu viele von ihnen zu uns, und diese wenigen wurden stark bevorzugt.«
»Ja, das ist mir aufgefallen«, entgegnete Rolf bitter.
»Darum war ich froh, als Fredo uns schon vor den Bergen im Stich ließ. Das Kinderheer war ja ohnehin viel zu groß geworden, einen derartigen Zustrom hatten wir nicht erwartet. Wir kamen nicht rasch genug voran. Und wie sollten wir diese Kinder ernähren und beschützen? Es war auch unmöglich, sie alle auf den sechs Schiffen, die in Genua auf uns warteten,

unterzubringen. Aber Anselmus meinte: Je mehr, desto besser. Unterwegs werden viele von ihnen umkommen. Nur die kräftigsten werden die Reise überleben, und die bringen das meiste Geld.«
Rolf murmelte entsetzt: »Dieser Satan.«
»Und dann kamst du«, fuhr Johannes in seiner Erzählung fort, »und mit dir Leonardo. Dadurch wurde alles anders. Wir glaubten zuerst, daß auch du das Kind eines Ritters seist, weil du so selbstsicher auftratest. Du warfst uns vor, daß wir nicht gut für die Kinder sorgten, und das stimmte leider. Ich schämte mich schon damals der ganzen Sache. Da kamst du und lehrtest uns, wie man das ganze Unternehmen besser organisieren könnte, so daß nicht mehr so viele Kinder umkamen. Aber ich traute dir doch nicht ganz . . .«
»Wie meint Ihr das?«
»Du bemühtest dich so sehr um das Wohlergehen der Kinder, daß ich den Verdacht hegte, du wüßtest von Anselmus' Plänen und arbeitetest mit ihm zusammen.«
»Ihr hieltet mich für einen Sklavenhändler?« fragte Rolf wütend.
»Manchmal schon, aber ich war mir nicht sicher. Wenn ich Anselmus danach fragte, wich er mir stets aus. Aber natürlich merkte ich auch, wie Anselmus dich haßte, und daß er dich nur benutzen wollte, wie er Nicolas benutzte.«
Rolf versuchte, den seltsamen Gedankengängen dieses Mannes zu folgen, aber es gelang ihm nicht ganz.
»Ich dachte«, sagte Johannes leise, »du seist uns vom Teufel gesandt. Denn der ganze Plan, die Kinder nach Afrika zu verkaufen, konnte eigentlich nur vom Teufel stammen. Du halfst Anselmus, die Kinder am Leben zu erhalten . . . Jeder Aufenthalt war mir willkommen. Je länger es dauern würde, bis wir nach Genua kamen, desto mehr Chancen hatten die Kinder, ihrem Los zu entkommen. Aber ich sah, daß du auch keine Eile hattest, sondern dir sehr viel Zeit ließest. Da begann ich von neuem zu zweifeln, ob mein Verdacht gegen dich gerechtfertigt war. Als wir dann vom Scharlachfarbenen Tod heimgesucht wurden, dachte ich: Das ist ein Zeichen des Himmels. Gott will nicht, daß wir Genua jemals erreichen. Aber was hast du getan? Du hast den Scharlachfarbenen Tod gekannt. Jetzt begriff ich überhaupt nichts mehr.«
»Ihr hättet mich viel eher ins Vertrauen ziehen sollen, Johannes.«
»Ja, das sehe ich jetzt ein. Aber ich wagte es nicht, aus Angst vor Anselmus. Und ich wagte auch nicht, dir ganz zu vertrauen . . . Während der ganzen Reise hoffte ich immer auf ein Wunder, ein Ereignis, das uns zwingen würde, umzukehren. Jeden Rückschlag, der uns traf, begrüßte ich voller Freude. Aber niemals gaben die Kinder den Mut auf, niemals wollten sie umkehren. Sie waren ganz erfüllt von der Aussicht, das Meer zu sehen und das Wunder zu erleben, das Nicolas ihnen versprochen hatte. Ach, Rudolf, was sollen wir jetzt tun?«

»Auf jeden Fall die Kinder zurückhalten und dafür sorgen, daß Anselmus keinen Kontakt mit den Sklavenhändlern aufnehmen kann.«
»Ich habe ihn angefleht . . .«
»Anselmus ist nicht der Mann, der sich durch Bitten umstimmen läßt«, sagte Rolf grimmig. »So einen Schurken kann man nur mit brutaler Gewalt an der Ausführung seiner Pläne hindern.«
»Du hast recht, Rudolf. Anselmus kennt kein Erbarmen.«
»Höchste Zeit, daß wir ihm gegenüber dasselbe Verhalten anwenden«, murmelte Rolf bitter.
»Was können wir tun? Wenn wir versuchen, den Kindern klarzumachen, welches Los ihrer harrt, werden sie es nicht glauben. Und wenn Anselmus merkt, daß du ihm auf die Schliche gekommen bist, Rudolf, wird er dich töten.«
»Und Euch ebenfalls«, nickte Rolf.
»Weißt du«, seufzte Johannes, »er hat sich die ganze Zeit über auf den Augenblick gefreut, wo er dich das Sklavenschiff betreten sehen würde. Die Vorstellung, daß du, der ihm immer Schwierigkeiten gemacht hat, in ein paar Wochen auf dem Markt von Tunis als Sklave verkauft werden würdest, hat ihn mit teuflischer Freude erfüllt.«
Johannes hatte recht. Rolf wäre ahnungslos und aus Sorge für Mariechen und seine anderen Schützlinge überall mitgegangen.
»O verflucht!« rief Rolf. »Das werde ich diesem Schuft heimzahlen!«
»Tu das, Rudolf, du bist so stark und so klug – und du hast keine Angst.«
»Und Ihr? Ihr habt immer noch Angst?«
Johannes wandte beschämt den Kopf ab.
»Ja«, sagte er leise, »ich habe Angst. Ich bin ein Sünder. Ich möchte nicht sterben, noch nicht, ich will nicht verdammt sein . . .«
»Johannes, warum vertraut Ihr mir denn jetzt so plötzlich?«
»Nicht plötzlich . . . schon sehr lange. Ich erkannte immer deutlicher, wie sehr Anselmus dich haßte, wie er versuchte, dich durch einen Schuldspruch vor dem Tribunal zu vernichten. Da wußte ich, daß du nicht sein Mitarbeiter sein konntest, sondern sein größter Gegenspieler.«
»Aber spätestens dann hättet Ihr Euch mir anvertrauen können.«
»Ich hatte zu große Furcht, Anselmus könnte etwas merken. Und außerdem . . . ich dachte . . . ich hoffte . . . Gott würde das nicht zulassen, er würde verhindern, daß wir jemals nach Genua kämen. Aber . . . jetzt sind wir doch hier!« Er brach verzweifelt ab.
»Hättet Ihr mir doch alles früher erzählt! Vielleicht lebte dann Carolus noch«, sagte Rolf und brach plötzlich in Tränen aus.
»Ach ja«, flüsterte der Mann voll Reue, »Gott hat nicht zugelassen, daß Carolus ein Sklave werden sollte, darum nahm er ihn zu sich . . . Und da begriff ich, wie schwer die Schuld war, die ich auf mich geladen hatte, und daß ich etwas tun mußte, um für meine Schuld zu sühnen, selbst wenn es mich das Leben kosten sollte. Aber ich wagte es immer noch nicht,

Rudolf, ich hatte Angst ... ich bin einfach ein Feigling. Du mußt diese Last von mir nehmen, Rudolf, du bist viel mutiger als ich. Halte die Kinder davon ab, auf die Schiffe zu gehen ...«
»Natürlich werde ich sie abhalten!« rief Rudolf.
»Aber wie willst du das tun?«
Rolf hatte nicht die leiseste Ahnung. Die Kinder einweihen? Das klang viel einfacher als es war. Würden sie ihm glauben? Der Traum von der Weißen Stadt hatte sich tief in ihrem Inneren eingenistet. Es war zu befürchten, daß sie lieber auch weiterhin diesem Traum nachhängen würden als die entsetzliche Enttäuschung auf sich zu nehmen. Er versuchte, einen klaren Gedanken zu fassen, aber er konnte es nicht. Die Enthüllungen waren viel zu erschütternd gewesen, als daß er damit so ohne weiteres fertigwerden konnte. Aber es war keine Zeit zu verlieren, denn Anselmus hatte sich nach Genua begeben, um die Einschiffung der Kinder zu regeln ...
Aber wie regelt man die Einschiffung Tausender Kinder, die ein Wunder erwarten? Kinder, die morgen ganz außer sich sein würden, weil das versprochene Wunder am Meer ausblieb?
»Morgen«, murmelte er, »was hat Anselmus morgen vor? Wird er dabei sein, wenn das große Wunder ausbleibt?«
»Nein ... das heißt, nicht direkt. Er will erst in dem Augenblick auftauchen, wo die Kinder tief enttäuscht auf die Wasseroberfläche starren und denken, daß sie nun niemals nach Jerusalem kommen werden. Dann will er sagen: ›Gottes Wege sind wunderbar und unerforschlich, liebe Kinder. Er hat doch ein Wunder gewirkt, indem er euch Schiffe sandte, die euch nach Jerusalem bringen werden.‹ «
»Natürlich. Und er kann sicher sein, daß die Kinder keinen Augenblick zögern, sondern jubelnd die Schiffe stürmen werden.«
Rolf seufzte. Wie sollte er denn allein siebentausend begeisterte Kinder zurückhalten, an Bord zu gehen? Aber war er denn allein? Johannes würde ihm helfen. Und alle seine Freunde.
»Johannes, kann ich auf Euch rechnen? Könnt Ihr Eure Furcht vor Anselmus überwinden und mir helfen, die Kinder zurückzuhalten? Und wenn es nur wäre, um Eure Seele zu retten?«
»Rudolf, ich ... Ja!«
»Sprecht zuerst mit Dom Thaddäus. Erzählt ihm alles, aber auch wirklich alles, hört Ihr! Er ist ein guter Mensch und obendrein sehr klug. Er hat nicht die leiseste Ahnung von dieser teuflischen Verschwörung. Sein Einfluß auf die Kinder ist groß, vielleicht weiß er ein Mittel, sie zurückzuhalten.«
Zu seiner Verblüffung sah Rudolf, daß Johannes vor Dom Thaddäus anscheinend noch mehr Angst hatte als vor ihm.
»Dom Thaddäus wird mich verfluchen«, flüsterte er verstört.
»O nein, das wird er bestimmt nicht! Er wird Euch von ganzem Herzen

vergeben, wenn er sieht, daß Eure Reue echt ist.« Er stand auf und zog den immer noch widerstrebenden Johannes einfach mit sich fort.
Sie fanden Thaddäus in einer Ecke des Lagers bei Hilde und den Kranken. Rolf ließ die beiden Männer allein und machte sich auf die Suche nach Leonardo.
Der Abend sank schon hernieder, die Lagerfeuer flammten auf. Es wurde kaum noch gefischt, und fast alle Kinder waren im Lager. Rolf fand seine Freunde beim Abendessen.
Er griff nach einer Handvoll gekochter Garnelen und winkte dann Leonardo.
»Ich muß dich sofort sprechen!«
»Nanu, was gibt es denn so Dringendes?«
»Es ist etwas Unglaubliches im Gange, etwas, das wir unbedingt verhindern müssen!«
Atemlos berichtete er, was er soeben von Johannes erfahren hatte. Leonardo hörte schweigend zu, ohne ihn auch nur ein einziges Mal zu unterbrechen.
»Wir müssen etwas tun«, schloß Rolf verzweifelt. »Wie können wir den Kindern nur klarmachen, daß sie betrogen wurden?«
Leonardo überlegte. Auch er war über diese Nachricht außer sich, aber er behielt seinen kühlen Kopf.
»Was hast du vor?« fragte er ruhig.
»Ich will verhindern, daß die Kinder auf die Schiffe gehen.«
»Ja, das ist klar.«
»Aber wie?« fragte Rolf unglücklich.
»Oh, das ist recht einfach. Du glaubst doch wohl nicht, daß ein Schiff den Hafen von Genua verlassen kann, wenn der Herzog es verbietet?«
»Der . . . der Herzog?«
»Ja, der Herzog von Genua. Er ist ein mächtiger Mann«, erwiderte Leonardo. »Ich werde in die Stadt gehen und Hilde von Marburg mitnehmen.«
»Was willst du in der Stadt? Und was soll Hilde dabei?«
»Rudolf, gebrauche doch deinen Verstand! Ich bin Leonardo Fibonacci aus Pisa, der Sohn eines reichen Kaufmannes. Mein Vater hat Geschäftsfreunde in Genua. Ich werde mir bei ihnen Empfehlungsschreiben holen und mir damit Zugang zum Herzogspalast verschaffen. Dann werde ich den Herzog von allem in Kenntnis setzen. Da es dem Herzog aber egal ist, was aus deutschen Landstreichern und Bettelkindern wird, nehme ich Hilde mit. Denn er wird niemals zulassen, daß christliche Kinder von edlem Geblüt den Heiden ausgeliefert werden.«
»Glaubst du wirklich, du könntest bis zum Herzog vordringen?«
»Es wird mir auf irgendeine Weise gelingen. Und es gibt noch einen anderen Weg. Der Bischof von Genua muß sofort verständigt werden. Diese Kinder sind Christen, und der Bischof kann doch unmöglich

zulassen, daß sie an die Heiden verkauft werden. Weiß Dom Thaddäus schon von der Sache?«
»Ich habe Johannes zu ihm gebracht, damit er ihm alles erzählt.«
»Gut. Dann wird es das beste sein, daß ich mit Hilde zum Herzog gehe und daß Dom Thaddäus den Bischof aufsucht.«
»Ist es nicht schon etwas spät für die Stadt? Man wird euch nicht mehr einlassen.«
»Mich hält keiner auf«, sagte Leonardo ruhig.
Rolf ergriff dankbar seine Hand.
»Was würde ich bloß ohne dich tun?« sagte er gerührt.
»Ja, das frage ich mich manchmal auch«, scherzte der Student.
Dann ging er mit großen Schritten zum Lagerfeuer und beugte sich über das schläfrige Mariechen.
»Ich muß euch für ein paar Tage verlassen, meine Liebe. Paß gut auf Rudolf auf!«
»Was hast du denn vor, Leonardo?« fragte das Mädchen verblüfft.
»Ich will dich retten, liebes Kind.«
Er küßte sie, machte rasch seinen Esel los und verschwand in der Abenddämmerung.
Mariechen rannte zu Rolf.
»Was ist denn nur los? Warum verläßt uns Leonardo? Geht er nun doch nach Bologna?«
»Noch nicht, Mariechen, er kommt bald wieder zurück«, versprach Rolf tröstend. Aber ganz wohl war ihm nicht bei dieser Auskunft. Ob Leonardo es wirklich schaffte, vom Herzog empfangen zu werden? Und würde es Dom Thaddäus gelingen, bis zum Bischof vorzudringen?
Rolf blickte umher. Das Lager sah friedlich aus. Die Kinder aßen, lachten und sprachen von der Zukunft. Seine Aufgabe war es nun, sie zu warnen, aber er wußte noch immer nicht, wie er das anstellen sollte.
»Willst du denn gar nichts essen?« fragte Mariechen besorgt.
Zerstreut nahm Rolf ein paar Bissen und seufzte. Jetzt war er schon wochenlang unterwegs, und plötzlich kam es auf ein paar Stunden an! Wie sollte er die Sache anpacken? Wie sollte er den Kindern das Ganze beibringen?
»Kannst du mir denn nicht sagen, was hier vorgeht?« drängte Mariechen.
Rolf sah sie an, warf einen Blick auf Peter, Frank, Bertho und Karl, dachte an Frieda im Krankenlager und an all die tapferen Anführer, und plötzlich wußte er, was zu tun war.
»Ja«, erwiderte er ruhig, »wir werden eine Versammlung abhalten.«

17. Die Verschwörung am Strand

Rolf schickte Peter und Frank aus, um die Gruppenführer der Ordnungsmannschaft zusammenzurufen. Kurz darauf war er von mindestens hundert kräftigen Jungen und Mädchen umgeben.

»Hört, meine Freunde«, sagte er, »wir müssen eine Versammlung abhalten. Aber hier, mitten im Lager, geht das nicht. Wir wollen zum Strand gehen.«

»Ist etwas geschehen?« fragte Bertho verwundert.

»Nein, aber es soll etwas geschehen, und darauf müssen wir vorbereitet sein.«

Rolf führte die Gruppe zu einer Bucht zwischen den Felsen, wo sie nicht belauscht werden konnten. Die Sonne war schon vor längerer Zeit untergegangen, aber es war noch nicht ganz dunkel. Das Meer schien zu leuchten, als der Mond über den Schirmföhren aufging und das Wasser mit seinem Silberschein übergoß. Die Kinder scharten sich neugierig und voll gespannter Erwartung um ihren Anführer.

»Ihr wißt, daß Nicolas sich in sein Zelt begeben hat, um zu fasten und zu beten, weil er sich auf das Wunder vorbereiten will«, begann Rolf, der immer noch nicht wußte, wie er den Kindern die schlimme Nachricht beibringen sollte. Sie nickten freudig.

»Nicolas glaubt nämlich«, fuhr er fort, »daß das Wasser vor ihm zurückweichen wird, wenn er es ihm befiehlt ...«

Wieder nickten sie.

»Glaubt ihr denn daran?«

»Es ist uns versprochen worden«, sagte Frank ruhig.

»Ja ... das weiß ich. Aber da ist noch eine Schwierigkeit.«

Sie sahen ihn gespannt an.

»Jerusalem«, fuhr er fort, während ihm der Schweiß ausbrach, »liegt gar nicht auf der anderen Seite dieses Wassers. Jerusalem liegt mehr als tausend Meilen ostwärts von uns ... dort!«

Er deutete mit einer Armbewegung die Richtung an.

»Das verstehe ich nicht«, sagte Frieda ängstlich.

»Du wirst es bald verstehen«, versprach Rolf. »Meine Freunde, glaubt mir. Vor langer Zeit hat mich ein weiser alter Mann gelehrt, wie die Welt aussieht und wo Länder und Städte liegen. Auf der anderen Seite dieses Wassers liegt Afrika, und dort wohnen nur Heiden.«

»Afrika?«

Sie schienen den Namen schon einmal gehört zu haben.

»Ist das das Land, wo die Löwen herkommen?« fragte Peter ungläubig.

»Ja, Afrika, das Land der wilden Tiere. Ein Land, in dem Christen nicht sehr willkommen sind.«

»Wir haben keine Angst vor den Heiden, wir werden sie in die Flucht jagen«, rief Karl.

»Du hast recht, aber wir sollten doch gegen die Sarazenen im Heiligen Land antreten – nicht gegen die Mohammedaner in Tunesien, an der Nordküste Afrikas. Mit denen haben wir nichts zu schaffen.«
»Sind das denn nicht die gleichen Leute?« fragte Frieda.
»Nein, ganz und gar nicht. Ihr habt ja inzwischen gelernt, wie groß die Welt ist, nicht wahr? Ihr wißt, wie viele Wochen ihr gebraucht habt, um von Köln nach Genua zu kommen, und das ist noch nicht die Hälfte des Weges nach Jerusalem.«
»Jerusalem liegt auf der anderen Seite des Meeres«, sagte Peter eigensinnig.
»Ja, aber leider nicht auf der anderen Seite dieses Meeres. Hinter diesem Meer liegt Afrika. Deshalb fragte ich mich schon seit Wochen, warum Anselmus euch eigentlich nach Genua geführt hat. Das habe ich nicht begriffen, aber jetzt weiß ich es.«
»Dom Anselmus und Nicolas haben uns gesagt, daß in Genua das Meer zurückweichen wird«, sagte ein kräftiger Junge, dessen Namen Rolf nicht kannte. »Das hat Gott ihnen versprochen. Wie kannst du jetzt etwas anderes behaupten?«
Jetzt mußte es gesagt werden.
»Dom Anselmus hat euch belogen.«
Allgemeines Entsetzen und mißbilligendes Gemurmel.
»Denn«, fuhr Rolf schnell fort, »Anselmus ist gar kein geweihter Priester, er ist auch kein Mönch, sondern ein gewissenloser Schuft und Abenteurer.«
»Er kann aber lesen!« rief Frieda.
»Jawohl, das kann er. Anselmus hat eine gute Erziehung genossen, er sollte Priester werden. Aber er geriet auf Abwege und wurde mit Schande aus der Klosterschule gejagt.«
»Rudolf von Amsterdam, willst du behaupten, daß Nicolas kein Heiliger ist?« rief eine drohende Stimme aus dem Hintergrund.
»Er ist so wenig ein Heiliger wie du und ich«, erwiderte Rolf, »sondern das Opfer eines Betruges.«
»Das wirst du beweisen müssen, Rudolf von Amsterdam!« klang es zurück.
»Das werde ich auch«, entgegnete Rolf ruhig.
»Nicolas hat Engelsstimmen gehört und ein brennendes Kreuz gesehen!« rief ein anderes Kind.
»Ja, das weiß ich. Nicolas hat nicht gelogen. Er wurde genauso hintergangen wie wir alle.«
»Gott betrügt niemanden!« rief Frank.
»Nein, Gott nicht, aber Anselmus. Wenn ihr mir jetzt ruhig zuhört, erzähle ich euch, wie alles zugegangen ist. Das brennende Kreuz, das Nicolas gesehen hat, war ein ganz gewöhnliches Holzkreuz, das Anselmus gezimmert und in Brand gesetzt hat. Er führte das brennende Kreuz

über einen Hügel, so daß Nicolas glaubte, er hätte eine Vision. Er wußte nicht, daß er von einem Schurken betrogen wurde.«
Die Kinder waren starr.
»Und die Engelsstimmen«, fuhr Rolf fort, »waren ebenfalls Betrug. Anselmus brauchte einen Hirtenjungen, den er als Heiligen ausgeben konnte. Er wollte Nicolas davon überzeugen, daß er ein Auserwählter sei. Darum flüsterte er ihm im Schlaf allerlei fromme Worte ins Ohr. Nicolas glaubte, die Stimmen von Engeln zu hören.«
»Woher weißt du das alles?« fragten einige Kinder zweifelnd.
»Das erzähle ich euch später, ich bin noch nicht fertig mit meinem Bericht.«
»Ich verstehe das alles nicht«, sagte Mariechen plötzlich. »Du sagst, Anselmus hätte Nicolas betrogen. Nun, ich mag Anselmus nicht und kann mir gut vorstellen, daß er ein Schuft ist. Aber warum das alles? Das macht er doch nicht zum Spaß?«
»Nein, ganz bestimmt nicht, da hast du nur zu recht«, erwiderte Rolf. »Anselmus ist eigentlich Lombarde, und ihr habt es ja selbst schon erfahren, daß man den Lombarden nicht trauen kann.«
Innerlich schämte er sich dieser unsinnigen Begründung, aber er mußte die Kinder so weit bringen, daß sie ihm glaubten, und dafür war es nötig, an ihr Gefühl zu appellieren. Die Schlacht am Oglio, bei der mehr als dreißig tapfere Kinder ihr Leben gelassen hatten, war noch in aller Erinnerung. Er sah die Jungen und Mädchen eifrig nicken.
»Schurken sind es«, murmelten sie.
»Richtig, und nun hört mir gut zu. Anselmus hatte sich einen hübschen Plan ausgedacht. Er bereiste die deutschen Lande, um dort Kinder für den Sklavenmarkt in Nordafrika anzuwerben. Natürlich würde kein Kind so dumm sein, ihm zu folgen, wenn es vorher wüßte, daß es als Sklave verkauft werden sollte. Darum hat sich Anselmus diesen ganzen schönen Betrug mit dem heiligen Hirtenknaben und dem Pilgerzug ins Heilige Land ausgedacht. Wenn es ihm gelänge, einen Hirtenjungen ausfindig zu machen, der selbst von seiner Sendung überzeugt war, würde keiner den Betrug merken, versteht ihr?«
Die Gruppe brauchte Zeit, um das alles aufzunehmen.
»Anselmus«, fuhr Rolf fort, »wollte die Kinder nach Genua bringen, weil hier Freunde auf ihn warteten – sechs Kaperkapitäne mit leeren Schiffen. Das reicht natürlich nicht, um siebentausend Kinder unterzubringen, aber das war Anselmus gleichgültig. Er würde die stärksten und schönsten Kinder aussuchen, um sie auf den Schiffen unterzubringen. Was dann aus den anderen, den kleinen und schwachen, werden sollte, kümmerte ihn nicht.«
»Wenn sich das Meer teilt, haben wir doch gar keine Schiffe nötig«, warf Karl ein.
»Nein, aber wird sich das Meer teilen? Nicolas glaubt daran, aber

Anselmus weiß es anders. Darauf baut doch sein ganzer Plan auf, da er genau weiß, daß das Wasser sich nicht teilt und das Meer nicht austrocknet. Es war nicht Gott, der Nicolas das Wunder versprach, sondern Anselmus hat ihm das eingeflüstert, mit der Absicht, Tausende unschuldiger Kinder als Sklaven zu verkaufen. Oder glaubt ihr vielleicht, Gott würde das Meer teilen, damit ihr zu den Sklavenmärkten am anderen Ufer laufen könnt? Das ist nämlich das einzige, was euch drüben erwartet. Dort gibt es kein Heiliges Land, keine Weiße Stadt und keine furchtsamen Sarazenen. Dort erwartet uns nur eine dürre, heiße Küste und Städte voller Araber, die für junge blonde Sklaven aus dem Norden eine Menge zahlen.«
»Aber wir haben keine Schiffe gesehen«, wandte Frank ein.
»Nein, denn sie liegen im Hafen. Ihr erinnert euch ja noch, daß wir unterwegs oft längeren Aufenthalt hatten, und daß Anselmus immer zur Eile trieb. Das hatte seinen guten Grund: er hatte mit den Kaperkapitänen verabredet, daß wir um die Mitte des Monats Juli hier sein würden. Nun ist es aber sehr viel später geworden. Anselmus lebte in dauernder Angst, daß die Schiffe nicht so lange auf ihn warten würden, und daß er um sein Silber käme. Ja, ich kenne seine Pläne genau, liebe Freunde. Morgen, wenn das Meer sich nicht vor Nicolas teilt, wird Anselmus plötzlich gelaufen kommen und sagen: Liebe Kinder, Gott hat die Gebete der Genuesen erhört und das Meer nicht ausgetrocknet, denn Genua kann ohne Meer nicht leben. Aber in seiner Güte hat er dafür ein anderes Wunder bewirkt. Er hat uns Schiffe gesandt, die uns zum Heiligen Land bringen werden. Folgt mir nach, die Schiffe warten. Und was würdet ihr dann tun? Ihr würdet ihm jauchzend nachlaufen, die Schiffe besteigen und davonsegeln. Aber die Schiffe, die morgen auf uns warten, segeln nicht nach Jerusalem, sondern zu den Sklavenmärkten der Heiden, merkt euch das gut. Noch ist es nicht zu spät, meine Freunde. Wenn wir alle zusammenhalten, können wir es verhindern, daß das Kinderheer in Genua eingeschifft wird!«
»Du lügst, Rudolf von Amsterdam«, rief ein großer Junge. »Morgen ist das Meer trocken. Das hat Nicolas uns versprochen, und Nicolas lügt nicht.«
»Ich wollte, du hättest recht, lieber Freund«, antwortete Rolf. »Auch ich würde ein solches Wunder gern erleben. Aber ich schwöre dir bei allen Heiligen, daß es nicht geschehen wird – weil Nicolas selbst von Anselmus betrogen wurde.«
Um seinen Worten Nachdruck zu verleihen, holte er das Medaillon der Heiligen Jungfrau unter seinem Pullover hervor und küßte es. Diese Geste machte tatsächlich ein wenig Eindruck.
»Aber woher weißt du das alles, Rudolf?« fragte Mariechen entsetzt.
»Und wie lange weißt du es schon?« wollte Peter wissen.
»Ich weiß es erst seit ein paar Stunden, und woher ich es weiß, will ich

euch auch verraten. Anselmus war nicht allein, als er seinen Betrug verübte, es hat ihm jemand dabei geholfen. Und diesem Mann schlug das Gewissen. Er hat mir alles erzählt.«

»Dom Johannes!« rief Frank entsetzt.

»So ist es. Aber Johannes ist kein so gewissenloser Schurke wie Anselmus. Er hat zwar anfangs den Streich mit ausgeheckt, aber schon bald darauf tat es ihm leid, und er tat, was er konnte, damit wir zu spät nach Genua gelangen. Als dann Carolus starb, brach ihm das Herz. Heute nachmittag hat er mir das ganze Komplott enthüllt. Ich wollte zuerst meinen Ohren nicht trauen, aber Johannes hat mir geschworen, die reine Wahrheit zu sprechen. Er will verhindern, daß der teuflische Plan ausgeführt wird. Darum hat er mir alles erzählt und dann vor Dom Thaddäus sein Geständnis wiederholt.«

»Ist Dom Thaddäus ebenfalls ein Betrüger?« fragte Frank.

»O nein, Dom Thaddäus wußte über dieses schmutzige Geschäft so wenig wie wir alle.«

»Wo sind sie?« rief ein zornbebendes Mädchen. »Ich schneide ihnen die Hälse durch.«

»Nur ruhig, Martha, sie sind nicht hier«, sagte Rolf. »Als Dom Thaddäus von diesem Plan hörte, ist er aufgebrochen, um den Bischof von Genua einzuweihen. Und Leonardo ist mit Hilde von Marburg ebenfalls in die Stadt unterwegs. Sie wollen versuchen, Gehör beim Herzog zu finden. Und wo Anselmus ist, weiß ich auch. Anselmus ist zum Hafen gegangen, um den Kaperkapitänen und Sklavenhändlern zu sagen, daß siebentausend Kinder, die glauben, auf dem Weg nach Jerusalem zu sein, am Strand warten. Und ob die Herren Kapitäne so freundlich sein wollten, die Kinder auf die andere Seite des Wassers, zu den großen Sklavenmärkten von Tunis, zu bringen. Morgen mittag wird er dann wohl mit ein paar Kapitänen zurückkommen, um uns zu erzählen, daß Gott doch ein Wunder gewirkt hat, denn er glaubt natürlich, daß seine Pläne niemandem bekannt sind. Er weiß nicht, daß Johannes die Sache so tief bereut, daß er mir alles verraten hat.«

»Wo ist Johannes?« fragte Frieda schrill.

»Wir wollen die Geschichte aus seinem Mund hören«, fiel Frank ein.

Peter sprang auf. »Wo ist er?«

»Holt ihn, er ist irgendwo im Lager«, sagte Rolf. »Aber ihr dürft ihm nichts tun. Bedenkt, daß er es war, der versucht hat, euch zu retten, indem er das Komplott verriet. Er hat euch wirklich liebgewonnen.«

»Er hat aber zugelassen, daß wir ganz umsonst nach Genua gezogen sind«, warf Peter wütend ein. »Hunderte Kinder sind unterwegs umgekommen, und Johannes hat geschwiegen. Er ließ uns immer weiter ziehen, durch kalte Gebirge, durch heiße Ebenen. Die ganze Zeit über hat er gewußt, was uns in Genua erwarten würde, und nichts gesagt.«

»Aber nun hat er gesprochen, gerade noch zur rechten Zeit.«

Die Kinder waren in Aufruhr. Die meisten konnten es einfach noch nicht fassen, daß sie so gemein betrogen worden waren. Frieda, Frank und Peter liefen fort, um Johannes zu suchen. Die anderen bestürmten Rolf inzwischen mit Fragen, auf die er geduldig antwortete. Auf einem kahlen Felsen formte er mit Muscheln und Steinen eine Art Landkarte, um ihnen anschaulich zu machen, daß Jerusalem nicht auf der anderen Seite des Meeres, gegenüber von Genua, lag.
Eine halbe Stunde später kamen die drei Kinder zurück. Sie zogen Johannes an der Hand. Als der falsche Mönch sich mehr als hundert Kindern gegenübersah, prallte er erschrocken zurück.
»Keine Angst«, sagte Rolf, »sie sind bereit, Euch ruhig anzuhören. Erzählt ihnen, was Ihr mir heute nachmittag erzählt habt. Vor einem reuigen Sünder haben sie Achtung.«
Zögernd begann Johannes seinen Bericht. Die Kinder hingen an seinen Lippen. Dieser Mann, dem sie so vertraut hatten, war also ein Verräter gewesen – und dennoch konnten sie ihn nicht hassen. Er war immer gut zu ihnen gewesen, hatte sie getröstet, wenn sie traurig waren, hatte ihnen geholfen, wenn sie in Not waren. Seine tiefe Reue bewog sie, ihm zu verzeihen. Daß er seinen Betrug nicht bis zum Ende fortgesetzt hatte, sprach für ihn. In diesem Manne hatte die Liebe über das Böse gesiegt, und das verfehlte seinen Eindruck auf die Kinder nicht.
Als Johannes sein Geständnis zu Ende brachte, waren sie endlich überzeugt, daß Rolf die Wahrheit gesagt hatte.
»Glaubt ihr mir jetzt?« fragte der Junge erleichtert. »Dann hört mir gut zu. Morgen ist der entscheidende Tag. Nicolas weiß von all dem nichts, denn sein Zelt wird bewacht und niemand darf es betreten. Er würde uns auch nicht glauben, daß er von Anselmus betrogen wurde. Morgen wird er es selbst merken, wenn das Wasser nicht vor ihm zurückweicht. Aber was wird dann geschehen? Die Kinder werden furchtbar enttäuscht sein. Vielleicht werden sie sich in blinder Wut auf Nicolas stürzen, und das dürfen wir nicht zulassen, denn er ist genauso ein Opfer dieses Betruges wie wir alle. Die Kinder werden vielleicht einen Aufruhr anzetteln, und wir müssen versuchen, sie in der Hand zu behalten. Vor allem aber müssen wir verhindern, daß sie sich von Anselmus verführen lassen, die Schiffe zu betreten, denn dann sind sie verloren. Wir haben also Folgendes zu tun: Wir müssen die Kinder auf das Mißlingen des Wunders vorbereiten. Wir müssen Nicolas beschützen, wenn das Wunder mißlingt, und wir müssen Anselmus, sobald er auftaucht und erzählt, daß er Schiffe für uns hätte, den Mund stopfen.«
Die Versammlung dauerte beinahe bis Mitternacht. Der Mond war schon untergegangen, als sie endlich aufbrachen, um schlafen zu gehen. Sie waren müde und verbittert. Scheu blickten sie zu dem weißen Zelt, in dem sich Nicolas eingeschlossen hatte. Schweigend rollten sie sich neben ihren Feuern zusammen. Einige weinten.

Rolf fühlte Furcht in sich aufsteigen. Er schärfte sein Messer und wünschte, daß Leonardo an seiner Seite wäre. Ob er wohl imstande sein würde, die Ordnungshüter zu bändigen? Würden sie auf die Befehle Rudolfs von Amsterdam hören, wenn sich ihr Anführer in der Stadt befand? Er wußte es nicht. Er wußte nicht einmal, ob die Kinder ihm voll und ganz vertrauten. Immer noch ging etwas Fremdes, Ungewohntes von ihm aus, das sie nicht verstanden, nicht verstehen konnten. Vielleicht wird Nicolas sogar mir die Schuld am Mißlingen des Wunders geben, dachte er noch, bevor er in Schlaf sank.

18. Die Abrechnung

Der neue Tag brach ebenso strahlend an wie der vorhergehende. Die Sonne stieg über den Hügeln der Stadt empor, warf ihre goldenen Strahlen auf das Meer und küßte die schlafenden Kinder wach, die sich vergnügt streckten. Der große Tag war angebrochen, der Tag des Wunders am Meer. Jubelnd sprangen sie auf. Nur wenige zogen zum Fischen los. Vor allem die Kleinen liefen unruhig umher und fragten immer wieder: »Ist es noch nicht Mittag?« Dann blickten sie sehnsüchtig in Richtung des Zelts und fragten sich, was Nicolas wohl tat. Betete er? Schlief er? Sie wußten es nicht. Fünf große Jungen mit Knüppeln bewachten den Zelteingang und ließen niemanden zu Nicolas. Der Hirtenjunge sollte erst gegen Mittag das Zelt verlassen, bis dahin mußten sie Geduld haben. Die Jungen und Mädchen, die Rolf ins Vertrauen gezogen hatte, begannen unterdessen ihre schwierige Mission, Zweifel in die hoffnungsvollen Seelen der Kinder zu säen und sie darauf vorzubereiten, daß ihrer eine große Enttäuschung harrte. Natürlich wollte ihnen niemand glauben. Der Betrug kam den Kindern so unglaublich vor, daß sie weinend davonliefen und sich bei Rudolf von Amsterdam beklagten, die großen Jungen verspotteten sie. Rolf konnte sie nicht trösten. Er schickte sie zu Johannes, der düster am Eingang des Krankenlagers hockte und sie auch nicht zu beruhigen vermochte.
»Wartet nur ab, Kinder, es kommt alles so, wie Gott will«, murmelte er trübselig.
Je mehr der Vormittag voranschritt, desto mehr nahm auch die Spannung zu. Die Ordnungshüter liefen gut bewaffnet am Strand entlang und blickten streng umher, so daß die Kinder, die sich bereits dort versammelt hatten, scheu die Augen niederschlugen. Einige glaubten, daß sie den Himmel grollen hörten. Tatsächlich wütete weiter landeinwärts ein schweres Unwetter, aber der Himmel über der Küste blieb blau, und es fiel kein Tropfen Regen. Rolf blickte auf seine Uhr. Halb zwölf. Ob sie immer noch richtig ging? Er zweifelte daran, weil er mitunter Glocken die

Stunden schlagen hörte, wenn es nach den Zeigern seiner Uhr noch längst nicht soweit war.
Er ging mit Mariechen zum Strand hinunter und kletterte auf einen überhängenden Felsen, von dem aus man einen guten Rundblick hatte. Er verspürte wenig Lust, mitten unter den Kindern zu stehen, wenn Nicolas seinen vergeblichen Versuch unternehmen würde, dem Meer zu befehlen. Früher hatte er sich oft auf diesen Augenblick gefreut, weil er dem eingebildeten Jungen die Blamage gönnte. Jetzt aber, wo es endlich soweit war, fühlte er sich ziemlich mulmig. Er wurde das Gefühl nicht los, daß Nicolas es wieder fertigbringen würde, ihn, Rolf, zum Sündenbock für das Mißlingen zu machen.
Anselmus war nirgends zu sehen. Offenbar befand er sich immer noch in der Stadt. Rolf wußte nicht recht, ob er sich darüber freuen sollte oder nicht. Wenn Anselmus kam, würde er sofort merken, daß sein ganzer Plan aufgedeckt worden war.
Wenn er aber nicht wiederkam, wie sollte Rolf dann beweisen, daß er der Schuldige war? Gegen einen unsichtbaren Feind kann man schlecht kämpfen.
Das Gewimmel auf dem Strand wurde immer größer. Nach dem Stand der Sonne mußte es bald Mittag sein. Jeden Augenblick konnten die Glocken von Genua das Mittagsgeläute anstimmen, jeden Augenblick konnte Nicolas im Eingang des weißen Zelts auftauchen. Die Kinder hatten eine breite Gasse zwischen dem Zelt und dem Strand offengelassen. Am Strand selbst kämpften sie um jedes Fleckchen. Viele hatten auf höher gelegenen Hängen Aufstellung genommen, wo sie zwar nichts hören, aber alles überschauen konnten. Das Lager unter den Bäumen war jetzt fast leer. Nur Frieda lief zwischen den Kranken und Verletzten umher und tröstete sie.
»Wenn ihr nicht nach Jerusalem laufen könnt, dann tragen wir euch eben hin«, versprach sie mit zitternder Stimme.
Rolf betrachtete die Tausenden Kinder, die, dichtgedrängt, dem Augenblick der Wahrheit entgegenfieberten. Er sah die unbewegten Gesichter seiner Ordnungsmannschaft und mußte ihre Ruhe bewundern. Er sah auch die Erregung der Kleinen, die bis an die Knöchel im Wasser standen. Die Stimme des kleinen Simon übertönte alle anderen: »Oh, wie werden die Sarazenen laufen, wie werden sie laufen!«
Nichts konnte seinen Glauben erschüttern.
»Dort sind sie ja«, sagte Mariechen plötzlich.
Rolfs Blick folgte ihrem ausgestreckten Finger. Fast erschrak er, als er in einiger Entfernung Anselmus' dunkle Kutte entdeckte. Anselmus war aber nicht allein gekommen, er wurde von drei bärtigen Männern begleitet. Rolfs Herz begann heftig zu klopfen. Der Schuft war also tatsächlich gekommen! Das hieß, daß er sich sicher fühlte und keine Ahnung hatte, daß sein Plan verraten worden war. Die drei Männer

würden wohl die Kaperkapitäne sein, deren Schiffe im Hafen auf die lebende Fracht warteten ... Wie viele Kinder konnte man wohl auf so einem mittelalterlichen Schiff unterbringen? Rolf hatte keine Ahnung. Aber die Anwesenheit der drei Sklavenhändler mißfiel ihm sehr.
Ob Leonardo wohl zum Herzog vorgedrungen war? Hatte Dom Thaddäus den Bischof überzeugen können? Was war mit seinen Freunden geschehen?
Nach seiner Uhr war es schon zehn nach zwölf. Die Ungeduld der Kinder nahm zu. Ein paar der ganz Kleinen, weggeschubst von größeren Kindern, fielen in voller Länge ins seichte Wasser und begannen zu weinen. Zwei Ordnungshüter zerrten sie hoch und stellten sie wieder auf die Beine.
Die Stimmen der Kinder erfüllten die Luft wie das Summen eines zornigen Bienenschwarmes. Plötzlich begannen in der Ferne Glocken zu läuten. Tiefe Stille senkte sich über den Strand. Niemand bewegte sich mehr, keiner drängte nach vorn. Alle Blicke wandten sich in eine Richtung – auf das Zelt unter den Bäumen. Das Zelt öffnete sich, und da stand Nicolas. Er trug den erbeuteten Brustpanzer und darüber sein weißes Gewand, das von Carolus' Gürtel zusammengehalten wurde. Sein sorgfältig gebürstetes langes blondes Haar glänzte im Sonnenlicht.
»Wie der Erzengel Gabriel«, murmelte Mariechen.
Nicolas schien in den letzten vierundzwanzig Stunden abgemagert zu sein. Mit bleichem, unbewegtem Gesicht, den Blick starr geradeaus gerichtet, begann er zwischen der lebenden Mauer aus Kindern auf den Strand zuzugehen. Die fünf Jungen, die sein Zelt bewacht hatten, folgten ihm schweigend. Hinter ihnen schlossen sich die Reihen der Kinder. Immer noch herrschte Stille, die Stille der gespannten Erwartung, aber auch des Zweifels, wie es Rolf schien.
Er war so im Bann des Augenblicks gefangen, daß er ganz vergaß, auf Anselmus und die Seeleute zu achten. Er sah, wie Nicolas zum Meer schritt, die Hände gefaltet, den Kopf gesenkt. Es war so still geworden, daß Rolf sogar hörte, wie die Wellen leise gegen den Felsen, auf dem er stand, plätscherten. Das Glockengeläut hatte aufgehört. Nicolas blieb nicht stehen, als er das Wasser erreichte, sondern ging weiter, bis die Wellen seine Knie umspülten und sein weißes Gewand durchnäßten. Dann erst hielt er an.
Was mag in ihm vorgehen? fragte sich Rolf. Er versuchte, sich an die Stelle des Hirtenjungen zu versetzen, wie er dort stand, angesichts des Meeres.
Nicolas hob die Arme.
»Mächtiges Meer, ich gebiete dir, vor den Kindern Gottes zu weichen.«
Stille. Siebentausend Kinder wagten kaum zu atmen. Die einfachen Worte und der feste Glaube, der aus Nicolas' Haltung sprach, hatten sie verzaubert. Es war tatsächlich ein ergreifendes Bild, wie er dort stand und seine Stimme über das Wasser schallte.

Aber das Meer blieb unverändert – eine unübersehbare Wasserfläche, auf der die Sonnenstrahlen glitzerten.
»Mein Herr und Gott, ich bitte Dich, laß das Wasser weichen vor Deinen heiligen Kindern, die gekommen sind, Jerusalem zu befreien.«
Tiefe Stille. Leises Geplätscher der Wellen gegen den Felsen. Sonst nichts.
Der Hirtenjunge stand da, die Augen starr auf die Wasserfläche gerichtet, unbeweglich, mit erhobenen Armen. Der Brustpanzer funkelte. Ein Windstoß jagte über das Wasser und blähte Nicolas' weißes Gewand. Noch einmal flackerte Hoffnung in den Herzen der Kinder auf. Jetzt, jetzt mußte es geschehen!
Nicolas streckte sich, als ob er mit den Fingerspitzen den blauen Himmel berühren wollte.
»Weiche zurück, du wildes Meer, weiche zurück vor den Kindern Gottes! Laß uns durch! Gott will es!«
Blau, tief und scheinbar unendlich erstreckte sich das Meer bis zum fernen Horizont. Die Sonne glitzerte auf den Schaumkronen. Ein Schiff verließ den Hafen von Genua. Seevögel stießen zum Wasser hinab und stiegen wieder zum Himmel empor ...
Plötzlich drehte sich Nicolas mit einem Ruck um und rief: »Betet ... betet doch!«
Einige der Kinder versuchten zu knien, obwohl kaum Platz dafür vorhanden war. Aber die meisten blieben stehen und weigerten sich sogar, die Hände zu falten oder den Blick zum Himmel zu heben. Unbeweglich ruhten ihre Blicke auf Nicolas.
»Betet!« bat er verzweifelt.
Er beginnt einzusehen, daß es hoffnungslos ist, dachte Rolf. Wieder wandte Nicolas sich der See zu und gebot dem Wasser, sich zurückzuziehen, einen Weg für den Kinderkreuzzug freizumachen. Er schrie immer lauter, seine Stimme überschlug sich. Er raffte sein Gewand und schritt vorwärts, wobei er die Beine hochnahm, so daß es aussah, als wolle er über das Wasser laufen. Er stand schon bis zum Gürtel im Wasser, als er mit seinen nackten Füßen auf einen Seeigel trat.
Frieda hatte tags zuvor Dutzende Seeigelstacheln mit einer harten Fischgräte aus gemarterten Kinderfüßen entfernt. Die meisten Kinder hatten deshalb beim Baden ihre Schuhe einfach angelassen. Aber Nicolas war barfuß ins Meer gegangen, und nun gab ihm das Meer, das er hatte bezwingen wollen, die feindselige Antwort: Nein!
Er schwankte und humpelte zum Strand zurück, wo ihn die Kinder schweigend, aber mit bösen Blicken empfingen. Nicolas blickte in ihre finsteren Gesichter, sah die Drohung darin und wandte sich mit einem Ruck noch einmal dem Meer zu. Der Junge, der soeben noch vielen wie der Erzengel Gabriel erschienen war, wurde jetzt plötzlich wieder zu dem, der er wirklich war: ein verkleideter Leibeigener, unecht und ohne Würde.

Wieder streckte er die Arme aus und erhob seine Stimme. Ein General, der den Feind in die Flucht jagen will, ein Medizinmann, der die bösen Geister in das Reich der Finsternis weist. Ein armer, betrogener Junge, der geglaubt hatte, er könne ein Heiliger sein und die Naturgesetze aufheben ...

Aber das Meer ignorierte ihn. Das Meer umspülte ungerührt seine Füße. Das Meer lachte ihn aus.

Da brachen die Kinder los. Rudolf von Amsterdam hatte recht behalten: das Wunder blieb aus. Sie waren betrogen worden. Sie hatten den langen Weg umsonst zurückgelegt, tödlichen Gefahren ausgesetzt, von Kälte, Hitze und Hunger gequält, von Unglück und Schicksalsschlägen heimgesucht – und das alles für nichts!

Ihre Wut brauchte ein Ventil. Kreischend stürzten sie sich auf den unglücklichen Hirtenjungen. Die Ordnungshüter griffen sofort ein und begannen, die Kinder zurückzutreiben.

»Sie bringen ihn um!« schrie Mariechen, aber Rolf war schon aufgesprungen und stürzte sich von seinem Felsblock mitten unter die schreienden Kinder. Mit aller Kraft versuchte er, die Wütenden aufzuhalten. Die Ordnungshüter schwenkten ihre Knüppel, schubsten die Kinder fort und kämpften sich verbissen den Weg zur Mitte des Knäuels frei.

Der erbeutete Brustpanzer hatte Nicolas das Leben gerettet. Er lag auf dem Rücken, seine Kleider waren zerrissen, und er blutete aus mehreren Kopfwunden.

Die wütenden Kinder wichen langsam zurück, als immer mehr Ordnungshüter zur Mitte drängten und einen schützenden Kreis um Nicolas bildeten. Rolf kniete neben dem Hirtenjungen und sah plötzlich Mariechen, die Nicolas' Kopf aufhob und in ihren Schoß bettete. Tränen strömten über ihre Wangen. Sie blickte auf und schrie den Kindern zu:

»Ihr solltet euch schämen!«

Mit einer Handvoll Salzwasser wusch sie das blutende Gesicht. Der brennende Schmerz ließ Nicolas die Augen aufschlagen.

»Gott hat mich verlassen«, flüsterte er.

»Gott hat uns nicht verlassen«, ertönte plötzlich eine tiefe Stimme. Es war Anselmus. Hinter ihm standen die drei Männer.

»Gott hat das Meer nicht geteilt, liebe Kinder«, sagte Anselmus feierlich, aber doch laut genug, um von jedem verstanden zu werden, »aber Er hat euch nicht verlassen. In Seiner Güte hat Er euch Schiffe gesandt, die euch über das Wasser zum Heiligen Land bringen werden ...«

Rolf sprang auf.

»Das ist eine Lüge!« rief er. Die Kinder murrten.

»Rudolf von Amsterdam, ich sage dir, daß du nicht würdig bist, deinen Fuß auf eines der Schiffe zu setzen, die Gott uns gesandt hat ...«

»Sklavenschiffe sind es«, schrie Rolf, »und keines dieser Kinder wird seinen Fuß auf eines der Schiffe setzen! Rudolf von Amsterdam wird nicht auf den Sklavenmärkten von Tunis zum Verkauf angeboten werden. Und auch kein einziges dieser Kinder hier!«

Anselmus war kreidebleich geworden. Er drehte sich um und rief den drei Männern in Toskanisch zu. Ein Messer blitzte. Mariechen schrie auf, und Rolf stürzte sich vor Anselmus' Beine. Auf den plötzlichen Angriff nicht vorbereitet, verlor dieser das Gleichgewicht und fiel über den Jungen.

Peters Stimme gellte: »Vernichtet sie! Vernichtet diese Schurken!«

Ein Höllenlärm brach los. Anselmus wurde von Rolf weggezerrt und von Hunderten von Kindern überwältigt. Der ganze Strand schien zu wogen und zu beben. Geschrei, Gekreisch und das Geräusch heftiger Schläge erfüllte die Luft.

Der scharfe Schrei eines Menschen in Todesnot. Rolf versuchte, auf die Beine zu kommen, wurde aber wieder über den Haufen gerannt und lag plötzlich ein paar Zentimeter tief im lauwarmen Wasser. Der Tumult ging weiter. Endlich gelang es ihm, wieder auf die Beine zu kommen. Was er dann sah, wagte er kaum zu glauben.

Die meisten Kinder rannten zum Lager zurück, ein paar Jungen hatten Nicolas aufgehoben und trugen ihn zum Zelt. Mariechen zerrte an Rolfs Arm und schrie etwas, aber er verstand nicht, was sie meinte. Nicht weit von ihm wälzten sich ein paar Leiber über den leerer werdenden Strand. Aus dem kämpfenden Knäuel stiegen Angstrufe auf, die schwächer wurden und dann erstarben.

In der Ferne sah er die drei Seeleute den Hang hinaufklettern, verfolgt von Hunderten brüllenden Kindern . . .

Plötzlich fiel das Knäuel am Strand auseinander. Er sah Peter mit blutigen Händen auftauchen. Auch Bertho kam hoch, rannte ins Wasser und versuchte, sein geschwollenes Auge mit Wasser zu kühlen. Er sah die Kinder weiter auseinanderweichen und zum Lager humpeln. Manche hatten kaum noch etwas am Leib, der Strand war übersät mit zerfetzten Lumpen.

Und dann sah er es. Inmitten von zerrissenen Stoffetzen lag Anselmus, oder besser, was von ihm übriggeblieben war. Sein Gesicht war nicht mehr zu erkennen, seine Gliedmaßen zeigten seltsame Knicke, so als ob keine Knochen mehr an der richtigen Stelle säßen, und selbst die Haare hatte man ihm ausgerissen. Rolf wandte sich rasch ab. Gewiß, er hatte Anselmus gehaßt, aber dieses entsetzliche Ende, die grenzenlose Brutalität dieser Abrechnung erfüllte ihn doch mit Abscheu.

So könnte auch ich jetzt dort liegen, wenn es Nicolas oder Anselmus gelungen wäre, ihren Zorn in eine andere Richtung zu lenken, sagte er sich.

Mit zitternden Knien stolperte er zum Lager zurück. Eines der erschrokkenen adligen Kinder winkte ihm und wies auf das Zelt. Drinnen fand er Frieda damit beschäftigt, Nicolas' Wunden zu versorgen.

»Wie steht es mit ihm?« fragte er.

»Nicht sehr schlimm«, erwiderte Frieda, »nur Kratzer und Schrammen. Was ist denn eigentlich am Strand passiert? Warum wollten sie Nicolas umbringen? Er hat doch niemandem Böses getan.«

Ihre einfache Logik rührte Rolf. Mit Schaudern dachte er an die barbarisch verstümmelte Leiche des Mönchs.

»Nein, Nicolas nicht«, sagte er mühsam. »Pflege ihn gut, Frieda.« Dann rannte er fort und rief ein paar Ordnungshüter zusammen.

»Anselmus muß sofort begraben werden, wir können ihn nicht einfach so am Strand liegen lassen.«

Er konnte Peter nicht in die Augen blicken. Noch nie war es ihm so sehr bewußt geworden, wie gefährlich das Kinderheer sein konnte, wenn es einmal in Wut geraten war. Er hoffte, daß die drei Seeleute entkommen waren.

Das ganze Lager knisterte noch vor Spannung. Um die Erregung der Kinder zu dämpfen, begann Rolf allerlei Befehle zu erteilen. Er schickte die Fischer an ihre Arbeit, dann rief er Bertho und sagte:

»Es ist nichts mehr zum Essen da. Sammle deine Leute und geh mit ihnen auf die Jagd.«

Frank mußte seine Gerber und Schuhmacher zur Arbeit rufen.

Rolf schickte Jungen und Mädchen los, um frisches Wasser zu holen, andere mußten die Eßgefäße scheuern oder Betten flechten. Sie gehorchten zwar, aber die gereizte Stimmung blieb. Was war noch von dem frommen Kinderheer übrig, das vor Monaten Köln verlassen hatte, singend, betend und voller Hoffnung? Die siebentausend Überlebenden bildeten mehr denn je zuvor ein Heer, aber ihre Frömmigkeit und Unschuld schienen sie für immer verloren zu haben.

Es wird wohl von jetzt ab immer schwieriger werden, sie im Zaume zu halten, dachte Rolf beunruhigt. Jetzt, wo der schöne Traum von der Weißen Stadt zerronnen ist, haben sie nichts mehr, an das sie sich klammern können. Was bleibt ihnen denn noch anderes übrig, als immer weiter zu rauben und zu kämpfen, um sich am Leben zu halten? Nichts darf sich ihnen in den Weg stellen, weder Berge, noch Ebenen, noch Menschen.

Am liebsten hätte er sofort eine Versammlung sämtlicher Ordnungshüter einberufen, um zu beraten, was sie jetzt tun sollten. Sollten sie nach Deutschland zurückkehren? Wieder durch die Poebene, noch einmal über die Alpen?

Aber ohne Nicolas konnten sie nicht verhandeln, und der lag verletzt in seinem Zelt. Außerdem würde er es wohl vorläufig nicht wagen, zum Vorschein zu kommen. Das Zelt, die Bleibe der Kinder des Adels, war eine Art Zufluchtsort, wo einem nicht so leicht etwas geschehen konnte. Trat er aber hinaus ins Freie . . .

Eine Stunde später kam eine Gruppe triumphierender Kinder ins Lager gestürmt. Sie schwenkten aufgeregt eine Trophäe: ein großes krummes

Messer, das sie dem Kapitän, den sie als einzigen erwischten, abgenommen hatten. Rolf fragte nicht, was mit dem Mann geschehen war – er konnte es sich denken.

19. Der Traum lebt weiter

Zu Rolfs großer Erleichterung kamen Leonardo und Dom Thaddäus am nächsten Morgen zurück, begleitet von einer Gruppe würdig aussehender Herren.

Leonardo war es tatsächlich gelungen, zu den Stadtvätern vorzudringen. Sie hatten zuerst ungläubig und dann mit wachsendem Zorn seinem Bericht gelauscht. Als Leonardo geendet hatte, erging der Befehl, daß alle Schiffe, die den Hafen verlassen wollten, zuerst durchsucht werden müßten, damit keines der Kinder hinausgeschmuggelt werden könnte. Als dem Bürgermeister bewußt wurde, daß Genua jetzt von siebentausend kleinen, gestrandeten Kreuzfahrern umringt war, nahm er Verbindung mit dem Bischof auf. Dieser hatte ebenfalls Maßregeln getroffen, denn Dom Thaddäus hatte inzwischen bei ihm vorgesprochen. Unter den Gläubigen von Genua wurde eine Sammlung durchgeführt. Am Nachmittag sollten die Wagen mit Kleidern, Schuhen und Lebensmitteln im Lager eintreffen.

Aber das war noch nicht alles. Die Stadtväter wollten sich natürlich der Kinder so rasch wie möglich entledigen, und das konnte nur dadurch geschehen, daß man es ihnen ermöglichte, nach Hause zurückzukehren. Die Stadt war bereit, ein paar Dutzend Kinder aufzunehmen, die kein Zuhause hatten und willens waren, sich im Hafen oder bei Handwerkern als Arbeitskräfte zu verdingen. Das übervölkerte Genua konnte trotz allem ein paar geschickte Hände, flinke Beine und tapfere Herzen gebrauchen. Denjenigen, die zurückkehren wollten, versprach Genua Wegzehrung und bewaffnetes Geleit bis Mailand.

Rolf stieß einen Seufzer der Erleichterung aus. Sie konnten also zurückkehren.

Johannes drängte sich nach vorn.

»Ich übernehme die Durchführung der Rückreise«, versprach er.

Aber einer der hohen Herren – er saß zu Pferde – blickte streng auf den Mönch herab.

»Seid Ihr nicht einer der beiden falschen Priester, die das ganze Unternehmen geleitet haben?« fragte er drohend. »Ich habe den Auftrag, Euch festzunehmen und nach Genua zu bringen. Ergreift den Mann.«

Rolf, der des Italienischen kaum mächtig war, hatte ihn nicht verstanden. Er begriff aber sofort, als zwei Geharnischte an Johannes herantraten. Er wandte sich an Leonardo.

»Kannst du ihnen nicht erklären, daß sie Johannes in Ruhe lassen sollen, weil er den Kindern bei der Rückkehr nützlich sein kann?« bat er.
Leonardo begann, auf die Herren in Toskanisch einzureden und schien endlich Erfolg zu haben. Die Ratsherren entschieden, daß Johannes sich, bei Androhung der Todesstrafe, nie mehr auf genuesischem Gebiet blicken lassen dürfe. Wenn er die Kinder auf ihrer Reise nach Norden begleiten wolle, so könne er dies tun.
Johannes nickte erleichtert.
»Wo ist denn Anselmus, oder willst du den auch schonen?« fragte Leonardo spöttisch.
Rolf schwieg beklommen. An seiner Stelle antwortete Peter: »Den haben wir in Stücke gerissen.« Seine Stimme klang so ätzend, daß es Rolf schauderte. Aber Leonardo schien die Sache ganz natürlich zu finden.
»Das war genau das, was dem Schurken zukam. Ich hoffe, daß ihr euch damit Zeit gelassen habt.«
Daraufhin berichtete er den hohen Herren, daß der zweite Sklavenhändler inzwischen seine Strafe erhalten habe. Die Herren nickten zufrieden und kehrten erleichtert in die Stadt zurück. Der Anblick Tausender verwilderter Kinder schien ihnen nicht angenehm zu sein.
»Wo habt ihr denn Hilde gelassen?« rief Rolf erschrocken, dem plötzlich auffiel, daß Leonardo und Dom Thaddäus ohne das Mädchen zurückgekehrt waren.
»Der Herzog von Genua hat sie in seinen Haushalt aufgenommen«, erzählte der Student munter. »Im nächsten Frühjahr wird er ihrem Vater, dem Grafen von Marburg, einen Bericht schicken, und dann wird über ihr weiteres Schicksal entschieden werden.«
»Arme Hilde. Was hat sie denn dazu gesagt?«
Verblüfft sah Leonardo seinen Freund an. »Was soll sie dazu sagen? Sie kann doch froh sein. Jetzt braucht sie keine stinkenden Wunden mehr zu verbinden und nicht auf Stroh zu schlafen. Man wird einen reichen Mann für sie finden, hier oder im Herzogtum ihres Vaters. Um Hilde brauchst du dir wirklich keine Sorgen zu machen.«
»Sie war glücklich bei uns«, meinte Rolf leise.
»Bei dieser wüsten Horde hier? Na, ich weiß nicht . . .«
Vielleicht hat Leonardo wirklich recht, dachte Rolf. Vielleicht ist es das beste für sie. Aber überzeugt war er nicht.
»Und für die anderen adligen Kinder wollte der Herzog nichts tun?« fragte er.
»Nein. Er wollte nur wissen, wer sie seien, und als er hörte, sie wären Kinder von unbedeutenden Rittern, zeigte er kein Interesse mehr.«
Rolf schüttelte den Kopf. An die großen Standesunterschiede in diesem Jahrhundert würde er sich wohl niemals gewöhnen.
Noch ehe der Nachmittag verstrichen war, kam aus der Stadt Genua eine lange Reihe von Wagen. Sie waren beladen mit Brot, Gemüse, Früchten,

Kleidern und Schuhen, Decken und Kruzifixen. Priester und Soldaten begleiteten die Wagen und führten die Aufsicht bei der Verteilung. Sie starrten die Kinder verwundert an. Ihr Aussehen entsprach so ganz und gar nicht der Vorstellung, die man sich von frommen Kreuzzugsteilnehmern machte. Es waren zähe, verwilderte Geschöpfe, in Lumpen gehüllt und oft fast nackt.

Nachdem die Wagen wieder abgefahren und alle im Lager gesättigt waren, begann Rolf den Rückzug zu organisieren. Aber er stieß immer wieder auf Widerstand. Vor allem die Gruppenführer wollten lieber weiterziehen. War es ihnen denn noch immer nicht klargeworden, daß der Traum von der Weißen Stadt ein Märchen war, das niemals in Erfüllung gehen konnte?

»Zurück? Nie im Leben«, meinte Peter. »Wo sollten wir auch hin? Unser Zuhause lockt uns wirklich nicht.«

»Wir haben kein Zuhause«, stimmte ihm Karl zu.

»Ich hab keine Lust, wieder in Köln betteln zu gehen«, rief Mariechen entrüstet.

Rolf blickte hilfesuchend auf Leonardo. Der lachte nur und schlug Peter auf die Schulter.

In diesem Augenblick kam Nicolas aus dem Zelt. Hatte er die Stimmung im Lager gefühlt? Die Kinder schienen ihren Groll gegen den Hirtenknaben schon vergessen zu haben. Sobald er sich in seinen weißen Kleidern zeigte, wichen sie so ehrfürchtig wie immer vor ihm zurück.

Er trug Carolus' Gürtel und hielt ein silbernes Kreuz in der Hand. Es hatte ihn seinen ganzen Mut gekostet, den Kindern wieder gegenüberzutreten. Er verbarg die Furcht in seinem Herzen hinter stolzem Gehaben und trug den Kopf hoch. Rolf trat rasch einen Schritt vor, ergriff seine Hand, und so standen sie da, während sich die Kinder um sie scharten.

»Kinder«, sprach Nicolas, »das, was geschehen ist, geht über mein Begriffsvermögen. Ich glaubte, Gott hätte mich verlassen. Aber Gott weigerte sich, ein Wunder zu wirken vor einem Kinderheer, das solche Schurken und Sklavenhändler in seinen Reihen hatte. Ich habe vernommen, daß Anselmus tot ist. Ich habe auch gehört, daß Johannes plant, mit denen, die nach Hause verlangen, in die deutschen Lande zurückzukehren. Ihr alle habt die Worte der Stadtväter von Genua vernommen. Wer will, kann zurückkehren. Mir ist auch bekannt, daß Anselmus' Betrug uns zum falschen Meer gebracht hat. Jerusalem liegt nicht jenseits dieses Meeres, sondern an einem anderen Meer, weiter östlich. Deshalb – und nun hört mir gut zu – können diejenigen, die nicht mehr weiterziehen wollen, in Genua bleiben oder mit Johannes nach Norden zurückkehren. Wer von euch jedoch Jerusalem sehen will, der möge mir folgen. Denn ich werde mit Gottes Hilfe unbeirrt weiter nach Osten ziehen, so lange, bis ich vor dem richtigen Meer stehe, uf dessen gegenüberliegendem Ufer Jerusalem liegt!«

Rolf glaubte nicht richtig gehört zu haben, und er begriff auch nicht, daß Tausende Kinder in ein unbändiges Freudengeheul ausbrachen und schrien:
»Nicolas, wir folgen dir!«
Was mochte die Kinder nur beseelen? Immer noch der Traum von der Weißen Stadt? Ach nein ... daran glaubte kaum einer mehr. Sie wollten ganz einfach nicht zurück. Die Freuden und Leiden des freien Lebens hatten sie in ihren Bann gezogen. Sie sahen etwas von der Welt. Und diese Welt war weit größer, barg mehr Überraschungen, als sie je geglaubt hatten. Monatelang hatte ihr Leben darin bestanden, immer weiterzuziehen, als Endziel einen Traum vor Augen. Und das wollten sie so halten, bis sie das Ende der Welt oder ihres Lebens erreicht hatten.
So zerfiel das Kinderheer nach und nach. Ein Teil der Kleinen wollte nach Hause und sammelte sich in den folgenden Tagen an den Stadttoren, unter der Leitung von Johannes und drei adligen Kindern. Etwa hundert entschieden sich für Genua. Zu Rolfs Verblüffung waren es vor allem die Herdentiere, die kleinsten und dümmsten Kinder, die nach Hause wollten. Simon war allerdings nicht unter ihnen, er wollte noch immer die Sarazenen aus Jerusalem verjagen. Auch Frank, Peter, Frieda und Bertho wiesen den Gedanken an eine Umkehr zurück.
Vergeblich brachte Rolf jeden Grund vor, der für eine Rückkehr sprach.
»Aber Mariechen, was kann uns denn Italien noch bieten? Das Meer im Osten wird ebensowenig vor uns weichen wie dieses Wasser hier.«
»Wenn Nicolas weitergeht, gehe ich mit ihm«, sagte Mariechen beharrlich.
»Und was ist mit mir?« seufzte Rolf. »Wohin soll ich gehen?«
»Ich dachte, du würdest mit Leonardo nach Bologna ziehen.«
»Leonardo will zuerst seine Eltern in Pisa besuchen. Er geht erst im nächsten Jahr nach Bologna.«
Der Entschluß des Studenten, vorläufig bei den Kindern zu bleiben, hatte Rolf zuerst etwas verwundert. Leonardo sagte gleichmütig:
»Ich habe meine Familie seit Jahren nicht gesehen. Da ich nun einmal in der Nähe bin, könnte ich meine Mutter aufsuchen.«
War das wirklich der Grund? Oder suchte der junge Mann nur einen Vorwand, um noch länger beim Kinderheer bleiben zu können? Rolf wurde nicht schlau aus ihm. Von Heimweh hatte er bei Leonardo nie das geringste bemerkt. War es Mariechens wegen, daß der Student die Kinder nicht im Stich lassen wollte?
»Bleib doch bei uns, Rudolf«, bettelte Mariechen, und Rolf nickte. Was hätte er auch anderes tun sollen?
Fast fünftausend Kinder brachen von neuem zum Zug über den Apennin auf. Es war ein Heer furchtloser kleiner Desperados, die langsam – denn es trieb sie niemand mehr an – unter der heißen Sonne dahinzogen: wildernd, fischend, singend.

Dom Thaddäus war bei ihnen geblieben, und auch zwei der adligen Kinder: Mathilde, ein eitles Mädchen, das hoffte, an Stelle Hildes von Marburg Königin von Jerusalem zu werden, sowie Gerold, der Sohn eines verarmten Ritters. Er war ein furchtsames Kind und hatte die Burg seiner Väter aus Angst vor seinen älteren Brüdern verlassen. Diese Angst war auch der Grund gewesen, warum er nicht nach Hause zurückgekehrt war und nun mit dem Kinderheer weiterzog, still, scheu und mutlos.

Sie waren nun in der Toskana. Nicolas schritt an der Spitze, gefolgt von einem wüsten Haufen verwildeter, plündernder, bettelnder Kinder. Solange sie sich in kaum bewohntem Hügelland aufhielten, taten sie, wozu sie gerade Lust hatten. Sie raubten Ziegen, Hühner, Schweine. Sie pflückten Halme von den Feldern, Äpfel von den Bäumen. Sie kannten weder Gesetze noch Verbote. Sie lachten über wütende Bauern, strenge Ritter, gekränkte Kaufleute und mahnende Dorfgeistliche. Sie fühlten sich jetzt stark und unüberwindlich, denn jeder einzelne war bewaffnet. Sie hatten eine Taktik entwickelt, von der Dom Thaddäus nichts wissen wollte, die Rolf jedoch belustigte: Sobald sie in die Nähe einer Stadt oder in dichtbevölkertes Gebiet kamen, wurden sie augenblicklich wieder die heiligen Kinder, die singend und betend nach Jerusalem pilgerten. Dann falteten sie die Hände, wandten den Blick zum Himmel, machten leidende Gesichter, wiesen die erschrockenen Bürger auf ihre Lumpen und ihre leeren Mägen hin, übertrieben die Leiden des Marsches und spielten die zu Tode Erschöpften. Die Bewohner der schönen Toskana waren tief betroffen. Bereitwillig schenkten sie den Kindern Brot und Kuchen und ließen Fässer frischen Wassers und geräucherte Schinken zum Lager bringen. Die Gerüchte über ein plünderndes, raubendes Kinderheer, die überall die Runde machten, könnten nicht auf Wahrheit beruhen, meinten sie. Das hier waren überaus fromme Kinder, beseelt von einem heiligen Feuer. Rolf fragte sich, wer diese Taktik wohl aufgebracht hatte. Sie konnten doch unmöglich alle gleichzeitig auf denselben Gedanken gekommen sein! Er hatte Peter im Verdacht, der geistige Urheber zu sein, denn er war schlau und gewissenlos genug für solch ein Spiel.

Kaum hatte das Kinderheer eine Stadt wieder verlassen, kehrte die ausgelassene Stimmung zurück. War das ein Leben! Sie kosteten die süße Freiheit im Hauch der warmen Winde, die um die Hügel wehten. Die Sonne verwöhnte sie. Geschmückt mit Blumenkränzen zogen sie übermütig ihres Weges dahin. Manchmal erreichten sie einen Ort, dessen Schönheit sie in ihren Bann zog: einen kleinen See mit lieblichen Ufern, ein Flüßchen, das sich durch blumenübersäte Wiesen schlängelte, von bewaldeten Hügeln umsäumt. Stille, Blumen, Vögel, scheues Wild. Wozu eigentlich noch nach Jerusalem wandern? Das hier war das Paradies . . .

In solchen Zeiten konnte es vorkommen, daß hundert oder zweihundert Kinder zurückblieben, um Hütten zu bauen, wilde Ziegen zu fangen und zu zähmen und ein neues Leben zu beginnen. Ob diese Siedlungen eine

Aussicht auf Fortbestand hatten, wußte Rolf nicht. Manchmal kamen ihm Zweifel, oft aber verspürte er selbst Lust, an einem dieser schönen Plätze zu bleiben und eine Niederlassung zu gründen ...

Auch die von Wällen umgebenen Städtchen auf den Hügeln bezauberten die Kinder. Sie lagen so verträumt und doch stolz im leuchtenden Sonnenschein. Die Städte verwalteten sich selbst, lagen oft in Fehde mit anderen Städten und nahmen Partei für Kaiser oder Papst, wenn die beiden sich wieder einmal überworfen hatten. Aber ihre Unabhängigkeit gaben sie nie auf. Die Städte Italiens, vor allem der Toskana, waren im Aufblühen. Ihre Bürger betrachteten sich als freie Menschen. Sie waren damit beschäftigt, ihren Handel zu erweitern und neue Quellen des Wohlstandes zu erschließen.

Kräftige Muskeln, fleißige Hände, mutige Herzen und frisches junges Blut waren immer willkommen. Viele Kinder nahmen die verlockenden Angebote wahr und blieben zurück. Das Kinderheer wurde zusehends kleiner. Nicolas schien es kaum zu bemerken. Er träumte von der Weißen Stadt im Osten, aber es schien nicht in sein Bewußtsein zu dringen, daß dieses Märchen seinem Gefolge nicht mehr viel bedeutete.

So folgten sie den alten Heerwegen, die sich im Zickzack durch das Land zogen. Manchmal verirrten sie sich auch, aber was hatte das schon zu bedeuten? Rolf hoffte nur, daß sie Pisa noch lange nicht erreichen würden, denn dort hieß es Abschied von seinem Freund Leonardo nehmen.

Es dauerte in der Tat lange, aber schließlich kamen sie an.

Erst vor einem Jahr war Rolf während einer Ferienreise mit seinen Eltern in Pisa gewesen. Damals hatte ihn die berühmte Stadt enttäuscht. Sie war wenig ansehnlich und ziemlich klein. Die zahllosen Touristen besuchten Pisa hauptsächlich wegen des berühmten »Schiefen Turmes«. Darüber hinaus hatte die Stadt nicht allzuviel zu bieten.

Aber nun, welch ein Unterschied! Zu Beginn des 13. Jahrhunderts war Pisa eine Weltstadt, mächtiger als Florenz, größer als Rom und betriebsamer als Genua. Den Dom gab es schon, komplett mit schiefem Turm. Die Bollwerke und Mauern waren ebenfalls vorhanden, aber nicht als die Reste einer großen Vergangenheit, wie in Rolfs Zeit, sondern in voller Pracht und Herrlichkeit. Rolf war hingerissen. Leonardo drängte ihn, in der Stadt zu bleiben, als Gast der Familie Bonacci. Ein verlockendes Angebot ...

»Aber was wird dann aus Mariechen?«

»Sie kann doch bei uns bleiben.«

»Ich weiß nicht, ob ich das Kinderheer einfach im Stich lassen darf ...«

Aber das war nicht der einzige Grund, warum Rolf das Angebot nicht annehmen wollte. Das Italien des 13. Jahrhunderts faszinierte ihn. Es war so ganz anders als das Italien, das er aus seiner Zeit kannte. Es war viel schöner, unberührter und interessanter. Zwischen den Hügeln der

Toskana konnte man auf die Ruine einer römischen Villa stoßen oder einen halb verfallenen Tempel finden. Die Flüsse waren klar und sauber. Die Wege waren schmal, weiß von Staub und immer voller Überraschungen. Auf den Hügeln lagen stolze Burgen oder kleine, unabhängige Städte. Auf den Hängen grasten Schaf- und Ziegenherden, die Wälder waren von unzähligen Vögeln bevölkert. Hunderte Blumen blühten an den Böschungen, umschwirrt von unzähligen Schmetterlingen, Bienen und Hummeln.
Er konnte das wilde, freie Leben nicht mehr aufgeben, nicht einmal für das verlockende Angebot, in Pisa zu bleiben. Pisa mochte überaus lebendig und malerisch sein, aber es zeigte auch die Kehrseite der mittelalterlichen Städte: Unrat, Ratten und Ungeziefer, Bettler, Gauner und Halsabschneider. Eine Stadt, die immer wieder in kriegerische Auseinandersetzungen verwickelt war, deren Bewohner stolz, einfältig und frech waren. Alles in allem kein Ort, an dem man sich wohl fühlen konnte.
Die beiden Freunde nahmen also Abschied.
Mariechen vergoß bittere Tränen. »O Leonardo, wie werden wir dich vermissen!« schluchzte sie.
Peter und Frank drückten dem Studenten schweigend die Hand. Bertho umarmte ihn und fragte: »Wirst du auch noch manchmal an Carolus denken?«
Dann zogen die Kinder weiter, quer durch das prächtige Hügelland, durch Sümpfe und Wälder, nach Südosten.
Wie viele Kinder waren noch übrig? Nicht mehr als zweitausend. Etliche waren in Pisa geblieben, andere wieder hatten sich in Gruppen nach Florenz aufgemacht, das nur wenige Tagereisen entfernt lag. Es ging die Mär, Florenz könnte Arbeitskräfte brauchen und bereite sich auf einen Krieg vor. Kurz darauf traf man überall in diesem Teil Italiens auf deutsche Kinder, die in gebrochenem Toskanisch nach Arbeit, Nahrung und Unterkunft fragten. Sie wurden rasch aufgenommen und verschmolzen mit der Bevölkerung.
Was endlich Anfang September die Provinz Umbrien erreichte, war ein kleines Häuflein von vielleicht fünfzehnhundert Kindern, hungrig und zu allem fähig.

20. In der Falle

Das Heer der kleinen Vagabunden geriet langsam in Schwierigkeiten. Der Sommer ging zu Ende, die Ernten waren eingeholt, Ritter und Bauern verteidigten ihre Scheunen mit Schwert und Heugabel. Auch die Obstbäume waren leergepflückt. Die Burgherren organisierten große Treibjagden, und wehe den Kindern, die beim Wildern erwischt wurden! Durch die Jagden war das Wild scheu geworden und ließ sich nicht mehr so leicht fangen. Das Kinderheer begann von neuem Not zu leiden.

Das Land, durch welches sie zogen, überwältigte sie noch immer durch seine Schönheit. Leuchtende Hügel, übersät mit Blumen. Rauchende Stoppelfelder, gelbes Herbstlaub, das im Sonnenlicht prunkte. Klare Seen, an denen sich die Zugvögel zu sammeln begannen. Umbrien im Nachsommer: es war ein Paradies. Rolf wußte nicht, wohin er die Augen zuerst wenden sollte, denn jede Biegung des staubigen Weges enthüllte ein neues Panorama von unvorstellbarer Schönheit. Er vergaß darüber sogar seinen leeren Magen.

Wie ein kostbares Juwel lag der Trasimenische See zwischen den Hügeln. Die Kinder hatten schon von ihm gehört: er sollte ein fischreiches Gewässer und nicht schwer zu finden sein. Nach einigem Umherirren erreichten sie glücklich seine Ufer.

Fünfzehnhundert Kinder, vor allem, wenn sie ausgehungert sind, bilden noch immer eine beachtliche Streitmacht. Das fand auch Graf Ludovico Trasimeno, der im Krieg mit der Stadt Perugia stand und außerdem einen Aufstand seiner Bauern niederzuschlagen hatte. Voll Zorn, weil er von zwei Seiten bedroht wurde, hatte der Graf seine Geharnischten ausgesandt, die den aufrührerischen Bauern eine gehörige Lektion erteilen sollten. Rauchende Höfe, verwüstete Scheunen und niedergemetzelte Herden sollten den Aufständischen klarmachen, daß mit dem Grafen nicht zu spaßen war. Das konnte den Aufruhr allerdings nicht unterdrükken. Die Bauern wußten jedoch, daß sie verloren sein würden, wenn keine Hilfe von außen kam, denn der Winter stand vor der Tür. Deshalb verbündeten sie sich mit der Stadt Perugia, deren Bürger nichts mehr wünschten als den Untergang des Grafen, der ihnen die Fischrechte auf dem großen See entzogen hatte und außerdem Zoll von den Handelskarawanen forderte, die zwischen Perugia und Florenz verkehrten.

Einige Stunden bevor das ahnungslose Kinderheer die Ufer des Sees erreichte, erfuhr Ludovico von seinen Spähern, daß eine große Streitmacht Perugia verlassen hatte und gegen seine Burg zog. Gleichzeitig näherten sich von der anderen Seite einige hundert Bauern, die bis zum letzten Mann kämpfen würden. Die Burg des Grafen war auf einer Landzunge errichtet und von drei Seiten durch das Wasser geschützt. Würde sie jedoch stark genug sein, der Streitmacht Perugias und dem wütenden Bauernheer zu widerstehen?

Die Kinder kamen wie gerufen. Die ersten Berichte über ihr Herannahen hatten den Grafen fast in Panik versetzt. Noch ein Heer? Rückten sie ihm denn von drei Seiten zu Leibe? Aber dann begriff er, daß er sich der arglosen Kinder bedienen könnte. Er sandte ihnen rasch ein paar Geharnischte und seinen Hauskaplan entgegen, die dem Kinderheer eine Einladung des Grafen Ludovico überbrachten, seine Gäste auf der Landzunge zu sein und ihr Lager rings um die Burg aufzuschlagen. Sie

dürften auch Fische fangen, soviel sie nur wollten. Außerdem würde es Graf Ludovico eine Ehre sein, die Anführer des Kreuzzuges auf seiner Burg zu empfangen und zu bewirten.
Nicolas hörte diese Botschaft mit Erstaunen und Freude. Es war noch nicht vorgekommen, daß sie von einem mächtigen Burgherrn so gastfreundlich aufgenommen wurden. Er, der einfache Hirtenjunge, empfand diese Einladung fast wie einen Ritterschlag: sie adelte ihn. Er richtete sich hoch auf, rückte seinen prächtigen Gürtel zurecht und sprach: »Der Anführer bin ich, und das hier sind meine Helfer.« Dabei wies er auf Mathilde in ihrem schmucken Kleidchen und auf Gerold, der vor Verlegenheit feuerrot geworden war. Gerold wäre lieber im Lager geblieben, aber er wagte es nicht, die Einladung abzulehnen. Burgen und deren Herren waren noch nie sein Fall gewesen, denn er war ja schließlich nicht zufällig von daheim weggelaufen! Aber nein sagen – das brachte er nicht fertig. Außerdem: er war einer der Anführer, wenn auch vielleicht kein guter . . .
Nachdem Leonardo das Kinderheer in Pisa verlassen hatte, mußte ein neuer Anführer für die Ordnungstruppe gefunden werden. Rolf? Nein, das war nichts für ihn. Bertho! Er war der Größte und Stärkste. Aber nein, auch er kam nicht in Frage, denn er war nicht von Adel. Fredo war der Sohn eines Ritters gewesen, Leonardo war der Sohn eines Kaufmannes und noch dazu ein Gelehrter – aber ein früherer Leibeigener wie Bertho könnte niemals Anführer einer Streitmacht werden, fanden die Kinder. Also bekam Gerold, der letzte Junge adeliger Herkunft, die Truppe unterstellt. Aber das war eine Aufgabe, der er nicht gewachsen war. Er war verlegen, ängstlich, lief bei jedem Kommando rot an und ließ sich von der eitlen Mathilde tyrannisieren. So lief es schließlich doch darauf hinaus, daß Bertho gemeinsam mit Rolf die Verteidigung des Kinderheeres organisieren mußte. Dem Namen nach blieben jedoch Nicolas und Gerold die »Anführer«.
Als Rolf von der Einladung des Grafen erfuhr, überlegte er, ob er sich Nicolas und den beiden adeligen Kindern anschließen sollte. Aber Peter zog ihn am Arm.
»Mach es nicht, Rudolf, bleibe lieber bei uns.«
»Warum denn? Ich möchte auch gern einmal eine umbrische Burg von innen kennenlernen. Diese Gelegenheit kommt vielleicht nie mehr.«
Peter schüttelte ablehnend den Kopf.
»Wenn hohe Herren freundlich werden, dann haben sie immer Hintergedanken«, sagte er steif.
»Unsinn«, meinte Rolf. »Der Graf ist ein frommer Mann und von unserer heiligen Sendung überzeugt.«
Peter schnaubte verächtlich.
»Ein Italiener? O nein . . .«
»Gerade die Menschen hier sind doch sehr fromm«, beharrte Rolf. »Sie

wohnen in armseligen Hütten und winzigen Häusern, aber sieh dir doch die Kirchen an, die sie bauen . . . !«

»Fromm? Schlau sind sie«, versetzte Peter störrisch. An Halsstarrigkeit stand er Rudolf von Amsterdam kaum nach. »Die wollen von Kreuzfahrern nicht viel wissen, außer wenn sie daran verdienen können. Aus reiner Freundlichkeit hat er die Einladung nicht überbracht, das kannst du mir glauben. Frag dich lieber zuerst, welchen Vorteil er sich davon verspricht, daß ihr ihn aufsucht.«

Rolf verstand das nicht recht. Er rief Dom Thaddäus herbei.

»Peter behauptet, daß man der Gastfreundschaft des Grafen nicht trauen könne. Wie denkt Ihr darüber, Dom Thaddäus?«

»Ich kann dazu nichts sagen«, erwiderte der Mönch aufrichtig. »Ich spreche ja die Landessprache nur sehr unzulänglich, aber ich habe heute Dinge gesehen, die mich beunruhigen. Verwüstete Städte, niedergebrannte Dörfer und weinende Frauen . . . zertretene Felder, kaum Vieh, fast keine Männer. Es könnte sein, daß in diesem Landstrich ein Krieg wütet, und das stimmt mich bedenklich.«

»So ist es«, fiel Peter ein, »wenn man durch leere, verwüstete Gegenden kommt, muß man auf der Hut sein.«

Peter, so herzlos er sein konnte, war ein intelligenter Junge, und Rolf wußte, daß er ihm blindlings vertrauen konnte. Wenn Peter sagte, daß etwas nicht stimmte, dann war es meist auch so.

Rolf entschloß sich also, mit Peter im Lager zu bleiben und den Fischfang zu organisieren. Bertho war mit seiner Gruppe auf der Jagd nach Wasservögeln. Die Kinder widmeten sich ihren täglichen Aufgaben, und alles schien friedlich zu sein. Zum ersten Mal seit vielen Tagen hatten sie wieder im Überfluß zu essen.

Inzwischen wurde unter dem Klang der Hörner und dem Wirbel der Trommeln die Brücke für Nicolas, Gerold und Mathilde herabgelassen. Der Graf empfing sie mit hohen Ehren. Im Rittersaal wurde ein prächtiges Mahl aufgetragen, während draußen, im Licht des sinkenden Tages, die übrigen Kinder ihre Lagerfeuer entzündeten, Fische brieten und dazu das frische Brot aßen, das aus dem Backofen des Grafen stammte.

Am Morgen des folgenden Tages wendete sich das Blatt. Am Waldrand, westlich der langen Landzunge, erschienen die Bauern: wohl mehr als hundert Mann. Grimmig, fest entschlossen und bis an die Zähne bewaffnet mit Heugabeln, Piken, Messern und Beilen. Sie traten aus dem Schatten der Sträucher und blieben stehen, als ob sie auf etwas warteten. Oder wollten sie nur außerhalb des Schußfeldes der Burg, am Ende der Landzunge, bleiben? Die Kinder rieben sich verdutzt die Augen und wurden unruhig. Was hatte das Erscheinen dieser bewaffneten Horde zu bedeuten? Hatten die Bauern es auf das Kinderheer abgesehen?

Aber auch von Süden drohte Gefahr. Dort erschien eine nicht geringe Streitmacht zu Pferd: Männer mit Schwertern und Lanzen, geschützt

durch Brustpanzer. Und hinter ihnen zog das Fußvolk heran: Pikeniere und Bogenschützen. Schwere Ochsenwagen fuhren Belagerungsmaschinen herbei.
Dieses Heer riegelte die Südseite der Landzunge ab – und damit saßen die Kinder in der Falle.
Der Graf hatte sie natürlich kommen sehen. Mit einem grimmigen Lächeln bestieg er die Turmspitze und blickte auf seine Belagerer herab. Die Landzunge war hermetisch abgeriegelt, ein Entkommen daher unmöglich, aber seine Feinde mußten wohl geglaubt haben, zu träumen, als sie entdeckten, daß die Burg von fünfzehnhundert gutbewaffneten Kindern umgeben war! Ludovico lachte höhnisch. Seine Mauern waren mit Geharnischten besetzt, auf dem Burghof kochten die Frauen Pech und Wasser. Die drei Ehrengäste lagen längst hinter Schloß und Riegel. Ludovico hatte alles gut vorbereitet.
Auf den Zinnen der Burg erschien ein Geharnischter und rief zu den erschrockenen Kindern hinunter:
»Wer hat den Oberbefehl über euch?«
»Bertho!« riefen einige.
»Rudolf!« schrien andere.
Der Offizier sprach gebrochen Deutsch, so daß sie ihn sofort verstanden hatten.
Rolf, Bertho und Frank kamen in Hörweite.
»Seid ihr die Anführer?«
»Nein«, rief Rolf, »Nicolas ist unser Anführer.«
»Nicolas und die beiden anderen sind vorläufig unsere Gefangenen. Wir behalten sie als Geiseln. Ihr könnt sie aber zurückbekommen, unter der Bedingung, daß ihr zuerst die Belagerer davonjagt.«
Rolf konnte vorerst seinen Ohren nicht trauen. Der Graf wollte das Kinderheer, das doch mit der Sache nichts zu tun hatte, einfach seiner Machtgier opfern und in den Untergang treiben? Wir müssen Zeit gewinnen, schoß es ihm durch den Kopf. Er legte die Hände um den Mund und rief: »Ich verstehe Euch nicht!«
Das war einfach toll! Er konnte doch nicht einfach die Kinder für die Fehde dieses Halunken opfern, selbst dann nicht, wenn sie dazu bereit gewesen wären, sich gewaltsam einen Weg in die Freiheit zu bahnen. Sie waren zwar kampflustig, aber es würde doch in einem gewaltigen Blutbad enden. Und wer garantierte ihnen, daß sie ihre drei Leute wirklich zurückbekamen? Oh, wie recht hatte doch Peter gehabt! Wie wenig konnte man diesen Halunken auf den Ritterburgen trauen!
Der Geharnischte auf der Zinne wiederholte seine Botschaft. Nicht nur Rolf und seine Freunde hörten sie, sondern auch Hunderte anderer Kinder. Ein Wutgeheul stieg aus ihren Reihen auf.
»Sie halten unseren Nicolas als Geisel gefangen!«
Das Schicksal der beiden anderen Kinder beunruhigte sie kaum. Aber

Nicolas war einer der Ihren. Der Gedanke, daß ein Kind Höriger von Gott ausgewählt worden war, einen Kinderkreuzzug zu führen, ließ sie einfach nicht los. Nicolas war mehr als ein Anführer, er war ein Symbol für alle Verworfenen dieser Erde, die in Gottes Augen ebenso viel wert waren wie Könige und Edelleute.
»Wir werden uns Euren Vorschlag überlegen«, rief Rolf hinauf und wandte sich dann ab. Peter, Frank, Bertho und viele andere standen um ihn herum und sahen ihn hoffnungsvoll an. Wie vermißte er jetzt Carolus, der immer so einfallsreich gewesen war, und Leonardo, den nichts aus der Ruhe bringen konnte!
»Was sollen wir nur tun?« fragte er verzweifelt.
»Kämpfen«, sagte Peter grimmig. »Nicht gegen das Heer hinter uns, sondern gegen die Schurken in der Burg. Wir müssen sie stürmen und Nicolas befreien.«
Rolf schüttelte den Kopf. Er hatte nichts dafür übrig, einer Schar Kinder den Befehl zu geben, sich an dicken Burgmauern die Köpfe einzurennen.
»Laßt uns mit den Belagerern verhandeln«, schlug Frank vor.
Bertho blickte unruhig über die Schulter. »Sie sind schon daran, sich aufzustellen. Der Angriff kann jeden Augenblick erfolgen.«
»Dann haben wir keine Zeit mehr zu verlieren«, entschied Rolf. »Ich brauche einen Stock mit einer weißen Fahne daran. Mariechen und Frieda, ihr beide geht mit.«
»Bleib hier«, rief Mariechen ängstlich, »sie werden dich töten!«
»Sie werden uns alle töten, wenn wir nicht den Versuch machen, uns mit ihnen zu verständigen«, erwiderte Rolf entschlossen. Weil ein Unterhändler nicht bewaffnet sein darf, versteckte er sein Brotmesser im Schafwollfutter seiner Windjacke. Frieda trug die weiße Fahne. Mit leeren Händen, Frieda mit der Fahne vor sich, gefolgt von Mariechen, ging Rolf der kriegerischen Schar am Beginn der Landzunge entgegen.
Einer der Reiter aus Perugia gab seinem Pferd die Sporen und galoppierte Rolf entgegen.
»Kommst du von der Burg?« fragte er in Toskanisch. »Bringst du uns eine Botschaft von Graf Ludovico? Wisse dann, daß er sich bedingungslos ergeben muß. Wir haben keine Lust zu verhandeln.«
Trotz Leonardos Lektionen, an denen auch Mariechen teilgenommen hatte, verstand Rolf nicht viel von dem, was der Mann sagte. Aber den Sinn der Worte erriet er. Er zog nun schon seit Wochen durch Italien und lernte täglich neue Wörter hinzu. Aber eine fremde Sprache verstehen und sie sprechen, das ist zweierlei. Oh, wäre jetzt doch nur Leonardo hier!
In gebrochenem Toskanisch, durchsetzt mit deutschen und lateinischen Brocken, stotterte er mühsam:
»Wir haben mit dem Grafen nichts zu tun. Wir sind lauter Kinder und machen einen Kreuzzug nach Jerusalem. Graf Ludovico hat uns in eine Falle gelockt. Er verlangt jetzt von uns, daß wir eure Belagerung

durchbrechen. Dazu sind wir aber nicht gewillt. Wir führen keinen Krieg gegen christliche Ritter.«

Hatte der Anführer ihn verstanden? Fühlte er sich geschmeichelt durch die Bezeichnung »christlicher Ritter«? Aber er blickte immer noch finster und abwehrend auf die Kinder herab.

»Das einzige, um das ich euch bitten möchte«, sagte Rolf bescheiden und fast flehentlich, »ist freier Abzug für die Kinder.«

»Wer bist du?« fragte der Mann barsch.

»Mein Name ist Rudolf von Amsterdam. Ich komme aus der Grafschaft Holland. Das ist meine Schwester Mariechen. Und das ist Frieda, die für die Kranken sorgt.«

»Du siehst nicht aus wie der Sohn eines Edelmannes«, sagte der Geharnischte geringschätzig.

»Ich bin seit Monaten auf Pilgerschaft, so wie alle diese Kinder, Herr.«

Mariechen faltete die Hände und schlug ihre großen blauen Augen zu dem Krieger auf. Der Eisenfresser sah zu ihr herab, und für einen Augenblick bekam sein rohes Gesicht einen milderen Ausdruck. Vielleicht hatte er selbst eine Tochter in Mariechens Alter . . .

Er zögerte. Über ihre Köpfe hinweg blickte er zu den Kindern am Fuß der Burg hinüber, die dichtgedrängt warteten und inständig hofften, daß Rolfs Mission von Erfolg gekrönt sein würde. Für Fremde sahen sie natürlich mit ihren Knüppeln, Speeren und Beilen wenig friedlich aus.

»Woher weiß ich denn, ob ihr nicht doch mit dem Grafen in Verbindung steht, und ob das Ganze nicht nur eine Kriegslist ist?«

Rolf holte tief Atem. »Laßt uns doch gruppenweise durch«, bat er. »Ich kann nicht glauben, daß ihr euren Feldzug begonnen habt, um gegen arme Kinder zu kämpfen, die euch nichts getan haben und nichts anderes wollen, als ihren Pilgerzug nach Jerusalem fortzusetzen. Graf Ludovico ist euer Feind, aber er ist auch der unsere. Er hat uns betrogen, mit schönen Worten und heuchlerischer Gastfreundschaft. Er möchte, daß wir ihm als Speerspitze dienen, und das lassen wir nicht zu. Wir sind friedliche Kreuzfahrer und Pilger. Mit Kriegen wollen wir nichts zu tun haben.«

Die Verhandlung erinnerte Rolf an sein erstes Zusammentreffen mit Leonardo, als er noch soviel Mühe gehabt hatte, zu verstehen, was der Student sagte. Jetzt kam ihm das mittelalterliche Italienisch mühsam und verkrampft über die Lippen. Er mußte fortwährend nach Worten suchen und fürchtete, er könne etwas anderes sagen als er meinte. Sicher sprach er die Wörter auch falsch aus . . . Aber der Befehlshaber schien ihn doch verstanden zu haben, denn er lachte höhnisch.

»Ich glaube nicht an die Friedfertigkeit dieses Kinderheeres. Was ich darüber gehört habe, klang ganz anders. Kleine, gemeine Plünderer seid ihr. Und kämpfen könnt ihr auch.«

»Die Gefahren auf unserem langen Wege waren sehr groß, Feldherr«, sagte Rolf ernst.

Die Anrede schien dem Geharnischten zu gefallen
Aus der Gruppe der Bauern kam jetzt ein kräftig aussehender Mann herbei.
»Meine Leute wollen wissen, wann sie angreifen sollen«, sagte er, die drei Kinder mit mißtrauischem Blick musternd. Aus seinem Dialekt konnte Rolf noch weniger schlau werden, aber das Wort »angreifen« hatte er verstanden, weil der Mann es mit nicht mißzuverstehenden Gebärden unterstrich: er zeigte auf die Burg und blickte dann fragend zu dem Geharnischten.
»Warte gefälligst ab!« schnauzte ihn dieser an. »Ich erteile den Befehl, sobald es Zeit ist.«
»Mit Verhandlungen kommen wir nicht weiter«, sagte der Bauer kopfschüttelnd. »Wir fordern den Kopf des Grafen.«
»Ich auch. Und jetzt halte gefälligst den Mund. Oder forderst du auch den Kopf dieser Kinder hier?«
»Kinder!« Der Bauer schnaubte verächtlich. »Feine Kinder! Wie ein Heuschreckenschwarm sind sie in unser Land eingefallen, und was Ludovico nicht verwüstet hat, haben diese kleinen Wilden gestohlen. Meine Männer bringen ihnen nicht mehr Liebe entgegen als dem Grafen.«
Rolf hatte einzelne Worte aufgeschnappt, vor allem aber war der Haß, der aus ihnen sprach, nicht zu überhören. Er merkte, daß ihre Lage wieder gefährlich zu werden drohte. Rasch faltete er die Hände.
»Gebt uns die Gelegenheit, abzuziehen, Herr, ich bitte Euch darum. Gott wird es Euch lohnen.«
»Geschwätz!« rief der Anführer der Bauern. »Abschaum aus dem Norden ist das, den uns der Kaiser auf den Hals geschickt hat. Wir werden sie mit Vergnügen einen Kopf kürzer machen.«
Rolf richtete sich auf. Er vergaß ganz seine demütige Haltung und rief: »Vergreift euch dann am unschuldigen Leben dieser Kinder! Aber ihr Blut wird über euch kommen, das sage ich euch! Gar nicht zu sprechen von der Schande, die ein Heer auf sich nimmt, das wehrlose Kinder abschlachtet. Ermordet nur die Kinder und den Priester, der bei ihnen ist. Ganz Umbrien wird empört sein über diese Schandtat.«
Mariechen hielt erschrocken den Atem an. Die weiße Fahne in Friedas Hand zitterte. Der Bauernführer wollte wutschäumend auf Rolf losstürzen, aber der Geharnischte trieb rasch sein Pferd zwischen den Mann und den Jungen.
»Du wagst allerlei, Rudolf von Amsterdam!« schnaubte er. Aber wie allen Menschen des Mittelalters flößte ihm außergewöhnlicher Mut Achtung ein.
»Schwöre!« schrie er den zitternden Jungen an, »schwöre bei der Heiligen Jungfrau, daß deine Bitte um freien Abzug für die Kinder keine Kriegslist ist.«
Rolf verstand. Er holte das Medaillon der Heiligen Jungfrau unter seinen

Kleidern hervor, küßte es und hielt es empor. »Maria, die Mutter Gottes, ist mein Zeuge, daß ich die Wahrheit sage. Wir haben nichts mit Ludovico zu schaffen. Wir hassen ihn, weil er uns hierhergelockt hat. Wir sitzen in der Falle und möchten nur heraus.«

»Amen«, sagte Frieda mit fester Stimme.

»Amen«, flüsterte Mariechen. Von neuem richtete sie ihren flehenden Blick auf den Reiter und stotterte in gebrochenem Toskanisch: »Dürfen wir jetzt heraus? Ich bitte Euch . . .«

Vielleicht waren es ihre flehenden Augen, die das Herz des Eisenfressers erweichten, vielleicht schreckte er auch vor der Schande zurück, die er seiner Vaterstadt antun würde, wenn bekannt wurde, daß die Streitmacht von Perugia Krieg gegen unbeteiligte Kinder geführt hatte.

»Ich gebe euch eine Stunde Zeit«, sagte er kurz. »Ich werde meinen Soldaten Befehl erteilen, euch in Gruppen durchzulassen. Aber denkt daran: eine falsche Bewegung, ein geworfener Stein – und wir werden keinen schonen. Verstanden?«

Rolf kniete dankbar hin. »Ihr seid ein edler Mensch. Wir werden Gott bitten, daß er Euch den Sieg schenkt. Darf ich noch eine Bitte aussprechen?«

»Ist es noch nicht genug?« brummte der Geharnischte ungeduldig.

»Doch, Herr. Aber auf der Burg des Grafen werden drei von uns gefangengehalten. Nicolas, der heilige Hirtenjunge, und zwei Kinder von edlem Geblüt. Wollt Ihr ihr Leben schonen, wenn Ihr die Burg eingenommen habt?«

»Sie haben Geiseln von euch auf der Burg?«

Die Kinnlade des Mannes war vor Staunen herabgefallen.

»Und ihr . . . ihr laßt sie so einfach im Stich?«

Aufmerksam und ein bißchen verächtlich sah er auf den Jungen herab.

Rolf sagte: »Die Kinder vertrauen darauf, daß Ihr die drei unschuldigen Gefangenen befreit.«

»Ja, ja, schon gut.« Der Mann schien jetzt den letzten Rest von Geduld verloren zu haben. »Beeilt euch. In einer Stunde beginnt der Angriff.«

Rolf verlor jetzt keine Zeit mehr. Er machte eine linkische Verbeugung und rannte mit Frieda und Mariechen zum Lager zurück.

»Rasch, stellt euch in Reihen zu zwanzig auf. Versteckt eure Waffen unter den Kleidern. Bogen und Pfeile bleiben zurück. Es muß so aussehen, als ob wir unbewaffnet und wehrlos sind. Die Soldaten haben Befehl, uns durchzulassen. Beeilt euch!«

Dom Thaddäus, Peter, Frank, Bertho, Frieda, Mariechen und alle Ordnungshüter und Jäger begannen die Kinder zusammenzutreiben und gruppenweise in Richtung der Belagerer loszuschicken. Die in Schlachtordnung aufgestellten Soldaten wichen beiseite, um die Kinder durchzulassen. Rolf hätte jauchzen können vor Erleichterung. Sie durften abziehen! Der Trick des Grafen Ludovico hatte nicht funktioniert!

Aber es war noch zu früh, um in Jubelrufe auszubrechen. Fünfzehnhundert Kinder bilden eine sehr lange Kolonne, so lange, daß sie unmöglich alle zugleich abrücken können. Und auf der Burg hatte man inzwischen bemerkt, daß sich die Kinder weigerten, die Suppe für den Grafen auszulöffeln, und munter dabei waren, abzurücken. Der lebende Schutzwall, den der Graf um seine Burg errichtet hatte, löste sich auf.

Rasend vor Wut, gab der Graf seine Befehle. Ein Regen von Pfeilen sauste auf die Kinder herab. Äste mit brennendem Pech wurden von den Mauern auf sie herabgeworfen. Die Kinder schrien und stürmten in Panik davon. Die Soldaten wichen noch weiter auseinander, um ihnen den Abzug zu ermöglichen. Bald war von ihrer Schlachtordnung nichts mehr übrig. Und in diesem Augenblick wurde die Zugbrücke herabgelassen. Mindestens fünfzig Reiter donnerten über die Holzbrücke, um die Verwirrung auszunutzen. Der Anführer der Geharnischten aus Perugia erkannte die Gefahr. Seine Kommandostimme erschallte über die Landzunge. Blitzschnell schlossen seine Soldaten wieder ihre Reihen und bildeten einen undurchdringlichen Wall. Noch knapp fünfhundert Kinder, darunter Rolf, Mariechen und Peter in der Nachhut, befanden sich zwischen den beiden Heeren. Sie würden sicher bei dem unvermeidlichen Zusammenprall zermalmt werden.

Jetzt kamen die Bauern in Bewegung. Der Anblick von Ludovicos Reitern, die vor kaum einer Woche ihre Höfe und Dörfer verwüstet hatten, ließ sie alle Beherrschung verlieren. Während sie die Kinder, die ihnen vor die Füße liefen, roh beiseite schlugen, stürmten sie unter lautem Gebrüll vorwärts. Rolf wandte sich um. Der vorderste Reiter aus der Burg hatte ihn fast erreicht. Alles um sich her vergessend, zog Rolf sein Messer und fing das anstürmende Pferd ab. Tief drang die scharfe Klinge in die Brust des Tieres, das sich wild aufbäumte. Seine Vorderbeine hätten Rolf sicher niedergetrampelt, wenn er nicht in diesem Augenblick von einem Bauern weggestoßen worden wäre, während vier andere Bauern den Reiter aus dem Sattel rissen.

Der Zusammenstoß zwischen Ludovicos Soldaten, den aufständischen Bauern und den Geharnischten aus Perugia war fürchterlich. Auf der Landzunge herrschte totales Chaos. Die Kinder, zwischen die kämpfenden Heere geraten, griffen nach allem, was ihnen unter die Hände kam: nach Ästen, Messern, Steinen und Knüppeln. Sie hängten sich wie Trauben an die Beine von Ludovicos Reitern und zerrten sie von ihren Pferden. Sie kämpften wie die Löwen. Sie hatten gesehen, wie Rudolf von Amsterdam stürzte, und sie wollten ihn rächen.

Aber Rolf war keineswegs tot, er war nicht einmal schwer verletzt. Ohne es zu wollen, hatten ihm die Bauern das Leben gerettet. Er war hingefallen, und es bestand Gefahr, daß er zertrampelt wurde. Aber niemand achtete auf ihn, als es ihm gelang, verdeckt durch ein niedergestürztes Pferd, wieder auf die Beine zu kommen. Verzweifelt blickte er

umher. Wo war Mariechen? Er sah sie nicht. In der rechten Hand sein bluttriefendes Messer, in der linken einen spitzen Stein, kämpfte er sich in Richtung des Wäldchens durch. Alle Kinder, die heil durchgekommen waren, hatten sich dort im Schutz der Bäume versammelt. Viele waren schon damit beschäftigt, neue Bogen und Pfeile anzufertigen, als ob sie erwarteten, jeden Augenblick erneut um ihr Leben kämpfen zu müssen. Auf der Landzunge tobte indessen der Kampf mit unverminderter Heftigkeit, näherte sich aber zusehends der Burg.
Aus vielen kleinen Wunden blutend erreichte Rolf den Waldrand, wo er von Frieda empfangen wurde.
»Wo ist Mariechen?« rief er, aber keiner konnte es ihm sagen. Er drehte sich um. Immer mehr Kinder hatten sich von der Landzunge zum Wäldchen durchkämpfen können. Aber Mariechen war nicht unter ihnen. Ludovicos Männer, der Übermacht nicht gewachsen und in ihren Bewegungen stark behindert durch die wild gewordenen Kinder, die sie wie ein erboster Bienenschwarm anfielen, zogen sich zurück und versuchten, die Zugbrücke zu erreichen. Aber nur sieben von ihnen gelang das. Alle anderen wurden eingeholt und niedergemacht. Das Tor wurde schnell geschlossen und die Zugbrücke hochgezogen.
Noch gab Ludovico nicht auf, obwohl er erkennen mußte, daß er mit einer Handvoll Männer die Burg nicht verteidigen konnte. Alles, was in der Burg stehen, laufen, schießen oder werfen konnte, wurde auf die Zinnen beordert. Mit kochendem Wasser, glühendem Pech, mit brennenden Pfeilen und großen Steinen versuchten die Leute des Grafen, den Sturm auf die Festung abzuwehren. Aber das erbitterte Kinderheer griff von neuem an. Sie durchschwammen den Wassergraben und bearbeiteten die Ketten der Zugbrücke. Von oben sauste ein mörderischer Hagel von Pfeilen und Steinen auf sie herunter, aber die Bauern, die ihren Groll gegen die Kinder aus dem Norden vergessen hatten, kamen ihnen zu Hilfe. Und nun dauerte es nicht mehr lange, bis die Holzbrücke mit donnerartigem Getöse herabkam. Jubelnd bearbeiteten die Geharnischten aus Perugia mit Rammböcken das schwere Tor, bis es nachgab. Eine Flut von Bauern, Kindern und Soldaten ergoß sich in den Burghof und überrannte alles, was noch Widerstand leistete.
Ludovico, der einsehen mußte, daß alles verloren war, versuchte die Burg mit einem Boot zu verlassen. Aber die Kinder hatten sein Vorhaben bemerkt. Zwanzig junge Fischer schwammen ihm nach, holten ihn ein und kippten das Boot um. Ludovico in seiner Waffenrüstung ertrank, und mit ihm zehn der Kinder. Aber die Burg des Grafen von Trasimeno war gefallen.
Die Bauern begannen sofort zu plündern, aber der Befehlshaber der Geharnischten verhinderte, daß sie die ganze Burg verwüsteten. Perugia konnte einen so starken Vorposten am See gut gebrauchen. Der Graf war tot, auch die meisten seiner Krieger und Leibeigenen waren umgekom-

men. Im Kerker der Burg lagen die Gefangenen, sieben Bauern und drei Kinder. Alle zehn waren tot. Vermutlich hatte man sie ermordet, als Graf Ludovico feststellen mußte, daß seine Kriegslist mißglückt war.
Die Kinder – oder vielmehr diejenigen von ihnen, die noch am Leben waren – hatten ein neues Lager im Wald aufgeschlagen. Dort fühlten sie sich sicherer als auf der Landzunge, die so vielen von ihnen zum Verhängnis geworden war. Sie konnten vorläufig nicht weiterziehen, da es eine große Zahl von Verletzten gab. Frieda und ihre Helfer verbanden Wunden, zogen Späne aus dem Fleisch und kühlten Beulen mit kaltem Wasser. Die Schwerverwundeten ließ Frieda in die eroberte Burg bringen, wo sie auch sofort Aufnahme fanden.
Der Befehlshaber der Geharnischten aus Perugia war den Kindern dankbar, denn sie hatten durch ihr tapferes Eingreifen die rasche Eroberung der Burg möglich gemacht.
Rolf aber lief noch immer umher und fragte:
»Habt ihr Mariechen gesehen? Wo ist Peter?«
Der Tod von Nicolas und der beiden adligen Kinder ließ ihn ziemlich gleichgültig. Nicolas hatte er niemals so geliebt wie Carolus, Mariechen oder Peter. Aber wo waren seine Freunde jetzt? Mit bange klopfendem Herzen ging er zu der Landzunge, wo die Toten aufgereiht lagen. Die Soldaten waren damit beschäftigt, Massengräber auszuheben.
»Suchst du jemanden?« fragte einer von ihnen.
»Meine kleine Schwester . . .«
Drei tiefe Gruben gab es: eine für die getöteten Bauern und die Geharnischten aus Perugia, eine für die umgekommenen Kinder, die dritte für die toten Feinde. Drei Reihen Toter lagen dort. Dom Thaddäus ging betend zwischen ihnen umher.
Aber Mariechen war nicht unter den Toten, auch Peter nicht. Wo waren sie, was war mit ihnen geschehen? Waren sie im See ertrunken? Waren sie von den Horden wilder Krieger zertrampelt und bis zur Unkenntlichkeit verstümmelt worden?
Als der Kampf ausbrach, habe ich nur an mich gedacht, sagte er sich beschämt. Ich habe alles getan, um meine Haut zu retten, während Mariechen . . .
Rolf suchte stundenlang. Er half den Soldaten bei der Bestattung der Toten, wobei er stets Angst hatte, unter ihnen doch noch seine Freunde zu entdecken. Dom Thaddäus, der seine Angst sah, sprach die üblichen Trostworte:
»Hab Vertrauen, mein Sohn, Gott wacht über unsere Lieben.«
Ja, Pustekuchen, dachte Rolf verbittert. Und was ist mit all den Toten?
Erst spät am Abend kehrte er in das Lager zurück. Frank, den Arm in einer Binde, aber sonst unverletzt, kam ihm entgegengelaufen.
»Peter will dich sprechen, er sucht dich überall.«
Peter!

»Wo ist er?«
»Wo soll er denn sein? Am Lagerfeuer natürlich, mit Mariechen.«
Und Frank mußte verwundert mit ansehen, wie Rolf sich zu Boden fallen ließ und in Tränen ausbrach.

21. Das Grab des heiligen Nikolaus

Und so machten sie sich von neuem auf den Weg. Weiterziehen war das einzige, was sie noch tun konnten, obwohl es längst sinnlos geworden war. Eine Umkehr wäre allerdings genauso sinnlos gewesen und hätte außerdem noch das Eingeständnis enthalten, daß alles vergeblich gewesen war. Selbst jetzt gab es noch einige Kinder, die den Traum von der Weißen Stadt nicht völlig begraben hatten. Aber die meisten gingen aus purer Gewohnheit weiter.
»Wenn Gott das Meer nicht teilt, weil Nicolas tot ist, wird er uns dann Schiffe schicken, die uns ins Heilige Land bringen?« fragte der kleine Simon Dom Thaddäus. Aber Dom Thaddäus antwortete ausweichend:
»Was auch immer Gott beschließt, mein Junge, es wird zu unserem Besten sein.«
Frieda, eine Anzahl ihrer Helfer und alle Schwerverletzten waren in der Burg von Trasimeno zurückgeblieben. Später wollten sie nach Perugia gehen. Die Stadt hätte dem Kinderheer doch einiges zu verdanken, hatte der Befehlshaber gemeint. Er war von der blonden Frieda sehr beeindruckt und bot ihr an, sie in seinen Haushalt aufzunehmen.
Nach vielen Wochen erreichten die Kinder endlich die Küste des Adriatischen Meeres. Aber keiner machte den Versuch, ein Wunder herbeizuführen. Sie zogen einfach weiter nach Süden, über Sandstrände und Hügel, an Sümpfen vorbei. Nun hatten sie gegen eine neue Plage zu kämpfen: die Malaria. Tausende und aber Tausende Moskitos peinigten sie. Die Kinder glaubten, das Fieber, das sie befallen hatte, sei eine Folge giftiger Dünste, die aus den Sümpfen aufstiegen. Nur Rolf wußte, daß es die Moskitos waren, welche die Krankheit verbreiteten. Jeden Abend ließ er große, schwelende Feuer unterhalten, um die Insekten zu verjagen. Außerdem ließ er die Kinder so oft wie möglich im Meer baden und verbot ihnen, sich abzutrocknen.
»Laßt euch von der Sonne trocknen. Es bleibt dann eine Salzschicht auf eurer Haut zurück, und das schreckt die Moskitos ab.«
Er war nicht ganz sicher, ob das tatsächlich der Fall war, aber auf alle Fälle wurden sie jetzt weniger gestochen, und die Anzahl der Malariakranken ging zurück.
Eines Tages geschah etwas Merkwürdiges. Sie hatten ihr Lager am Ufer einer Lagune aufgeschlagen, in der es von Krabben wimmelte. Als sie

dann bei ihrem reichlichen Mahl saßen, wurden sie plötzlich durch den Alarmruf der Wächter gestört:
»Reiter in Sicht!«
»Nanu, einer nur?« dachte Rolf verwundert. Nur ein gut bewaffneter, sehr mutiger Mann hätte es gewagt, einsam seines Weges zu ziehen. Neugierig rannte Rolf zum Weg und sah, daß tatsächlich nur ein einzelner Mann näher kam, der die Arme schwenkte und etwas rief. Rolf griff unwillkürlich nach seinem Messer. Wollte der Mann sie vor einer Gefahr warnen? Oder wollte er sie hier wegjagen?
Nichts von all dem.
Der Reiter war Leonardo Fibonacci da Pisa.
Rolf erkannte ihn erst, als er ganz nahe herangekommen war und sein Pferd anhielt.
Das Tier war schweißbedeckt. Leonardo ließ sich müde aus dem Sattel gleiten. Rolf fing ihn auf.
»Himmel«, seufzte der Student, »das war eine Reise . . . !«
Rolf brachte vor Freude kein Wort heraus. Mariechen stürzte herbei und fiel Leonardo um den Hals. Frank stand lächelnd daneben. Die herbeiströmenden Kinder jubelten.
»Leonardo ist wieder da! Leonardo ist zurückgekommen!«
»Ich habe Hunger«, erklärte der Student sachlich.
Dem konnte abgeholfen werden. Während Bertho sich des übermüdeten Pferdes annahm, brachte Mariechen einen Napf voll gekochter Muscheln, einen zweiten mit Krebssuppe sowie zwei gekochte Krabben herbei.
»Ihr scheint nicht schlecht zu leben«, murmelte Leonardo mit vollem Mund. »Aber, wie ich sehe, seid ihr weniger geworden. Wo sind denn die anderen geblieben?«
Seine Stimme klang gleichmütig, aber seine Augen blickten unruhig umher.
»Die meisten haben wir unterwegs verloren«, berichtete Rolf. »Jedesmal wenn wir eine Stadt erreichen, bleiben dort mindestens fünfzig zurück. Einen Kreuzzug kann man das nicht mehr nennen. Wir sind jetzt berufsmäßige Vagabunden geworden, auf der Suche nach einer besseren Zukunft.«
Leonardo nickte.
»Warum bist du uns nachgereist?« fragte Peter neugierig.
»Ach . . . ja . . . ich weiß auch nicht recht«, erwiderte der Student ausweichend. »Von Pisa hatte ich bald genug. Mein Vater hatte eine Frau für mich ausgesucht, und na . . . sie gefiel mir eben nicht. Außerdem bereitet Pisa schon wieder einen Krieg vor, diesmal gegen Florenz. Und da versuchen sie natürlich, alle Männer in wehrfähigem Alter unter die Soldaten zu stecken, und aus den Studieren wird es nichts. Ich hatte keine Lust zu heiraten, und erst recht nicht zu kämpfen. Ich glaube, daß ich mich diesen Winter an den kaiserlichen Hof in Palermo begebe. Kaiser

Friedrich ist ein kluger Mann, und ich bringe ihm etwas sehr Interessantes mit: die Kenntnis des arabischen Rechnens.«
Er blickte lächelnd zu Mariechen hinüber.
»Ich sehe, liebes Kind, daß du noch immer gesund und schön bist. Aber als ich dich küßte, schmecktest du salzig.«
»Das ist eine Maßnahme gegen das Sumpffieber«, erklärte Rolf. »Salz auf der Haut hält die Moskitos ab. Und die Stiche der Moskitos verursachen das Sumpffieber, verstehst du?«
»Woher weißt du das denn?«
»Ich weiß es eben.«
»Mückenstiche sind doch nicht giftig.«
»Die Stiche dieser Sumpfmücken aber schon«, erwiderte Rolf kurz. »Mit jedem Stich bringen sie Gift ins Blut, und dieses Gift verursacht das Fieber. Wir haben schon Dutzende von Kindern durch dieses Fieber verloren.«
»Du solltest mitkommen nach Palermo«, sagte Leonardo mit spöttischem Lächeln. »Kaiser Friedrich ist ganz versessen auf Leute wie dich.«
Wieder blickte er umher.
»Ist Karl nicht mehr da? Und wo ist Frieda . . .?«
»Karl ist bei dem Gefecht um die Burg von Trasimeno umgekommen, und Frieda ist in Perugia geblieben.«
»Ja, ich habe von diesem Gefecht gehört«, nickte Leonardo, scheinbar gleichgültig. »Ein Freund meines Vaters, ein Kaufmann aus Perugia, überbrachte uns die schlimme Nachricht. Er erzählte auch, daß der Anführer des Kreuzzuges ermordet worden sei.«
»Ja, der arme Nicolas«, seufzte Frank. »Gott habe ihn selig.«
Leonardo erwiderte nichts. Er nahm einen Bissen und blickte über das Feuer zu Rolf hin. Ob er wohl gemeint hat, ich wäre es gewesen, den sie umgebracht haben, schoß es Rolf plötzlich durch den Kopf. Ist er uns deshalb so spornstreichs nachgeritten? Um . . . um . . . Mariechen?
»Ja, es war schrecklich«, berichtete Mariechen. »Bei dem Zusammenprall auf der Landzunge sah ich, daß Rudolf vor die Hufe des Pferdes zu liegen kam, und ich schrie, weil ich dachte, er würde umkommen. Aber als ich zu ihm wollte, packte Peter mich und trug mich aus dem Getümmel fort. Ich war sehr böse auf ihn und zerkratzte ihm das Gesicht, weil ich zu Rudolf wollte. Aber er schleifte mich einfach mit, bis wir in Sicherheit waren . . .«
»Du hast allen Grund, ihm dankbar zu sein«, sagte Rolf rasch, »er hat dir das Leben gerettet, und ich bin ihm sehr dankbar dafür.«
»Aber ich wollte nicht gerettet werden, ich wollte dich finden«, entgegnete Mariechen halsstarrig. »Ich hatte dich doch fallen sehen, da konnte ich dich doch nicht im Stich lassen . . .«
»Das hatte gar nichts zu bedeuten«, sagte Peter plötzlich steif. »Rudolf ist unverwundbar, er stolperte, das ist alles.«

»Natürlich bin ich unverwundbar, ich habe noch die Narben, und drei Tage lang war ich so steif wie ein Brett«, lachte Rolf. »Alles tat mir weh. Aber daß Peter Mariechen in Sicherheit gebracht hat, werde ich ihm nie vergessen.«
»Du hast mich aus der Burg von Scharnitz geholt«, sagte Peter rauh, »jetzt sind wir wieder quitt.«
»Auf jeden Fall bin ich froh, euch so unversehrt anzutreffen«, meinte Leonardo.
»Außer Nicolas«, seufzte Mariechen traurig, »und Gerold und Mathilde haben sie ebenfalls ermordet.«
»Und der kleine Simon?«
»Der ist springlebendig und will immer noch die Sarazenen aus Jerusalem verjagen.«
Warum mochte ihnen Leonardo nur nachgereist sein? fragte sich Rolf. Er war zwar glücklich, den Freund wieder bei sich zu haben, aber er konnte sich nicht recht vorstellen, warum Leonardo sein schönes Leben in Pisa aufgegeben hatte, um von neuem mit den kleinen Landstreichern umherzuziehen. War es geschehen, weil er glaubte, Rudolf von Amsterdam sei umgekommen, und Mariechen hätte Hilfe nötig? Mariechen war doch nur ein einfaches Mädchen, wenn auch von großem Liebreiz. Was konnte ihn, den reichen Kaufmannssohn, bewegen, um dieses armen Waisenkindes willen einen so weiten Weg zurückzulegen?
Sie zogen weiter durch Umbrien, bis sie das Königreich Sizilien erreichten, das zu dieser Zeit beinahe halb Italien umfaßte. Sie wurden von Moskitoschwärmen und Sandflöhen gepeinigt, und sie hatten Hunger. Die Bevölkerung dieser Küstenlandstriche glich ausgemergelten Kobolden und war mißtrauisch und feindselig. Manches Mal mußten die Kinder sich ihren Weg erkämpfen. Ihr Gesundheitszustand verschlechterte sich zusehends, und die Kleider hingen ihnen in Fetzen um die hageren Körper. Jetzt war es vor allem Leonardo, der sie vorantrieb, um die Hügel im Süden zu erreichen.
Und endlich, endlich erreichten sie die Stadt Bari. So weit im Süden war Rolf mit seinen Eltern nie gewesen. Er hatte erwartet, eine kleine Hafenstadt, wie es deren hier so viele gab, vorzufinden, eine Stadt, wo es immer und überall nach Fisch stank, und in der die Bevölkerung den Launen des Meeres völlig ausgeliefert war. Aber Bari war anders. Es war ein blühender Seehafen mit regem Handel zum Orient. Hier bekam man den ersten Vorgeschmack des Ostens. Genau wie in Genua, so traf man auch in Bari auf sämtliche Nationalitäten der damals bekannten Welt. Araber in langen weißen Gewändern, Türken mit Turbanen, griechische Seefahrer, die jeden zu betrügen versuchten. Perser, die mit Teppichen und Seidenstoffen Handel trieben. Waffenschmiede und Schiffsbauer, Segelmacher und Faßbinder brachten Leben und Wohlfahrt in die Stadt. Alles wurde überragt von einer mächtigen Burg.

Leonardo, der wußte, daß Rolf in jeder italienischen Stadt sofort auf die Suche nach Basiliken und Kirchen ging – in solchen Fällen verfiel er wieder in die Gewohnheiten der Touristen des 20. Jahrhunderts –, erzählte ihm, daß er in Bari etwas für seine Frömmigkeit tun könne.
»Ja, hier kannst du deinen christlichen Glauben wieder einmal beweisen, Rudolf. In Bari sind nämlich die Gebeine des heiligen Nikolaus beigesetzt.«
»Des heiligen Nikolaus?« stotterte Rolf, der plötzlich an den ermordeten Hirtenjungen denken mußte.
»Ja, ja, des heiligen Nikolaus, Bischof von Myra, des Schutzpatrons der Seefahrer und Reisenden und besonders auch der Kinder. Vor mehr als hundert Jahren haben Seeleute seine Gebeine aus Myra gestohlen und nach Bari gebracht. Die Stadt ist sehr stolz auf diese Reliquie und hat eigens für sie eine Kirche errichtet. Man sagt, daß eine Pilgerfahrt nach Bari den Pilgern Gesundheit, Schutz vor Gefahren und ein mutiges Herz schenkt. Lauter Dinge, die wir sehr nötig haben.«
»Gesundheit«, murmelte Frank, der sich nicht wohl fühlte.
»Mut auch?« fragte Mariechen. »Den könnte ich gebrauchen . . .«
»Wir brauchen Schutz«, sagte Peter.
Sie hatten recht. Langsam verloren die Kinder den Mut. Der Herbst kam, es wurde immer kälter. Sie waren nun wieder in einem Hügelland, trocken und schön. Aber was kam dann? Wo sollten sie hin?
Rolf jedoch zeigte sich von der Stadt begeistert. Hier also lag der heilige Nikolaus begraben, der Schutzpatron von Amsterdam, der Schutzheilige der Kinder, Seeleute und Spielzeugfabrikanten! Und was sagten die Gelehrten des 20. Jahrhunderts? St. Nikolaus ist eine Legende, der gute Mann hat nie gelebt!
Dom Thaddäus, Mariechen, Rolf, Leonardo, Peter und Frank machten sich auf, um gemeinsam die Basilika zu besuchen.
Die Basilika war prächtig, eine der schönsten romanischen Kirchen, die Rolf je gesehen hatte. Sie gingen hinunter in die Krypta, wo die Gebeine des heiligen Nikolaus in einem Sarg ruhten, der mit Blumen und kostbaren Gaben bedeckt war, die Pilger dargebracht hatten. Rolf war nicht sentimental und immer noch der ungläubige, skeptische Mensch seines Jahrhunderts, aber dies hier beeindruckte ihn tief.
Einst hatte es einen Bischof gegeben mit Namen Nikolaus, der sich um arme und hilflose Kinder, um Reisende und um Seeleute gekümmert hatte. Ein Mann, der mit vollen Händen gegeben, Glück und Lebensfreude gespendet hatte. Ein Mann, der seine schützende Hand vor allem über arme, verlassene Kinder gehalten hatte. Und dieser Mann sollte nie gelebt haben? Hier lag doch der Beweis! Moderne Gelehrte mochten behaupten, was sie wollten. Plötzlich konnte auch Rolf an diesen Heiligen glauben. Hatte St. Nikolaus sie nicht sicher über die Alpen geführt? Wer anders, wenn nicht der Heilige hatte das Kinderheer auf dem Zug durch Italien

beschützt? Wer anders als St. Nikolaus hatte es verhindert, daß sie in Genua als Sklaven verschifft wurden?
Rolf kniete neben den anderen nieder und stimmte in ihre Gebete ein. Er dankte dem Heiligen aus vollem Herzen für seine Gesundheit und Kraft, für die Rettung Mariechens, für die Treue und Freundschaft Leonardos, für die Güte und Hilfsbereitschaft von Dom Thaddäus. Und vor allem dankte er ihm dafür, daß er ihn, den hoffnungslos Gestrandeten, den Reisenden zwischen zwei Welten, dennoch bewahrt und nicht verlassen hatte.
Auf dem Platz vor der Basilika lag ein kleines Döschen und glänzte im Sonnenlicht. Noch hatte es keiner bemerkt.

22. Nachricht aus der Zukunft

Die Stadt Brindisi lag nicht mehr als zwei Tagereisen von Bari entfernt. Das Kinderheer benötigte für diese Strecke jedoch fünf Tage. Zur Zeit der alten Römer war Brindisi ein betriebsamer Seehafen gewesen. Dieser Hafen existierte noch, aber die Konkurrenz von Bari machte ihm schwer zu schaffen. Obwohl ihn viele Schiffe anliefen, war er kaum mehr als ein Seeräubernest. Hier in Brindisi wurden gekaperte Güter an Land gebracht, hier blühten Sklavenhandel und Schmuggel. Aber es gab auch viel Reichtum in der Stadt. Die gewaltigen Olivenhaine im Hinterland waren eine seiner Quellen: die Stadt war berühmt wegen ihres guten Olivenöls, das aus dem Hafen verschifft wurde. Auch der Schmuggel und die Beförderung von Pilgern oder Kreuzfahrern nach Palästina hatten viel Geld in die Stadt gebracht.
Hier also residierte Bischof Adrianus, ein Mann von überströmender Güte. Er war so überwältigt vom Elend der Kinder, daß er die Bevölkerung aufrief, ihnen zu helfen. Aber die Bürger der Stadt sträubten sich, diese kleinen Wilden, denen ein so schlechter Ruf vorausging, in ihre Häuser aufzunehmen. Sie waren bereit, Lebensmittel und Kleider zum Lager zu schicken, aber mehr wollten sie nicht tun.
Es machte den Kindern wenig aus, daß man sie nicht in der Stadt haben wollte. Das geschah ihnen ja nicht zum ersten Mal. Ob sie nun bei Brindisi oder anderswo ihr Lager aufschlugen, was scherte sie das? Hauptsache, sie bekamen zu essen. Aber ihre Gleichgültigkeit wurde bald von Regenschauern fortgespült.
Der Herbst war endgültig gekommen. Nach einem sehr trockenen, heißen Sommer schien er nun mit aller Gewalt den fehlenden Regen bringen zu wollen. Regen ... jeden Tag Regen ... Die gewaltigen Olivenhaine trieften vor Nässe. Die Sonne, wochenlang ein treuer Weggefährte der

Kinder, versteckte sich hinter Wolkenbergen. Der Wind fegte die Küste entlang und peitschte das Meer zu turmhohen Wellen.
Schutzlos, kaum noch von Feuern erwärmt, krochen die Kinder nachts eng zusammen. Bischof Adrianus, der sie besuchte, sah ihr neues Elend und bot ihnen eine trockenere Bleibe in den Ruinen einer alten Abtei an, etwa eine halbe Stunde vor den Toren der Stadt.
Zweihundert durch Erkältung, Bronchitis oder Tuberkulose geschwächte Kinder wurden in den Klöstern ringsum aufgenommen. Gut achthundert bezogen die halb verfallene Abtei und machten es sich dort so bequem wie möglich.
Sie hatten das Gefühl, am Ende der Welt angelangt zu sein. Was kam nach Brindisi? Nichts. Ein ärmliches, unfruchtbares Stück Land, menschenleer. Der alte Heerweg endete vor der Stadt. Der lange Marsch war vorbei. Brindisi schien die Endstation des Kinderkreuzzuges zu sein.
Endlich hörte der Regen auf, und die Sonne brach wieder durch. Sofort strömten die Kinder in den Hof der Abtei, um ihre Kleider zu trocknen und die wärmenden Strahlen der Sonne zu genießen. Rolf und Leonardo setzten sich auf eine mit Moos begrünte Steinbank, gegenüber der zerstörten Kapelle.
»Ich habe etwas Merkwürdiges gefunden«, sagte Leonardo plötzlich.
»So?« sagte Rolf zerstreut. Er hatte nicht richtig hingehört, denn er machte sich Sorgen um ihre Zukunft. Er glaubte nicht daran, daß sie je aus Brindisi fortkommen würden. Aber ewig hierbleiben konnten sie auch nicht.
»Sieh mal!« sagte Leonardo. Er holte eine kleine Dose aus hellem Metall aus seiner Tasche. »Weißt du, was das ist?«
Rolf starrte den Gegenstand verblüfft an.
»Das ist . . . das ist . . .«, stammelte er, »das ist Aluminium!«
»Wie nennst du das?«
»Aluminium, ein sehr leichtes Metall. Wo hast du das her?«
»Ich sagte es doch: gefunden.«
»Wo denn?«
»In Bari, vor der Basilika des heiligen Nikolaus. Es lag dort einfach auf der Straße und sah so seltsam aus, daß ich es eingesteckt habe. Später dachte ich nicht mehr daran. Wie, sagtest du, heißt das Metall?«
»Aluminium. Zeig es mir bitte noch einmal.«
Rolfs Herz klopfte heftig. Kannte man im 13. Jahrhundert dieses Leichtmetall schon? Seines Wissens nicht. Leonardo war es jedenfalls nicht bekannt. Vorsichtig, als hätte er Angst, sich zu verbrennen, nahm Rolf das Döschen in die Hand und betrachtete es. Der Deckel war fest geschlossen. Er öffnete ihn mit seinem Messer.
»Aber da ist ja etwas drin!«
»Wahrhaftig, eine Nachricht!« rief der Student verblüfft. »Aber auf einem so dünnen Pergament!«

»Das ist Papier«, flüsterte Rolf, der kreidebleich geworden war.
»Das verstehe ich nicht. Sind das Buchstaben? Ich kann sie nicht lesen. Du etwa?«
Rolf sagte nichts mehr. Er war so benommen, daß die getippten Wörter vor seinen Augen verschwammen. Aber etwas war ihm sofort klar – es war eine Botschaft aus der Zukunft. Endlich las er:

Lieber Rolf, wenn Du das hier findest, so schreibe etwas auf dasselbe Papier, stecke es wieder in die Dose und lege sie genau an die Stelle, an der Du sie gefunden hast. Verändere nichts an dem Ziffern-Code! Vierundzwanzig Stunden nach ihrer Ankunft wird die Dose zurückgeholt. Wir wollen wissen, wo Du steckst.

Dr. Simiak

Darunter standen eine ganze Reihe von Ziffern und Symbolen. Die Rückseite des Zettels war leer, darauf würde er etwas schreiben können.
»Fehlt dir etwas?« fragte Leonardo besorgt.
»Ja . . . nein . . . wann hast du die Dose gefunden?« Rolf merkte, daß er am ganzen Körper bebte.
»Nach unserem Besuch in der Basilika. Sie lag direkt neben dem Eingang.«
»Aber das ist doch . . . mehr als eine Woche her«, murmelte Rolf niedergeschlagen. Als Dr. Simiak versucht hatte, das Döschen zurückzuholen, war es also gar nicht an Ort und Stelle gewesen. Rolf wurde von echter Verzweiflung gepackt. Seine vielleicht einzige Chance, doch noch mit daheim Kontakt aufzunehmen, war vertan. Es war zu spät . . . wieder einmal zu spät!
Aber wie hatte Dr. Simiak nur wissen können, daß Rolf an diesem Tag in Bari gewesen war? Ganz benommen schloß der Junge die Augen und lehnte sich gegen die Mauer hinter ihm.
»Was hat das alles zu bedeuten?« Leonardo packte ihn am Arm und schüttelte ihn. »Wach doch auf, Rudolf, und sprich!«
»O bitte, frag nicht so viel!« gab Rolf mit Tränen in den Augen zurück.
Er sprang auf und rannte in die Abtei. Er wollte jetzt allein sein. Versteckt in der äußersten Ecke des Schlafraumes versuchte er, das Ganze zu überdenken. Eines war klar: sie waren ihm auf der Spur. Dr. Simiak versuchte, ihn im Dschungel der Vergangenheit aufzuspüren. Und kürzlich war er ihm dabei sehr nahe gewesen.
»Warum habe ich das Ding bloß nicht gefunden, als ich aus der Kirche kam? Warum Leonardo, der nichts damit anzufangen wußte? Und wenn ich es gefunden hätte, wäre ich dann glücklich gewesen?«
Seltsam genug, er konnte auf diese Frage keine klare Antwort geben. Ja, gewiß, er wollte nach Hause, zurück zu seinen Eltern. Aber andererseits . . .

Wollte er wirklich zurück? Zurück nach Amsterdam, zurück in die moderne Zeit, zurück in die Schule? Er blickte umher. Durch das kaputte Dach fielen ein paar Sonnenstrahlen und erhellten die ärmliche Umgebung. Auf dem schmuddeligen Boden lagen Betten aus Stroh und getrocknetem Gras. In einer Ecke schliefen zwei kleine Pilger und erholten sich von einem Fieberanfall. Von draußen drangen Stimmen spielender und arbeitender Kinder an sein Ohr.
Allmählich hatten sie alle erfaßt, daß Brindisi die Endstation ihrer Sehnsüchte war. Sie konnten nicht mehr weiter, und eine Rückkehr war erst recht nicht möglich, da der Winter vor der Tür stand. Darum warteten sie. Sie wußten nicht worauf, sie warteten einfach. Sie hausten unter geborstenen Klostermauern, unter einem verfallenen Dach. Sie lebten von dem, was sie im Meer fangen konnten. Achthundert gestrandete, dem Zufall überlassene Kinder. Und alle achthundert waren ihm lieb geworden. Konnte er sie einfach im Stich lassen, wenn sich ihm eine Chance bot? Er wußte es nicht. Immer noch fühlte er sich verantwortlich. Wo sollten sie hin, die kleinen Bettler und Verstoßenen? Mariechen, Frank, Peter, Bertho – hatten sie eine Zukunft?
Nervös spielte er mit dem Brief Dr. Simiaks.
»Ich habe sie doch nicht bis Brindisi beschützt, um sie jetzt einfach ihrem Schicksal zu überlassen«, murmelte er.
Er wußte nicht, warum er plötzlich wieder an den kleinen Carolus denken mußte, und warum ihm dieser Gedanke so viel Kummer bereitete. Eins aber wußte er bestimmt: der kleine König von Jerusalem hätte seine Untertanen nie im Stich gelassen, auch dann nicht, wenn man ihm alle Schätze der Welt geboten hätte.
»O Carolus, hilf mir«, flüsterte er verzweifelt. »Was soll ich tun, wenn wieder eine Nachricht von Dr. Simiak kommt?«
Er las die Nachricht noch einmal. Die Warnung, vor allem nichts an den Ziffern unter dem eigentlichen Text zu verändern, machte ihn nachdenklich. Die Ziffern waren vermutlich deshalb so wichtig, weil der Gelehrte mehr als diese eine Nachricht gesandt hatte, und nicht nur an diesen Ort. Aber nach welchem System war er dabei vorgegangen? Leonardo hatte das Döschen vor der Nikolaus-Basilika gefunden. Rolf vermutete, daß die Kirche auch im 20. Jahrhundert noch stand. Von seinem Vater hatten die Gelehrten sicher erfahren, daß er, Rolf, ganz verrückt auf alte Kirchen war. Ob sie jetzt wohl alle Plätze vor solchen Kirchen mit Aluminiumdöschen bombardierten, in der Hoffnung, ihn auf diese Weise zu finden? Aber wie konnten sie wissen, daß er sich dem Kinderkreuzzug angeschlossen hatte? Plötzlich fiel es ihm ein. Natürlich – der Bauernjunge, der an seiner Stelle ins 20. Jahrhundert geholt worden war! Die Gelehrten hatten sicher versucht, sich mit ihm zu verständigen, und er mußte ihnen von den Kindern erzählt haben, die sich auf den Weg nach Jerusalem gemacht hatten, denn er gehörte ja auch dazu. Was mochte im 20. Jahr-

hundert über dieses wahnwitzige Unternehmen noch bekannt sein? Er selbst hatte in der Schule nie etwas davon gehört. Auf jeden Fall war die Dose der Beweis dafür, daß die Zeitmaschine wieder funktionierte. Ob sie es wohl auch in Brindisi versuchen würden? In diesem Augenblick kam Mariechen herein. Besorgt kniete sie sich neben ihn.

»Leonardo sagt, daß du krank bist«, sagte sie leise. Sie legte ihm die Hand auf die Stirn. »Ja, du glühst.«

Rolf ließ das Döschen rasch in seine Hosentasche gleiten.

»Nein, ich bin nicht krank.«

»Es gibt Neuigkeiten«, berichtete Mariechen aufgeregt. »Dom Thaddäus hat eine Botschaft von Bischof Adrianus erhalten. Der Bischof bittet die Anführer des Kinderkreuzzuges, morgen früh zu ihm zu kommen. Rudolf, ich habe Angst, daß uns die Leute hier wieder wegschicken wollen.«

»Das würde mich nicht wundern«, murmelte Rolf mutlos.

»Wo können wir denn noch hin? Können wir überhaupt noch weiter?«

»Ich weiß es nicht.«

»Hast du gemerkt, daß Leonardo auch unruhig geworden ist? Ich glaube, er weiß auch nicht mehr weiter und will nach Hause. Aber ... er wird uns nicht einfach im Stich lassen«, schwatzte Mariechen weiter, »das hat er selbst gesagt. Er möchte Frank, Peter und Bertho als Bedienstete aufnehmen, dann könnte er dafür sorgen, daß sie zur Schule geschickt werden.«

»Das wäre schön.«

»Ja, gewiß. Aber warum hast du dich hier verkrochen? Es ist so schönes Wetter draußen.«

Rolf zog das Mädchen plötzlich an sich. Liebes kleines Mariechen, dachte er, was soll nur aus dir werden? Ich kann dich nicht mitnehmen in mein Jahrhundert ...

»Warum weinst du, Rudolf?«

»Ich weine nicht«, log er.

Am selben Abend faßte Rolf einen Entschluß. Als alle Kinder beim Essen saßen, brachte er Leonardos Fund zum Vorschein.

»Liebe Freunde, seht euch das hier gut an. Wenn ihr in den nächsten Tagen so etwas findet, ganz gleich wo, hebt es auf und merkt euch die Stelle, wo ihr es gefunden habt. Und bringt mir sofort das Döschen ...«

Sie begriffen nicht recht und wollten das Wunderdöschen sehen. Es ging von Hand zu Hand, und alle wunderten sich, daß es so hell war.

»Was ist das? Was hast du damit vor?« Die Fragen prasselten auf Rolf nieder, und er konnte sie nicht zufriedenstellend beantworten.

»Ist das ein Zauberding?«

»Nein, nein! Jemand aus meinem Land hat es verloren.«

»Verloren?« fragte Leonardo scharf. »Wer verliert denn so etwas? Das ist doch etwas Kostbares!«

»Diese Döschen sind aber nur für denjenigen kostbar, der ihre Bedeutung kennt«, antwortete Rolf. »Du hast natürlich recht, Leonardo, sie wurden wirklich nicht verloren. Aber sie enthalten eine Botschaft für mich, die nur ich entziffern kann. Diese Botschaft bedeutet, daß mein Vater mich sucht. Er weiß nicht, wo ich bin, und schickt mir deshalb diese Dose, weil ich der einzige bin, der ihre Bedeutung kennt. Er hofft, mich auf diese Weise zurückzufinden.«
»Dein Vater?«
»Oh, Freunde, helft mir«, flehte Rolf. »Monatelang habe ich euch geholfen, und jetzt könnt ihr mir diese Hilfe entgelten. Ich bitte euch nochmals, bringt mir sofort das Döschen, wenn ihr eins findet, und zeigt mir ganz genau die Stelle, wo ihr es gefunden habt. Das ist sehr wichtig für mich.«
Die Kinder, die nicht den geringsten Grund sahen, ihm zu mißtrauen, nickten. Nur Leonardo schien mit Rolfs Auskunft nicht zufrieden. Er war offensichtlich der Meinung, daß das Ausstreuen mysteriöser Dosen nicht die richtige Methode war, jemanden aufzuspüren.
Am nächsten Morgen begaben sich Dom Thaddäus, Rolf, Leonardo, Frank und Bertho zur Stadt, um vom Bischof in Audienz empfangen zu werden. Peter ging mit einer Gruppe zum Fischen an den Strand. Frank und Bertho mußten vor dem Palast des Bischofs, einem einfachen Steinbau, warten. Nur der Priester, Rolf und der Student wurden vorgelassen. Der Bischof empfing sie in seinem Arbeitszimmer, wo außer ihm noch ein Sekretär sowie einige Handelsherren und Seeleute anwesend waren. Bischof Adrianus kam sofort zur Sache. Er sprach Latein, das nur Dom Thaddäus und Leonardo perfekt beherrschten. Der Student übersetzte für Rolf.
»Es ist klar, daß die Kinder, die in der Ruine der Abtei Unterkunft gefunden haben, nicht weiterziehen können«, sagte der Bischof. »Bei Brindisi enden alle begehbaren Wege. Außerdem kann kein vernünftiger Mensch glauben, daß siebenhundert Kinder imstande sind, das Meer zu überqueren und Jerusalem zu finden. Es bleibt also nur eine Möglichkeit, sie müssen nach Hause zurückkehren.«
Dom Thaddäus nahm das Wort.
»Monsignore, Eure Worte zeugen von Weisheit und Einsicht. Es gibt nur einen Einwand: diese Kinder haben kein Zuhause, sie sind Waisen und Ausgestoßene.«
»Das ist mir bekannt«, erwiderte der Bischof leise. »Außerdem wäre eine Rückkehr so kurz vor dem Winter ohnehin schwierig. Ehe die Kinder die Berge im Norden erreicht haben, sind die Pässe mit Schnee bedeckt. Aber in Brindisi können sie nicht bleiben. Einen ganzen Winter lang siebenhundert Kinder zu versorgen steht nicht in meiner Macht.«
Leonardo nickte. Sein sonst so spöttisches Gesicht war ernst. Dom Thaddäus faltete verzweifelt die Hände.

»Dennoch«, fuhr der Bischof fort, »es ist meine Christenpflicht, den Kindern zu helfen.« Er wies auf die Handelsherren und Seeleute, die schweigend daneben standen. »Es ist mir gelungen, eine Anzahl reicher Kaufleute und vertrauenswürdiger Kapitäne zu finden, die bereit sind, für den Transport der Kinder in die Republik Venedig zu sorgen. Von den Kindern wird erwartet, daß sie sich während der Reise auf den Schiffen nützlich machen. Sie werden auf insgesamt acht Schiffe verteilt, die auch Güter befördern. In Venedig können die Kinder den Winter über bleiben. Ich werde den Leitern des Unternehmens Briefe für den Bischof und den Dogen mitgeben. Ich werde darum ersuchen, die Kinder aufzunehmen, sie in der Stadt unterzubringen und ihnen, wenn nötig, im kommenden Frühjahr weiterzuhelfen, damit sie sicher in ihr Heimatland zurückkehren können. Falls Kinder unter ihnen sind, die lieber in Venedig bleiben möchten, so wird sich auch dafür ein Weg finden lassen. Ich weiß ja, daß es tüchtige Jungen und Mädchen sind, die hart arbeiten können, nur durch die langen Strapazen ein wenig verwildert . . .«
Der Bischof unterbrach sich für einen Augenblick, um Atem zu holen. Leonardo übersetzte rasch die wichtigsten Punkte für Rolf.
»Eine andere Lösung weiß ich nicht«, schloß Adrianus.
Dom Thaddäus kniete nieder und küßte den Ring des Bischofs.
»Monsignore, ich danke Euch«, murmelte er. »Gott möge Euch belohnen.«
»Steht auf, Dom Thaddäus, und dankt nicht mir, sondern dem Allerhöchsten, der mir diese Lösung für ein schwieriges Problem eingegeben hat. In drei Tagen werden die Schiffe auslaufen. Bereitet die Kinder darauf vor. Mit diesen Männern hier könnt ihr alle Einzelheiten der Reise besprechen. Lebt wohl, und Gott schütze euch.«
Damit war die Audienz beendet. Rolf war außer sich vor Freude. Nun war er der Verantwortung für das Kinderheer enthoben und konnte in seine Welt zurückkehren. Frank und Bertho, die geduldig gewartet hatten, bekamen sofort die gute Nachricht zu hören.
»Aber ich komme nicht mit nach Venedig«, erklärte Leonardo. »Ich möchte nach Palermo, an den Hof Kaiser Friedrichs.«
Gemeinsam mit den Kaufleuten und Kapitänen gingen sie dann zum Hafen, um die Schiffe zu besichtigen. Rolf fand sie sehr klein, aber Dom Thaddäus schien zufrieden. In seinen Augen waren es seetüchtige Fahrzeuge. Sie besprachen den Zeitpunkt der Einschiffung und eilten dann in die Abtei zurück, um den Kindern alles zu erzählen.
Rolf wußte nicht recht, was er tun sollte. Sich von Leonardo verabschieden und ebenfalls nach Venedig gehen? Hierbleiben und warten, in der Hoffnung, eines von Dr. Simiaks Döschen zu finden? Leonardo sah seine Verwirrung.
»Du machst ein Gesicht, als ob dich Venedig nicht lockte. Komm doch lieber mit mir . . .«

»Ich weiß nicht, was ich tun soll«, seufzte Rolf. »Mein Vater sucht mich. Wenn ich hier fortgehe, kann er mich nie mehr finden.«
»Willst du denn überhaupt gefunden werden?« fragte Leonardo.
»Ja, jetzt schon.«
»Nun, dann bleibe eben hier und warte auf ihn.«
»Ja . . . aber Mariechen?«
»Was ist mit Mariechen?«
»Wenn mein Vater mich findet, wird er mich nach Hause holen. Mariechen kann ich nicht mitnehmen, das ist unmöglich. Ich täte es furchtbar gern, aber es geht nicht.«
»Das ist auch gar nicht nötig«, sagte Leonardo ruhig, »Mariechen bleibt bei mir.«
»Ist das dein Ernst? Oh, Leonardo . . .«
Rolf war ein wenig verwundert, als der Student mit abgewandtem Gesicht sagte: »Hast du sie dir einmal genau angesehen, Rudolf? Sie ist das netteste Mädchen, das ich kenne. Ich nehme sie mit nach Pisa, bringe sie zu meinen Eltern und lasse sie dort erziehen. Dann gehe ich mit Frank und Peter nach Palermo, und wenn sich herausstellt, daß der Kaiser mich brauchen kann, lasse ich Mariechen nachkommen und heirate sie.«
»Ja . . . aber . . . wenn sie dich nicht will?«
»Natürlich will sie – allerdings nicht, solange du in der Nähe bist.«
Rolf konnte das alles kaum fassen. Einen Augenblick lang war er rasend eifersüchtig, aber nach und nach sah er doch ein, daß dem Mädchen nichts Besseres widerfahren konnte. Sie würde zu einer reizenden jungen Frau heranwachsen: schön, verständnisvoll und zärtlich.
»Sie ist doch noch so jung«, flüsterte er.
»Sie ist zwölf. In drei Jahren ist sie alt genug, um zu heiraten.«
Rolf wußte, daß es in dieser Zeit üblich war, Mädchen mit dreizehn oder vierzehn Jahren zu verheiraten.
»Wird deine Familie keine Einwände erheben? Mariechen ist doch arm wie eine Kirchenmaus.«
Leonardo lachte leise.
»Sie hat ein Herz aus Gold – das ist für mich Aussteuer genug.«
Rolf nickte. Der Schmerz in seinem Inneren wurde heftiger. In wenigen Tagen würde er von ihnen allen Abschied nehmen müssen. Seufzend wandte er sich ab.
Frank kam gelaufen.
»Rudolf!«
»Jetzt nicht«, murmelte Rolf traurig. »Ich hab' keine Lust, mich zu unterhalten.«
»Aber . . .«
Rolf ging weiter. Sie hatten inzwischen die Abtei erreicht, und er wollte Mariechen suchen.
Frank packte ihn am Arm.

»Du hast doch gestern gesagt, es wäre so wichtig für dich.«
»Was denn?«
»Die Dose.«
Mit einem Ruck blieb Rolf stehen.
»Dose hast du gesagt?« fragte er mit bebender Stimme.
Der kleine Gerber zog einen Gegenstand aus Leichtmetall hervor.
»Das hast du doch gemeint?«
Rolf entriß ihm die Dose so wild, daß Frank erschrak.
»Wo hast du das her?«
»Heute morgen gefunden.«
»Wo? Weißt du noch wo?«
»In der Stadt. Es lag plötzlich vor meinen Füßen, als Bertho und ich auf euch warteten.«
»Um welche Zeit?«
»Das weiß ich nicht genau. Als ihr beim Bischof wart.«
Das war zehn Uhr, dachte Rolf. Mit zitternden Fingern öffnete er das Döschen. Es enthielt einen Zettel mit der gleichen Nachricht, die Leonardo in Bari gefunden hatte. Nur die Ziffern darunter waren ein wenig anders.
»Ich hätte sie dir natürlich sofort zeigen müssen«, sagte Frank entschuldigend, »aber als ihr mit der freudigen Botschaft aus dem Palast kamt, habe ich nicht mehr daran gedacht.«
»Das macht nichts. Kannst du mir die Stelle zeigen, an der du sie gefunden hast?«
»Ich glaube schon.«
»Dann komm mit.«
»Was hast du vor?«
»Ich muß in die Stadt. Ich will wissen, wo du sie gefunden hast.«
Eine halbe Stunde später standen sie wieder auf dem Platz vor der Kathedrale von Brindisi. Frank zeigte auf die enge Straße, die in den Platz mündete, und auf den Eingang zum Palast des Bischofs.
»Bertho und ich standen hier, den Rücken an die Mauer gelehnt. Und dann sah ich plötzlich etwas glitzern, direkt vor meinen Füßen. Ich hob es auf und ...«
»Es kommt auf den genauen Platz an. Bist du sicher, daß es hier lag und nicht vielleicht einen Meter entfernt?« fragte Rolf eindringlich.
Zweifelnd blickte er auf das holperige Pflaster nieder. Er sah nur Staub und Dreck.
»Ich stand hier«, murmelte Frank, »ja, hier muß es gewesen sein, denn der spitze Höcker an der Mauer tat mir an der Schulter weh. Und meine Füße hatte ich so ... ja, und plötzlich lag das Ding neben meinem linken Fuß. Ja, hier, auf dem roten Stein.«
Sein Finger fuhr in den Staub. Rolf kniete neben ihm. Er fegte den Schmutz ein wenig beiseite und nickte.

»Die Stelle müssen wir deutlich kennzeichnen, damit ich sie morgen früh erkennen kann.«
Er blickte ein wenig ratlos umher. Die Tür zur Kanzlei des Bischofspalastes brachte ihn auf eine Idee.
»Leg deine Hand hier auf diese Stelle, Frank, und warte einen Augenblick auf mich. Ich komme sofort zurück.«
Rolf stieß die Tür auf und betrat die Kanzlei. Nach einigem Hin und Her wurde er zum Sekretär vorgelassen.
»Signore«, sagte Rolf in seinem gebrochenen Italienisch, »ich habe eine Bitte an Euch. Darf ich einen Augenblick Euer Schreibgerät benutzen? Ich muß meinem Vater eine Nachricht senden.«
»Du kannst schreiben?« fragte der Mann mit einem verwunderten Blick auf Rolfs Lumpen. Er schob Rolf einen Gänsekiel und ein Tintenfaß zu. Verwundert sah er dann, wie der verwahrloste Junge etwas aus seiner Tasche zog, den Gänsekiel eintauchte und begann, das weiße Zettelchen mit fremden Schriftzügen zu versehen.
»Könnt Ihr mir sagen, welches Datum wir ... äh ... übermorgen haben?«
»Übermorgen? St. Matthäus natürlich!«
»O ja ...«
Eigentlich wußte er jetzt genausowenig wie vorher, aber das Datum würden sie nach dieser Angabe wohl herausfinden können. Er schrieb also auf die Rückseite von Dr. Simiaks Botschaft:

Ich bin in Brindisi. Die Koordinaten auf der Rückseite können benutzt werden. Vierundzwanzig Stunden nachdem Sie das gelesen haben, werde ich mich auf dieser Stelle befinden. Der Tag heißt hier Sankt Matthäus, das Datum weiß ich nicht. Holen Sie mich zurück. Rolf.

Er konnte seine Nachricht gerade noch unterbringen, denn der Gänsekiel schrieb sehr breit, und das Papier war viel dünner als das Pergament, das die Leute im Mittelalter mit ihrer dickflüssigen Tinte beschrieben.
»Ist der Brief für den Bischof?« wollte der Sekretär wissen, »und was ist das für Pergament? Es ist so dünn ...«
»Wir nennen es Papier«, sagte Rolf ausweichend. »Signore, darf ich mir das Tintenfaß noch einen Augenblick ausleihen?«
»Ausleihen?«
Es war ein schönes Gefäß aus Alabaster, und Rolf konnte sich vorstellen, daß dieses Ansinnen den Mann mißtrauisch machte.
»Es ist wirklich nur für einen Augenblick. Ich brauche etwas Tinte, das Tintenfaß bekommt Ihr sofort zurück.«
»Wozu brauchst du denn die Tinte?«
»Ich muß draußen ein Kreuz zeichnen.«
»Auf der Straße?«

»Ja, das ist bei uns im Norden ein frommer Brauch. Wenn Ihr mich hinausbegleitet, so könnt Ihr Euch überzeugen, daß ich die Wahrheit spreche.«
Die beiden traten vor die Tür und begaben sich dorthin, wo Frank wartete.
»Seht«, sagte Rolf.
Er wischte das holperige Pflaster sauber, ließ etwas von der unauslöschbaren Tinte darüberlaufen und malte sie dann in Kreuzform aus, genau an der Stelle, wo Frank das Döschen gefunden hatte. Dann richtete er sich auf und gab dem Sekretär das Tintenfaß zurück.
»Wirklich, ein hübscher Brauch«, sagte der Mann verblüfft.
Rolf lachte freundlich, bedankte sich und wartete, bis der Sekretär in seine Kanzlei zurückgekehrt war.
»Was hat das alles zu bedeuten?« murmelte Frank. »Du bist plötzlich so seltsam geworden.«
Rolf schwieg und starrte auf das schwarze Kreuz. Morgen früh würde er hier seine Nachricht hinterlegen. Er würde warten, bis das Döschen verschwand. Und übermorgen wollte er sich dann selbst hierherstellen, und dann . . . vielleicht . . .
Nach einer Viertelstunde probierte er, ob die Tinte trocken war. Er rieb mit den Fingern über das Kreuz, dann versucht er es mit den Schuhen.
»So, das ist in Ordnung. Wir können zur Abtei zurückgehen. Frank, du weißt nicht, welch großen Dienst du mir heute erwiesen hast.«
»Bist du ein Zauberer, Rudolf?«
»Nein, ein Zauberer bin ich nicht, ich möchte bloß nach Hause. Die Leute, die mich suchen, sehen das Kreuz und wissen dann sofort, wo ich bin, verstehst du?«
Frank nickte ein wenig trübe.
»Ja, unser Kreuzzug ist zu Ende«, murmelte er.
»Aber es war doch ein schönes Abenteuer, findest du nicht? Wir haben es oft schwer gehabt, aber es war immer aufregend. Ich bin sehr froh, daß ich das erleben durfte.«
». . . und überleben«, fügte Frank hinzu.
»Eines möchte ich dir noch sagen!« Rolf legte den Arm um Franks Schulter. »Wohin ich auch immer gehen werde, dich vergesse ich nie. Auf dich und Peter konnte ich immer zählen. Stimmt es, daß ihr bei Leonardo bleiben wollt?«
»Nein«, erwiderte Frank. »Bertho, Peter und ich gehen mit nach Venedig, genau wie Dom Thaddäus. Wir wollen bis zum Schluß dabeisein.«
Rolf nickte. Er hatte in den letzten Monaten einen tiefen Respekt vor der unwandelbaren Treue seiner Kameraden bekommen.
In der Abtei herrschte reges Treiben. Die Kinder, ganz aufgeregt über die Aussicht, in das wunderschöne Venedig zu kommen, waren schon dabei, ihre kümmerliche Habe zusammenzusuchen.

Leonardo und Mariechen waren nirgends zu finden. Rolf erfuhr, daß sie in die Stadt gegangen waren, um Erkundigungen nach einem Schiff anzustellen, das sie nach Pisa bringen würde.
Am nächsten Morgen fand sich Rolf schon früh vor dem Bischofspalast ein. Er legte das Aluminiumdöschen auf das Kreuz und setzte sich unmittelbar daneben, damit keiner auf die Idee kam, es aufzuheben oder mit dem Fuß wegzustoßen. Auch der Sekretär kam vorbei, sah Rolf verwundert an und hob dann die Schultern. Rolf blickte immer wieder auf seine Uhr. Genau um ein Viertel vor zehn verschwand das Döschen.
Wie gebannt starrte Rolf auf das Kreuz. Kein Zweifel, das Döschen war spurlos verschwunden! Die Zeitmaschine funktionierte also! Sicher würde Dr. Simiak in diesem Augenblick seine Nachricht lesen, einen Schrei ausstoßen und zum Telefon stürzen ... »Wir haben ihn gefunden! In vierundzwanzig Stunden holen wir ihn zurück! Ferguson, laden Sie die Zeitmaschine auf volle Kapazität!«
Es begann wieder zu regnen. Schmutziges Wasser floß über das Kreuz, vermochte es aber nicht auszulöschen. Rolf konnte sich immer noch nicht aufraffen, aufzustehen und fortzugehen. Morgen ... morgen würde er seine Eltern wiedersehen. Morgen ...
Weinend, den Kopf auf den Knien, saß er im Regen.
»Was ist denn passiert, Rudolf von Amsterdam?« fragte eine warme Stimme. Eine Hand legte sich tröstend auf seine Schulter. Es war natürlich Dom Thaddäus, auf dem Rückweg vom Hafen, wo er letzte Vorbereitungen für die Abreise der Kinder getroffen hatte.
Rolf stand auf. »Ich gehe wieder nach Hause«, flüsterte er. »Mein Vater hat mich endlich gefunden.« Er ergriff die Hände des Mönchs. »Könnt Ihr Euch das vorstellen? Ich werde meine Mutter wiedersehen!«
»Du kommst also nicht mit nach Venedig?«
»Das ist nun nicht mehr notwendig. Und was ist mit Euch, Vater? Bleibt Ihr bei den Kindern?«
»Ich verlasse sie nicht, ehe sie nicht sicher angekommen sind und auch das letzte von ihnen eine neue Bleibe gefunden hat.«
»Welch prächtige Menschen hat dieses Zeitalter!« rief Rolf.
»Ich verstehe deine Worte nicht, mein Sohn.«
»Ich meine«, sagte Rolf unsicher, »daß es mir irgendwie leid tut, das alles hier zurücklassen zu müssen.« Er wies auf den Platz vor der Kirche und die engen Gassen. »Diese ganze Welt ... Das alles wird sich verändern, das meine ich. Und das finde ich schade ... Ich habe immer geglaubt, es sei eine schöne Zeit gewesen, in der man Rittern im Harnisch auf weißen Pferden begegnen konnte, edlen Damen und Minnesängern ... Ich habe geglaubt, ich würde den Bau prächtiger Dome und die Aufzüge der Zünfte bewundern können. Es war aber alles ganz anders. Ich habe kaum eine Burg von innen gesehen, habe keinem einzigen Turnier beigewohnt, und bewaffneten Rittern bin ich aus dem Wege gegangen. Aber ich habe

das Land, seine Bauern, die Bettler und verlassenen Kinder kennengelernt. Ich habe das Volk erlebt, nicht die hohen Herren, von denen man immer in den Büchern liest. Die einfachen Menschen – manchmal waren sie grausam und dumm, manchmal gut und hilfsbereit . . . Ich habe sehr viel gelernt, Dom Thaddäus, auch von Euch.«
»Von mir? Was denn?«
»Güte, Liebe zu den Mitmenschen, Treue.«
»Das ist doch unsere Christenpflicht, mein Sohn.«
»Aber Ihr handelt nicht aus Pflicht, sondern aus Liebe.«
Und diese Liebe haben wir in späteren Jahrhunderten vergessen, dachte Rolf plötzlich. Nein, nicht ganz. In meinem Jahrhundert haben die Menschen Gesetze geschaffen, die es ermöglichen, daß Kranke, Arme und Invalide nicht auf der Straße vor Hunger sterben, wie es hier geschieht . . . Aber wo ist die einfache, selbstverständliche Liebe geblieben, wie sie Dom Thaddäus praktiziert? Die haben wir vergessen und durch einen ganzen Urwald von Paragraphen und Verordnungen ersetzt.
In dieser Nacht konnte Rolf kaum schlafen. Wilde Gedanken jagten durch sein Gehirn. Manchmal schlummerte er ein wenig ein, und dann wurde er von Alpträumen heimgesucht. Er sah den Grafen von Scharnitz, der fünfzig Sklaven forderte, dann wieder das wütende Gesicht des Grafen von Trasimeno, der ihn köpfen lassen wollte. Er sah einen Reitertrupp auf sich losstürmen, und als er sein Messer hob, um ihn abzuwehren, stürzte er und wurde zertrampelt. Die Angst, zu verschlafen, bewirkte, daß er immer unruhiger wurde. Als der Tag anbrach, stand er auf. In der Morgendämmerung sah er Mariechen auf ihrem Strohlager. Er hatte sich schon gestern abend von ihr verabschiedet. Ihr Gesicht war naß von Tränen gewesen. Ach, Mariechen . . . das Herz war ihm schwer. Er sah Leonardo, der zusammengerollt dort lag. Er sah Frank und Peter, die ebenfalls noch schliefen, und ein Stückchen weiter den kleinen Simon.
Vorsichtig stand er auf. Er nahm seine Windjacke, die ihm als Kopfkissen gedient hatte, und breitete sie behutsam über Frank. Dann küßte er Mariechen vorsichtig auf die Stirn. Sie wurde nicht wach davon. Er blickte lange auf Leonardo und den schnarchenden Dom Thaddäus nieder.
»Lebt wohl«, flüsterte er mit tränenerstickter Stimme und schlich aus dem Schlafsaal. Die kühle Morgenluft schlug ihm ins Gesicht. Die vier Wachtposten am Tor der Abtei blickten ihn überrascht an. Rolf legte den Finger auf die Lippen.
»Erzählt niemandem, daß ihr mich gehen sehen habt«, sagte er leise. »Lebt wohl, und gute Fahrt nach Venedig.«
Dann machte er sich allein auf den Weg nach Brindisi.

23. Die Sekunde der Entscheidung

Rolf war natürlich zu früh, um Stunden zu früh. Alte Frauen auf dem Wege zur Frühmesse liefen im Bogen um ihn herum, während er mit angezogenen Knien auf dem Stein hockte. Die rasch zunehmende Geschäftigkeit verwunderte ihn. Kaufleute schlugen Stände auf, Taschenspieler riefen die Vorübergehenden an. Viele Leute waren festlich gekleidet, als ob es Sonntag wäre. Wurde denn heute nicht gearbeitet?

Er wartete. Der Platz und die Straßen waren jetzt voller Menschen. Männer, Frauen und Kinder. Krämer, Akrobaten und Taschendiebe. Er sah Seeleute und Araber, die auch nicht zu begreifen schienen, was los war. Er blickte auf seine Uhr. Wurde es denn heute nie ein Viertel vor zehn?

Plötzlich durchfuhr ihn eisiger Schrecken. Seine Uhr zeigte erst ein Viertel vor acht. Das konnte unmöglich stimmen! Wütend schüttelte er sein Handgelenk – und hörte nichts.

Monatelang hatte seine Uhr ihm treu gedient, aber jetzt, ausgerechnet jetzt, wo es auf die Sekunde ankam, quittierte sie den Dienst.

Wenn sich jemand monatelang im Mittelalter herumgetrieben hat, kann es nicht ausbleiben, daß er abergläubisch wird. Rolf wußte plötzlich, daß jetzt alles schiefgehen würde. Die Zeitmaschine würde nicht funktionieren, und wenn, dann würde er nicht auf dem richtigen Platz sitzen. Vielleicht würde auch etwas Unerwartetes passieren, so wie damals in der Nähe von Speyer.

Alle Sicherheit hatte ihn verlassen. Die Sonne war über den Häusern aufgegangen und übergoß den Platz mit goldenem Licht. Rolf begann zu schwitzen. Er zog seinen alten, zerlumpten Pullover aus und warf ihn neben sich in den Dreck. Nur noch mit seinem zerschlissenen Hemd und den ausgefransten Jeans bekleidet, stand er dort. Menschen stießen mit ihm zusammen und murmelten Verwünschungen, weil er keinen Schritt beiseite ging. Wo wollten sie nur alle hin? Die ganze Stadt schien sich rings um den Dom zu versammeln. Wollten sie alle zusehen, wie der seltsame Fremdling vor ihren Augen verschwinden würde? Jemand drückte ihm eine Münze in die Hand. Man hielt ihn also für einen Bettler! Er steckte die Münze trotzdem ein.

Glockengeläut ertönte. Was hatte das nur zu bedeuten? Wurde eine hochgestellte Persönlichkeit begraben? Heiratete ein Edelmann?

Aber heute war doch Sankt Matthäus! Vielleicht war das hier ein großes kirchliches Fest . . .

Rolf stand mit den Füßen genau auf dem schwarzen Kreuz, fest entschlossen, sich nicht wegdrängen zu lassen. Die enge Straße war voller Menschen, die alle in Richtung des Doms blickten, als ob sie etwas erwarteten.

Die Glocken läuteten und läuteten. Man wurde total verrückt davon! Rolf straffte sich und blickte auf seine Füße. Stand er auch richtig? Als er die Augen wieder hob, sah er eine Prozession aus der Kirche kommen. Bischof Adrianus, in vollem Ornat, schritt unter einem von vier weißgekleideten Knaben getragenen Baldachin. Hinter ihm folgte ein langer Zug von Priestern, Meßdienern und weißgekleideten Mädchen. Sie trugen Reliquienschreine. Eine Holzfigur der Heiligen Jungfrau schwankte auf einer Art Tragbahre über ihren Häuptern.

Mein Gott, wenn sie bloß nicht hier vorbeikommen, dachte Rolf in panischer Angst. Dann muß ich doch Platz machen, und das darf ich nicht. Dieses Mal weiche ich nicht. Es muß jetzt bald Zeit sein.

Langsam näherte sich die Prozession. Das Gedränge um ihn wurde immer ärger, Menschen fielen auf die Knie. Rolf zitterte am ganzen Körper, aber er blieb stehen.

»Da ist ja Rudolf!« hörte er plötzlich eine bekannte Stimme. »Er überragt sie alle.«

Rolf preßte die Hände zusammen und schaute zum Himmel, der in blauer Pracht erstrahlte.

Oh, beeilt euch doch! dachte er flehentlich. Sonst drängen sie mich hier noch weg.

»Rudolf!« hörte er jemanden in der Menge.

»Rudolf!« Das war Leonardo, gleich hinter ihm.

»Geh weg!« zischte Rolf. Ob Mariechen auch hier war? Hoffentlich nicht!

Die Prozession war jetzt kaum fünf Meter entfernt. Natürlich nahmen sie diese Straße, am Bischofspalast vorbei. Schon stand er Bischof Adrianus Auge in Auge gegenüber. Der Bischof machte eine segnende Gebärde. Alles lag auf den Knien, nur Rolf nicht.

»Geh weg da«, fauchte ihn jemand im Dialekt von Brindisi an. Ein Mann mit einer Hellebarde drängte sich nach vorn und streckte die Hand nach ihm aus.

»Mach Platz für . . .«

»Nein, laßt mich in Ruhe!« brüllte Rolf. Dann wurde es ihm schwarz vor den Augen. Er fühlte, wie er am Arm gepackt und weggezogen wurde. Er wehrte sich mit aller Macht, schreiend und strampelnd.

»Laßt mich los! Rührt mich nicht an!«

Aber die harten Hände ließen nicht los und zerrten ihn immer weiter fort. Ein heftiges Rauschen in seinen Ohren übertönte das Glockengeläut.

»Nein!« schrie er. »Ich muß auf dem Kreuz stehenbleiben!«

»Rolf . . .«

Wer nannte ihn Rolf? Er war doch Rudolf von Amsterdam. Mit den Augen zwinkernd und sich immer noch gegen die Hände wehrend, die ihn festhielten, kreischte er:

»Verflucht, so laßt mich doch los! Leonardo, hilf mir!« Er tastete nach seinem Messer.

»O nein, es ist wieder der falsche!«
Die Stimme kannte er doch. Auch die fremde Sprache, in der die Worte gesprochen wurden, kam ihm plötzlich bekannt vor. Der Nebel wich, die Hände ließen ihn los. Er wankte einen Augenblick und schaute dann nach unten. Wo war das Kreuz?
Unter seinen Füßen sah er glatten, grünen Boden. Wärme schlug ihm entgegen, Stimmen drangen an sein Ohr.
»Natürlich ist es Rolf! Rolf . . .«
Die Glocken läuteten nicht mehr. Langsam schlug er die Augen auf und sah eine Frau, eine auffallend große Frau mit grauen Augen, die ihn forschend und ängstlich anblickte. Und da waren noch andere Leute, seltsam gekleidet, und alle starrten ihn an . . .
Waren das nicht Mariechens Augen? Nein, aber er kannte sie von irgendwo her. Die fremde Sprache umsummte ihn, und doch verstand er jedes Wort. Benommen schüttelte er den Kopf.
»Laßt ihn erst zu sich kommen.«
»Mein Gott, wie sieht er aus!«
»Es ist der Schock . . .«
»Rolf . . . lieber Rolf . . .«
Plötzlich wurde ihm bewußt, daß er mit drohend erhobenem Messer dort stand. Die Frau schluchzte, näherte sich ihm vorsichtig und berührte seinen Arm. Jetzt erst drang allmählich die Wahrheit in sein Bewußtsein. Er stand im Laboratorium von Dr. Simiak. Die Frau mit den schönen grauen Augen war seine Mutter. Der seltsame Geruch, der ihn umgab, stammte von der halb geschmolzenen Zeitmaschine, und der Mann, der ihn sanft auf einen Stuhl niederdrückte, war niemand anders als sein eigener Vater. Das Messer entglitt seiner kraftlosen Hand und blieb irgendwo im Boden stecken.
Rudolf von Amsterdam war zu Hause.

Inhalt